JESS RYDER

DIE VILLA

atb aufbau taschenbuch

DIE

JESS RYDER

VILLA

THRILLER

Aus dem Englischen
von Matthias Frings

atb aufbau taschenbuch

Die Originalausgabe unter dem Titel
The Villa
erschien 2023 bei Century, London, einem Imprint von CORNERSTONE.
CORNERSTONE ist Teil von Penguin Random House.

MIX
Papier | Fördert gute Waldnutzung
FSC® C083411
FSC www.fsc.org

ISBN 978-3-7466-4134-8

Aufbau Taschenbuch ist eine Marke der Aufbau Verlage GmbH & Co. KG

1. Auflage 2025

www.aufbau-verlage.de
10969 Berlin, Prinzenstraße 85

Bei Fragen zur Sicherheit unserer Produkte wenden Sie sich bitte an produktsicherheit@aufbau-verlage.de.
Satz LVD GmbH, Berlin
Druck und Binden CPI books GmbH, Leck, Germany

Printed in Germany

PROLOG: DAMALS

– DANI –

Dani bewegte ihren Arm und spürte unter sich etwas Hartes, Glattes. Als sie ihr Bein anzog, schoss ein stechender Schmerz durch ihr Knie. Sie öffnete zuerst ein Auge – langsam und vorsichtig – dann das andere. Ihre Sicht war verschwommen. In der Dunkelheit blitzten blaue und gelbe Lichter auf, die rhythmisch durch den Raum tanzten. Wo war sie? In einem Nachtclub? Vielleicht war sie auf der Tanzfläche zusammengebrochen …

Nein. Im Club waren sie vorgestern Abend gewesen.

Sie versuchte ihren Kopf zu drehen und sich umzusehen, merkte aber, dass sie sich kaum bewegen konnte. Während die Lichter durch das Dunkel pulsierten, suchte sie nach vertrauten Gegenständen. Ach ja, dort befand sich der Teppich in Rot und Gelb wie die spanische Flagge.

Und die Statue des Buddha auf dem Regal unter der Treppe.

Sie war also in der Villa. Im Wohnzimmer. Gut. Aber das erklärte nicht die Lichter. Vielleicht waren sie nur in ihrem Kopf.

Was war passiert? Sie hatte keine Ahnung, warum ihr Knie verletzt war oder wie lange sie hier schon auf dem Boden lag. Wie spät war es? Es musste mitten in der Nacht sein. Wo war Aoife? War sie noch irgendwo Party machen? Nein, bestimmt nicht.

Dani wollte ins Bett. Oder besser noch, ihren Kopf direkt ins Klo tunken. Aber ihr Schlafzimmer war oben, mit diesem Knie würde sie das niemals schaffen. Es tat wahnsinnig weh. Und sie war in ihrem ganzen Leben noch nicht so durstig gewesen. Sie stellte sich den Weg zur Küche vor, wie sie sich an der Spüle hochhieven würde, um den Wasserhahn aufzudrehen und sich zwang, den Mund darunter zu halten, um ein paar lauwarme Tropfen aufzufangen. Sie brauchte dringend Flüssigkeit.

Ich werde nie mehr auch nur einen einzigen Tropfen Alkohol trinken, schwor sie sich. Und dieses Mal meinte sie es ernst.

Die blauen und gelben Lichter schienen schneller aufzublitzen, drängender. Sie konnte Stimmen ausmachen: plaudernde Menschen am anderen Ende des Zimmers. Männerstimmen, das Dröhnen eines Fahrzeugs draußen, der laute Knall einer zugeschlagenen Tür. Eine Sirene heulte auf, und ihr wurde klar, woher die Lichter stammten. Was sie bedeuten könnten.

»Sie kommt langsam zu sich«, sagte eine Frau. Jemand trat näher, rief ihren Namen. Sie sah hoch. Beth beugte sich über sie – Augen aufgerissen, schwer atmend. Ihr Partykleid war voller Blut.

KAPITEL EINS: HEUTE

– DANI –

Dani legt ihren Pass auf den Tresen und versucht die Tränen zurückzuhalten, während der Grenzbeamte ihr Gesicht studiert. Die unerbittliche Sonne, der warme Asphalt, das schnell abgefeuerte Spanisch im Shuttlebus und sogar das parfümierte Desinfektionsmittel auf dem Flughafenboden versetzen sie in vergangene Zeiten. Drei Jahre sind seit ihrem letzten Besuch in Andalusien vergangen, und doch ist es, als wäre sie nie fort gewesen.

Von dem Augenblick an, als sie das Flugzeug verließ, hatten die Gefühle sie überwältigt: Tiefe Traurigkeit wegen allem, was bei ihrem letzten Aufenthalt geschehen war, Vorfreude auf dieses Wochenende, Angst davor, wie es ausgehen könnte. Sie geht ein großes Risiko ein, aber ihr bleibt keine andere Wahl. Sie hat bereits alle möglichen Therapien probiert, um mit ihrer Trauer umzugehen. Nichts hat ihr geholfen.

Der Beamte setzt seinen Stempel auf eine Seite und gibt ihr den Pass mit einem kleinen Lächeln zurück. Sie schaut über die Schulter, um zu sehen, wie weit die anderen gekommen sind. Offenbar haben sie eine Toilettenpause eingelegt und stehen nun wieder in der Schlange. Ein Sicherheitsbeamter scheucht Dani weiter. Sie zieht ihren Koffer durch die Absperrungen und betritt die Gepäckhalle, wo Mitreisende des Fluges aus Stansted sich erwartungsvoll um das Gepäckband scharen. Es setzt sich in Gang, und erfreutes Gemurmel ist zu hören, als die ersten Koffer erscheinen.

Dani hat kein Gepäck aufgegeben, aber sie bleibt und wartet auf die anderen, während sie aus dem Augenwinkel eine Gruppe von Frauen beobachtet, die Schärpen und Hasenohren tragen und sich spielerisch um ihr Gepäck streiten. Ein Junggesellinnenabschied. Sie waren auf demselben Flug einige Reihen hinter ihr. Eine von ihnen – dem Sticker mit dem großen roten L nach zu urteilen, der auf ihrem Hintern klebt, offensichtlich die Braut –, verliert das Gleichgewicht, als sie einen großen silbernen Schalenkoffer vom Band hievt, stolpert rückwärts und schlägt hart auf den Boden auf. Mit angezogenen Beinen sitzt sie da und ruft nach Hilfe, aber die anderen reagieren nur mit Gelächter.

L für *learner*. Der Hinweis klebt sonst auf Autos von Fahranfängern. Aoife hatte sich geweigert, den Sticker zu tragen, wie Dani sich erinnert. Sie wäre ja wohl keine Anfängerin mehr, hatte sie gesagt, schließlich wären sie und Nathan schon seit zwei Jahren zusammen. Mit Tiffs Vorschlag, sich als Disneyfiguren zu verkleiden und zum Frühstück Champagner in der Abflughalle zu trinken, war sie hingegen einverstanden gewesen. In ihrem goldenen Ballkleid als Belle aus *Die Schöne und das Biest* verkleidet, hatte Aoife atemberaubend ausgesehen. Sie und Dani hatten sich im Flugzeug zum Affen gemacht: störend lautes Geplapper, tanzen im Gang, flirten mit den Flugbegleitern, schmutzige Witze. Normalerweise benötigten sie deutlich mehr Alkohol, um sich so aufzuführen, aber es hatte ihnen Spaß gemacht, sich dem Übermut einfach hinzugeben. Immerhin hatten sie etwas zu feiern.

Der zukünftigen Braut vor ihr wird von einem jungen Mann auf die Füße geholfen, der im Gegenzug einen Kuss verlangt. Sie hält ihm die Hand hin, aber er versucht stattdessen ihr einen Knutscher auf die Wange zu drücken. Die Mädchen kreischen vor Vergnügen und verlangen mit gezückten Smartphones eine Wiederholung, um es auf Instagram zu posten.

Dani starrt die Gruppe eine Weile lang an. Sie sind zu zehnt, doppelt so viele wie bei Aoifes Junggesellinnenabschied vor drei Jahren. Sie kennt die Frauen nicht, fühlt sich ihnen aber stark verbunden, hat den Wunsch, sie zu warnen und zu beschützen. Am liebsten würde sie zu ihnen gehen und sagen: »Genießt es, Mädels, lasst euch volllaufen, spielt alberne Spiele, macht, was immer ihr wollt – aber passt auf, dass ihr am Leben bleibt.« Natürlich tut sie das nicht. Es würde sich merkwürdig anhören. Sie würden nicht verstehen, dass Taten Konsequenzen nach sich ziehen …

Dani spürt ein Engegefühl in der Brust. Das Warten an der Gepäckausgabe fühlt sich plötzlich erdrückend an, und sie geht weiter, steuert auf die automatischen Türen des Ausgangs zu, hinter denen es kein Zurück gibt. Sie steht im Zentrum der Halle und versucht zu atmen. Es ist, als sei sie der Fixpunkt, und alles würde um sie herumwuseln. Uniformierte Reiseführer laufen wichtigtuerisch mit Klemmbrettern herum, Taxifahrer halten Schilder hoch. Ehemänner, Ehefrauen, Freunde, Freundinnen, Großeltern und kleine Kinder winken, sobald sie ihre Liebsten entdecken. Die Luft ist so angefüllt mit Freude, dass man sie fast schmecken kann.

Niemand hier ist gekommen, um Dani zu begrüßen. Sie erwartet auch niemanden, fühlt sich aber dennoch einsam. Es ist ihr *so* schwergefallen, hierher zurückzukommen, wahrscheinlich ist es die schwerste Aufgabe ihres Lebens. Für dieses Wochenende hat sie sich viel vorgenommen, wovon die anderen noch nichts wissen. Wegen ihrer Geheimnisse fühlt sie sich allein und unsicher. Wie schön wäre es, stattdessen von jemandem mit einem Lächeln und einer freundlichen Umarmung abgeholt zu werden, jemand, der ihr ins Ohr flüstert, dass sie das Richtige tut, oder sie im Gegenteil auffordert, auf dem Absatz umzudrehen und wieder ins Flugzeug zu steigen. Seit über drei Jahren ist sie Single, und sie hat keine beste Freundin mehr – eine, die stets auf ihrer Seite ist, der sie vertrauen kann. Aoifes Tod hat eine Leere hinterlassen, die bisher niemand auch nur ansatzweise ausfüllen konnte.

»*Hier* bist du«, sagt Celine und tritt auf sie zu. Wir haben überall nach dir gesucht. Warum hast du nicht auf uns gewartet?«

»Tut mir leid. Ich … äh …«

»Alles in Ordnung?«, fragt Beth.

»Ja, alles gut.«

»Sicher? Du scheinst etwas …«

»Ich bin nur müde.«

»Wirklich? Dabei ging dein Flug doch gar nicht so früh«, sagt Tiff. »Ich musste um vier Uhr morgens in den Zug nach Stansted steigen.«

»Ich schlafe schlecht«, erklärt Dani. Schlecht ist eine Untertreibung. Sie weiß nicht mehr, wann sie zuletzt durchgeschlafen hat. Die letzte Woche war schlimmer denn je: sich im Bett herumwerfen, sich Sorgen machen, ob ihr Plan aufgehen würde, wie die anderen Frauen reagieren würden, wenn sie herausfanden, was sie vorhatte und ob sie es verkraften würde, wenn sie sich klar dagegen aussprechen würden.

Dani lässt die Augen über ihre Mitreisenden schweifen. Als sie sich vor fünf Stunden am Flughafen getroffen haben, Koffer neben sich und den Pass in der Hand, müssen sie wie eine Freundinnenclique ausgesehen haben, die zusammen in Urlaub fährt. Nichts könnte weiter von der Wahrheit entfernt sein. Tiff und Beth sind Aoifes alte Schulfreundinnen, aber vor diesem Junggesellinnenabschied hatte Dani sie nur wenige Male getroffen – Aoifes Fünfundzwanzigster und eine Sylvesterparty in dem schicken Apartment, das sie sich mit Nathan teilte. Celine war Aoifes Arbeitskollegin, auch für die anderen eine Fremde. Es war Aoifes bevorstehende Hochzeit gewesen, die sie zusammengebracht hatte und, absurderweise, ihr Tod, der sie zusammengehalten hat. Inzwischen kennen sie sich besser, aber

Dani würde nicht behaupten, dass die Tragödie sie zu Freundinnen gemacht hätte, ganz und gar nicht. Als Gruppe bleiben sie so unverbunden und dysfunktional wie vor dem schicksalhaften Wochenende.

Dani hatte Tiff, Beth oder Celine fast ein Jahr lang nicht gesehen, als sie sie dazu einlud, sich in einem Pub in Soho zum Zweijährigen zu treffen. Beth war aus Kent angereist und Tiff kam extra aus Manchester, um sich ihnen anzuschließen. Sie tranken Wein und aßen teure Burger. Keine von ihnen wusste, ob sie feiern oder trauern sollten. Schlussendlich gelang ihnen keines von beiden. Davor hatten sie ein ähnlich unangenehmes Treffen am ersten Jahrestag gehabt, den Dani ebenfalls organisiert hatte.

Tiff legt ihren Koffer hin und zieht den Reißverschluss auf. »Ich muss diese Jacke loswerden.« Sie zieht sie aus und faltet sie sorgfältig oben auf ihre Kleidung, die dort in durchsichtige Plastikfolien eingerollt ist. Fasziniert von ihrem Ordnungssinn, verfolgen alle, wie sie die Ärmel faltet und den Kragen nach innen stülpt. »Schon besser«, sagt sie, schließt den Reißverschluss und stellt den Koffer wieder auf seine Rollen.

»Und was nun? Taxi?« Celine kramt in ihrer Tasche nach der Sonnenbrille.

»Ich habe uns einen Mietwagen gebucht«, sagt Dani. »Ich hole ihn hier ab.«

»Oh, ja, das hast du gesagt ... Ich komme mit dir.«

Dani wendet sich an Tiff und Beth. Sie betrachtet die beiden stets als eine Einheit, obwohl sie sehr unterschiedliche Persönlichkeiten sind. Beth ist weich und nachgiebig, Tiff teilt häufiger mal aus. »Wollt ihr draußen warten und ein Café suchen?«

»Ich bleibe lieber hier«, sagt Beth. »Wo es kühl ist.«

»Ich auch«, sagt Tiff. »Da draußen ist eine glühende Hitze.« Als sie London verließen, waren es nur fünfzehn Grad. Jetzt sind es einunddreißig, Tendenz steigend.

»Wir beeilen uns.«

Celine und Dani machen sich auf den Weg. Sie nehmen den Aufzug in die erste Ebene und reihen sich bei Hertz in die Schlange ein. Zum ersten Mal heute sind sie allein, und Dani wird augenblicklich nervös. Celine ist sehr aufmerksam, ihr entgeht kaum etwas. Sie schaut und hört genau zu, registriert alles, und wenn sie spricht, dann meist ohne Umschweife.

»Das ist so seltsam«, sagt sie. »Ist dir *schon* klar, oder?«

»Ich weiß nicht, was seltsam daran sein soll, jemandes Leben zu feiern.«

»Das meine ich nicht. Ich meine eine Junggesellinnenparty ohne Braut.«

»Es ist keine Party«, versetzt Dani. »Wir sind hier, um uns an Aoife zu erinnern.«

»Ich finde es trotzdem befremdlich, sich ... hierher zurückzukehren ... es ist irgendwie makaber.«

Dani tut so, als würde sie in ihrer Tasche nach den Formularen der Autovermietung kramen.

»Ich werde nie verstehen, warum ihre Familie sie nicht hat überführen lassen«, wechselt Celine das Thema. »Vielleicht war sie nicht versichert. Es ist anscheinend sehr teuer, wenn man alles selbst bezahlen muss.«

»Keine Ahnung. Hatte irgendwie mit der Untersuchung zu tun, glaube ich. Spielt das eine Rolle?«

»Nein, es ist nur ein schrecklicher Gedanke, dass sie ganz allein auf einem ausländischen Friedhof liegt, meilenweit von zu Hause entfernt, weit weg von den Leuten, die sie lieben. Wenn sie meine Tochter wäre, würde ich sie gern in meiner Nähe wissen.« Celine zieht eine Packung Papiertaschentücher hervor.

»Ihre Eltern kommen normalerweise zum Jahrestag her, aber ihr Vater ist krank, und deshalb schaffen sie es dieses Jahr nicht«, sagt Dani. »Nathan war ein paar Mal hier, aber er hat zu viel Arbeit auf dem Tisch. Jedenfalls hat Tiffany das gesagt. Sie ist die Einzige, die Kontakt zur Familie hält. Sie kennen sich schon sehr lange.« Dani macht eine effektvolle Pause. »Meinst du nicht, es ist an der Zeit, dass wir ihr die letzte Ehre erweisen?«

»Ja, aber für uns ist es etwas anderes. Wir waren *dabei*.« Celine tupft sich die Augen. »Ehrlich gesagt, wird dieses Wochenende mir wohl recht schwerfallen.«

»Uns allen. Das lässt sich nicht vermeiden.«

»Aber warum tun wir uns diese Qual noch einmal an? So richtig verstehen kann ich es nicht.«

»Tut mir leid, dass du dich so fühlst«, sagt Dani.

Celine holt tief Luft. »Ich habe eigentlich gedacht, keine zehn Elefanten würden mich je nach Marbella zurückbringen. Außerdem ist es nicht leicht für mich, seitdem ich Felix habe. Er ist erst dreizehn Monate alt. Ich habe mich schrecklich schuldig gefühlt, ihn zurückzulassen, aber ich wollte euch nicht hängen lassen.«

»Nun, wenn es dir hilft: Ich bin froh, dass du dich entschlossen hast, mitzukommen.«

»Alle für eine, eine für alle, nehme ich an.« Celine wirft ihr einen ihrer durchdringenden Blicke zu. »Warum sind wir hier, Dani? Was willst du von uns?«

Danis Stimme zittert, während sie nach einer überzeugenden Antwort sucht. »Ich *will* nichts. Es ist ihr dritter Todestag, das ist alles. Ich fand einfach nur, dass es gut wäre, ihn auf diese Weise zu begehen, zu zeigen, dass wir sie nicht vergessen haben.«

»Das ist alles? Sonst nichts?«

Sie schüttelt den Kopf. »Was sollte denn sonst sein?«

»Ich weiß nicht, es fühlt sich an, als würdest du etwas verbergen.«

»*¿Hola, señoritas?*« Der Angestellte der Autovermietung bittet sie an den Tresen.

Erlöst tritt Dani näher. Ihr Schulspanisch fällt ihr plötzlich wieder ein. »*Buenos dias. Soy Daniela Harrington. Tengo una reserva …*«

»Alles erledigt?«, will Beth wissen, als Dani und Celine zurückkommen.

»Ja, jetzt müssen wir nur noch den Wagen suchen.« Sie ziehen ihre Koffer zu dem mehrstöckigen Parkhaus. Die Mietwagen stehen dankbarerweise gleich im Erdgeschoss.

»Das muss es sein … da drüben.« Geräuschvoll bugsiert Dani ihren Koffer über den Asphalt und drückt den Schlüsselanhänger eines weißen Seat Ibiza. Beth und Celine folgen ihr, aber Tiff bleibt unvermittelt stehen.

»Hey, das ist derselbe Wagen!«, ruft sie. Tiff, die nie etwas vergisst.

Dani dreht sich um. »Was?«

»Dasselbe Auto. Wie beim letzten Mal.«

Alle bleiben stehen. Ein Schaudern geht um. Es ist das erste Mal, dass jemand diesen Ausdruck benutzt – *letztes Mal.*

»Ach, echt?« Dani tut überrascht. »Woher weißt du, dass es derselbe ist? Erinnerst du dich an das Nummernschild?«

»Natürlich nicht«, erwidert Tiff gereizt. »Ich meine nur, es ist dieselbe Farbe, dieselbe Machart. Ich hatte gerade einen Flashback.«

»Oh, tut mir leid.«

»Können wir einen anderen nehmen?«

Dani zögert. »Ich weiß nicht … vermutlich nicht.«

»Es ist nur ein Auto, Süße, es spielt keine Rolle.« Beth streicht zärtlich über Tiffs Arm. »Lass uns losfahren, ja?«

Tiff schüttelt sie ab. »Celine, was sagst du dazu?«

»Ich weiß, was Tiff meint. Es macht mich auch ganz nervös – wie ein Déjà-vu. Aber so fühle ich mich ehrlicherweise schon, seit wir angekommen sind.«

»Sollen wir um einen anderen bitten?« Tiff blickt Dani an.

»Ich kann fragen, aber vielleicht haben sie ja nur dieses Modell.«

»Es ist jetzt schon sehr heiß«, gibt Beth zu bedenken. »Je schneller wir uns auf den Weg machen …«

Tiff schnaubt. »Okay, lasst nur. Ist egal.«

Dani nimmt ihr Gepäck und verstaut es im Kofferraum wie ein Taxifahrer. Celine steigt hinten neben Tiff ein. Beth will sich noch dazuquetschen, überlegt es sich dann aber anders und nimmt auf dem Beifahrersitz Platz. Dani tut so, als habe sie von dem Hin und Her nichts mitbekommen. Sie beschäftigt sich mit dem Armaturenbrett, stellt sicher, dass sie Blinker und Scheibenwischer findet, und hantiert so lange mit dem Schalthebel, bis sie im Rückwärtsgang landet.

»Alle angeschnallt?«, fragt sie und startet den Motor. Sie bejahen im Chor. »Okay, los geht's.«

Dani hätte es nie verraten, aber sie hatte speziell nach einem Seat Ibiza gefragt – vorzugsweise in Weiß. Jetzt, wo alle Platz genommen haben, wird ihr klar, dass die Automarke unwichtig war. Jedes weiße, kleine Fahrzeug hätte die Erinnerung heraufbeschwört, denn beim letzten Mal, als sie vom Flughafen in Malaga losfuhren, saßen *drei* von ihnen eng auf der Rückbank – Tiff in der Mitte, weil sie die Kleinste war, Celine und Beth links und rechts von ihr. Als Ehrengast hatte Aoife vorne gesessen. Dani hatte sie noch vor Augen, strahlend in ihrem goldenen Belle-Kostüm, ihre Schärpe mit der Aufschrift *Bride to be* von der Schulter gerutscht, eine rote Rose hinters Ohr gesteckt, den Duty-free-Champagner an den Lippen. Sie waren bester Laune gewesen, hatten alles darangesetzt, das Wochenende zu einem Erfolg zu machen, obwohl einige von ihnen sich kaum kannten und trotz einiger Rivalitäten, die sich bereits in der Gruppe abgezeichnet hatten. Aoife zuliebe stellten sie ihre Differenzen zurück. Jedenfalls war das ihre Absicht gewesen.

Beth beugt sich vor und schaltet das Navi ein. »Sag mir mal die Adresse des Airbnb, dann kann ich sie eingeben.«

»Nicht nötig.« Dani parkt aus. »Ich habe die Route im Kopf.«

»Wirklich?«

»Ja, ich weiß genau, wohin wir fahren.«

»Eindrucksvoll«, bemerkt Tiff von hinten.

Dani folgt langsam den Schildern zum Ausgang und bereitet sich mental darauf vor, wieder die rechte Seite der Fahrbahn zu benutzen.

»Ich bin froh, dass wir diesmal in einem Resort wohnen«, sagt Beth und lehnt sich in ihrem Sitz zurück. »Es ist besser, sich in der Nähe von Einrichtungen zu befinden wie ...« Sie verstummt.

Krankenhäuser und Polizeireviere, denkt Dani. Niemand sagt etwas dazu, aber sie weiß, dass Celine und Tiff Beths Satz im Kopf auf dieselbe Weise beenden. Im Laufe des kommenden Wochenendes wird es viele Momente wie diesen geben. Fallstricke überall. Es wird nicht möglich sein, sie alle zu meiden.

Sie folgt den Schildern zur Mautstrecke, die nach Westen führt. Es ist eine Fahrt mit schönen Ausblicken, links von ihnen das Meer, zur Rechten mächtige Berge – dazwischen Golfplätze und Tausende Apartmentblocks. Die Abfahrten Torremolinos, Benalmádena und Fuengirola ignoriert sie, fährt bergauf und wieder runter, schießt durch Tunnel, die durch die hügelige Landschaft gebohrt wurden. Das Fahren fällt ihr leicht, sie hat ein Jahr in Sevilla gearbeitet und Schulkinder in einem Minibus herumkutschiert. Es ist der Rest des Wochenendes, der ihr Sorgen macht, die Frage, wie sie reagieren werden, wenn sie herausfinden, wohin die Reise geht.

Die Gespräche verstummen. Niemand scheint mehr reden zu wollen. In Gedanken sind sie bei der Vergangenheit oder vielleicht den kommenden Tagen. Dieses Mal wird es keinen vollgestopften Unterhaltungsplan mit Karaoke, Spielen und Nightlife geben. Stattdessen steht ihnen ein ruhiges, nachdenkliches Wochenende bevor, Erinnerungen an eine junge Frau, die ihrer aller Herzen auf unterschiedliche Weise berührt hat. Dani hat die anderen gebeten, ein Gedicht oder Musikstück mitzubringen, das sie an Aoife erinnert, und eine Rede zu schreiben. An dem Sonntag, der dem Todestag am nächsten liegt, soll alles in einer Zeremonie bei Kerzenschein vorgetragen werden.

Sie fährt weiter und denkt über das Gespräch mit Celine in der Schlange nach. Ja, sie will etwas von diesem Ausflug, etwas, was sie ohne die Anwesenheit der anderen nicht bewerkstelligen kann. Es geht nicht nur darum, sich an Aoife zu erinnern – es geht darum, die Vergangenheit wieder zum Leben zu erwecken.

KAPITEL ZWEI: HEUTE

– DANI –

Als sie Marbella erreichen, ist es später Nachmittag. Dani verlässt die Mautstrecke und fährt entlang der goldenen Meile der exklusiven Clubs und Hotels Richtung Autovía del Mediterráneo. Ihre Hände auf dem Lenkrad fühlen sich schwitzig an, was weniger der Hitze, als ihren Nerven geschuldet ist. Es wird eine schwierige Angelegenheit werden, vielleicht die schwierigste des gesamten Wochenendes. Falls die anderen sich weigern, bei ihrem Plan mitzumachen, hätten sie alle viel Zeit und Geld verschwendet – Geld, das sie nicht besitzt.

Als sie die Reise vorschlug, war sie zuerst auf freundlichen Widerstand gestoßen. Die anderen gaben Wohlwollen vor, hatten aber Terminprobleme. Bei Tiff war es eine Konferenz, Beth plante im Juni eine Reise mit ihrer Mutter, Celine war sich nicht sicher, ob sie ihren kleinen Jungen ein ganzes Wochenende mit ihrem Mann allein lassen konnte. Wochen vergingen ohne Antwort, und Dani gab die Hoffnung auf. Dann trudelten innerhalb weniger Tage per E-Mail ihre Zusagen ein.

Sie mussten sich untereinander besprochen haben, ohne sie – wahrscheinlich am Telefon, da sie sich nicht so leicht persönlich treffen konnten. Zu gerne hätte sie gewusst, wer sich für was ausgesprochen hat, welche Gründe sie für oder gegen die Reise angeführt hatten. Dani hatte mehr Diskussionen über die Details erwartet, aber als sie einmal zugestimmt hatten, überließen sie ihr widerspruchslos die Planung – Flüge, Transfer, Unterkunft.

Nur Celine fragte nach der genauen Adresse ihrer Unterkunft – »für den Notfall«. Dani schickte einen Link zu einem Apartment in San Pedro mit Gemeinschaftsanlagen und einem großen Swimmingpool. Alle schienen mit ihrer Wahl zufrieden zu sein, und es gab keine weiteren Fragen.

Doch sie weiß, dass es demnächst viele Fragen geben wird.

Die Abfahrt nach Istán liegt vor ihnen. Sollten die anderen fit in Geografie sein, werden sie davon ausgehen, dass sie weiter geradeaus fährt. San Pedro liegt westlich von Marbella, hinter Puerto Banús. Sie verlangsamt die Fahrt und nimmt den Zubringer. Als sie sich in den Kreisverkehr einfädelt, wartet sie auf eine Bemerkung, aber niemand scheint mitzubekommen, dass sie sich von der Küste entfernen.

Es geht die Serpentinen hoch zum Country Club – eine größere Villenanlage, eingebettet in die Ausläufer des berühmten Berges, der Marbella seine Kontur gibt, der La Concha. Links befindet sich der Istán-See, ein Stausee tief im Tal. Heute sieht er wie ein langer, blauer Streifen aus, der glitzernd den blauen Himmel reflektiert. Die Straße ist in einem guten Zustand, aber schmal. Auf der einen Seite befinden sich zerklüftete rote Felsen, steile Abhänge auf der anderen. Dani hält sich rechts und versucht den LKW zu ignorieren, der von hinten heranbraust.

»Ich dachte, San Pedro liegt am Strand«, stellt Beth nach einigen Minuten fest. Sie dreht sich um. »Guckt mal, das Meer ist weit hinter uns.«

»Wir haben uns verfahren«, sagt Tiff. »Dani, du musst umdrehen.«

»Oder einfach nur das Navi einschalten«, murmelt Celine. »Gott, es ist, als wäre ich mit meinem Mann unterwegs.«

Dani fährt weiter und gibt vor, sie nicht gehört zu haben. Zu ihrer Linken, zwischen den Golfplätzen, liegen mehrere Wohnanlagen, strahlend weiße Schachteln, an die Seite eines Hügels geklebt. Beim ersten Anblick fand Aoife, sie erinnerten an die Etagen einer Hochzeitstorte. *Da hoffe ich aber, dein Kuchen sieht besser aus*, hatte Beth geantwortet. Oder war es Tiff gewesen? Sie kann sich nicht erinnern.

»Dani – sag was«, drängte Celine. »Das sieht nicht richtig aus. Weißt du, wo es langgeht?«

»Ja, der Abzweig kommt noch.« Sie fahren an der Straße zum Country Club vorbei und halten sich Richtung Norden. Dani schaltet einen Gang runter, weil die Straße sich immer weiter und steiler nach oben windet, als würden sie eine spiralförmige Rutsche hochfahren. Die dramatische Landschaft ist atemberaubend. Sie hatte vergessen, wie abgelegen und wunderschön diese Gegend ist. Wie oft sie beim ersten Mal Ah! und Oh! gerufen hatten.

»Dani …«, sagt Beth leise. »Wo sind wir?«

Der Abzweig, den sie nehmen muss, liegt noch einen halben Kilometer entfernt, gleich hinter dem Straßenschrein – ein Miniaturhaus auf Stelzen mit einer Madonna aus Gips hinter Glas. Dani weiß, dass die anderen ihn sofort wiedererkennen werden. Aoife, die irische Wurzeln hatte und von Haus aus katholisch war, hatte sich jedes Mal bekreuzigt, wenn sie daran vorbeifuhren.

»Da ist der Schrein!«, ruft Beth wie auf Kommando. Dani schweigt, biegt aber links in eine nicht ausgeschilderte Straße ein.

»Warte eine Sekunde! Ich kenne diesen Weg. Das ist der Weg zur …«

»Villa Floriana«, beendet Celine den Satz.

»Halt!«, schreit Tiff. »Dani! Halt sofort an!«

Sie hält auf dem schmalen Grünstreifen und stellt den Motor ab. Der Wagen steht nah an der Kante, davor nur eine niedrige Absperrung, die sie vor dem Abgrund schützt. Vor diesem Moment hatte sie sich seit Wochen gefürchtet. Sie spürt, wie ihr Herz rast.

»Was ist hier los?«, will Celine wissen.

»Nur weil du fährst, heißt das nicht, dass du das Sagen hast«, stellt Tiff erbost klar. »Wir sind keine Kinder.«

»Sehr richtig«, fügt Celine hinzu. »Du hättest uns wenigstens fragen können, ob wir den Ort sehen wollen.«

»Also, ich will ihn *nicht* sehen«, sagt Beth. »Ich will dort nie wieder hin. Können wir sofort umkehren und das Airbnb finden, bitte?«

Es ist so weit. Dani lässt die Bombe platzen, die sie seit ihrer Landung mit sich herumgeführt hat. »Es gibt kein Airbnb«, sagt sie. »Es war ausgebucht. Alles war ausgebucht.«

»Das ist eine Lüge«, sagt Celine. »Ich wette, dass ich online innerhalb von zwei Minuten etwas finde.« Sie schnaubt. »Ich *wusste*, dass du uns etwas verheimlichst.«

»Moment mal … heißt das«, sagt Tiff langsam, »dass du wirklich die Villa Floriana gebucht hast?«

Dani nickt. »Ja. Es war die einzige Unterkunft, die noch frei war.«

»Quatsch«, erklärt Celine.

»Kein Quatsch, so war es.«

Tiff steckt ihren Kopf zwischen die Vordersitze. »Du hast sie also einfach gebucht, ohne vorher mit uns zu sprechen? Wie kommst du auf die Idee, dass wir damit einverstanden wären, zurück an den Ort zu kommen, wo Aoife gestorben ist – wo wir die schlimmste Nacht unseres ganzen Lebens verbracht haben?«

»Es tut mir leid! Aber es war das einzige Haus, wo wir alle zusammen unterkommen können. Vielleicht sollte es so sein …«

»Sollte so sein? Hast du den Verstand verloren?«

»Oh, Dani«, flüstert Beth. »Warum hast du nicht zuerst gefragt?«

»Weil wir nein gesagt hätten«, erklärt Celine. »Sie hat uns reingelegt, das ist das Schlimmste.«

»Stimmt«, sagt Tiff. »Wir können hier nicht bleiben. Ich rufe ein Taxi. Vielleicht gibt es einen Abendflug ... Beth, kommst du?« Sie versucht die Wagentür zu öffnen, aber die Kindersicherung hindert sie daran. »Dani, mach auf. Sofort!«

Dani drückt die Entriegelungstaste. Celine und Tiff steigen aus und knallen die Tür zu. Sie hantieren mit ihren Handys, versuchen Netz zu finden. Zu Danis Überraschung bleibt Beth sitzen.

»Wir können nicht wieder in die Villa gehen«, sagt sie nach kurzem Schweigen. »Das ist unmöglich.«

Dani lässt ihren Kopf auf das Lenkrad sinken und beginnt zu weinen. »Ich weiß, dass es nicht richtig war, euch reinzulegen, aber ich *muss* dorthin zurück. Es ist meine letzte Hoffnung.«

»Wie meinst du das?«

»Ich weiß, dass wir alle von den Ereignissen traumatisiert sind, aber ihr drei habt euch damit arrangiert. Ihr habt es geschafft, mit eurem Leben weiterzumachen.«

»Du glaubst doch nicht, dass das einfach war?«

»Nein, das nicht, aber es ist euch allen irgendwie gelungen. Es geht euch ziemlich gut. Beth, du hast deine Rechtsanwaltsprüfung gemacht. Tiff hat gerade eine Wohnung gekauft. Celine hat geheiratet und ein Baby bekommen. Ich habe nichts. Ich stecke fest.«

Stille tritt ein. »Menschen gehen mit Trauer ganz unterschiedlich um«, sagt Beth vorsichtig. »Vielleicht haben wir mehr Glück gehabt oder mehr Unterstützung erhalten. Celine hatte ihren Ehemann, auf den sie sich stützen konnte, und Tiff hat sich sehr um Aoifes Familie gekümmert. Meine Eltern waren großartig, aber hauptsächlich habe ich mich in die Arbeit gestürzt.«

Beth hat recht, denkt Dani. In den letzten Jahren ist sie vollkommen allein gewesen. Freunde und Familie haben versucht zu helfen, aber sie konnten das Ausmaß ihres Verlustes, den sie Tag und Nacht spürt, nicht verstehen. Die Leere. Der Schmerz. Das Schuldgefühl. Sie hat sich bemüht, nach außen hin tapfer zu wirken. Die anderen wissen, dass sie unter Depressionen leidet, aber nicht, wie schlimm.

Dani blickt auf. »Es war hart«, sagt sie. »Im Jahr nach Aoifes Tod habe ich irgendwann zwei Flaschen Wein pro Tag getrunken. Ich habe meinen Job verloren. Jetzt soll alles anders werden. Seit fünf Monaten bin ich trocken, aber es ist immer noch ein schmaler Grat. So geht es nicht weiter. Ich muss nach vorne schauen. Und mir ist klar geworden, dass ich das nur schaffe, wenn ich zurückkehre. Zu der Villa. Ich muss herausfinden, was in dieser Nacht wirklich geschah.«

»Aber du weißt doch, was …«

»Nein, weiß ich nicht. Ich weiß nur, was man mir erzählt hat.«

Beth wirkt verletzt. »Heißt das, du glaubst uns nicht?«

»Das will ich damit nicht sagen. Aber ich habe noch so viele Fragen, so viele Zweifel.« Beth hat keine Ahnung, wie hart es für sie gewesen ist. Ihre schlaflosen Nächte voller quälender Fragen – wenn sie nur dies getan hätte, wenn sie nur jenes nicht getan hätte. »Ich meine, dass ich mich *selbst* daran erinnern muss.«

»Aber wie willst du dich an etwas erinnern, das du nicht

mitbekommen hast?« Ein Hauch von Schmerz huscht über Beths Gesicht.

»Ich glaube ... vielleicht hat er auch versucht, mich anzugreifen ... ich habe diesen Alptraum, den ich mir nicht erklären kann. Ich glaube, dass es sich um eine Erinnerung handelt, aber ich bin mir nicht sicher. Ich glaube, zuerst ist er auf mich losgegangen ... aber es ist verwirrend ... ergibt keinen Sinn. Es gibt Lücken in diesem Abend, große Lücken, die ich nicht füllen kann. Beispielsweise, wie ich mir das Knie so doll verletzt habe.« Dani greift nach Beths Arm und schaut ihr in die Augen. »Und das Blut auf meinem Kleid. Aoifes Blut! Wie ist es dorthin gekommen?«

»Das kam von einer von uns, als wir versucht haben, dich aufzuwecken«, sagt Beth geduldig. »Wir haben das schon tausendmal besprochen.«

»Ich bin mir sicher, dass da mehr dahintersteckt ... etwas, was ich vergessen habe. Es könnte das fehlende Teil im Puzzle sein. Bleibt mit mir in der Villa. Bitte! Helft mir, das Bild zu vervollständigen.«

»Ich verstehe nicht, wie dir das helfen soll, oder einer von uns, ehrlich gesagt. Es könnte die Sache nur noch schlimmer machen.«

»Rede mit den anderen. Überzeuge sie. Tiff wird auf dich hören.«

»Ich kann dir schon jetzt sagen, dass sie das nicht will. Auch Celine wird nicht einverstanden sein, glaube ich.« Sie blicken durch das Autofenster, wo die beiden frustriert die Arme in die Luft werfen, weil sie kein Handynetz finden.

»Erkläre ihnen, wie sehr ich das brauche«, versucht Dani es erneut, Verzweiflung in der Stimme.

»Schau mal, wir alle wollen dir helfen, aber wir sind hierhergekommen, um Aoife die Ehre zu erweisen, nicht, um in der Vergangenheit zu versinken. In Marbella zu sein fällt uns schwer genug, aber hier in der Villa Floriana zu wohnen? Das ist ein bisschen viel verlangt.«

»Mir liegt nur daran, dass ihr bei mir seid. Wir machen alles wie geplant. Wir verbringen unsere Zeit in Erinnerung an Aoife und daran, wie sehr wir sie gemocht haben. Wir gehen zum Friedhof und legen Blumen auf ihr Grab. Am Sonntag machen wir die Feier genau an dem Ort, wo sie gestorben ist. Dann geht jede ihrer Wege, und ihr werdet nie wieder etwas von mir hören, wenn ihr es so wollt. Keine weiteren Treffen. Nichts.« Dani blickt sie flehentlich an. »Gebt mir einfach nur diese eine Chance. Vielleicht ist es für uns alle gut.«

Beth überlegt eine Weile. »Okay, okay ... ich rede mit ihnen«, sagt sie. »Ich werde versuchen es zu erklären.« Sie öffnet die Autotür. »Aber versprechen kann ich nichts.«

KAPITEL DREI: DAMALS

– TIFF –

Wenn jemand fragte, woher Aoife und ich uns kennen, sagten wir immer: »aus dem Mutterleib«. In gewisser Weise stimmte es sogar. Unsere Mütter waren in derselben Schwangerengruppe und sie wurden in dieser Zeit enge Freundinnen. Wir wurden im Abstand von zwei Tagen im selben Krankenhaus geboren, verbrachten unsere ersten Monate auf derselben Spieldecke und wurden im selben Park spazieren gefahren. Alle meine frühesten Erinnerungen schließen Aoife ein. Wir lebten um die Ecke voneinander, gingen in dieselbe Kleinkindgruppe, denselben Kindergarten und dieselben Schulen. In den Ferien nahm eine unserer Mütter sich frei, um auf die Kinder aufzupassen. Dann tauschten sie. Entweder waren meine Brüder und ich in Aoifes Haus oder sie war bei uns.

Erst in der Oberschule veränderten sich die Dinge. Wir waren in unterschiedlichen Klassen und hatten keine Stunden mehr zusammen. Zwangsläufig entfernten wir uns voneinander und fanden neue Freunde, obwohl wir immer beste Freundinnen blieben. Ich traf Beth und wir kamen sehr gut miteinander aus. Aoife mochte sie ebenfalls, und aus unserem Duo wurde ein Trio.

Als wir heranwuchsen, wurde mir klar, dass Aoife und ich sehr unterschiedliche, fast schon gegensätzliche Persönlichkeiten hatten. Sie interessierte sich nicht sonderlich für die Schule, während ich eine Streberin war. Sie war chaotisch, vergaß ständig ihren Turnbeutel oder verlor ihre Schulbücher (manchmal mit Absicht), während ich die bestorganisierte Schülerin der Schule war. Aoife war in der Klasse frech und wurde häufig ermahnt, weil sie schwätzte. Ich hasste es, Ärger zu machen, und musste in meiner gesamten Schulzeit kein einziges Mal nachsitzen.

Bei einem Elternabend bemerkte meine Lehrerin gegenüber meiner Mutter, dass Aoife eine überraschende Freundschaftswahl für ihre Tochter wäre. Sie hatte nicht verstanden, dass es nie eine Wahl gab. Gewissermaßen waren wir eine Familie. Schwestern. Ich liebte Aoife, weil sie so war, wie sie war, und obwohl sie so war, wie sie war. Sogar als unsere Wege sich als Achtzehnjährige trennten und an Universitäten gingen, die Hunderte Kilometer auseinanderlagen, kam es mir nie in den Sinn, dass sie eine bessere, weniger unpassende Freundin finden würde.

Über Weihnachten trafen Aoife, Beth und ich uns, um unsere Unierfahrungen auszutauschen. Ich hatte ein ziemlich hartes Semester hinter mir, litt unter Heimweh und fühlte mich einsam, aber Aoife verkündete, dass sie viel Spaß gehabt hatte. Alle ihren Geschichten drehten sich um eine Dani, die ein »*bad girl*« war, eine »Rebellin« und »zum Schreien lustig« – im Grunde mein Gegenteil. Ich wurde sofort von Eifersucht zerfressen und entschloss mich, sie nicht zu treffen. Niemals.

Wann immer Aoife mich in den folgenden drei Jahren nach Birmingham einlud, dachte ich mir Entschuldigungen aus, erklärte, dass ich mir den Zug nicht leisten könne oder zu viel zu tun hätte. Nach der Uni ergatterte ich einen Platz in einem Graduiertenprogramm bei einer der besten Unternehmensberatungen in Manchester. Dani und Aoife kamen zusammen nach London und teilten sich eine Wohnung. Es wurde zunehmend schwerer, Dani aus dem Weg zu gehen, und schlussendlich begegneten wir uns auf einem von Aoifes Geburtstagen. Mir gegenüber gab sie sich freundlich, aber ich spürte, dass es Schauspielerei war. Von Anfang an konnten wir uns nicht leiden.

Meistens traf ich mich mit Aoife, wenn wir beide unsere Mütter in unserer Heimatstadt Hastings besuchten, die sich immer noch sehr nahestanden. Manchmal kam Beth aus Kent dazu, wo sie nach der Uni wohnte, und wir drei unternahmen lange Spaziergänge am Meer. Wir sprachen dann über alte Zeiten, vorzugsweise unsere Jahre als Teenager.

Ich freute mich so sehr für Aoife, als sie mir erzählte, dass sie Nathan kennengelernt hatte, »die Liebe meines Lebens«, wie sie ihn nannte. Was Männer betraf, hatte sie bis dahin ziemliches Pech gehabt, was ich Danis schlechtem Einfluss zuschrieb. Deshalb freute ich mich riesig zu hören, dass Aoife aus der gemeinsamen Wohnung mit Dani ausgezogen und bei Nathan eingezogen war. Ich lud die beiden für ein Wochenende nach Manchester ein, und wir kamen wirklich gut miteinander aus. Nathan gefiel mir – hart arbeitend, ambitioniert, voller Energie und Ideen. Außerdem lag Aoife ihm sichtlich am Herzen. »Ich sehe viel Potenzial in ihr«, erzählte er mir. »Das werden wir in der Zukunft Stück für Stück entfalten. Ich habe große Pläne.« Als ich herausfand, dass er außerdem Dani nicht mochte, war er mir noch viel sympathischer.

Im Lauf der nächsten beiden Jahre spürte ich, dass Aoife sich von Dani entfernte und sich nach und nach wieder mir zuwandte. Einige Male übernachtete ich bei Aoife und Nathan in ihrem sehr luxuriösen Apartment, und sie besuchten mich in Manchester. Als Aoife Nathan an Weihnachten mit nach Hause brachte, legte ich meine Pläne so, dass ich auch da war. Beth würde dazustoßen, falls sie konnte, und Nathan wollte uns alle ins nobelste Restaurant in Hastings einladen. Dani war natürlich nicht dabei. Aoife traf sich offensichtlich noch mit ihr, aber sie waren nicht mehr unzertrennlich.

Als Nathan Aoife einen Heiratsantrag machte, kam sie mir vor wie das glücklichste Mädchen der Welt. Ein kleiner, undankbarer Teil von mir fand aber auch, in Anbetracht dessen, wie sie ihre Zwanziger vergeudet hatte, habe sie es nicht verdient. Ich hatte so hart gearbeitet und versucht, das Beste aus mir zu machen, und dennoch stand mein dreißigster Geburtstag vor der Tür und ich war immer noch Single. Wo war mein Ritter in glänzender Rüstung, der mit mir auf seinem weißen Schimmel in den Sonnenuntergang reiten würde? Vielleicht würde ich ihn auf Aoifes Hochzeit treffen, dachte ich. Nathan würde doch wohl einige passable Freunde haben …

Hätte man mich vor fünf Jahren gefragt, wen Aoife als Brautjungfer wählen würde, hätte ich ohne Zögern Dani gesagt, keine Frage. Aber die Dinge hatten sich verändert und sie suchte mich aus. Das fühlte sich wie ein endgültiger Sieg an. Ich tanzte durch mein einsames Wohnzimmer und jubelte vor Freude. Später rief ich Beth an, um es ihr zu erzählen.

»Du weißt schon, dass du dann den Junggesellinnenabschied organisieren musst?«, fragte sie.

»Ja, kein Problem. Im Organisieren bin ich gut, das ist mein Job.«

»Du wirst auch Dani einladen müssen«, fügte Beth hinzu.

»Ja, ja, ich weiß«, seufzte ich. »Hoffentlich hat sie keine Zeit.«

»Unsinn, nichts wird sie davon abhalten, Tiff. Dani liebt Aoife *und* sie liebt es, Party zu machen. Wenn die Geschichten stimmen, was sie gemacht haben, als …«

»Aoife hat sich verändert«, sagte ich. »Seit sie mit Nathan zusammen ist, ist sie viel ruhiger geworden.«

»Aber wenn sie wieder auf Dani trifft …«

»Ich habe die Verantwortung, also wird es gut gehen«, versicherte ich ihr.

Aoife schickte mir eine Liste mit etwa zwölf Frauen, die sie einladen wollte, und selbstverständlich stand Danis Name ganz oben auf der Liste. Ich gab mich demokratisch und bat alle um ihre Vorschläge, wohin es gehen und wo man unterkommen sollte. Selbstredend gab es etliche Vorschläge, also recherchierte ich abgelegene Schlösser in Schottland, Sonderangebote in Blackpool, Ferienhütten im West Country …

Die Auswahl des richtigen Reiseziels war entscheidend. Für die zukünftige Braut sollte es eine Überraschung sein und außerdem ein Ort, der ihr gefallen würde. Ich war mit Aoifes Geschmack nicht mehr so vertraut. Bevor sie Nathan traf, war sie ein naturverbundenes Hippiemädchen gewesen, das Schwimmen in Seen und Zelten unter Sternen mochte. Inzwischen gefielen ihr eher die Wellnesswochenenden in Boutique-Hotels.

Dann schaltete Nathan sich ein. Er sagte, er käme geschäftlich nach Manchester und wolle mich heimlich treffen. Aoife hatte Andeutungen gemacht, wohin sie gerne reisen würde, und er wollte mich auf Stand bringen, damit wir für sie »den tollsten Junggesellinnenabschied aller Zeiten« organisieren konnten, wie er sich ausdrückte. Das fand ich sehr süß.

Ich lud ihn zum Essen in meine Wohnung ein. Zwar hielt ich mein Geld gerade eigentlich für eine Anzahlung zusammen, um irgendwo etwas zu kaufen, aber ich warf die guten Vorsätze kurzerhand über Bord und besorgte zwei einundzwanzig Tage abgehangene Dry-Aged-Steaks und eine Flasche Claret, die ihn sicher beeindrucken würden. Nathan war so charmant wie immer. Er lobte mein Essen in den Himmel, stellte mir jede Menge Fragen über mich und meine Ziele für die Zukunft. Wie gefiel es mir in Manchester? Gab es einen speziellen Mann in meinem Leben? Ich sagte ihm, dass dem nicht so war.

Er öffnete noch eine Flasche Wein, die er mitgebracht hatte, noch teurer als meiner. »Es ist mir unerklärlich, warum dich noch keiner weggeschnappt hat, Tiffany«, sagte er.

»Erzähl mir von Aoifes Vorstellungen zum Junggesellinnenabschied«, antwortete ich und merkte, wie ich rot wurde.

Er lächelte. »Sie möchte unbedingt nach Marbella. Sie hat diese Unterkunft im Internet gesehen – Villa Floriana. Die liegt in den Bergen, gleich neben einem Resort.« Auf seinem Handy rief er die Website auf und zeigte mir die Bilder. Ich verstand sofort, warum sie sich in dieses Haus verliebt hatte.

»Es sieht fantastisch aus, hat allerdings nur sechs Betten«, sagte ich. »Wir sind zu zwölft. Wo sollen die alle bleiben?«

»Keine Ahnung, sie können doch sicher irgendwo etwas finden. Ehrlich gesagt, hört sich zwölf nach einer ganz schön großen Gruppe an. Wenn ich du wäre, würde ich die Mitläufer loswerden und es zu einer intimen, luxuriösen Sache nur für die besten Freundinnen machen.«

»Wie denn? Wir haben schon eine WhatsApp-Gruppe mit allen zusammen. Aoifes Kusinen, einige ihrer alten Freundinnen von zuhause, ein paar Leute aus London, ihre Unifreundinnen ... das ist ein ziemlich bunter Haufen. Einige von ihnen kenne ich nicht einmal.«

»Behaupte einfach, es wäre das, was Aoife will. Übertreib ein bisschen mit dem Preis und sag ihnen, die Plätze in der Villa laufen nach dem Motto: ›Wer zuerst kommt, mahlt zuerst‹.«

»Aber *niemand* wird diese Preise zahlen können«, sagte ich mit Blick auf die Hausmiete.

»Mach dir deswegen keine Sorgen. Wenn es damit ein Problem gibt, springe ich ein.« Er legte den Finger auf die Lippen. »Sag nur Aoife nichts davon, okay? Das bleibt unser Geheimnis. Sie schimpft schon immer, weil ich sie zu sehr verwöhne, aber ich kann nicht anders.«

»Das ist sehr großzügig von dir«, sagte ich.

»Alles für Aoife.« Wir erhoben unser Glas auf sie. Ganz kurz wünschte ich mir, Nathan würde mich heiraten und Aoife würde *meine* Party organisieren. Wir beiden schienen sehr gut zusammenzupassen und fühlten uns so wohl in der Gesellschaft des anderen. Wir tranken die zweite Flasche Wein aus und unterhielten uns bis tief in die Nacht.

Den Anweisungen von Nathan folgend, verkündete ich der WhatsApp-Gruppe die Neuigkeiten. Erwartungsgemäß waren mehrere von Aoifes Freundinnen nicht sonderlich erfreut, um die Plätze in der Villa konkurrieren zu müssen, während andere ein Luxuswochenende in Marbella sowieso nicht bezahlen konnten und zurücktraten. Im Januar waren es nur noch drei – Beth, Dani und ich. Bis zuletzt hatte ich gehofft, dass Dani aus finanziellen Gründen absagen würde, da ich wusste, dass sie keinen festen Job hatte, aber sie war die Erste, die zusagte. Ich hätte wissen müssen, dass sie sich die Gelegenheit, ein alkoholisiertes Wochenende lang mit Aoife über die Stränge zu schlagen, nicht nehmen lassen würde.

Die Idee mit dem Luxuswochenende war nach hinten losgegangen. Statt zu vieler Teilnehmerinnen hatte ich nun zu wenig. Ich wusste, dass Aoife enttäuscht sein würde, wenn sie herausfand, dass so wenig Leute kommen würden, und machte mir Sorgen, dass sie mir Vorwürfe machen würde. Ich bat Nathan um Rat. Gott sei Dank trieb er aus dem Nichts jemanden namens Celine auf, aber damit waren wir immer noch nur fünf, Aoife eingeschlossen.

Es war unglaublich anstrengend und ich brauchte mehrere Abende im Internet, aber schlussendlich hatte ich ein Wochenende zusammen, von dem ich hoffte, dass es für Aoife perfekt war. Für den Samstagnachmittag hatte ich uns in den beliebtesten Beach Club eingebucht und am Abend in den heißesten Nachtclub. Ich hatte auch ein wenig Freizeit für uns eingeplant, um die Vorzüge der Villa Floriana zu genießen, außerdem ein Catering organisiert, dazu bunte Girlanden und Schärpen, Partyknaller und Ballons. Ich hatte eine tolle Playlist und ein Erste-Hilfe-Kit für den Fall der Fälle zusammengestellt. Für den Sonntagnachmittag hatte ich sogar etwas ziemlich Ungezogenes in petto. Es würde ganz sicher der beste Junggesellinnenabschied aller Zeiten werden.

KAPITEL VIER: HEUTE

– DANI –

Dani fährt die Straße entlang. Sie ist steiniger und überwucherter als in ihrer Erinnerung. Niemand traut sich etwas zu sagen, aber Dani spürt, dass Tiff wütend ist und sich nur mit größter Mühe beherrschen kann. Sie wirft einen kurzen Blick in den Rückspiegel und sieht, wie Celine, wahrscheinlich immer noch auf der Suche nach Handynetz, nach unten starrt. Sie hat nur eingewilligt wieder in den Wagen zu steigen, um mit dem WLAN in der Villa ein Taxi zu rufen, das sie zum Flughafen bringt.

Eine aufgeregte und stellenweise tränenreiche Debatte war nötig, bis Tiff sich breitschlagen ließ zu bleiben, wenn auch nur für eine Nacht. Dani weiß, dass die kurze Zeit nicht ausreicht, um die Vergangenheit zu rekapitulieren, aber sie hat diesen Kompromiss erst einmal akzeptiert. Unter der stechenden Nachmittagssonne hatte Beth tapfer die Verhandlungen geführt, während Dani im Wagen sitzen blieb, ihre Nägel bis zum Anschlag kaute und kaum zu atmen wagte. Als Beth wieder einstieg und ihr das Ergebnis mitteilte, schlang sie die Arme um ihren Hals und schluchzte vor Dankbarkeit.

»Du hast keine Ahnung, was mir das bedeutet«, sagte sie.

»Das wird kein Zuckerschlecken«, antwortete Beth, »aber wenn es dir hilft ... ist es vielleicht der Mühe wert.«

Sie nehmen die Kurve am Olivenhain, dem letzten Überbleibsel des kleinen Bauernhofes, der sich hier befunden hatte. Während sie vorbeifahren, flackert in Danis Magen Unbehagen auf – eine Reaktion, die sie nicht ganz einordnen kann.

Da ist die Villa, die geweißten Wände im lokalen Stil, Ziegel auf einem Satteldach und eine Terrasse, die von einem Baldachin aus geflochtenen Binsen, der sich um das Haus herum erstreckt, beschattet wird. Kleine, rechteckige Fenster mit schmiedeeisernen Gittern, die wie Augen herausschauen. Die Haustür ist Ton in Ton mit den braunen Terrakottaziegeln gestrichen. Abgesehen von der Bougainvillea, die weiter die Wand hoch gewachsen ist, hat sich nichts verändert. Dani hält im Hof vor der Garage an und parkt am selben Platz wie früher. Sie stellt den Motor ab und steigt aus. Die anderen bleiben im überhitzten Wagen sitzen, unfähig oder unwillig auszusteigen.

Froh, diese ersten Momente für sich allein zu haben, geht sie um die Villa herum zur Rückseite mit dem Rasen und dem Swimmingpool, der von einer Terrasse umgeben ist. Dieselben ausgebleichten Sonnenliegen stehen herum, und das

Wasser sieht so blau und einladend aus wie immer. Hinter dem Pool stößt unwegsames Gelände auf einen mit Felsbrocken übersäten Abhang. Links, aber außer Sichtweite, befindet sich der Olivenhain. Es gibt keine weiteren Villen in der Nähe. Die einzigen sichtbaren Gebäude liegen weit entfernt, winzige weiße Pünktchen auf der anderen Seite des Tals.

Am anderen Ende des Gartens befindet sich eine kleine erhöhte Terrasse mit Geländern an drei Seiten, die mit ihrem atemberaubenden Panorama als Aussichtspunkt dient – das glitzernde Meer, der spiegelglatte See, die üppige dunkle Sierra. Hier wurde sie von Inspektor Mengual am Morgen danach befragt. Die Villa selbst war ein Tatort, überall Menschen in weißen Schutzanzügen.

Ein Bild aus der Vergangenheit legt sich über den jetzt sauberen und aufgeräumten Garten. Leere Flaschen und gebrauchte Weingläser lagen auf der Terrasse verstreut. Die Kerzen entlang des Weges und zwischen den Büschen waren alle abgebrannt. Eine rosa Schärpe mit der Aufschrift »*Bestie of the Bride*« baumelte über der Rückenlehne eines Stuhls. Mehrere Ballons, die sie ans Vordach gehängt hatten, waren in der Hitze geplatzt. Nur einer nicht, der einsam im Pool dümpelte. Ihre schmutzigen Teller standen überall herum, Krabbenschalen und Reste von Paella zogen geschäftige Fliegen an.

Inspektor Mengual bat sie, am Mosaiktisch Platz zu nehmen, in der sengenden Hitze ohne auch nur ein einziges Glas Wasser. Es hatte sich wie Folter angefühlt.

»Erzählen Sie mir, was passiert ist«, sagte er.

»Ich weiß es nicht. Ich kann mich nicht erinnern«, hatte sie geantwortet. »Es tut mir wirklich leid. Da ist nur Leere.«

Er warf ihr einen eigenartigen Blick zu. »Ihre Freundinnen gaben an, sie hätten im Garten gefeiert und getanzt. Es war wohl sehr laut?«

Sie zuckte die Achseln. »Wahrscheinlich.« Tiff hatte die ultimative Playlist für einen Junggesellinnenabschied zusammengestellt – »Girls Just Want to Have Fun«, »I Will Survive«, »Going to the Chapel«, »Single Ladies«. Sie erinnerte sich daran, irgendwann an diesem Wochenende dazu getanzt zu haben, und wie Tiff Beyoncés Liedtext herausgeschrien hatte, als wäre der Song explizit für sie geschrieben worden. Aber da waren sie im Haus gewesen, oder? Und das war am Freitagabend gewesen oder vielleicht am frühen Abend des Samstags, bevor sie ausgingen? Beides vielleicht. Das Wochenende verschwand in einer dichten Wolke.

»Sie hatten einen Spaziergang gemacht«, fuhr Mengual fort. »Als Sie zurückkehrten, waren Sie verletzt. Was ist da passiert?«

»Ich habe keine Ahnung.« Sie streckte ein Bein aus. Auf ihrem Knie befand sich eine üble Wunde. Ein großer Teil der Haut war abgetragen und hinterließ einen rohen, blutigen Schnitt. Es schmerzte immer noch stark.

»Aoife hat sie ins Haus gebracht, um sie zu verarzten. Ist das korrekt?«

»Wenn die anderen das sagen, stimmt es wohl.«

»Aoife muss den Eindringling gestört haben ... Haben Sie ihn gesehen?«

Sie schloss die Augen und verdrehte sie im Versuch, sich zu konzentrieren. »Möglicherweise. Es kann sein, dass er mich auch angegriffen hat. Ich habe diese sehr vage Erinnerung oder nur ein Gefühl. Dass er mich gegen eine Wand gepresst hat, etwas in der Art. Aber ich bin nicht sicher, wo oder wann das passiert ist.« Sie öffnete wieder die Augen. »Oder ob überhaupt.«

»Entweder es ist passiert oder nicht«, sagte der Inspektor nüchtern. Er wartete auf ihre Antwort und sah von seinem Notizbuch auf, während sie überlegte. Er hatte Falten im Gesicht, aber schöne, dunkle Augen. »Warum behaupten Sie, sich an nichts zu erinnern?«

»Weil es die Wahrheit ist. Ich war bewusstlos.« Er sah sie verwirrt an. »Verstehen Sie?« Dani versuchte das spanische Wort für »bewusstlos« zu finden. Sie wusste, dass es ähnlich klang wie das englische, aber ihr Hirn war nicht in der Stimmung für Übersetzungen. Inspektor Mengual verstand wahrscheinlich sowieso – man konnte nicht an der Costa del Sol arbeiten und kein gutes Englisch sprechen.

»Warum? Hat der Eindringling sie vielleicht geschlagen? Hat er Sie bewusstlos geschlagen?«

»Nein, nein ... ich hatte, wissen Sie ... zu viel getrunken.«

»Sie waren im selben Zimmer und haben trotzdem nichts gesehen oder gehört?«

»Nein, nicht, dass ich mich erinnern könnte, nein.«

»Sich an nichts erinnern zu können ist sehr schlecht«, sagte er. »Zu viel Alkohol. Nicht gut für die Gesundheit.«

»Ja, ich weiß. Wir haben übertrieben, aber es war ein besonderer Anlass. Aoife wird ... wollte heiraten.« Plötzlich fiel ihr Nathan ein – wie erschüttert er sein würde. Sie dachte an die ganzen Hochzeitsvorbereitungen, und dass sie die Gäste würden informieren müssen. Hatte jemand schon mit Aoifes Eltern gesprochen?

Während Mengual sich Notizen machte, blickte Dani zu den anderen hinüber, die unter den Zitronenbäumen in einem schattigen Fleckchen standen. Sie waren die ganze Nacht auf den Beinen gewesen und hatten ihre Aussagen schon gemacht. Dani hatte immer noch das Strandkleid an, das sie am Tag zuvor getragen hatte. Sie verstand nicht, warum sie sich nicht umgezogen hatte und zum Beispiel das fließende Minikleid trug, dass sie speziell für den Sonntagabend gekauft hatte. Die anderen hatten ihre blutbefleckte Kleidung ausgezogen und dem forensischen Team gegeben. Jetzt waren sie für die Heimfahrt gekleidet: Jeans und T-Shirts, Turnschuhe statt High Heels. Die Flüge waren für den Nachmittag gebucht, aber man hatte ihnen schon untersagt, heute abzureisen.

Tiff und Beth hielten sich umklammert. Ihre Münder waren halb geöffnet, aber sie sagten nichts. Celine stand ein wenig abseits. Sie sah gefasster aus. Ihr Blick richtete sich über das türkise Rechteck des Wassers hinweg auf Dani. Sogar aus dieser Entfernung fühlte er sich anklagend an, obwohl sie nicht verstand, warum. Kurz trafen sich ihre Blicke, dann schaute Dani weg.

»So, Miss, bitte sagen Sie mir«, bat Mengual und nahm erneut seinen Stift zur Hand, »wann sind Sie aus diesem ›Schlaf‹ aufgewacht?«

»Erst nachdem alles vorbei war. Der Notarztwagen kam sehr spät, sie sind anscheinend zum falschen Haus gefahren.

Ich glaube, sie waren schon eine Weile da, bevor ich wieder zu mir kam. Ich erinnere mich, dass irgendwann Beth bei mir war ...«

»Was hat sie gesagt?«

»Äh, dass Aoife tot wäre.«

Mengual beugte sich vor. »Was noch? Ich muss es genau wissen. Jedes Wort.«

Sie versuchte sich zu erinnern. »Nur, dass sie einen Einbrecher entdeckt haben musste. Der hatte dann Aoife angegriffen, es hatte einen Kampf gegeben, und er hatte sie auf den gläsernen Couchtisch geworfen. Die anderen versuchten ihr zu helfen, aber ...« Die Sonne briet ihr Gehirn. Plötzlich wurde ihr schwindelig, und sie schwankte zu einer Seite. »Tut mir leid, ich war nur halb bei Bewusstsein und habe nicht alles mitbekommen.«

»Haben Sie den Eindringling gesehen?«

»Nein.«

Der Inspektor ließ seinen Blick über den Garten zu den anderen Frauen schweifen. »Sagen Sie mir, war es eine schöne Party?«

»Äh ... ja, toll. Großartig.« Sie hatte kurz gezögert, bevor sie antwortete, und er hatte die Lüge gerochen.

»Sicher? Es gab keine Probleme? Kein Streit zwischen Ihnen?«

»Nein ... eigentlich nicht. Das Wochenende war ziemlich intensiv, wissen Sie. Es gab die eine oder andere kleine Unstimmigkeit, aber nichts Ernstes.« Sie merkte, dass sie rot wurde und schirmte mit den Händen ihr Gesicht ab, als wolle sie sich gegen die sengende Sonne schützen.

»Worum ging es bei diesen ›kleinen Unstimmigkeiten‹? Wer hat sich gestritten? War Aoife mit dabei?«

»Es war wirklich nichts, nur einfach das Übliche, wenn Leute müde sind oder zu viel getrunken haben.«

Sie konnte ihm nicht die Wahrheit sagen. Die Frauen hatten sich im Vorfeld bereits untereinander geeinigt, der Polizei einiges von dem, was übers Wochenende vorgefallen war, zu verschweigen. Für die Untersuchung war es bedeutungslos und würde Nathan und Aoifes Familie nur aufregen, wenn sie es wüssten.

Der Inspektor musterte sie und schien zu versuchen, ihre Gedanken zu lesen. »Haben Sie eine Vermutung, wer das getan hat?«, fragte sie, um ihn abzulenken.

Er überlegte. »In Marbella gibt es zwar Gewaltkriminalität, aber das meiste spielt sich zwischen Banden ab und betrifft keine Touristen. Es gibt auch Einbrüche in Hotels und Ferienhäuser – Pässe, Kreditkarten, Telefone, Schmuck. Das ist in den großen Ferienresorts leider an der Tagesordnung, und doch ist gestern Abend nichts gestohlen worden.«

»Vielleicht hat Aoife die Einbrecher gestört, bevor sie die Möglichkeit dazu hatten.«

»Das kann sein, ja.« Mengual dachte kurz nach und schaute sich um. »Möglicherweise haben sie diesen Ort gewählt, weil er so abgeschieden liegt. Es gibt keine Nachbarn, keinen Sicherheitsdienst. Außerdem sind Sie junge Frauen und ganz allein. Ein einfaches Ziel. Hmm … Wie auch immer, irgendetwas ist an diesem Fall ungewöhnlich. Es gab offensichtlich einen Kampf. Das hört sich für mich nicht nach einem Einbruch an. Es fühlt sich … wie soll ich sagen … persönlicher an.«

»Wollen Sie damit sagen, die anderen lügen?«, flüsterte sie und warf einen kurzen Blick über die Terrasse

»Nein«, er zeigte ein verkniffenes Lächeln. »Aber ich glaube, dass dieser Fall kompliziert ist. Es gibt eine Menge zu untersuchen.«

»Ich werde tun, was ich kann, um Ihnen dabei zu helfen, Aoifes Mörder zu finden«, sagte sie. »Ich war dabei – ich muss etwas gesehen haben. Natürlich habe ich mir schon den Kopf zerbrochen, aber da ist nichts als Leere.«

»Sie stehen unter Schock«, antwortete der Inspektor. »Bald, wenn es Ihnen allen besser geht, werden die Erinnerungen zurückkehren.«

Aber der Inspektor hatte unrecht. Im Lauf der Jahre versuchte Dani, sich mithilfe psychologischer Beratung, computerbasiertem Training und sogar durch Hypnose zu erinnern – aber es brachte alles nichts. Deswegen ist sie hier, deswegen sind die anderen Frauen mit ihr hier. Sie muss dieses Wochenende noch einmal durchleben, damit die Erinnerungen zurückkehren.

Als Dani zurück auf den Hof kommt, stehen Beth, Tiff und Celine bereits vor dem Auto und warten auf sie. Sie steuert auf die Eingangstür zu. Hier hat alles angefangen, denkt sie. An dem Freitagnachmittag, als sie zum ersten Mal hier ankamen.

KAPITEL FÜNF: DAMALS

– DANI –

Sie zogen ihre Rollkoffer durch den Innenhof und näherten sich einer großen Frau mit langen schwarzen Haaren. In grünen Latzhosen und einer weißen Weste stand sie in der offenen Tür. Sie rieb sich erwartungsvoll die Hände, und ihr Lächeln blitzte im Sonnenlicht auf.

»Willkommen in der Villa Floriana! Ich bin Marta, die Besitzerin. Ich freue mich sehr, dass Sie hier sind.«

Aoife trat vor. »Wir auch, hallo!«

»Sie sind die Braut, ja?« Marta wies auf ihre Schärpe. »Herzlichen Glückwunsch.«

»Oh, danke. Ja, ich bin Aoife. Und das sind meine Freundinnen.«

»*Encantada, mucho gusto*«, sagte Dani, als sie an der Reihe war, Marta Luftküsse zu geben. »*Qué casa tan bonita*. Das ist ein hinreißendes Anwesen. Wirklich etwas ganz Besonderes.«

»*Gracias*, ich liebe es sehr. Es war der Bauernhof meiner Großeltern. Ich kenne es seit meiner Kindheit.« Ihre Gastgeberin hielt inne, und ein Hauch von Wehmut huschte über ihr Gesicht, bevor es sich wieder aufhellte. »Hatten Sie eine gute Anreise? Sie haben sich hoffentlich nicht verfahren?«

Aoife berührte Danis Arm. »Nein, unsere Fahrerin hat das ausgezeichnet gemacht.«

»Ja, ich fahre immer besser, wenn ich ein bisschen angetrunken bin … nur ein Scherz!«, fügte Dani hinzu, als sie Martas besorgtes Gesicht sah. »Mir geht es gut, wirklich. Nur ein Glas Champagner seit dem Frühstück.«

Marta rief ins Haus: »John! Wo bist du? Unsere Gäste sind da!« Sie wandte sich wieder um. »Mein Mann ist Brite. Für alle weiteren Informationen wenden Sie sich bitte an ihn. Mein Englisch ist nicht so gut.«

»Für mich hört es sich perfekt an«, sagte Tiff.

»Hundertmal besser als mein Spanisch«, stimmte Beth zu.

Aoife stieß Dani an. »Dani spricht praktisch fließend.«

»Nein, das stimmt nicht! Ich habe es an der Uni studiert und eine Weile in Spanien gelebt, aber seit Jahren nicht mehr regelmäßig gesprochen.«

Marta lächelte. »Johns Spanisch ist sehr schlecht. Aber das spielt keine Rolle. Wenn man hier lebt, braucht man es gar nicht.«

In diesem Augenblick trat ihr Mann in die Tür. Er war ebenfalls groß und schlank, braungebrannt mit hellbraunem

Haar und einem Bart, der an den Spitzen sonnengebleicht war. Er trug ein luftiges T-Shirt, weite Khakishorts und schwarze Flipflops. Attraktiv, wenn man den Strandgammler-Look mag, dachte Dani. Marta und er müssten Mitte, Ende dreißig sein, schätzte sie, ein paar Jahre älter als sie selbst.

»Hi«, sagte John. »Wie geht's? Junggesellinnenabschied, stimmt's?«

»Nein, wir verkleiden uns immer als Disneyfiguren«, sagte Dani und wedelte mit dem Fischschwanz ihres Kleine-Meerjungfrau-Kleids.

Er grinste. »Nun, dann seid ihr hier richtig. Marbella ist der bevorzugte Ort für Junggesellinnen- und Junggesellenabschiede in Spanien.«

»Deshalb haben wir es ausgesucht«, sagte Tiff ein wenig spitz, wie Dani fand.

»Der Mann, den ihr für euren Cocktailworkshop gebucht habt, ist ein Freund von mir, Matt. Super Typ, die Frauen reißen sich um ihn.«

»Oh, das klingt vielversprechend«, sagte Dani. »Schärft die Krallen, Mädels.«

Marta blickte leicht angespannt drein. »Ich werde Ihnen die Villa zeigen und alles erklären. Bitte?« Sie wies nach innen, und sie folgten ihr.

»Was ich jetzt wirklich will, ist in den Pool springen«, flüsterte Aoife. »Ich kann es kaum erwarten, dieses alberne Kleid auszuziehen.«

»Geht mir auch so«, sagte Beth, deren Cinderella-Kostüm eine bauschige Angelegenheit aus blauem Netz und Satin war. Tiff hatte sich für etwas Cooleres entschieden, eine Version von Schneewittchen im Minikleid. Celine war als Minnie Mouse verkleidet – schwarzes T-Shirt, rotweiß gepunkteter Rock, schwarze Pumps und runde Ohren auf einem Haarreifen. Dani fand, sie sahen wie riesige Kinder auf einer Faschingsparty aus.

Marta wies in Richtung Küche. »Falls Sie kochen möchten, ist alles Nötige vorhanden. Außerdem hausgemachte Limonade im Kühlschrank und Obst, Kaffee, Tee, zahlreiche verschiedene Sorten. Wenn Sie wollen, kann ich morgen früh mit Croissants und *Jamón* vorbeikommen und Ihnen frischen Orangensaft machen.«

»Was meint ihr, Mädels?«, fragte Aoife.

»Das hört sich gut an«, sagte Dani, »solange wir ein bisschen ausschlafen können.«

»Gibt es ein Dorf mit einem Café in der Nähe?«, wollte Beth wissen. »Ich hätte so gern Eier und Bacon.«

»Aber wir sind in Spanien«, murmelte Dani kaum hörbar, wobei es ihr nicht gelang, eine gewisse Gereiztheit zu verbergen. Sie hatte Beth zuvor nur wenige Male getroffen und sie nett gefunden – freundlicher als Tiff jedenfalls, aber es wurde schnell klar, dass sie nicht die gleichen Ansichten hatten. Beth schien unglaublich englisch zu sein, wohingegen Dani und Aoife sich – scherzhaft – als »Kinder des Universums« bezeichneten. Mit Anfang Zwanzig waren sie viel zusammen gereist und hatten dabei immer nach möglichst authentischen Erlebnissen gesucht, Frühstück eingeschlossen.

»Es gibt kein Dorf, aber einen Rasthof etwa acht Minuten mit dem Auto entfernt«, antwortete Marta. »Er heißt ›Venta

El Lago‹ und bietet einen wunderbaren Blick auf den See. Das Essen ist landestypisch. Ich bin mir nicht sicher, ob sie Ihnen ein English Breakfast machen können, aber ich kann Ihnen den Weg auf der Karte zeigen.«

Tiff unterbrach sie mit ihrer Brautjungfernstimme. »Hört sich alles zauberhaft an, aber wir haben morgen einen straffen Zeitplan, da ist ein Auswärtsfrühstück leider nicht drin. Ich habe sogar schon frische Croissants geordert, erinnern Sie sich? Der spanische Schinken hört sich gut an. Und etwas Obst und Joghurt bitte, Martha.«

»Ja, natürlich.« Marta wurde rot. »Tut mir leid, Entschuldigung.«

»Es heißt *Marta*«, murmelte Dani im Weitergehen. Sie konnte es sich nicht verkneifen, Tiffs englische Aussprache zu korrigieren. »Kein th.« Tiff tat so, als hätte sie nichts gehört.

»Hier können Sie entspannen«, fuhr Marta fort und wies auf zwei bequeme Sofas und einen Lehnsessel, die um einen großen Couchtisch arrangiert waren. »Es gibt natürlich WLAN, und der Fernseher hat Netflix.«

»Schön«, sagte Tiff, »aber wir haben nicht vor, drinnen zu hocken und Filme zu schauen.«

»Wir sind wegen des Strands hier«, sagte Beth. »Und wegen der Bars und Clubs.«

Aoife kicherte. »Und wegen der Männer mit ihren Junggesellenabschieden!«

»Oh ja, definitiv«, schaltete Dani sich ein. »Ich bin Single, also kann mich nichts aufhalten. Unsere zukünftige Braut ist natürlich aus dem Spiel, und Celine hat eine Affäre.«

»So würde ich das nicht nennen, aber ich habe einen Partner, ja«, sagte Celine. Im Flugzeug hierher hatte sie mit Dani über ihren Verlobten Farrell gesprochen. Sie wollten im nächsten Jahr heiraten, wobei ihre Heirat sehr viel bescheidener ausfallen würde als die von Aoife.

Beth und Tiff schwiegen. Das bedeutete wahrscheinlich, dass sie auch Singles waren, dachte Dani, und nahm sich vor, Aoife später danach zu fragen. Die hatte bestimmt alle Infos und pikanten Details über das jeweilige Liebesleben der beiden parat. Merkwürdig, das Wochenende mit Menschen zu verbringen, über die sie nahezu nichts wusste. Sie fragte sich kurz, was Aoife den anderen wohl über sie erzählt hatte und hoffte, sie hatte nicht allzu viele Geheimnisse verraten.

Am anderen Ende des Wohnzimmers befand sich eine Freitreppe. Marta brachte sie nach oben in die Master-Suite, die ein eigenes Badezimmer hatte.

»Für die Braut, nehme ich an«, sagte sie.

Es war ein wunderbarer Ort – freigelegte Balken, helle Wände, abgezogene Dielen, bemalte Möbel und schlichte weiße Leinenbezüge auf einem riesigen Bett. Das Zimmer bot einen Ausblick auf den Hof vor der Villa. Hinter den geschlossenen Jalousien versteckte sich gewiss eine fabelhafte Aussicht auf La Concha.

»Es ist riesig! Ich kann hier nicht allein schlafen, Dani Girl«, sagte Aoife. Danis Spitzname bezog sich auf »Danny Boy«, das Lied, das Aoifes Vater ihr als Kind immer vorgesungen hatte. »Willst du es mit mir teilen?«

»Klar«, antwortete Dani schnell. Insgeheim hatte sie sich

schon Sorgen um die Schlafordnung gemacht. »Das ist dann wie in alten Zeiten. Erinnerst du dich an die Reise nach Griechenland am Ende unseres zweiten Jahres? Da haben wir drei Wochen lang das Bett geteilt.«

»Abgesehen von der Zeit, als du bei dem Wasserski-Kerl warst«, erinnerte Aoife sie.

»Den hab ich mir doch nur gekrallt, weil du mich für diesen deutschen Typen sitzengelassen hattest!« Sie brachen in Gelächter aus, und Dani merkte, wie Tiff die Lippen zusammenpresste.

»Tiff und ich können eines der beiden Doppelzimmer unten nehmen«, warf Beth ein. »Das bedeutet, dass Celine, die Glückliche, das dritte Schlafzimmer ganz für sich allein hat.«

»Wenn das für alle in Ordnung ist?«, fragte diese.

»*¡Perfecto!*«, sagte Marta mit einem Lächeln. »Lassen Sie uns nach draußen gehen.«

Sie gingen wieder nach unten. Marta zeigte ihnen den Swimmingpool und wo sie frische Handtücher fanden. Dann gingen sie um die Villa herum und warfen einen Blick auf den kleinen Obstgarten. »Meine Großmutter machte immer wunderbare Marmelade aus den exquisiten Lunero-Zitronen«, erklärte sie. Zu guter Letzt zeigte sie ihnen den Weg zum Olivenhain. Er führte bergab an alten, knorrigen Bäumen vorbei ganz nach unten, wo die Aussicht noch grandioser war als vom Garten aus. Hier gab es eine Feuerstelle, die aus Steinen und Felsen hergerichtet war.

»Es tut mir leid, aber in den Sommermonaten ist es gesetzlich verboten, Feuer zu machen«, sagte Marta.

»Machen Sie sich keine Sorgen«, versicherte Beth ihr. »Wir werden schon nicht den Wald in Brand setzen.«

Als sie zurückkehrten, wartete John im Hof auf sie. In der Hand hatte er etwas, das wie ein Stapel Tickets aussah. »Ich habe ganz vergessen, euch die hier zu geben«, sagte er.

»Danke.« Tiff nahm sie alle entgegen. »Was ist das?«

»Gutscheine für Drinks in meiner Bar.«

Beth sah beeindruckt aus. »Sie … äh, du besitzt eine Villa *und* eine Bar?«

»Schön wär's«, sagte er lachend. »Nein, ich bin nur der Pächter. Marta und ich wohnen in dem Apartment darüber. Die Bar ist in Puerto Banús. Sie heißt Supernova – in zweiter Reihe am Strand. Die kennt hier jeder. Die beste Karaokebar in Marbella. Öffnet um neun Uhr abends. Kommt gern vorbei. Gibt zwei Schnäpse aufs Haus und ein Glas Wein oder Bier. Ihr müsst mir nur fünf Sterne auf TripAdvisor geben, okay?«

»Hört sich stark nach Bestechung an«, sagte Beth.

»Sie ist Rechtsanwältin«, erklärte Tiff.

»Rechtsanwältin *in Ausbildung*.«

»Macht mir nichts aus, bestochen zu werden«, versetzte Dani. Aoife lachte. »Mir auch nicht. Vielen Dank dafür. Wir schauen sicher vorbei, vielleicht schon heute Abend.«

»Für heute Abend haben wir andere Pläne«, sagte Tiff, »aber vielleicht morgen, wenn wir es schaffen.«

»Jederzeit. Ich werde da sein.« Er schaute sie der Reihe nach an, bis sein Blick an Aoife hängenblieb. »Auf jeden Fall wünsche ich euch einen schönen Junggesellinnenabschied, Mädels. Viel Spaß mit Matt, er kennt sich wirklich aus, aber Vorsicht: Seine Cocktails haben es in sich.«

Marta warf ihrem Mann einen warnenden Blick zu. »Unsere Gäste wollen sich jetzt bestimmt erst einmal einrichten.«

»Tut mir leid, ja, wir müssen los. Wir sehen uns morgen Abend!« Er wandte sich um und lief mit klappernden Flipflops Richtung Wagen.

»Hm … hotter Typ«, kommentierte Aoife, nachdem das Paar losgefahren war.

»Und verheiratet«, erinnerte Beth sie nachdrücklich.

»Würde mir nichts ausmachen«, sagte Dani, obwohl das nicht stimmte. Sie hatte schon häufiger verheiratete Männer gedatet, und es hatte stets im Desaster geendet.

Aoife lachte. »Guck nicht so streng, Beth. Wir sind hier, um Spaß zu haben. Was in Marbella passiert, bleibt in Marbella.«

KAPITEL SECHS: HEUTE

– DANI –

Aoifes Lachen klingt immer noch in Danis Ohr, als sie an der Eingangstür den Code in den Key Safe eingibt. Sie entnimmt ihm die Schlüssel. Letztes Mal waren Marta und John gekommen, um sie zu begrüßen, heute ist nicht mal jemand von der Vermittlerfirma erschienen. Als sie versuchte, die Villa zu buchen, fand sie sie auf einer großen Reisewebsite. »Umgebaut von einer traditionellen *Finca*, bietet sie heute luxuriöse, moderne Annehmlichkeiten.« Das Paar, das die Renovierung so liebevoll durchgeführt hatte, wurde nicht erwähnt. Vielleicht gehörte ihnen das Anwesen nicht mehr. Sie könnte es ihnen nicht verdenken, wenn sie die Villa verkauft hätten, um die schrecklichen Geschehnisse hinter sich zu lassen.

Mit angehaltenem Atem sammeln die anderen sich hinter ihr. Dani kann ihre Angst davor spüren, was sich hinter der

Eingangstür verbirgt. Als sie die Villa beim letzten Mal verließen, standen überall beschädigte Möbelstücke herum, und der Boden war mit Glasscherben übersät. Aoifes Blut war überall – Blutspritzer an den Wänden, Flecken auf den Dielen, sogar Fußabdrücke auf dem Teppich. In Danis Vorstellung ist das Durcheinander nie aufgeräumt, das Blut niemals weggewischt worden. Als wäre vor drei Jahren die Zeit stehengeblieben und sie würden gleich einen Tatort betreten, der von Polizisten und Gerichtsmedizinern bevölkert ist.

»Bereit?«, fragt Dani.

»Wann, wenn nicht jetzt«, kommt von Tiff.

Celine seufzt gereizt. »Tu es einfach.«

Dani dreht den Schlüssel um und drückt langsam die Tür auf. Augenblicklich geht ein Alarm los, und sie springen überrascht zurück.

»Scheiße!«

»Der ist neu«, sagt Beth.

»Tut mir leid, sie haben ihn erwähnt, aber ich hab's total vergessen.« Dani scrollt hektisch durch ihre E-Mails, während das Heulen lauter und schneller wird. »Kann jemand herausfinden, wo sich die Anlage befindet, während ich nach dem Code suche?«

Der Wunsch, den ohrenbetäubenden Lärm auszuschalten, ist stärker als ihre Scheu, die Villa zu betreten. Beth stürmt hinein und schaut sich um. »Sie ist hier«, ruft sie von einer Ecke unter den Stufen. »Wie lautet der Code?«

»Äh … Moment … hab' ihn: Eins-zwei-vier-neun.«

Beth gibt die Zahlen ein und das Heulen bricht ab. »Okay, ihr könnt jetzt reinkommen. Alles sicher.«

Dani tritt über die Türschwelle. Als ihre Füße die Steinplatten berühren, durchfährt sie ein elektrischer Schlag bis in die Fingerspitzen. Ihr Kopf dröhnt, ihre Hände kribbeln. Sie verliert die Balance, lehnt sich gegen die Wand und versucht ihre Atmung unter Kontrolle zu bringen. Was war das? So eine psychophysikalische Reaktion hat sie nie zuvor erlebt. Vielleicht war es ein Schub an emotionaler Energie, der ihr System für einen kurzen Moment lahmgelegt hat.

Sie dreht sich um und erwartet, dass Tiff und Celine auf ähnliche Weise reagieren, aber die stehen nur da, schauen sich um und lassen die Vergangenheit auf sich wirken.

»Alles in Ordnung, Dani?«, fragt Beth und tritt auf sie zu. »Du siehst aus, als stündest du unter Schock.«

»Ja, vielleicht ein bisschen.« Sie reibt sich die Hände, um die Taubheit zu vertreiben. »Sehr seltsames Gefühl.«

»Kommt gerade alles wieder zurück, nicht wahr?«

Sie nickt. »Ich hatte totale Angst vor diesem Augenblick. Ich wusste, dass es mit der schwerste sein würde.«

»Tut mir leid«, platzt Tiff heraus, »aber ich bin mir nicht sicher, ob ich das schaffe.«

Beth legt einen Arm um sie. »Hab' keine Angst. Bleib einfach an meiner Seite.«

Dani stößt sich von der Wand ab. Die Taubheit und das Kribbeln lassen nach, ihre Hände fühlen sich wieder lebendig an. Sie schaut sich um.

Alles sieht sauber und ordentlich aus. Die Möblierung ist fast die gleiche – ein Esstisch mit sechs nicht zueinanderpassenden Stühlen, ein Bücherregal voller Paperbacks, ein schweres Sideboard aus dunklem Holz, ein kleiner Fernseher auf einem Gestell, bunte Kissen auf einer Bank vor geweißten Wänden. Es gibt aber auch gerahmte Drucke und Dekorationsartikel, die sie nicht wiedererkennt. Ersatz für das, was zu Bruch gegangen war. Die Buddhastatue steht jedoch unversehrt am selben Platz. Mit friedlichem Gesichtsausdruck sitzt er in der Nische unter der Treppe.

»Hat sich nicht viel verändert«, sagt Beth, »außer das hier.« Sie geht hinüber zur Sitzecke. »Neue Sofas, neuer Teppich und ein neuer Couchtisch, wie zu erwarten. Die Wände sind frisch gestrichen. Man würde nicht vermuten ...«

Celine versucht auf ihrem Handy das WLAN zu finden. »Scheint nicht zu funktionieren«, sagt sie. »Kann mal jemand versuchen sich zu verbinden?« Dankbar für die Ablenkung verbringen sie die folgenden Minuten mit dem Router, geben immer wieder Passwörter ein, schalten ihre Handys aus und wieder ein. Niemand kann online gehen, und es gibt keinerlei Telefonnetz.

»Ich schau mal nach, ob die Agentur uns noch ein anderes Passwort gegeben hat«, sagt Dani und widmet sich wieder ihren E-Mails. »Hm ... nein. Hier heißt es nur, es gäbe freies WLAN, sonst nichts.«

Celine stöhnt auf. »Wir müssen irgendwo hin, wo es Internet gibt.«

»Aber bitte nicht jetzt«, sagt Dani. »Ich muss mich ausruhen, und wir sollten uns um die Verteilung der Zimmer ...«

»Ich habe dir doch schon gesagt, dass ich nicht bleibe.« Celine verschränkt die Arme. »Du kannst mich hier nicht als Gefangene festhalten.«

»Bitte, wir sind doch gerade erst angekommen.«

»Na und? Ich muss für heute Nacht ein Hotel finden und zu Hause anrufen. Es ist wichtig.«

»Ja, okay, okay …«

»Schau mal«, sagt Beth. »Warum lassen wir Dani sich nicht kurz ausruhen und suchen uns dann eine Bar in der Nähe mit WLAN? Wir können auf dem Navi nachschauen.«

Celine runzelt die Stirn. »Wie lange dauert ›kurz ausruhen‹?«

»Zwanzig Minuten?« Dani schluckt ihre Gereiztheit herunter.

»In Ordnung.«

»Sollen wir dieselben Schlafzimmer nehmen wie beim letzten Mal?«, fragt Dani so beiläufig wie möglich. In Wahrheit will sie unbedingt wieder das Schlafzimmer oben. Alles soll so sein wie damals.

»Wär für mich okay«, antwortet Beth.

»Ich bleibe nicht«, erinnert Celine sie zum x-ten Mal. »Es braucht also niemand sein Zimmer zu teilen, außer ihr wollt es, natürlich.«

»Ich glaube, ich wäre lieber in deinem Zimmer, Beth«, sagt Tiff.

Beth lächelt. »Natürlich, Süße. Ganz wie du willst.«

Dani greift nach dem Griff ihres Rollkoffers. »Gut, ich bringe dann mal meine Sachen nach oben und lege mich kurz hin.«

Die Master-Suite ist unverändert. Der Horror dieser Nacht vor drei Jahren hat nie den ersten Stock betroffen, also gab es keinen Grund zur Renovierung. Dani fährt mit den Fingern über den Frisiertisch und stellt sich Aoife vor, wie sie vor dem

Spiegel sitzt. Sie kann ihr Spiegelbild geradezu vor sich sehen, kurzes, stacheliges blondes Haar, blaue Augen, schwarz umrandet mit Kajal, eine Stupsnase, kleiner Schmollmund. Sie sah stets wie eine schelmische Elfe aus, obwohl sie für diese Rolle etwas zu klein war. Dani erinnert sich, wie zufrieden sie an diesem Freitagnachmittag gewesen war, als Aoife sie gebeten hatte, die Suite mit ihr zu teilen. Das war die gerechte Kompensation für die Tatsache, dass sie nicht die erste Brautjungfer war. Es hatte sie geärgert und verletzt, als Aoife ihr beichtete, Tiff ausgewählt zu haben.

»Sie ist meine älteste Freundin«, hatte sie gesagt. »Wir kannten uns schon vor unserer Geburt.«

»Das ist gar nicht möglich«, hatte Dani schmollend geantwortet.

»Unsere Mütter waren eng befreundet. Wir haben alles zusammen gemacht, wir *mussten* Freundinnen werden.«

»Du meinst, ihr wurdet einander aufgezwungen?«

»Nein, überhaupt nicht. Stimmt schon, dass wir nicht viel gemeinsam haben und nicht auf dieselbe Weise denken, aber wir kennen uns in- und auswendig. Ich liebe sie abgöttisch, sie ist wie meine Schwester.« Das hatte wehgetan. Als Einzelkind hatte Dani sich immer nach Geschwistern gesehnt, vorzugsweise nach einer Schwester. »Aber du und ich, wir sind Seelenverwandte«, fuhr Aoife fort und sah sie flehentlich mit ihren blauen Augen an. »Ich hätte viel lieber dich gehabt, aber meine Mutter hätte mich umgebracht, wenn ich Tiff nicht gefragt hätte. Ich hatte nicht damit gerechnet, dass es dir etwas ausmacht. Immerhin musst du jetzt nicht den Junggesellinnenabschied organisieren.«

Aber es *hatte* ihr etwas ausgemacht. Sehr viel sogar. Wie Dani es sah, war Tiff ein Relikt aus Aoifes Vergangenheit. Die wenigen Male, die sie sich im Lauf der Jahre getroffen hatten, waren wahnsinnig unangenehm gewesen. Dani hatte versucht freundlich zu sein, aber Tiff hatte sie stets abblitzen lassen. Es war, als ob sie sich längst gegen sie entschieden hätte. Irgendwann hatte Dani aufgehört, sich darüber Gedanken zu machen. Aoifes älteste Freundin ging sie nichts an, solange sie selbst die beste Freundin war.

Dani öffnet den Reißverschluss ihres Koffers und breitet ihre Kleidung auf dem Bett aus. Jetzt kommt ihr alles so erbärmlich vor, diese alberne Rivalität um den ersten Platz auf Aoifes Freundinnenliste.

An der Uni in Birmingham waren Aoife und sie fast vom ersten Tag an unzertrennlich gewesen. Sie hatten unterschiedliche Seminare, wohnten aber auf demselben Flur im Studierendenheim, wo sie sich eine Küche mit sechs anderen teilten. Es war Liebe auf den ersten Blick. Sie fanden schnell heraus, dass sie dieselben Einstellungen hatten, denselben Geschmack bei Mode und Musik, einen fast identischen Sinn für Humor. Sie investierten beide nur das Minimum, um im Studium voranzukommen und verbrachten den Rest der Zeit damit, zu feiern. Die Leute sagten, sie wären wie Zwillinge, obwohl sie sich nicht ähnlich sahen, und sprachen scherzhaft über sie als »Double Trouble«.

Im zweiten Jahr mieteten sie mit anderen Freundinnen ein Haus, und nach dem Abschluss zogen sie zusammen nach London. Eine Zeit lang waren sie rastlos, zogen von einer dubiosen Mietwohnung in die nächste und unternahmen wenig erfolgreiche Versuche, ihre Karrieren anzukurbeln. Ihre Wochenenden verbrachten sie in Clubs, zelteten auf unzähligen Festivals, tranken viel Alkohol, trafen sich online mit den ungeeignetsten Männern. Sie waren immer füreinander da, wenn etwas schiefging, was gelegentlich vorkam, aber die meiste Zeit hatten sie Spaß. So sah ihr Leben in London aus – immer pleite, aber nie gelangweilt. Sie konnten nicht genug davon bekommen

Dann traf Aoife Nathan und alles veränderte sich. Oder besser: Aoife veränderte sich. Nathan fand, sie hätte die Zeit seit der Universität verschwendet und müsse erwachsen werden, sie habe ungenutztes Potential und versteckte Talente. Mit seiner Hilfe würde sie zu einer unglaublichen Superfrau werden und die Weltherrschaft übernehmen. Sicher, dachte Dani, geht klar.

Als Nathan ihr zum ersten Mal vorgestellt wurde, wusste sie sofort, dass sie Feinde sein würden, die um Aoifes Liebe konkurrierten. Nathan gab Dani die Schuld an sämtlichen Unzulänglichkeiten Aoifes, und beschloss, dass man sie voneinander fernhalten sollte wie streitsüchtige Kinder in der Schule. Aoife war geradezu besessen von ihm und nickte zu allem, was er sagte. Einige Monate später verließ sie Dani und zog in sein traumhaftes Apartment am Fluss in Canary Wharf. Er besorgte ihr einen Job bei einer Fernsehproduktion für Reality Shows.

Dort traf Aoife Celine. Bald gingen sie regelmäßig zusammen zum Yoga. Yoga – was sollte das denn? In all den Jahren, die Dani Aoife kannte, hatte sie sich nie für Sport interessiert. Jetzt zeigte sie Interesse an vielen neuen Dingen wie Maniküre und das Bräunen ihrer Beine ... Dani erkannte sie kaum wieder. Wann immer sie sich trafen – was nicht mehr häufig geschah –, verbrachte Aoife den Abend damit, Nathans unzählige Vorzüge aufzuzählen, von denen keiner für Dani nachvollziehbar war. Diese neue Aoife gefiel ihr nicht, aber sie blieb dran in der Hoffnung, dass die Beziehung mit Nathan nicht lange halten und sie ihre beste Freundin zurückbekommen würde. Es war ein Schock, als die beiden sich verlobten. Der nächste Schlag kam, als sie als erste Brautjungfer übergangen wurde.

Dani dreht sich vom Spiegel weg. Schon wieder hat sie ihre eigenen alten Wunden aufgerissen, an den Narben ihres Grolls gekratzt. Warum um die Aufmerksamkeit von jemandem kämpfen, der nicht mehr lebt? Sie hat das selbstverständlich in vielen Therapiesitzungen bearbeitet, und es wurde nie eine Ursache dafür gefunden, geschweige denn eine Lösung.

»Waren Sie in Aoife verliebt?«, hatte sich eine Therapeutin einmal getraut zu fragen. Die wahre Antwort darauf kennt Dani immer noch nicht. Sie hat sich stets als heterosexuell gesehen und fühlte sich nie besonders zu Frauen hingezogen, aber Aoifes Tod hatte sie so hart getroffen, dass sie ins Grübeln kam. Körperlich haben sie sich nie geliebt, und doch war es mehr als nur Freundschaft. Es war eine Verschmelzung – jahrelang waren sie miteinander verbunden. Aoife zu verlieren, war wie ein Teil ihrer selbst zu verlieren. Sie liebte sie, ja, natürlich liebte sie sie. Es gibt so viele verschiedene Arten der Liebe ...

Sie hört jemanden die Treppe hochkommen und legt sich schnell aufs Bett, als ob sie geruht hätte.

Celine erscheint in der geöffneten Tür. »Können wir jetzt los?«, fragt sie. »Ich hätte wirklich gerne die Chance, ein Hotel zu finden …«

»Bitte, ich würde mir wünschen, dass du bleibst«, antwortet Dani, richtet sich auf und stützt sich auf den Ellbogen ab.

»Will ich aber nicht. Du hättest uns nicht hierherbringen sollen. Das ist grausam. Tiff ist am Boden zerstört, und ich bin sicher, Beth kämpft ebenfalls, auch wenn sie es nicht zeigt.«

»Es tut mir leid … ich weiß, ich hätte mit allen reden müssen, aber ich hatte Angst, ihr würdet nein sagen.«

»Wissen Marta und John, dass wir hier sind?«

»Das bezweifle ich. Ich weiß nicht einmal, ob das Haus ihnen noch gehört. Ich habe im Netz über eine Agentur gebucht – es war alles sehr unpersönlich.«

Dani rutscht ans Ende des Bettes und steckt die Füße in ihre Sandalen. »Bitte denk noch mal darüber nach, Celine. Ich bin mir sicher, dass es Tiff und Beth helfen würde, wenn wir zusammenbleiben. Du willst doch auch Aoifes Grab besuchen, oder nicht?«

»Ich weiß nicht …«

»Schau mal, wir gehen zu der Bar, holen uns etwas zu essen, du kannst deine Anrufe erledigen. Dann kommen wir alle zurück und gehen früh ins Bett. Und wenn du wirklich nicht bleiben willst, bringe ich dich morgen zum Flughafen. Was sagst du dazu?«

»Hmm.«

»Bitte. Gib mir nur eine Nacht.«

»Ich verstehe nicht, warum du uns hierher zurückgelotst hast. Was versprichst du dir davon?«

»So ganz genau weiß es auch nicht. Vermutlich ist es so etwas wie der Versuch, einen Abschluss zu finden.«

»Abschluss? Es fühlt sich an, als wolltest du alles wieder aufreißen.«

Dani erhebt sich. »Komm, du wirst dich besser fühlen, sobald du zu Hause jemanden erreicht und dich nach deinem kleinen Jungen erkundigt hast. Dann kannst du dich entscheiden.«

KAPITEL SIEBEN: DAMALS

– CELINE –

Von den Frauen dieses Wochenendes war ich am kürzesten mit Aoife befreundet. Wie aus dem Nichts war sie vor achtzehn Monaten aufgetaucht und hatte an dem ihr zugewiesenen Schreibtisch mir gegenüber Platz genommen. »Aoife ist unsere neue Assistentin für Stoffentwicklung«, hatte mein Chef Charlie gesagt. »Zeig ihr bitte alles, Celine. Und sei nett!«

Anfänglich war mir nicht danach, nett zu sein. Keiner von uns wusste, dass eine Stelle ausgeschrieben gewesen war, geschweige, dass uns jemand gefragt hätte, ob wir zusätzliche Unterstützung benötigten. Wir fanden alle, dass Aoife uns aufgedrängt wurde. Als ich sie fragte, wie sie an den Job gekommen war, murmelte sie etwas in der Art, dass ihr Freund ein Kumpel von Charlie wäre und dass sie mal zusammen Geschäfte gemacht hätten. So etwas passiert ständig. Es war sinnlos, sich über Vetternwirtschaft zu beklagen, so war es nun mal. Glücklicherweise war Aoife liebenswürdig und lernwillig, also nahm niemand es ihr übel.

Obwohl ich ein paar Jahre älter war als sie, freundeten wir uns schnell an. Wir gingen immer zusammen zum Mittagessen, und ich überredete sie, mit mir an den Montagabenden zum Yoga zu kommen. Sie hingegen schleppte mich mit ins Kino, um romantische Komödien zu sehen, die Nathan nicht mit ihr gucken wollte. Wir hatten auch mehrere Verabredungen zu viert, und unsere jeweiligen Freunde kamen gut miteinander aus. Farrell war sogar ein klein wenig in Nathan verknallt. Er hatte diesen Plan (oder eher die Fantasie), dass Nathan Investoren für seine neueste Geschäftsidee finden würde – karibische Soßen, die auf den Rezepten seiner Großmutter basierten. Das war es, womit Nathan offensichtlich seinen Lebensunterhalt verdiente: Er machte anderer Leute Träume wahr.

Wir waren zur Hochzeit eingeladen worden, aber nur für den späteren Abend, wenn die Älteren nach Hause gegangen waren und frische Beine fürs Tanzen benötigt wurden. Farrell war enttäuscht, aber ich hatte kein Problem damit. Einige meiner Kollegen gingen ebenfalls, und ich freute mich auf einen lustigen Abend. Aoife hatte nichts von einem Junggesellinnenabschied erzählt, also nahm ich an, dass es entweder keinen gab, was unwahrscheinlich war, oder dass ich nicht eingeladen worden war. Und auch das war okay für mich. Aoife und ich kamen gut miteinander aus, aber wir waren nicht eng miteinander und ich kannte keine ihrer Freundinnen. Außerdem war mir so etwas ohnehin zu teuer.

Etwa drei Monate vor dem großen Tag luden Nathan und Aoife uns zu einem Essen ein – sie wollten das neu eröffnete Restaurant des Gewinners einer Kochshow ausprobieren. »Geht auf mich«, sagte Nathan. Es ging immer auf ihn. Sicher, er verdiente viel mehr als wir, aber mir war es peinlich, nie die Rechnung zu teilen. Diesmal jedoch war ich erleichtert. Die Preise waren astronomisch.

Das Restaurant war an Tamtam nicht zu überbieten. Es gab nur kleine Gerichte, die einzeln serviert wurden – in einer Reihenfolge, die vom Koch vorgegeben war –, um bewundert und fotografiert zu werden, bevor man probieren durfte. Alles war zum Teilen gedacht, und obwohl das Essen köstlich schmeckte, waren die Portionen so klein, dass sie mit wenigen Bissen verputzt waren.

Um die Hochzeit gab es eine Menge Getue, und es hörte sich alles sehr extravagant an. Blumenbögen, Schokoladenbrunnen, Streichquartett, Caterer der Extraklasse, eine neunköpfige Jazzband ... Nathan redete fast die ganze Zeit. Er schien vergessen zu haben, dass wir nur auf der Ersatzbank saßen und nicht vor dem Anschneiden des Kuchens erscheinen würden. Dann kam er auf das Wochenende mit dem Junggesellinnenabschied zu sprechen. Er ging offensichtlich davon aus, dass ich eingeladen worden war und fragte mich, welche Disneyfigur ich sein würde. Aoife – Gott segne sie – bat mich sofort, mitzukommen, und Farrell stimmte zu, bevor ich etwas sagen konnte. Auf dem Heimweg stritten wir uns deswegen.

»Sie wollte mich überhaupt nicht einladen«, sagte ich. »Sie war nur höflich.«

»Vielleicht, aber es ist gut, wenn du dabei bist«, antwortete er. »Nathan hat unglaubliche Kontakte.«

»Er wird doch gar nicht mitfahren. Davon abgesehen ist es ein privater Trip, kein Networking Event.«

»Du solltest trotzdem fahren. Es ist wichtig. Für mich … fürs Geschäft.«

»Weißt du, was das kostet?« Ich brach in Tränen aus. »Das ist keine Kneipentour die Hauptstraße entlang. Es ist Marbella – drei Übernachtungen! Das können wir uns nicht leisten.« Ich konnte mich gerade noch beherrschen, Farrell daran zu erinnern, dass er Freelancer – oder, in anderen Worten, arbeitslos – war und dass ich die Einzige mit einem festen Job war, die uns beide damit ernährte.

Als ich herausfand, dass insgesamt nur fünf Frauen mitkamen – wirklich nur beste Freundinnen –, fühlte ich mich unwohl, aber es war zu spät. Ich hatte auf der Arbeit freigenommen, meinen Flug bezahlt und mir ein Minnie Mouse-Kostüm gekauft. Ich war sogar dem Slogan *No Carbs Before Marbs* gefolgt und hatte dadurch zwei Kilo abgenommen.

Tiff, Beth und Dani traf ich zum ersten Mal an diesem Freitagmorgen am Flughafen. Aoife hatte mich schon mit den gröbsten Informationen versorgt – Tiff und Beth waren Schulfreundinnen, und die drei kannten sich seit Jahren. Tiff war Unternehmensberaterin und Beth in der Ausbildung zur Rechtsanwältin. Das hörte sich ziemlich einschüchternd an, und ich machte mir Sorgen, dass sie auf mich herabschauen würden. Aoife wusste nicht mehr genau, was Dani gerade machte, aber es war irgendein befristeter Job. Auf der Universität war sie Aoifes beste Freundin gewesen. Ich hatte das

Gefühl, dass sie immer noch beste Freundinnen waren, obwohl Aoife Tiff zu ihrer ersten Brautjungfer gemacht hatte.

Dani war sehr attraktiv – schlank und gleichzeitig kurvig. Sie war braungebrannt, hatte wunderschöne braune Augen und dunkles, lockiges Haar, das sie offen trug. Sie war voller Energie und kam mir sehr selbstbewusst vor. Von den dreien war sie die freundlichste. Auf dem Flug saß sie neben mir und sorgte dafür, dass ich in die albernen Spiele, die wir spielten, einbezogen wurde. Das Champagnerfrühstück, das wir uns gönnten, war dabei durchaus hilfreich. Ehe ich mich versah, machte ich Witze mit den Flugbegleitern und improvisierte mit Dani in der Schlange vor der Toilette sogar ein Duett von Diana Ross' »I'm still Waiting«.

Es brauchte nicht lange, um das verborgene Gefüge der Gruppe zu erkennen. Dani und Aoife waren klar eine Einheit. Sie wechselten ständig Blicke und lachten über Insiderwitze, die nur sie beide verstanden. Tiff fand das gar nicht witzig. Sie und Dani begannen, kleine verbale Giftpfeile aufeinander abzuschießen – von Anfang an gab es eine klare Rivalität zwischen ihnen. Beth hielt sich raus. Sie war wie ein knuddeliger Teddybär, sanft und nachgiebig, mit ihrem wunderschönen kastanienbraunen Haar und ihrer sehr blassen Haut. Für mich verkörperte sie die Vernünftige in der Gruppe. Tiff hingegen war gertenschlank und im Gegensatz zu Beth bissig wie ein Hofhund.

Als erste Brautjungfer war sie krampfhaft darum bemüht, alles unter Kontrolle und immer das Sagen zu haben, gleichzeitig war Dani unsere einzige Fahrerin und die Einzige, die Spanisch sprach. Ohne ihre Unterstützung konnten wir nicht viel unternehmen, was für zusätzliche Spannungen sorgte. Tiff hatte schon auf Google einen Supermarkt in der Nähe des Flughafens rausgesucht, wo wir unsere Vorräte einkaufen konnten. Dani fand, wir sollten es darauf ankommen lassen und etwas näher an der Villa suchen, damit die Tiefkühlprodukte nicht schmolzen. Der Gedanke war nicht schlecht, aber Tiff hielt dagegen, weil sie Sorge hatte, in der Nähe vielleicht nichts zu finden. Dani widersprach. Sie bestand darauf, das Risiko einzugehen und hatte schlussendlich als Fahrerin das letzte Wort.

An einem Kreisverkehr in Marbella fanden wir problemlos ein Mercadona und hüpften in unseren Kostümen lauthals lachend durch die Gänge, während wir verschiedenste Flaschen in unsere Einkaufswagen luden – Wein, Sekt, Wodka, Gin, Tequila. Hinzu kamen Dosen mit fertigen Cocktails – Strawberry Daiquiris, Mojitos, Margaritas, Piña Coladas – die billigsten Marken, die uns in die Finger kamen. Beth tobte sich in der Delikatessenabteilung aus und stapelte kübelweise Oliven, Stangenbrot, große Pakete Schinken und mehrere riesige Chipstüten und Brezeln in ihren Wagen, »um den Alk aufzusaugen«, wie sie es eloquent formulierte. Außerdem kauften wir eine unglaubliche Menge von Häagen-Dazs. Niemand warf auch nur einen Blick auf die Liste, die Tiff im Voraus sorgfältig erstellt hatte. Sie stapfte aus dem Supermarkt und weigerte sich, etwas zu tragen.

Wir stopften die Einkaufstüten in den Kofferraum zu unserem Gepäck und stiegen ein. Los ging es in die Berge. Mir wurde ganz schwummrig, als die Straße immer kurviger wurde und weiter anstieg, obwohl ich zugeben muss, dass

Dani sehr souverän fuhr und sich schnell an die – in meinen Augen – falsche Straßenseite gewöhnt hatte.

Ich hatte nicht erwartet, dass wir so weit weg von der Küste wohnten, aber als ich die Villa Floriana sah, war ich wie verzaubert. Mir gefielen die rauen, weiß verputzten Wände, das Dach mit seinen Ziegeln, die bauchigen Töpfe aus Steingut, die vor bunten Blumen überflossen, das atemberaubende Panorama über das Tal hinweg, das immer wieder meinen Blick anzog. Ich war schon mehrmals in Spanien gewesen, aber nur in den üblichen Feriensiedlungen an der Küste. Das hier war etwas ganz anderes. Eine andere Welt. Vergiss das Geld, dachte ich mir. Das wird einfach nur großartig.

Nachdem sie uns alles gezeigt hatten, ließen Marta und ihr englischer Mann uns allein, damit wir uns einrichten konnten. Wir packten unsere Einkäufe aus und bestückten den Kühlschrank mit reichlich Alkohol. Die von der Hitze schon ein wenig weich gewordene Eiscreme steckten wir gleich ins Gefrierfach. Nachdem wir genügend Sektgläser gefunden hatten, öffnete Dani eine Flasche Cava.

»Auf Aoife!«, rief sie und erhob ihr Glas. »Und auf uns, die immer an ihrer Seite stehen!«

Als die Jubelrufe verklungen waren, kündigte Tiff an, unsere nächste Aufgabe bestünde darin, alles zu dekorieren. Es galt Ballons aufzublasen, Kerzen anzuzünden, die Terrasse mit thematisch passenden Girlanden zu schmücken, batteriebetriebene Lichter in den Garten zu hängen … Aoife durchkreuzte diesen Plan allerdings, indem sie verkündete, sie würde keinen Finger krumm machen, bevor sie nicht eine

Runde geschwommen wäre, und wir anderen waren froh, dass wir uns doch erst einmal entspannen konnten.

Ich war erleichtert, ein Schlafzimmer für mich allein zu haben. Es befand sich parterre im hinteren Teil des Hauses neben den Zimmern von Tiff und Beth. Das Auspacken dauerte nicht lange. Ich hatte nur das Minimum mitgebracht – ein Outfit zum Feiern gehen, einen schwarzen rückenfreien Jumpsuit, ein leichtes Sommerkleid zum Shoppen oder Flanieren, ein paar Shorts und einige Tops, zwei Bikinis und ein Strandtuch. Ich hängte die Kleider in den Schrank und reihte meine High Heels, Turnschuhe und Birkenstocks an der Wand auf. Jetzt war nur noch eine Plastikschachtel übrig, die die Masken enthielt, die Nathan mir gegeben hatte. Ihr Anblick bereitete mir Bauchschmerzen. Sie waren mit genauen Anweisungen versehen, denen ich nicht folgen wollte. Ich schloss die Lasche und zog den Reißverschluss der Verpackung zu, als hätte ich Angst, sie könnten entfliehen.

Nachdem ich mich für das Bett gleich am Fenster entschieden hatte, legte ich mich darauf und ließ den Kopf in das Kissen sinken, das für meinen Geschmack etwas zu dünn war. Obwohl draußen die Sonne schien, war es in dem Raum angenehm dunkel. Schon im nächsten Moment spürte ich, wie mir die Augen zufielen. Ich war müde von der Reise und der Anstrengung, neue Menschen kennenzulernen. Eigentlich hatten wir vereinbart, uns nur schnell unsere Badeanzüge anzuziehen, aber ich wollte mich am liebsten nicht mehr bewegen. Als ich gerade dabei war, einzuschlafen, piepste mein Handy. Mein Herz geriet kurz ins Stolpern, denn ich dachte, es könne eine E-Mail meines Bosses Charlie sein. Aber es war eine Nachricht von Farrell, der mich nach Neuigkeiten fragte. *Nein, bisher nichts*, antwortete ich.

Tags zuvor hatte ich ein Vorstellungsgespräch gehabt. Es war recht gut verlaufen, obwohl ich im Vorfeld ziemlich aufgeregt gewesen war. Die Gespräche mit den Bewerbern von außerhalb der Firma fanden heute statt. Hoffentlich würde die Kommission sich schnell entscheiden und ich würde vor Ende des Nachmittags etwas Positives hören.

Ich lag auf dem Bett, sinnierte darüber, wie weit ich gekommen war und war stolz auf meine Leistung. Seit ich zwanzig war, arbeitete ich nun schon bei dieser Medienproduktion. Zwölf ganze Jahre. Ich war immer schon ein großer Fan von Reality TV gewesen, hatte aber bislang keine Ahnung gehabt, wie solche Formate kreiert wurden. Die Firma war seinerzeit ein Start-up gewesen und konnte sich keine Festanstellungen leisten. Ich begann als Springer, machte Tee und stand am Kopierer. Als die Firma expandierte, galt das auch für meinen Tätigkeitsbereich. Ich wurde zur Empfangsdame befördert, dann zur persönlichen Assistentin von Charlie, der mein Potential erkannte. Er unterstützte mich dabei, in den kreativen Bereich zu wechseln bis hin zur Entwicklungsassistentin. Es wurde nicht sonderlich gut bezahlt, doch es war meine große Chance, und ich griff mit beiden Händen zu.

Jahrelang hatte ich Überstunden gemacht und an Feiertagen gearbeitet. Ich hatte mich um Charlies Kinder gekümmert, wenn er sie mit zur Arbeit brachte, hatte mir Gummistiefel angezogen und den Keller entrümpelt, als das Gebäude überflutet wurde. Ich hatte mir Tausende Stunden Filmmaterial angeschaut, behielt die Konkurrenz im Blick und hatte ein gutes Näschen für die Trends von Morgen. Wichtiger vielleicht noch: Ich verstand das Publikum besser als so manche Kollegin mit Hochschulabschluss.

Schließlich arbeitete ich mich bis zur leitenden Angestellten für Projektentwicklung hoch. Nicht schlecht für eine, die mit sechzehn die Schule geschmissen hatte. Inzwischen konnte ich enorm viel Erfahrung vorweisen und hatte eine Menge zu den verschiedensten erfolgreichen Formaten beigetragen. Freunde fanden, ich wäre unterbezahlt und sollte mich nach etwas anderem umschauen, aber ich war der Firma und Charlie gegenüber loyal, der stets an mich geglaubt hatte.

Als Jocelyn, die Leiterin unserer Entwicklungsabteilung, in Mutterschaftsurlaub ging, bat Charlie mich, für sie einzuspringen. Er fand, es wäre meine Chance, mich zu beweisen, und, ohne arrogant klingen zu wollen, ich habe meine Sache sehr gut gemacht. Als Jocelyn sich entschied, nicht wieder zurückzukehren, ging jeder – ich eingeschlossen – davon aus, dass ich befördert würde, aber die Firma hatte inzwischen eine eigene Personalabteilung, und man teilte mir mit, der Posten müsse ausgeschrieben werden. Charlie erklärte, ich solle mir keine Sorgen machen, es gehe nur um Chancengleichheit, und der Job wäre mir sicher. Als ich die Ausschreibung aber online las, sank mir das Herz in die Hose. Es hieß, der ideale Kandidat sei ein Akademiker mit entsprechendem Abschluss, den ich nicht hatte. Dennoch versicherten mir meine Kolleginnen, ich wäre die erste Wahl, und das nicht nur, weil ich schon von Anfang an in der Firma war, sondern weil ich es verdient hätte.

Mein Handy piepste erneut, diesmal war es eine E-Mail. Könnte es *die* Mail sein? Herzklopfen. Ich öffnete mein Postfach. Dummerweise war es nur Werbung von einer Immobilienfirma, bei der ich mich vor Jahren registriert hatte, als ich nach einer neuen Mietwohnung suchte. Ich seufzte und ärgerte mich über mich selbst, weil ich mir ganz umsonst Hoffnungen gemacht hatte. Vielleicht war es besser, ein wenig Abstand zu gewinnen. Der Freitag war fast vorüber und bis Montag würde ich nichts Weiteres hören. *Vergiss es einfach*, sagte ich mir. *Lass es dir gutgehen.*

Ich sprang vom Bett und griff nach meinem Badeanzug.

KAPITEL ACHT: HEUTE

– DANI –

Alle tragen jetzt Sommerkleider oder Shorts – ein gutes Zeichen, denkt Dani, als sie das Auto wendet und damit vom Hof rollt. Je weiter sie sich von der Villa entfernen, desto mehr ist zu merken, wie die allgemeine Anspannung nachlässt, auch wenn sie diesen Ort nur für wenige Stunden verlassen werden. Am Ende der Straße fährt sie nach rechts, kurz darauf nach links in Richtung Küste. Die nächste Bar ist nur wenige Kilometer entfernt, aber zu laufen war dennoch keine Option. Die Straßen sind zu eng und kurvenreich. Es gibt keine Gehwege und keine Beleuchtung.

Venta El Lago thront auf einem Hügel. Beim letzten Mal hatte Marta es als Frühstückslokal empfohlen, aber sie waren nie dort gewesen. Vor dem Gebäude quetscht Dani den Seat in die letzte verfügbare Parklücke. Sie steigen aus und gehen zur hinteren Veranda, die einen spektakulären Blick über den Istán-See bietet.

Es ist erst früher Abend, aber das Restaurant ist schon gut besucht. Auch wenn die Architektur und das Wetter klar auf eine spanische Location hindeuten, erinnert die Atmosphäre mehr an einen britischen Pub. Alle sitzen draußen. Dani hört die verschiedensten Akzente – London, Schottland, Deutschland, Skandinavien. Venta El Lago mag von Spaniern betrieben werden, zieht aber offensichtlich sämtliche Auswanderer an, die in den umliegenden Immobilien wohnen.

»Ist der dort drüben in Ordnung?« Dani weist auf einen weit entfernten Tisch in der Ecke, neben dem Gewürze und Besteck aufbewahrt werden. »Viel ist eh nicht mehr frei.«

»Für mich okay«, sagt Beth. Mehrere Augenpaare folgen ihnen neugierig, als sie sich an den Tischen vorbeiquetschen. Jeder scheint jeden zu kennen, dies ist kein typischer Ort für Touristen.

Seit sie angekommen sind, hat Celine auf ihr Handy gestarrt. »Endlich«, sagt sie. »WLAN. Ich muss dringend zu Hause anrufen. Kann mir jemand bitte ein Glas Weißwein bestellen? Alles außer Chardonnay.« Sie wartet nicht auf eine Antwort, sondern geht zurück auf den Parkplatz, das Handy schon am Ohr.

»Ich muss auch telefonieren«, sagt Tiff. »Für mich dasselbe bitte, ein großes Glas. Es dauert nicht lange.« Sie huscht in die Bar und stößt fast mit einem Kellner zusammen, der mit einem Tablett voller Getränke nach draußen eilt.

Beth schaut Tiff hinterher, und ein Ausdruck leichter Panik zieht über ihr Gesicht.

»Sieht aus, als blieben wir zwei übrig«, sagt Dani, als Beth Platz nimmt. Ein Kellner tritt an ihren Tisch, und Dani bestellt auf Spanisch – eine ganze Flasche Wein, weil das billiger ist als drei Gläser, und für sich eine Cola.

Schweigend sitzen sie da und betrachten die Szenerie. Eine Gruppe Auswanderer hat sich um einen Tisch in der Nähe versammelt. Ihre Stimmung ist gut, und sie prosten sich zu. Dann unterhalten sie sich so laut, dass Dani einige Brocken ihres Gesprächs mitbekommt. Einer von ihnen erzählt Witze, und die anderen biegen sich vor Lachen. Es fühlt sich an wie der Feierabend an einem Freitag, aber Dani bezweifelt, dass hier jemand eine Woche lang geschuftet hat.

»Schau jetzt nicht hin, aber diese Typen hinter dir«, flüstert Beth und beugt sich über den Tisch. »Ich glaube, das sind Drogendealer.«

»Wirklich?« Dani widersteht der Versuchung, sich sofort umzudrehen. »Wie kommst du darauf?«

»Jeder von denen hat einen Haufen Handys vor sich liegen, alle in unterschiedlichen Hüllen. Das sagt doch schon alles. Einer von ihnen trägt so eine Art Umhängetasche. Und den Tischservice hat der Geschäftsführer höchstselbst übernommen, als wären es seine wichtigsten Kunden.«

»Ein bisschen verdächtig wirkt das schon, oder?«

»Ja, und sie beobachten uns.«

»Scheiße. Sieh ihnen bloß nicht in die Augen, Beth, um Himmels willen. Schau weg.«

»Sie sitzen genau vor mir.«

»Dann rutsch ein wenig herum, aber nicht zu auffällig.«

Sie lehnt sich vor und flüstert. »Die sind wie diese Typen im Nachtclub, erinnerst du dich?«

Natürlich erinnert sie sich. Nur zu gut. Aber die Reise in diesen Teil der Vergangenheit steht für morgen Abend auf dem Programm, nicht für heute.

»Hast du im Job mit solchen Typen zu tun?«, will sie von Beth wissen.

»Gott, nein. Ich kümmere mich um Familienrecht. Testamente, Scheidungen, Sorgerecht, Adoptionen ...«

»Du hast inzwischen deinen Abschluss, nicht?« Beth nickt stolz. »Glückwunsch. Ich habe gehört, das ist ziemlich anspruchsvoll.«

»Allerdings, das ist es, und ich habe es mir noch etwas schwerer gemacht. Ich hätte gleich auf der Uni Jura studieren sollen – hätte mir viel Geld und Kummer erspart –, aber zuerst dachte ich, ich werde lieber Buchhalterin. Hab's probiert, aber es war mir zu einsam. Ich brauche Menschen um mich, menschlichen Kontakt, weißt du?« Sie scheint erleichtert zu sein, ein Gesprächsthema gefunden zu haben. »Ich hatte schon früher daran gedacht, Anwältin zu werden, aber ich hatte Angst, nicht klug genug zu sein.«

»Du hast dir selbst im Weg gestanden«, sagt Dani, die dieses Gefühl nur zu gut kennt. Bei ihr war es auch so. Auf der Schule hatte sie davon geträumt, Dolmetscherin zu werden, um die Welt zu reisen, für die Vereinten Nationen zu arbeiten oder für die EU. Aber als sie mit dem Studium von Französisch und Spanisch begann, fand sie heraus, dass die hochdotierten Jobs meist an besser Ausgebildete gingen, die schon zwei- oder dreisprachig aufgewachsen waren. Ihre Träume lösten sich in Luft auf. Sie kam sich betrogen vor, unter Wert verkauft.

Anstatt einfach härter gegen alle Widerstände anzukämpfen, gab sie auf. Aoife und sie hatten sich gegenseitig aufgestachelt, im Hier und Jetzt zu leben und sich keine Gedanken über die Zukunft zu machen. Es schien alles so weit weg. Sie hatten drei tolle Jahre und machten einen unvermeidlich unterdurchschnittlichen Abschluss. Für eine Weile blieben sie ihrem hedonistischen Lebensstil treu, aber bald hatten sie kein Geld mehr und mussten sich nach Arbeit umsehen. Dani ging für ein Jahr nach Spanien, vermisste jedoch London und Aoife, also kam sie zurück. Sie beide fühlten sich verloren. Sie hatten keine Karriere, kein Geld, ein unbefriedigendes Liebesleben. Die Party war endgültig vorbei. Wenigstens haben wir uns gegenseitig, dachte Dani. Dann tauchte Nathan auf der Bildfläche auf, und sie war auch im Scheitern allein.

»Ich bewundere dich, Beth«, sagt Dani und setzt ihre Unterhaltung fort. »Aoifes Tod muss schlimm für dich gewesen sein. Ich weiß nicht, wie du es geschafft hast, weiterzumachen, wirklich nicht. Ich habe in den letzten drei Jahren nichts auf die Reihe gekriegt, aber du hast dir ein neues Leben aufgebaut. Das hat sicher viel Kraft gekostet.«

»Durch Aoifes Tod bin ich entschlossener geworden«, sagt Beth. »Ich hatte schon so viel Geld ausgegeben und so viel geopfert ... mein Sozialleben, Beziehungen ... ich konnte das nicht alles aufgeben.« Sie wendet den Blick ab und beißt sich auf die Lippen. Ihre Augen werden feucht, und sie reibt mit der Hand darüber. »Tut mir leid. Hier zu sein, lässt alles wieder hochkommen – welche Schlachten jede von uns schlagen musste.«

»Jedenfalls hast du etwas Positives daraus gemacht«, sagt Dani. Sie streckt eine Hand aus und legt sie zärtlich auf Beths Arm. »Aoife wäre stolz auf dich.«

»Nein … sag das nicht.« Die Tränen, die Beth zurückhalten wollte, kullern nun über ihre Wangen. Sie greift nach einer Serviette und tupft sich die Augen. »Bitte sag das nicht.«

Ihre Getränke werden gebracht, womit das Thema beendet ist. Dani nippt an ihrer Cola und gewährt Beth eine Verschnaufpause. Sie wollte sie nicht zum Weinen bringen, ist aber froh, dass sie die Gelegenheit hatten, unter vier Augen zu sprechen – schon zum zweiten Mal heute. Normalerweise klebt Beth an Tiff. Sie sind die ältesten und engsten Freundinnen in der Gruppe, aber da ist noch etwas anderes. Es ist, als müssten sie sich erst gegenseitig um Erlaubnis bitten, bevor sie eine Meinung äußern.

Tiff telefoniert schon lange. Vielleicht muss sie bei irgendwem Dampf ablassen – einem Freund vielleicht? Hat Tiff einen Freund? Dani weiß es nicht. Ihre Freundschaft, falls es je eine war, schließt so etwas nicht ein. Beth würde es wissen, natürlich, aber Dani will nicht fragen. Es würde wie Aushorchen wirken.

Wenige Minuten später taucht Celine wieder auf. »Danke«, sagt sie und nimmt Platz. »Ich bin endlich durchgekommen.«

»Alles in Ordnung?«, fragt Dani.

»Alles gut. Anscheinend vermisst mich der Kleine überhaupt nicht. Na, die sollen mal abwarten, bis er mitten in der Nacht aufwacht.

»Du bist echt tapfer, ihn so lange allein zu lassen.«

»Oder unverantwortlich.«

»Nein, gar nicht. Das habe ich nicht gemeint.«

»Schon okay, war nur Spaß.« Celine trinkt einen Schluck Wein. »Wie auch immer, Farrell hat mich überredet, heute Nacht in der Villa zu bleiben. Er fühlt sich nicht gut bei dem Gedanken, dass ich mir allein ein Hotelzimmer irgendwo anders nehme. Wahrscheinlich hat er recht.«

»Das ist gut, er hat ganz sicher recht«, sagt Dani. »Besser, wir bleiben alle zusammen.«

Kurz darauf kehrt Tiff mit unergründlicher Miene zurück.

»Alles in Ordnung?«, fragt Beth mit aufgesetztem Lächeln. Ihre Tränen sind getrocknet, aber ihre Augen sind immer noch rot.

»Ja«, antwortet Tiff. »Danke für den Wein.«

»Mit wem hast du telefoniert?«

»Meiner Mutter. Warum willst du das wissen?«

»Äh … einfach nur so.«

»Es ging ihr nicht gut. Ich wollte mal nachfragen, ob alles in Ordnung ist, ist das erlaubt?«

»Natürlich, ich wollte nicht …«, stammelt Beth. »Wie geht es ihr?«

»Hm? Besser, danke.« Tiff nimmt Platz und greift sich sofort die Speisekarte. »Ich sterbe vor Hunger. Lasst uns etwas essen.«

Dani lehnt sich in ihrem Sessel zurück und lässt die anderen ihre Getränke und Speisen auswählen. Sie muss nicht übersetzen, da die Karte auf Englisch ist. Ihre Augen wandern von einer zur anderen. Sie ist zufrieden, dass sie es so weit geschafft hat. Es war ein großes Risiko, die Villa Floriana zu buchen, und es wundert sie nicht, dass die anderen die Villa morgen verlassen wollen. Allerdings weiß sie nicht, ob sie sich nach einem Hotel umschauen und dann weiter das Aoife-Gedenkwochenende begehen wollen – den Besuch auf dem Friedhof, die Zeremonie am Samstagabend. Momentan ist es eher unwahrscheinlich. Sie muss dankbar sein, dass sie heute überhaupt in der Villa bleiben und das Beste daraus machen. Vielleicht bleibt sie dann einfach alleine noch länger – falls sie sich traut.

In jeder Ecke lauern so viele Erinnerungen, es gibt so viele Vorfälle, auf die sie einen zweiten Blick werfen möchte, und es ist noch nicht einmal Freitagabend. Im Restaurant wird es ruhiger.

Damals sind sie am ersten Abend zu Hause geblieben und haben Party gemacht. Vor ihrem geistigen Auge sieht sie sich im Swimmingpool auf einer Luftmatratze, ein Glas Sekt in der Hand.

KAPITEL NEUN: DAMALS

– DANI –

Aoife und Tiff spielten im Pool mit einem Strandball. Tiff tat so, als hätte sie Spaß, aber Dani sah ihr an, dass sie etwas beschäftigte. Wahrscheinlich ihr Ablaufplan. Sie waren gerade erst angekommen und hatten sich durch die Entscheidung, das Dekorieren aufzuschieben, schon verzettelt. Dani konnte es nachempfinden. Die Organisation des Wochenendes war viel Arbeit gewesen, und Tiff fühlte sich sichtlich für den Erfolg verantwortlich. Aber warum war sie dabei so kleinlich? Sie war das komplette Gegenteil der spontanen Aoife, die alles nahm, wie es kam. Schwer vorstellbar, dass beide jemals beste Freundinnen gewesen waren, selbst als Kinder.

Es dauerte etwa zwanzig Minuten, bis Celine am Pool erschien. »Wie ist es?«, fragte sie.

»Göttlich!«, schrie Aoife. »Komm rein!«

Beth saß auf einer Liege und rieb sich mit Sonnencreme ein. Ihre helle, mit Sommersprossen übersäte Haut sah schon ein wenig rosa aus. Sie blickte hoch zu Celine. »Wir dachten schon, du legst vielleicht eine Siesta ein«, sagte sie.

»Nein, ich musste nur meine E-Mails checken.«

»Haben sie sich gemeldet?«, rief Aoife. Celine schüttelte den Kopf.

»Wer?«, wollte Beth wissen.

»Oh, nur irgendein Job«, wiegelte sie peinlich berührt ab.

»Nicht nur irgendein Job«, widersprach Aoife und schwamm zu ihnen hinüber. »Celine wird die neue Leiterin der Entwicklungsabteilung.«

Sofort überschütteten die anderen sie mit Glückwünschen.

Celine hob die Hand, um sie am Weiterreden zu hindern. »Danke, aber es steht noch nicht fest.«

»Sie macht das schon seit einem Jahr als Schwangerschaftsvertretung. Diese Frau ist wirklich brillant, sie hat mir alles beigebracht, was ich weiß. Den Job hat sie in der Tasche.«

»Hoffentlich«, sagte Celine

»Wann weißt du Genaueres?«, fragte Beth.

»Ich hatte gehofft, heute Nachmittag, aber das wird wohl nichts mehr.«

»Stress dich nicht, du kriegst ihn!«, rief Aoife, warf Celine den Ball zu und traf sie am Bauch. »Jetzt komm ins Wasser, verdammt noch mal!«

Celine lächelte gezwungen und ließ ihr Strandtuch fallen. Sie setzte sich an den Poolrand und steckte ihre Füße ins Wasser. Aoifes Lobeshymne schien ihr ein wenig unangenehm zu sein, und Dani spürte, dass sie die Sache lieber für sich behalten hätte, wenigstens, bis sie wusste, ob es einen Grund zum Feiern gab.

Die Sonne knallte den ganzen Nachmittag auf den Pool. Celine rutschte nach und nach ganz ins Wasser und paddelte mit erhobenem Kinn herum. Jedes Mal, wenn ein Spritzer sie traf, verzog sie das Gesicht. Aoife und Tiff spielten immer noch Ball und kümmerten sich nicht darum, wer in ihrem Umfeld deswegen ein paar Tropfen abbekam.

Dani schloss die Augen und ließ den Alkohol durch ihre Venen zirkulieren. Es hatte ihr nichts ausgemacht, die Chauffeurin zu spielen, aber nun war sie froh, den Rest des Tages frei zu haben. Sollten sie später noch ausgehen, würden sie ein Taxi rufen.

»Ich finde, wir sollten uns langsam fertig machen«, rief Tiff plötzlich. »Wollen wir die Dekorationen noch aufhängen, bevor wir alle duschen gehen oder danach?«

Aoife sagte, sie würde es lieber vorher erledigen, damit sie nicht gleich wieder verschwitzt wäre. Beth schlug vor, Aoife als Braut überhaupt nicht mit dem Dekorieren zu behelligen. Celine sagte, sie wäre mit allem einverstanden.

»Müssen wir das denn heute Abend machen?«, fragte Dani. »Kann es nicht bis morgen warten?«

»Nicht wirklich. Der Barkeeper kommt um neun«, antwortete Tiff. »Ich möchte, dass alles hübsch aussieht für die Fotos.«

Dani stöhnte innerlich. Als wären Fotos wichtiger als das richtige Leben. Sie rutschte von der Luftmatratze herunter und tauchte ins Becken ab. »Okay«, sagte sie, als sie wieder hochkam. »Dann mal los.«

Tiff teilte ihr die ödeste Arbeit zu – Ballons. Sie bekam eine Rolle mit silbernem Tape und eine Pumpe. »Wenn du sie aufgeblasen hast, machst du sie am Sonnendach fest«, ordnete Tiff an. Dann wandte sie ihre Aufmerksamkeit Beth zu, die ein langes Papierbanner entrollte, auf dem in Pink und Silber *Bride to Be* geschrieben stand. Es gab ein langes Hin und Her, wo es aufgehängt werden sollte, bevor Tiff sich durchsetzte und Beth zum Vordach beorderte.

Celine wurde beauftragt, sich um die Lichterketten zu kümmern – Tiff hatte mehrere Schachteln aus einem Discountshop besorgt, ein Paket billiger Batterien inklusive. Sie wollte, dass die Leuchten durch die Büsche und Bäume gezogen wurden. Die Anschlusskabel waren recht kurz und die Illumination wirkte eher schummrig, aber Tiff erklärte, alles würde besser aussehen, sobald es dunkel wäre.

»Ach nee«, murmelte Dani.

Aoife »beaufsichtigte« alles von der Terrasse aus. Bequem auf einem Loungesofa ausgestreckt, naschte sie aus einer riesigen Tüte in ihrem Schoß Chips und nippte an einem Mojito aus der Dose.

»Richtige Cocktails gibt es später«, rief Tiff ihr zu, während sie eine Schachtel mit Kerzen auspackte.

»Ich weiß«, sagte Aoife und schaute hoch zur Unterseite des Sonnendachs, wo Dani versuchte, eine Schnur mit Ballons zwischen den Binsen zu befestigen. Die ganze Versuchsanordnung wirkte ziemlich fragil, und sie hatte Angst, die Ballongirlande könnte jeden Moment auseinanderfallen.

»Komm, ich helfe dir«, sagte Aoife im Aufstehen. Sie wankte kurz, bevor sie die Balance fand.

»Schon gut, ich krieg das hin«, antwortete Dani. »Entspannen Sie sich, Ihre Majestät.«

Als zu Tiffs Zufriedenheit genügend Dekorationen angebracht waren, stiegen sie unter die Dusche und zogen sich um. Dani holte eine weitere Flasche Cava aus dem Kühlschrank und wollte sie heimlich nach oben bringen, als Tiff sie aufhielt.

»Du solltest auf nüchternen Magen nicht so viel trinken«, sagte sie. »Die Pizzen kommen nicht vor acht.«

Dani runzelte die Stirn. »Welche Pizzen?« Tiff seufzte gereizt. »Sag nicht, das steht auf dem Plan?«

»Doch, tut es. Ich habe sie vorbestellt. Ist alles unter Kontrolle.«

»Schön ... Hast du Aoife gefragt, welche Pizza sie will?«

»Ich habe mehrere bestellt, damit jeder sich etwas aussuchen kann. Ich habe schon vor Wochen nach Allergien gefragt, aber niemand von euch hat etwas angegeben.« Tiff starrte sie an. »Hast du ein Problem damit?«

»Nein, das geht voll in Ordnung. Ich konnte mich nur nicht daran erinnern, mehr nicht. Gute Idee, macht alles viel einfacher.«

Dani stieg weiter die Treppe hinauf, die Flasche Cava fest umschlossen.

*

Sie waren kaum mit dem Essen fertig, als Matt, der Barkeeper, ankam. Er klopfte nicht an der Eingangstür, sondern kam ganz entspannt mit zwei großen Kartons in den Garten spaziert. Offenbar kannte er sich hier gut aus.

Tiff sprang auf und stellte sich vor. »Da sind Sie ja! Großartig, vielen Dank, dass Sie das übernehmen. War gar nicht so einfach, jemanden zu finden. Wollen wir uns vielleicht duzen? Du bist ein Freund von John, oder?«

»Gern. Ja, wir kennen uns schon ewig. Für diesen Typen würde ich alles tun.«

Er hatte blondes Haar und außergewöhnlich grüne Augen, die sich von seiner goldenen Strandbräune abhoben. Wenn er lächelte, was er die meiste Zeit tat, erschienen Grübchen auf seinen Wangen. Er trug ein frisch gebügeltes weißes Hemd und gut sitzende Jeans. Kein schlechter Hintern, dachte Dani. Sie verstand, warum John gesagt hatte, die Frauen würden bei ihm Schlange stehen.

»Soll ich hier aufbauen?«, fragte er.

»Ja, bitte. Ich räume den Tisch frei«, antwortete Tiff.

»Ich brauche nur etwa fünf Minuten, dann bin ich startklar.«

»Hört sich gut an. Ich lasse dich mal machen, bis gleich!«

Sie erteilte allen die Anweisung, ihre schmutzigen Teller abzuräumen und in die Küche zu bringen. Celine stellte die Eiscreme in den Kühlschrank. Aoife, die offensichtlich annahm, für den Rest des gesamten Wochenendes frei zu haben, blieb sitzen und beobachtete, wie Matt seine diversen Alkoholflaschen und bunten Mixutensilien auf dem Tisch ausbreitete. Dani schnappte sich die leeren Pizzakartons und ging ins Haus.

»Kann alles in die Spülmaschine«, sagte Tiff. »Dani, pack

die restliche Pizza bitte in eine Dose und dann in den Kühlschrank.«

Gott, diese Frau zerrte an ihren Nerven. Dani warf Celine einen bedeutungsschweren Blick zu, aber die reagierte nicht. Wahrscheinlich wollte sie sich nicht auf eine Seite schlagen. Dani kannte Celine erst seit Kurzem, aber sie mochte ihre Art. Ihr langes, dunkles Haar – sorgfältig gestuft – fiel in hübschen Wellen über ihre Schultern, und sie trug jetzt einen schwarzen Jumpsuit. Der Look war ein wenig zu schick für ihre kleine Hausparty, aber die Verwandlung von der Minnie Mouse war beeindruckend.

Aoife betrat die Küche. »Er ist bereit für uns«, sagte sie.

»Wirklich? Na, das bezweifle ich aber!«, antwortete Dani. Sie packte Aoife am Arm, und sie liefen lachend nach draußen. Dort beschlagnahmten sie das Rattansofa, während Matt eine Kühltasche öffnete und einen Silberbecher in Crushed Ice stieß. Tiff, Beth und Celine tauchten kurz danach auf und nahmen ihre Plätze ein.

Dani fiel auf, dass Matt seine Augen nicht von Aoife lassen konnte. Das war durchaus verständlich. Aoife trug ein schulterfreies Minikleid mit einer Rüsche quer über der Front. Es war knallrot und bedeckte kaum ihren Po. Sie hatte ihren Beinen extra für die Party einen Spray Tan verpasst, jedoch war die Farbe nach dem Nachmittag im Pool bereits ein wenig verblasst. Sie trug schwarze Sandalen mit Blockabsätzen, aus denen ihre roten Zehennägel hervorlugten. Beth und Tiff trugen Kleider mit Blumenmuster und Puffärmeln – das von Tiff war sehr kurz, während Beth sich für einen ausladenden Fallschirm-Look entschieden hatte. Dani schaute auf ihr einfaches Baumwollhängerchen hinab und wünschte, sie hätte etwas Aufregenderes angezogen, um mit Aoife gleichzuziehen, aber jetzt war es zu spät zum Umziehen.

Matt hatte eine Menge zweideutige Jokes auf Lager. Er sagte, sie würden mit einem Blow Job starten, um in Stimmung zu kommen.

»Blow Jobs sind mein Spezialgebiet«, spielte Dani mit.

»Meins auch!«, rief Aoife, und vor Danis Augen tauchte ein Bild auf, das sie lieber nicht sehen wollte.

Die Blow Jobs stellten sich als Kurze heraus – halb Sambuca, halb Baileys. Dani demonstrierte, dass sie alles auf einmal schlucken konnte. Absichtlich ließ sie zu, dass ein paar Tropfen ihr Kinn entlangrannen, was Aoife so zum Lachen brachte, dass sie Schluckauf bekam.

»Also, Girls, bestimmt hättet ihr als ersten Cocktail am liebsten so etwas Versautes wie einen Sex on the Beach, hab ich recht?«, fragte Matt, wobei seine grünen Augen herausfordernd blitzten. »Ich habe aber etwas sehr viel Passenderes vorbereitet …« Er legte eine dramatische Pause ein: »Sex by the Pool! Ha!« Alle kicherten pflichtschuldig, nur Aoife schien das wirklich wahnsinnig lustig zu finden.

Er zeigte ihnen, wie man einen Sex by the Pool mixt – Wodka, Orangensaft, Pfirsichschnaps, ein Schuss Grenadine und Ananassaft anstelle des traditionellen Cranberrysafts, dazu ein Orangenschnitz und Maraschinokirschen. Danach suchte er zwei Freiwillige, die denselben Cocktail für den Rest der Truppe mixen sollten. Dani und Aoife sprangen auf, und die anderen konnten live dabei sein, wie die beiden Frauen um Matts Aufmerksamkeit buhlten. Es war nicht zu übersehen, dass er Aoife bevorzugte, trotz der *Bride to Be*-Schärpe. Während sie mit den Flaschen hantierte, stand er dicht hinter ihr und führte sie wie ein Puppenspieler. Gemeinsam zählten sie die Shots für die einzelnen Gläser ab, wobei sich sein Mund so nah an ihrem Nacken befand, dass er ihn fast küsste. Es war offensichtlich, dass sie jede Sekunde genoss. Dani musste ihre Cocktails selbst mixen.

Es machte ihr nicht groß was aus – sie war es gewohnt, dass Aoife alle Aufmerksamkeit auf sich zog. Wann immer sie sich für denselben Mann interessiert hatten, war Dani stets leer ausgegangen. Ein wenig unfair war es natürlich schon, dass Aoife auch jetzt noch die Nase vorn hatte, obwohl sie nicht mehr zu haben war, aber Dani vergab ihr. Es würde noch andere Matts geben. Und dies hier war Aoifes letzte Chance auf ein bisschen harmlosen Spaß.

»Oh, Scheiße, ganz vergessen«, rief Tiff unvermittelt. »Wartet einen Moment, noch nicht trinken.« Und schon war sie im Haus verschwunden.

Während sie warteten, flirtete Aoife mit Matt. Sie fragte ihn, wo er herkam und wie lange er schon in Marbella lebte – East London und seit ungefähr acht Jahren, lautete die Antwort. Während er mit Flaschen und Shaker jonglierte und für sein Publikum die übliche Show eines lässigen Barkeepers abzog, erzählte er, dass er in großen Hotels und Strandclubs als professioneller Barmann gearbeitet hatte. Seit kurzem hatte er dann auch noch die Arbeit für Junggesellinnenabschiede aufgegeben, um sich auf seinen Job als DJ zu konzentrieren. Später am Abend würde er noch in Johns Bar Supernova auflegen, und am Tag darauf war ein weiteres Set geplant. Sie sollten vorbeikommen, sagte er. Aoife war Feuer und Flamme, bis Celine sie daran erinnerte, dass dies nicht auf *dem Plan* stand, und die vier amüsierten sich ein wenig auf Tiffs Kosten.

»Worüber lacht ihr?«, fragte die, als sie zu ihnen zurückkehrte. Sie hielt einen braunen Umschlag mit einem Amazon-Sticker in den Händen.

»Och, nichts«, antwortete Dani. »Was hast du da?«

Tiff zog die »Goodies« heraus, die sie speziell für diesen Abend besorgt hatte. Es gab Penis-Strohhalme, Penis-Cocktailschirmchen, Penis-Eiswürfel und sogar Untersetzer in Penisform. Matt wirkte weder peinlich berührt noch überrascht. Er griff das Thema sogar mit seinem zweiten Cocktail auf, einer »Penis Colada«. Langsam wurde es albern, aber Aoife schien es zu gefallen. Dani machte ein Video, wie ihre Freundin durch den Hof tanzte, einen »Cock«-tail (ha ha) in der Hand, während Matt glitzerndes Peniskonfetti über sie rieseln ließ.

»Same penis forever!«, schrie sie ins Kameramikrofon. »Same. Penis. For. Eveeer!« So wie sie sich benahm, schien das eher unwahrscheinlich.

»Bitte, bitte poste das nicht«, bettelte Tiff. »Nathan kriegt einen Anfall.«

Ihre Stunde ging dem Ende zu. Matt posierte mit ihnen für ein Foto, dann packte er seine Flaschen und Gläser zusammen. Aoife wollte ihm unbedingt behilflich sein, seine Sachen ins Auto zu bringen, obwohl alles problemlos in seinen Trolley passte. Einige Minuten blieben sie verschwunden.

»Meint ihr, wir sollten hinterhergehen und sie retten?«, fragte Celine.

»Matt ist derjenige, den man retten muss«, murmelte Beth. Sie sah entschieden unbeeindruckt aus.

KAPITEL ZEHN: HEUTE

– DANI –

Auf der Rückfahrt zur Villa ist Dani in Gedanken immer noch bei Aoife und Matt und verpasst deswegen fast den Abzweig. Sie muss sich konzentrieren, um auf der schmalen Straße Kurs zu halten und nicht auf das unwegsame Gelände auf der anderen Seite zu geraten. Obwohl die Lichter Marbellas in der Ferne funkeln, herrscht hier, abgesehen vom Licht der Scheinwerfer, komplette Dunkelheit. Sie nimmt scharf eine Kurve, und plötzlich taucht in ihrem Sichtfeld ein großer Baum auf, dem sie ausweichen muss.

»Hey, Vorsicht!«, ruft Tiff und bricht damit das Schweigen, das sich seit der Abfahrt über sie gelegt hatte. Dani hatte bis eben gedacht, die anderen wären eingeschlafen. Die Straße wird breiter, und ein paar Sekunden später fährt der Wagen schwungvoll vor die Villa und kommt im Hof zum

Stehen. Alle steigen aus, atmen die milde Nachtluft ein und lauschen den Zikaden.

»Gott sei Dank ist es nur für eine Nacht«, murmelt Celine, als Dani die Tür aufschließt. Beth rennt wieder hinein und stellt die Alarmanlage aus. Dennoch folgen Tiff und Celine ihr ein wenig verhalten ins Haus, als hätten sie Sorge, jemand könnte jeden Moment hinterm Sofa hervorspringen und sie angreifen. Dani schaltet das Licht ein, und alle atmen erleichtert auf.

»Will jemand einen Tee oder einen Drink?«, fragt sie.

»Nein, ich will nur schlafen«, antwortet Tiff und fügt hinzu. »Wenn ich es schaffe.«

Beth gähnt. »Ich bin jedenfalls müde genug.«

»Das kannst du laut sagen«, meint Celine. »Es war ein langer Tag.«

Sie sagen einander Gute Nacht und verschwinden in ihre Zimmer. Dani bleibt allein zurück. Einige Minuten wandert sie umher und fährt mit den Fingern über die dunklen, schweren Möbel, bevor sie das Licht ausschaltet und nach oben geht. Zum Duschen ist es zu spät, also steigt sie nach einer schnellen Katzenwäsche und dem Zähneputzen ins Bett. Dort liegt sie nackt unter der Bettdecke und hört dem Summen einer Mücke zu, die sich ins Zimmer geschlichen hat.

Die anderen sind offenbar froh, die Villa am nächsten Tag wieder zu verlassen. Bei den Tapas im Restaurant waren sie recht gesprächig gewesen, während Dani schwieg und in ihrem Essen stocherte, bis es nur noch undefinierbares Mus war. Wahrscheinlich sitzen sie gerade in ihren Pyjamas zusammen und beraten darüber, ob sie sich ein neues Hotel suchen oder aus Kostengründen gleich wieder nach Hause fliegen sollen. Möglicherweise haben sie keine große Wahl. Zu dieser Jahreszeit wimmelt die Costa del Sol von Touristen.

Dani stellt sich darauf ein, den Rest des Wochenendes allein zu verbringen. Es wird hart werden. Mit der Hand fährt sie über die andere Hälfte des Bettes und wünscht sich, sie könnte dort Aoifes Wärme spüren. Es ist ein erschreckender Gedanke, dass Aoife der letzte Mensch war, mit dem sie ein Bett geteilt hat. Seither gab es niemanden – keinen Liebhaber, keinen festen Freund, nicht mal einen One-Night-Stand. Früher war ihr Sexleben aktiv und meist unkompliziert gewesen. Andere Freundinnen schienen unentwegt nach »dem Richtigen« Ausschau zu halten, doch sie hatte gerne herumexperimentiert. Inzwischen fürchtet sie sich vor Intimität. Es hat mit Aoifes Tod zu tun, das ist ihr bewusst. Irgendetwas in ihr hat sich verändert. In der Therapie hat sie versucht, dieses Problem anzugehen, aber sobald sie über Sex spricht, spürt sie Panik und bekommt kaum noch Luft. Manchmal fragt sie sich, ob sie je wieder in der Lage sein wird, eine körperliche Beziehung zu haben.

Sie darf sich jetzt nicht damit befassen. Es tut zu sehr weh. Stattdessen liegt sie im Dunkeln und versucht in schmerzhafter Genauigkeit, die Party noch einmal zu rekonstruieren – ein Kraftakt, den sie sich schon Hunderte Male zugemutet hat. Stets ohne Erfolg. Problemlos kommt sie bis zum Sonntagabend, aber da verlassen sie die Erinnerungen. Es ist, als würde sie durch einen Dschungel wandern und schließlich eine Schlucht erreichen. Die andere Seite, dort wo die Erinnerungen wieder einsetzen, ist sichtbar, aber es ist unmöglich, den Abgrund zu überqueren. Zum Springen zu weit, zu gefährlich. Sie kann nichts tun, als dort zu stehen und nach unten in den gähnenden Abgrund zu starren.

Es ist halb drei, als sie es schließlich aufgibt. Dani steht auf und zieht sich ein Strandkleid über den Kopf, bevor sie nach unten geht und sich einen Tee macht. Wie üblich in Spanien gibt es keinen Wasserkocher. Sie gießt Wasser in einen Stieltopf und stellt die Kochplatte an. Die Regale sind mit Gewürzen und den üblichen Lebensmitteln wie Tee, Kaffee, Olivenöl, Reis und Nudeln gefüllt. Sie findet eine Schachtel mit Manzanilla-Teebeuteln und gibt einen davon in einen Becher.

Draußen hört sie ein Klappern, als ob jemand etwas umgestoßen hätte. Überrascht springt sie hoch und verschüttet fast heißes Wasser über ihre Hand. Ein Tier, das nach Nahrung sucht, denkt sie. Ein Steinbock, ein Fuchs, eine Wildkatze, ein Dachs ... Sie versucht, sich nicht weiter Sorgen zu machen, aber es ist unmöglich, nicht daran zu denken, was beim letzten Mal geschehen ist.

Ihre Gedanken kehren zu den Einbrechern zurück, die niemand gesehen hat, die leise ankamen, Aoife ermordeten und dann verschwanden, die nichts mitnahmen und keinerlei Spuren hinterließen – keinen Fingerabdruck, kein Haar, keinen Hautfetzen, der sich unter Aoifes Nägeln befunden hätte. Das forensische Team hatte die Villa peinlich genau untersucht, aber keine DNA gefunden, die verwertbar gewesen wäre. Es gab keine Videoüberwachung auf dem Gelände oder in der Umgebung.

Wenn sie sich nur erinnern könnte, wie Aoifes Angreifer ausgesehen hatten – Größe, Geschlecht, Haarfarbe, Kleidung.

Trugen sie Masken? Hat sie ihre Augen gesehen? Dani hat ein äußerst verschwommenes Bild einer Person vor Augen, die schwarz gekleidet ist, aber das ist zu klischeehaft, um glaubwürdig zu sein. Und da ist noch ein Geruch, der stets dieses Bild begleitet, ein Geruch, den sie nicht identifizieren kann. Womöglich eine Körperlotion oder ein Shampoo, ein Parfüm, vielleicht auch ein Aftershave. Der Geruch ist nicht unangenehm, aber die Erinnerung daran macht ihr unweigerlich Angst, als ob ihr kurz darauf ein Schmerz zugefügt worden wäre. Das ist alles, was sie hat, und sie weiß, dass es nicht ausreicht.

Schon wieder dieses Geräusch, lauter diesmal. Es kam eindeutig von der Terrasse. Sie klettert auf die Anrichte und lugt durch das kleine, vergitterte Fenster. Draußen ist es stockdunkel, und es ist unmöglich etwas zu sehen. Ihr Herz beginnt zu rasen. Vielleicht ist es kein Tier. Vielleicht ist es ein Mensch. Falls ja: Was macht er hier?

Sie verlässt die Küche und tappt barfuß den Korridor entlang, vorbei an den Schlafzimmern, wo Tiff, Beth und Celine schlafen, an der Abstellkammer und dem unteren Badezimmer. Hier ist es wie in einem Irrgarten – dunkel und etwas feucht. Sie mag diese Atmosphäre nicht, fühlt sich unwohl.

Dani schließt die Hintertür auf und öffnet sie langsam. Dabei kratzt das Holz über die Steinplatten, das Geräusch lässt sie zusammenschrecken. Sie tritt in den hinteren Hof und spürt Kühle auf ihrer Haut. »Wer ist da?«, ruft sie, wobei ihre Stimme sich in der Weite der Nacht verliert.

Sie blickt sich um und versucht ihre Augen an die Dunkelheit zu gewöhnen. Angestrengt lauscht sie auf das Geräusch eines Tieres, das im Gebüsch raschelt, aber sie hört nichts als einen tropfenden Wasserhahn und das Aufheulen eines Autos in der Ferne. Das Geräusch von vorhin hatte metallisch geklungen – ein umgefallener Eimer vielleicht, eine Mülltonne oder eine Schubkarre –, aber sie kann nichts Derartiges entdecken. Vielleicht kam es aus der Garage. Sie geht zu den braunen Doppeltüren. Letztes Mal waren sie unverschlossen. Sie erinnert sich, dass sie dort nach weiteren Stühlen gesucht und Kartons mit Johns persönlichen Sachen gefunden hatte. Jetzt hängt ein großes, schimmerndes Vorhängeschloss davor. Dort kann niemand drin sein.

Dani huscht durch den Durchgang zwischen Garage und östlicher Außenwand der Villa und nach vorne zur Hausfront. Alles scheint nun ruhig zu sein. Der Himmel ist mit Sternen übersät. Jasminduft hängt in der Luft. Sie atmet tief ein und versucht sich zu beruhigen. Alles in Ordnung, hier draußen ist nichts – nicht mehr, jedenfalls. Nur Blumentöpfe und Gartendekorationen, eine hölzerne Bank, ein geisterhaft weißer Seat. Sie dreht sich auf dem Absatz um und geht zurück. Als sie neben der Garage wieder herauskommt, stößt sie plötzlich mit jemandem zusammen. Ihr gleichzeitiger Aufschrei wandelt sich in ein Lachen, als sie sich erkennen.

»Dani!«

»Tiff!«

»Mein Gott, ich dachte …«

»Ich auch.«

»Du hast mich zu Tode erschreckt.«

»Du mich auch. Tut mir leid.«

Sie beruhigen sich, dann schlägt Tiff einen anderen Ton an. »Was machst du hier draußen?«, fragt sie misstrauisch.

»Ich konnte nicht schlafen. Ich bin nach unten gegangen, um etwas Warmes zu trinken und habe draußen Geräusche gehört.«

Tiff sieht sie alarmiert an. »Was für Geräusche?«

»Als ob etwas umgefallen wäre. Ich wollte nachschauen.«

»Und?«

»Alles in Ordnung. Da ist niemand, ich bin überall herumgelaufen. Muss ein Tier gewesen sein.«

»Sicher?«

»Ja. Wir sind hier ziemlich in der Natur, da werden schon ein paar Tiere unterwegs sein.«

»Hmm …« Tiff umfasst sich mit beiden Armen. »Ich konnte auch nicht schlafen. Ich bin aufgestanden, um auf die Toilette zu gehen und habe gesehen, dass die Hintertür offen steht. Da dachte ich sofort, jemand wäre eingebrochen.«

»Nein, das war ich. Du musst dir wirklich keine Sorgen machen. Wir sind beide nur etwas angespannt, das ist alles.«

Sie gehen zurück ins Haus und achten darauf, die Tür abzuschließen. Dani bietet an, ihrer schlaflosen Mitbewohnerin einen Tee zu machen.

»Solange kein Koffein drin ist«, sagt Tiff.

Das Wasser im Topf ist fast verkocht. Dani schüttet frisches Wasser nach und stellt ihre *infusiones* fertig.

»Ich bin noch ganz aufgedreht. Wollen wir ins Wohnzimmer gehen und ein bisschen quatschen?«, schlägt sie vorsichtig vor.

»Nein, ich werde wohl lieber versuchen, wieder einzuschlafen.« Tiff schnappt sich ihren Becher. »Danke hierfür.«

»Okay, viel Glück.«

Tiff geht zurück auf ihr Zimmer, und Dani bleibt etwas beklommen zurück. Sie ist selten mit Tiff allein. Beim Junggesellinnenabschied haben sie sich ständig angegiftet, aber seit Aoifes Tod scheint die gegenseitige Abneigung nicht mehr so stark zu sein. Vielleicht geben sich aber beide auch nur mehr Mühe, sie zu verstecken. Sie weiß immer noch nicht so recht, wie sie mit Tiff umgehen soll, und Freundinnen werden die beiden nie sein, aber Dani hat sich schon vor einer Weile dazu entschieden, sie nicht mehr zu hassen. Das bringt einfach nichts.

Sie sitzt am Küchentisch, trinkt ihren Tee und hofft darauf, dass er seine Wirkung entfaltet. Physisch ist sie zwar müde, aber in ihrem Körper kreist immer noch Adrenalin. Nach einer Weile geht sie nach oben, legt sich hin und macht das Licht aus.

Sie schließt die Augen und fleht um Schlaf. Stattdessen jedoch gehen ihre Gedanken zurück zu diesem Freitagabend nach dem Cocktail-Workshop. Als sie noch draußen auf der Terrasse saßen …

KAPITEL ELF: DAMALS

– DANI –

Matt, der Barkeeper, hatte sich auf den Weg gemacht, aber die Nacht war noch jung. Jedenfalls fanden Dani und Aoife das. Sie waren beide dafür, ein Taxi zu rufen und nach Puerto Banús zu fahren. Die Clubs öffneten erst um Mitternacht, also blieb noch viel Zeit, Party zu machen.

»Die Nachtclubs stehen für morgen auf dem Plan«, erinnerte Tiff sie. »Ich habe schon einen Tisch reserviert. Wenn ihr heute hinfahrt, müsst ihr euch in die Schlange stellen, und ihr kommt vermutlich nicht vor zwei Uhr rein.«

»Okay, dann lasst uns stattdessen ins Supernova gehen. Matt legt dort ab elf Uhr auf. Und wir haben Gutscheine für Freigetränke«, sagte Aoife. »Komm schon, Tiff. Vergiss ein einziges Mal den Zeitplan.«

»Wie bitte? Hast du eine Vorstellung davon, wie lange es

gedauert hat, das alles hier zusammenzustellen?«, rief sie. »Wochen! Vieles ist Monate vorher ausgebucht, da kann man nicht einfach reinschneien. Nicht in Marbella. Du bist nicht die einzige Braut, die hier ihren Junggesellinnenabschied feiert, verstehst du? Da waren mindestens noch drei weitere im Flugzeug.«

»Ja und? Das macht doch nichts. Ich will doch nur mal den Laden auschecken.«

Dani gluckste. »Wohl eher Matt auschecken.« Celine wand sich. »Wir sind sehr früh aufgestanden, ihr seid doch bestimmt auch alle erschöpft. Warum nicht hier noch ein wenig chillen, etwas Musik hören, uns besser kennenlernen?«

»Aoife, Beth und ich müssen uns nicht besser kennenlernen«, sagte Tiff.

»Ja, schon klar«, beharrte Celine. »Aber ich kenne keine von euch, und Dani hat mir erzählt, dass sie dich und Beth nur wenige Male getroffen hat …«

»Oh, ich glaube, wir kennen einander gut genug«, murmelte Dani. Stille trat ein. Celine griff nach ihrem Handy und begann darauf herumzutippen.

»Was willst du denn machen, Dani Girl?«, fragte Aoife. »Wir könnten ja auch allein gehen.«

Dani hatte versucht, sich rauszuhalten. Sie hatte sich heute schon mehrfach mit Tiff in die Haare gekriegt und wollte das nicht zur Gewohnheit werden lassen. »Vielleicht sollten wir uns Puerto Banús für morgen aufsparen«, sagte sie. Aoife schmollte. »Aber hey, es ist dein Wochenende. Wenn du unbedingt willst, rufe ich ein Taxi, aber es wäre schade, die Gruppe auseinanderzureißen. Es sind doch nur wir fünf.«

»Ja? Und warum?«, wollte Aoife wissen und fuchtelte mit ihrem Sektglas herum, als wäre es der Stab eines Cheerleaders. Bei Sekt bekam sie stets eine lockere Zunge. Dann sagte sie Dinge, die alle dachten, aber lieber für sich behielten. »Warum haben so viele meiner sogenannten Freundinnen abgesagt? Hassen sie mich?«

»Natürlich nicht«, versuchte Tiff sie zu beruhigen. »Du wolltest unbedingt in diese Villa, und hier kommen nur sechs unter ...«

»Das habe ich nie gesagt«, widersprach Aoife. »Wann habe ich das gesagt?«

Tiff wurde rot. »Hast du nicht. Tut mir leid. Ich meinte, dies hier wäre die Sorte Haus, die dir gefällt.«

»Ich wollte ans Meer, dahin, wo Action ist. Dieser Ort ist winzig und liegt am Arsch der Welt. Ich verstehe nicht, warum du ihn ausgesucht hast, Tiff.«

»Ich ... äh ... dachte ... Tut mir leid, wenn ich es vermasselt habe.« Tiff wandte den Blick ab. Dani betrachtete sie neugierig. Offensichtlich verbarg sie etwas.

Aber Aoife war noch nicht fertig. »Hast du allen gesagt, dass es nur sechs Betten gibt? Hast du den anderen gesagt, sie könnten nicht mitkommen? Meiner Cousine beispielsweise und den anderen Mädels aus der Schule?«

»Nein, natürlich nicht. Sie hätten doch anderswo unterkommen können.«

»Wo denn? Hier gibt es meilenweit kein anderes Haus.«

»Ich glaube, sie haben abgesagt, weil sie es sich nicht leisten konnten«, griff Beth rasch ein. »Junggesellinnenabschiede sind teuer – viele haben heutzutage einfach kein Geld dafür. Das war nichts Persönliches, Aoife. Wenn du es im Pub gemacht hättest, wären Dutzende Freunde gekommen.«

Wieder trat Stille ein. Beth machte etwas Musik an. Tiff und Celine blickten auf ihre Handys. Aoife erhob sich und ging zum Ende des Gartens, wo sie einen sehnsüchtigen Blick auf die funkelnden Lichter von Marbella warf. Dani fragte sich, ob sie zu ihr gehen und mit ihr reden sollte, um sie zu beruhigen, aber sie hatte Angst, es nur schlimmer zu machen. Sie alle hatten zu viel getrunken. Es war zu heiß und stickig, um sich zu streiten.

»Lasst uns etwas spielen«, schlug Tiff schließlich vor.

Dani verzog das Gesicht. »Solange es nicht Monopoly ist.«

»Partyspiele natürlich.«

»Okay, und was?«

Tiff legte ihr Handy beiseite. »Nun, es gibt ›Pin den Penis an den Bräutigam‹, ›Mr und Mrs‹, ›Zwei Wahrheiten, eine Lüge‹ …«

»Wie geht das noch mal?«, fragte Beth. »Ich erinnere mich nicht mehr.«

»Du sagst drei Dinge über dich selbst, zwei sind wahr, eines eine Lüge. Wenn die anderen herausfinden, was stimmt, musst du einen Schnaps trinken. Wenn sie falschliegen, müssen sie ihn trinken.«

»Ein Trinkspiel – das hört sich schon besser an«, sagte Dani und sprang auf. »Alle mit Wodka einverstanden?« Sie nickten. Sie lief in die Küche und fand im Schrank passende Gläser. Dann nahm sie eine eiskalte Flasche Wodka aus dem Kühlschrank, ging zurück zu den anderen und goss allen ein. Tiff eilte in ihr Zimmer und brachte Stifte und Papier mit.

»Keine Diskussionen«, sagte sie und reichte sie herum. »Einfach nur die Antworten aufschreiben.«

»Gut«, sagte Dani, die neben Aoife saß. »Wer fängt an?«

»Ich«, sagte Aoife. »Ich habe drei Sachen! Zwei Wahrheiten und eine dicke, fette Lüge.«

»Haltet euch fest, Mädels«, sagte Dani lachend. »Das wird wild.«

Sie warteten, dass Aoife loslegte. Schon den ganzen Abend war sie in komisch schwankender Stimmung gewesen, und das machte Dani nervös. Vielleicht war dieses Spiel doch keine gute Idee, und sie hätten bei so etwas Langweiligem wie ›Pin den Penis an den Bräutigam‹ bleiben sollen.

»Leg los«, sagte Tiff.

Aoife richtete sich auf. »Okay. Alle bereit? Hier ist Nummer eins: Als Kind habe ich ein Creme Egg aus einem Süßigkeitenladen gestohlen.«

»Die Geschichte ist wahr«, sagte Dani sofort. »Du liebst diese gefüllten Schokoeier. Weiß der Himmel, warum ... ich finde sie ekelhaft.«

»Du sollst das nicht kommentieren«, wies Tiff sie zurecht. »Einfach nur aufschreiben, was du denkst. Aoife. Nummer zwei, bitte.«

Aoife schaute zum Himmel. »Hmm ... Nummer zwei ist ... Ich habe schon vier Mal gekokst.«

»Interessant«, murmelte Dani. Es stimmte, dass sie und Aoife vor Jahren, als sie frisch in London angekommen waren, Kokain probiert hatten. Sie konnte sich allerdings nicht erinnern, wie oft. Dani hatte dieses Spiel schon mehrfach gespielt. Die besten Lügen enthielten immer ein Gramm Wahrheit. Sie schrieb »Lüge« mit einem Fragezeichen dahinter neben ihre Nummer zwei.

»Wir zwei haben nie zusammen Drogen genommen«, erklärte Beth brav.

»Ich sagte keine Kommentare!« Tiff sah sie strafend an.

»Nummer drei, Nummer drei!«, skandierte Dani. »Los Aoife, jetzt ein Knaller.«

»Okay. Also ... meine dritte Wahrheit oder Lüge ...« Sie machte eine Pause für einen imaginären Trommelwirbel. »Hmm, das ist jetzt ein wenig heikel ... Soll ich oder soll ich nicht?« Sie hob wieder den Blick zum dunklen Himmel, als suche sie Hilfe bei den glitzernden Sternen.

»Vorsicht«, warnte Tiff leise. »Es ist nur ein Spiel, ja? Entspann dich.«

»Das Spiel war deine Idee, nicht meine.«

»Ich meine nur ...«

»Nummer drei ist ... ich habe mit einem eurer Freunde geschlafen.«

Dani entfuhr unverzüglich ein »Oh!«, aber die anderen saßen nur mit offenem Mund da.

»Jetziger oder früherer Freund?«, fragte Dani. »Bevor wir mit ihm zusammen waren, danach oder während?«

»Kein Kommentar«, antwortete Aoife. »Könnte alles sein. Könnte keines davon sein.« Sie trank ihren Sekt in einem Zug aus und lachte. »Ich habe euch gewarnt, dass es heikel ist.«

Beth sprang auf. »Ich möchte nicht mehr spielen. Ich geh ins Bett.«

»Aber wir haben doch gerade erst angefangen«, rief Aoife

und wies auf die Reihe gefüllter Schnapsgläser. »Erst entscheidet ihr euch, dann sage ich euch die Antwort.«

»Ich habe so ein Gefühl, dass ich die Antwort schon kenne.«

»Was meinst du damit, Beth?«

»Ich bin mir sicher, dass du mir einmal erzählt hast, dass du etwas in einem Laden geklaut hast, und wenn du Drogen genommen hast – mit Dani, nehme ich an – hast du es wahrscheinlich mehr als vier Mal gemacht. Dann ist das die Lüge. Also hast du mit …«

»Ah, warte, ich hab mich vertan«, unterbrach Aoife sie. »Mein Fehler … ich habe zwei Lügen gesagt und eine Wahrheit anstatt zwei Wahrheiten und eine Lüge. Ich habe bestimmt schon so sechs Mal gekokst und natürlich habe ich nicht mit einem eurer Freunde geschlafen. Schön wär's!« Sie öffnete ihre Arme weit, als wolle sie die ganze Gruppe umarmen. »Ihr seid meine besten Freundinnen. Ich liebe euch alle … Tut mir leid, ich bin zu betrunken für dieses Spiel.«

»Ja, das bist du«, stimmte Beth zu. »Ich gehe ins Bett.«

»Ich auch«, sagte Celine. »Gute Nacht.« Sie folgte Beth zu den Zimmern im Parterre.

»Unangenehm«, sagte Dani. Sie genehmigte sich einen Kurzen.

Tiff rang die Hände. »Warum hast du das gemacht, Aoife? Das war echt daneben.«

Aoife zog ein Gesicht. »Ich habe es doch gesagt, ich hab mich vertan. Wie auch immer, warum ist Beth jetzt so sauer?«

»Du *weißt*, warum … Zach.«

Aoife rang nach Luft. »Himmel! Hat sie gedacht, ich hätte *ihn* gemeint?«

»Wer ist Zach?«, fragte Dani interessiert.

»Beths Ex«, antwortete Aoife. »Sie hat darauf gewartet, dass er ihr einen Antrag macht und dann herausgefunden, dass er sie die ganze Zeit betrogen hat. Also hat sie ihn verlassen – vor etwa drei Jahren, oder, Tiff?«

Tiff runzelt die Stirn. »Wir sollten darüber nicht hinter ihrem Rücken reden.«

Aoife wandte sich an Dani. »Ich hatte nie Sex mit Zach. Beth weiß das.«

»Es war trotzdem unsensibel, so etwas zu sagen«, erklärte Tiff.

»Daran habe ich wirklich nicht gedacht. Ich hatte das längst vergessen.«

»Sie aber nicht.« Tiff erhob sich. »Ich sehe besser mal nach ihr.«

Sie lief Beth hinterher und ließ Dani und Aoife allein. Dani überlegte, ein Uber zu bestellen und zum Yachthafen zu fahren, nur sie beide. Aber es fühlte sich irgendwie nicht richtig an. Aoife stellte die Musik aus und ging nach oben. Dani folgte ihr. Sie wollte unbedingt den Abend durchsprechen, ohne Gefahr zu laufen, belauscht zu werden.

»Was sollte das?«, fragte sie und schloss die Schlafzimmertür.

»Ach … keine Ahnung … Leute sind manchmal müde und werden dann emotional.« Aoife schminkte sich mit einem Baumwollpad sorgfältig ab. Sonst kümmerte sie sich nie darum, nach dem Ausgehen ihr Make-up zu entfernen, aber so kurz vor der Hochzeit wollte sie wohl keine Pickel riskieren.

Dani begann sich auszuziehen. »Na los, erzähl mir von dieser Sache mit Beths Ex.«

Aoife stieß einen langen Seufzer aus. »Zach und Beth waren seit der Oberstufe zusammen. Während des gesamten Studiums blieben sie ein Paar, sind nach dem Examen zusammengezogen und begannen, auf ein Haus zu sparen. Jeder dachte, sie wären die Ersten in unserer Gruppe, die heiraten. Dann fand Beth heraus, dass er sie betrogen hatte. Haufenweise Frauen. Jahrelang. Sie war am Boden zerstört. Die beiden haben eine Paartherapie begonnen, und in einer der Sitzungen hat er behauptet, wir beide hätten Sex gehabt.«

»Und hattet ihr?«

»Nein!«

»Wirklich? Ich merke doch, wenn du lügst.«

Aoife senkte die Stimme. »Okay ... In Wahrheit gab es diese Party ein paar Jahre zuvor. Beth war nicht da, sie hatte die Grippe oder so. Zach und ich haben eine Flasche Wodka getrunken, und es endete damit, dass wir auf dem Boden des Badezimmers rumgemacht haben. Zum Glück habe ich die Sache gerade noch rechtzeitig abgebrochen. Das fand er aber gar nicht cool.« Sie schüttelte sich. »Ich bin nicht stolz darauf. Es war beschissen von mir. Ich liebe Beth.«

»Du hast es also komplett abgestritten?«

Aoife schnitt eine Grimasse. »Natürlich, das hätte alles sonst nur komplizierter gemacht. Ich wusste, dass es Beth nicht gut ging, und wollte es nicht noch schlimmer machen.«

»Gut, und wem hat sie geglaubt?«

»Zuerst ihm, später dann mir. Zach ist ein ekelhafter Lügner. Ihr ist klargeworden, dass er sie nur verletzen wollte. Arme Beth ... sie war so glücklich, einen festen Freund zu haben, so verzweifelt drauf aus, dass er ihr einen Antrag machte. Am Ende hat sie ihn rausgeworfen und ihr Leben so richtig in die Hand genommen. Gut für sie.«

»Kein Wunder, dass sie sauer war, als du mit dieser ›Lüge‹ um die Ecke kamst.« Wie bei der Lüge über die Drogen, gab es auch hier einen wahren Kern, dachte Dani. Und Beth hatte das gemerkt.

»Das war dumm von mir, ich habe nicht nachgedacht. Beth und Tiff nehmen alles so ernst. Celine hat auch nicht gerade viel Humor.« Aoife seufzte. »Du bist die Einzige, die mich versteht.« Sie drehte sich auf dem Hocker um. »Ich bin so froh, dass du hier bist.«

»Ja, fühlt sich an, als stünden wir beide auf der einen Seite und die drei auf der anderen«, sagte Dani. »Tiff ist wirklich streng, und Beth läuft wie ein kleines Hündchen hinter ihr her.«

Aoife lachte. »Das ist echt gemein!«

»Sorry, aber es stimmt doch.«

»Ja, du hast recht. Das ist mir bis heute Abend nie so richtig aufgefallen. Es ist Jahre her, dass wir zusammen ein ganzes Wochenende verbracht haben. Menschen ändern sich«, fuhr sie fort. »Und dann auch wieder nicht. Weißt du, was ich meine? Tiff und Beth werden immer Tiff und Beth sein. Sie können einem mit ihrer Art auf die Nerven gehen ...«

»Wie du.«

»Wie wir alle«, erinnerte Aoife sie. »Das ist es doch, was

Freundschaft ausmacht, oder nicht? Menschen so zu akzeptieren, wie sie sind. Es sind nur die Partner, die wir ändern wollen. Oder die uns ändern wollen …«

»Können wir bitte damit aufhören?« Dani lag auf dem Bett und streckte sich aus wie ein Seestern. »Mein Hirn ist zu matschig für philosophische Debatten.«

Aoife starrte sie an. »Wenn du in der Position schlafen willst, schicke ich dich zu Celine ins Bett.«

»Nein, nein!« Dani rollte sich sofort zu einem Ball zusammen. »Kann ich bleiben? Bitte, bitte, liebste zukünftige Braut, verbanne mich nicht nach unten zu der Fremden.« Sie faltete ihre Hände.

Aoife warf ein zusammengeknülltes Papiertaschentuch in Danis Richtung. »Celine ist keine Fremde. Sie ist eine gute Freundin und wirklich nett. Und auf der Arbeit ist sie meine direkte Vorgesetzte. Wird es jedenfalls sein, wenn sie den Job bekommt.«

»Aber für mich ist sie eine Fremde«, fuhr Dani fort. »Du hast sie vorher nur ein oder zwei Mal erwähnt. Natürlich ist es deine Sache, wen du zu diesem Wochenende einlädst, aber wenn ich ehrlich bin, war ich überrascht, dass sie dabei ist.«

Aoife verteilte den absurd teuren Cleanser, den sie im Duty-Free gekauft hatte, auf ihrem Gesicht. »Versprichst du mir, den anderen nichts zu sagen?«

»Natürlich.« Dani fuhr sich mit zwei Fingern über die Lippen, als schließe sie einen Reißverschluss.

Aoife senkte die Stimme zu einem Flüstern, obwohl sie außer Hörweite waren. »Ich *musste* Celine einladen. Nathan hat sie und Farrell zum Essen eingeladen und mich dann dazu genötigt. Er hat etwas gesagt wie ›Oh Celine, ich wette, du kannst den Junggesellinnenabschied gar nicht erwarten.‹ Es war unglaublich peinlich. Ich musste sie auf der Stelle einladen.«

»Was für ein Idiot!«

»Ich glaube, er hat das mit Absicht gemacht.«

»Warum?«

»Er mag Celine. Findet, dass sie einen guten Einfluss auf mich hat.«

Dani zog die Augenbrauen hoch. »Im Gegensatz zu mir, nehme ich an?«

»Ich fürchte, ich habe ihm zu viel über unsere Zeit an der Uni erzählt.«

»Oh, deswegen mag er mich nicht.«

»Er *mag* dich.«

»Überhaupt nicht.« Sie verkniff sich zu sagen, dass sie ihn auch nicht mochte.

»Ihr müsst euch nur besser kennenlernen, das ist alles.« Aoife hielt inne. »Ich habe dieses unbestimmte Gefühl, dass er Celine hier haben wollte, damit sie ein Auge auf mich hat.«

»Wirklich? Ist das nicht ein bisschen kontrollsüchtig?«

»Ja. Manchmal möchte ich etwas richtig Unverantwortliches tun, nur um mir zu beweisen, dass ich noch frei entscheiden kann.«

»Hast du deswegen heute diese Show mit Matt abgezogen? Was ist passiert, als ihr zu seinem Auto gegangen seid? Du warst lange weg, das haben alle mitbekommen.« Sie betrachtete Aoifes Spiegelbild und sah, dass sie rot wurde. »Habt ihr geknutscht?« Keine Antwort. »Habt ihr, oder?« Dani kicherte. »Unglaublich. Seid ihr noch weiter gegangen? Hast du in letzter Minute die Reißleine gezogen wie damals bei Zach?«

»Sch! Nein. Es war nur ein kleiner Flirt, das ist alles.« Aoife lächelte dennoch bei der Erinnerung. »Ich habe ihm gesagt, dass wir uns morgen Abend im Hafen sehen. Wir haben Nummern ausgetauscht.«

»Oha, mach mal langsam, Fräulein Ich-werde-am-Monatsende-heiraten.«

»Er hat gesagt, er gibt uns ein paar Tipps.«

»Na, das glaub ich sofort.«

»Orte zum Ausgehen, meine ich.«

»Sag bloß nicht Celine, dass er deine Nummer hat. Wahrscheinlich sitzt sie gerade im Bett und schreibt einen Bericht für Nathan. Zählt all die Cocktails auf, die du getrunken hast.«

»Hoffentlich nicht. Nathan hasst es, wenn ich mich betrinke.«

Dani schnaubte. »Das ist natürlich ungünstig, denn heute war nur der Anfang, meine Liebe. Morgen sind die Clubs an der Reihe, und da lassen wir es so richtig krachen!«

KAPITEL ZWÖLF: DAMALS

– BETH –

Es war erst Freitag, aber ich wünschte schon, ich wäre nicht mitgefahren. Ich hatte ein paar böse Vorahnungen wegen der Reise gehabt, und alles, was bisher geschehen war, bestätigte sie. Meine lange Freundschaft mit Aoife ging dem Ende zu. In den letzten Jahren hatte es einige Vorkommnisse gegeben, bei denen ich mich gefragt hatte, ob ich die Verbindung ganz abbrechen sollte, aber Tiff hatte die Wogen immer irgendwie wieder geglättet.

Aoife und ich waren Gegensätze – der Wildfang und das kleine Sensibelchen –, aber wir hatten uns gut ergänzt. Ich sorgte dafür, dass sie am Boden blieb, während sie mich ermutigte, auch mal etwas zu riskieren. In unserer Schulzeit, als noch nicht so viel auf dem Spiel stand, war das ideal gewesen, aber Zeit war vergangen, und unsere unterschiedlichen

Lebensentwürfe wurden zunehmend zum Problem. Es hört sich vielleicht überdramatisiert an, aber ich spürte, dass Aoife für mich eine potenzielle Gefahr darstellte.

Zur Zeit des Junggesellinnenabschieds absolvierte ich mein erstes Probejahr bei einer Rechtsanwaltskanzlei. Das Letzte, was ich in meinem Leben brauchte, war eine Freundin, die sich nicht sonderlich darum scherte, auf der richtigen Seite des Gesetzes zu stehen. Nicht, dass Aoife kriminell gewesen wäre, aber gelegentlich nahm sie leichte Drogen, arbeitete schwarz, trank zu viel in der Öffentlichkeit ... leichte Vergehen in den Augen vieler, aber zu viel für mich. Ich war immer schon ein braves Mädchen gewesen, jetzt musste ich es auch beruflich sein. Aoife schien das nicht zu verstehen, sie wollte sich verhalten wie immer.

Der letzte Streitpunkt ergab sich, als wir hoch nach Manchester fuhren, um Tiffs Dreißigsten zu feiern. Ich hatte viel gebüffelt und konnte es kaum erwarten, mich gehen zu lassen. Tiff lotste uns in einen Club, in dem wir die Nacht durchfeiern wollten. Zuerst war es toll, wir fühlten uns wieder wie Teenager – wir Mädels unter uns, nichts als tanzen und lachen –, aber im Lauf der Nacht wurde Aoife immer provozierender und unberechenbarer. Ich weiß nicht, ob es der Alkohol war oder ob sie irgendetwas genommen hatte, jedenfalls geriet sie auf der Toilette mit einer Frau in einen dummen Streit, der sich bis auf die Tanzfläche fortsetzte. Tiff und ich versuchten zu schlichten, aber der Freund der Frau mischte sich ein, und im nächsten Moment hatten die Rausschmeißer des Clubs uns alle vor die Tür gesetzt. Der Freund und seine Kumpels beleidigten Aoife auf der Straße weiterhin. Aoife schlug ihn – sie traf ihn aber kaum –, er schlug zurück, und es wurde hässlich. Tiff geriet in ein Gerangel mit der Frau, und ich versuchte den Freund davon abzuhalten, auf Aoife loszugehen. Glücklicherweise – aber auch unglücklicherweise – waren Polizisten in der Nähe, und sie nahmen uns drei fest.

Ich hatte noch nie in einem Streifenwagen gesessen und versank vor Scham im Boden. Tiff und Aoife waren außer sich und protestierten. Wir wären die Opfer und nicht die Angreifer. Ich sagte nichts, aus Angst, dass ich wegen Trunkenheit, ordnungswidrigem Verhalten oder sogar wegen eines tätlichen Angriffs im Strafregister enden würde. Jede Verurteilung wegen gewalttätigen Verhaltens würde meine Träume einer Rechtsanwaltskarriere zunichte machen.

Wir drei verbrachten die Nacht in einer Zelle. Nie zuvor hatte ich solche Angst verspürt. Am nächsten Tag wurden wir entlassen. Aoife auf Kaution, für mich und Tiff gab es eine Verwarnung, weil wir unsere Freundin nicht unter Kontrolle gehabt hatten. Aoife flehte uns an, Nathan nichts davon zu sagen. Er hasse es, wenn sie sich betrinke, sagte sie, und würde durchdrehen, wenn herauskam, dass sie Ärger mit der Polizei gehabt hatte.

Für mich war es gerade noch mal gutgegangen. Ich konnte es mir nicht leisten, am Wochenende des Junggesellinnenabschieds in eine ähnliche Lage zu geraten. Als ich hörte, dass es in Marbella stattfinden sollte, sagte ich Tiff, dass ich abspringen würde, aber sie flehte mich an, mitzukommen. Nichts Schlimmes würde passieren, versprach sie. Sie persönlich würde dafür sorgen, aber sie brauche meinen Beistand, um mit Dani fertigzuwerden. Mit ihr drei Tage und Nächte in einem Haus zu verbringen, machte ihr große Sorgen, und sie wollte, dass jemand dabei war, der auf ihrer Seite war.

»Wir wohnen vielleicht in unterschiedlichen Ecken des Landes und führen ein sehr unterschiedliches Leben«, erklärte Tiff, »aber, du Aoife und ich, wir werden immer eng befreundet sein.«

Bei dem »immer« war ich mir nicht so sicher, aber ich konnte Tiff ihre Bitte nicht abschlagen und ließ mich überreden. Seit dem ersten Tag auf der weiterführenden Schule waren wir Freundinnen gewesen. Während der schrecklichen Trennung von Zach war sie mein Fels in der Brandung. Der Junggesellinnenabschied wäre unser letzter großer Auftritt als Trio, dachte ich. Nach der Heirat würde ich den Kontakt langsam einschlafen lassen. Dessen war ich mir inzwischen ziemlich sicher.

Als Tiff ins Zimmer kam, lag ich schon im Bett. Ich hatte das Deckenlicht ausgeschaltet und lag mit dem Gesicht zur Wand, damit sie nicht sehen konnte, dass ich geweint hatte.

»Tut mir echt leid, Süße«, sagte sie. »Ich hätte das Spiel nicht vorschlagen dürfen. Aoife kann so ein Trampel sein … sagt immer das Erste, was ihr in den Sinn kommt, und denkt nie nach.«

»Glaubst du, das war wirklich nur ein Versehen?«, fragte ich. »Zwei Lügen und eine Wahrheit sagen, statt zweier Wahrheiten und einer Lüge. Mir kam das ziemlich vorsätzlich vor, als wollte sie mich mit Absicht auf die Palme bringen.«

»Natürlich war das ein Versehen. Sie hat sich auch richtig über sich geärgert.«

»Hmm.« Ich wandte den Kopf, um Tiff anzusehen und sah zu, wie sie ihre Schärpe mit der Aufschrift *»Bestie of the Bride«* abnahm und sorgfältig über die Stuhllehne drapierte.

»Sie hat nicht mit Zach geschlafen. Das weiß ich genau.«

»Nicht ganz genau«, sagte ich.

»Ich kenne Aoife besser als sie sich selbst, und sie würde dich niemals so hintergehen«, versicherte Tiff mir, während sie ihre Kleidung aufhängte.

»Aber Zach hat behauptet …«

»Zach war ein Lügner und Betrüger. Wie auch immer, er ist Schnee von gestern. Du bist deinen eigenen Weg gegangen. Schau dich nur an. Fantastisch.«

»Aber es tut immer noch ein bisschen weh. Als Aoife meinte …«

»Vergiss es«, insistierte Tiff. »Es gibt wichtigere Dinge, worüber man sich den Kopf zerbrechen kann.«

»Beispielsweise?«

»Oh, du weißt schon, dass das Wochenende gut läuft, dass die Leute sich benehmen.« Tiff begann, sich die Zähne zu putzen. »Eigentlich hat Dani Schuld«, sagte sie. »Sie stiftet Aoife an.«

»Ehrlich gesagt musste man sie heute Abend nicht sonderlich anstiften«, sagte ich. »Sie hat sich schon bei dem Cocktailtypen mega danebenbenommen.«

»So peinlich. Ich verstehe ja, dass es ihr Abschied ist, aber sie muss sich ein bisschen zusammenreißen. Morgen gehen wir feiern – da sollte sie sich lieber nicht mit jemandem anlegen wie beim letzten Mal.«

»Hoffentlich hat sie daraus gelernt.«

»Da wäre ich mir nicht so sicher, nicht, wenn Dani dabei ist.«

»Was hältst du von Celine?«, fragte ich, um das Thema zu wechseln.

»Ich mag sie. Sie ist freundlich, ohne aufdringlich zu sein. Ziemlich vernünftig, als könnte man ihr trauen. Nicht wie gewisse andere Personen.« Sie spuckte ins Waschbecken.

»Lass Dani mal in Frieden, so schlimm ist sie nun auch wieder nicht.«

»Ha!« Tiff kroch ins Bett. »Ich habe die ganze Zeit das Gefühl, dass sie sich über mich lustig macht, dass sie mich vor Aoife blamieren will.«

»Ach Quatsch. Sie möchte genau wie du, dass dieses Wochenende ein Erfolg wird.«

»Ich bin diejenige, die Aoife zur ersten Brautjungfer bestimmt hat. Es ist meine Verantwortung.«

»Aber du bist so nervös, dass du dabei schnippisch wirst«, sagte ich. »Versuch vielleicht, nicht so empfindlich zu sein«, fügte ich vorsichtig hinzu.

»Du hast gut reden! Du bist gerade wegen eines Spiels abgehauen.«

Ich seufzte. »Ich weiß, du hast recht. Wir sind beide übermüdet. Lass uns eine Runde schlafen.«

Wir sagten Gute Nacht und schalteten das Licht aus. Ich lag im Dunkeln und konnte nicht aufhören an Zach zu denken, obwohl ich seit mehr als drei Jahren nichts mehr mit ihm zu tun hatte. Wir waren jedoch neun Jahre zusammen gewesen, und er hatte in meinem Leben eine große Rolle gespielt.

Es hatte sich herausgestellt, dass er mich mit Dutzenden Frauen betrogen hatte – Kommilitoninnen aus der Uni, Arbeitskolleginnen, Fremde, die er online kennengelernt hatte. Nachdem ich ihn rausgeworfen hatte, war ich vom Thema Untreue wie besessen. Ich las Bücher und Blogs, trat einer Gruppe von betrogenen Frauen bei. Ich verbiss mich in meinen Schmerz und litt mit den anderen Opfern. Es ging nicht nur um die Fremdgeher, die ich verachtete, sondern auch um die Personen, die betrogen worden waren. Ich musste oft an all die Frauen denken, die mit Zach ins Bett gegangen waren, obwohl sie wussten, dass er eine Partnerin hatte. Es fühlte sich an, als hätten sie die gesamte Frauenwelt hintergangen.

Tiff half mir aus meiner Verzweiflung heraus. Sie sagte, ich müsse mich zusammenreißen, damit anfangen, mich selbst mehr zu schätzen und einiges in meinem Leben zu verändern. Die Zeit, die ich darauf verwendet hatte, über die tragischen Geschichten gescheiterter Ehen zu brüten, brachten mich auf Ideen, wie man anderen Betroffenen helfen könnte. Ich entschloss mich zu einer Kanzlei für Familienrecht zu wechseln und mich auf Scheidungen zu spezialisieren. Ich brauchte noch ein Jahr bis zum Abschluss. Ich hatte es fast geschafft.

KAPITEL DREIZEHN: HEUTE

– DANI –

Als Dani am Samstagmorgen die Augen öffnet, spürt sie einen stechenden Kopfschmerz, obwohl in der Nacht zuvor kein Tropfen Alkohol über ihre Lippen gekommen ist. Von unten ist kein Geräusch zu hören. Sie schaut auf ihr Handy. Es ist sieben Uhr, eigentlich erst sechs (ein Wochenende ist nicht lang genug, um sich auf eine andere Zeitzone einzustellen). Kein Wunder, dass noch niemand wach ist. Sie liegt noch eine Weile einfach nur da, um sich zu entscheiden, was sie tun will. Schwimmen gehen vielleicht?

Sie zieht ihren Bikini an und bindet sich den Sarong um die Hüfte, dann schleicht sie auf Zehenspitzen nach unten. Sie braucht ein Glas Wasser und läuft durchs Wohnzimmer in die Küche.

»*Buenos dias*«, ertönt eine weibliche Stimme von hinter der Kühlschranktüre.

»Ah!«, Dani schreckt zusammen.

»*Perdóname*. Habe ich Sie erschreckt? Ich habe Ihr Frühstück gebracht. Tut mir leid, ich wollte gestern Abend kommen, aber …« Die Frau schließt die Kühlschranktür und hält inne, als sie sieht, wer vor ihr steht.

»Hallo Marta«, sagt Dani.

Marta starrt sie durch das Halbdunkel an. »*Madre mía* … ich glaube es nicht. Sind Sie das, Dani?«

»Ja«, antwortet sie und fühlt sich in ihrem Bikini und Sarong unwohl. »Wie schön … äh … Sie zu sehen.«

Marta schüttelt ungläubig den Kopf. »Das verstehe ich nicht. Warum haben Sie mir nicht gesagt, dass Sie kommen?«

»Ich habe über eine Agentur gebucht. Ihr Name tauchte dabei nicht auf. Ich dachte, sie hätten das Haus vielleicht verkauft«, ringt Dani sich ab. Es ist eine müde Entschuldigung, und sie weiß, dass Marta sie ihr nicht abnimmt. In Wahrheit wäre sie froh gewesen, nicht auf Marta und John zu stoßen. »Tut mir leid«, fügt sie hinzu. »Ich wollte Sie nicht erschrecken.«

Marta sieht gealtert aus, wobei die dunklen Augenringe auch eher ein Zeichen für Schlaflosigkeit als für ihr Alter sein konnten. Sie knetet ihre Hände, als würde sie ein Tuch auswringen – Dani erinnert sich, dass sie diese Geste auch gezeigt hatte, als sie am Morgen nach dem Mord vorbeikam. Sie war unglaublich bestürzt gewesen – nicht nur, dass einer ihrer Gäste getötet worden war, sondern auch, weil es im Haus ihrer Großeltern geschehen war.

»Das ist so eigenartig«, sagt Marta. »Wann haben wir uns das letzte Mal gesehen?«

»Bei der Befragung vor zweieinhalb Jahren. Ich bin erstaunt, dass Sie mich wiedererkannt haben.«

»Ihr Gesicht werde ich nie vergessen. Als ich am Morgen danach zur Villa kam, waren Sie so schockiert, so mitgenommen. Es war, als wäre Ihre ganze Welt zusammengebrochen.« Sie atmet tief ein. »Ich brauche einen Kaffee. Wollen Sie auch einen?«

»Äh ... ja, bitte.«

Marta geht zum Küchenschrank und nimmt eine Packung Kaffeebohnen heraus. Keine von ihnen versucht den Lärm der Kaffeemühle zu übertönen, aber sobald sie stillsteht, stellt Marta eine weitere Frage.

»Sagen Sie mal, Dani ... warum sind Sie hierher zurückgekehrt?«

Dani windet sich. »Nun, es ist der dritte Jahrestag von Aoifes Tod. Wir wollten ihn mit einer Feier ihres Lebens begehen. Ich und die anderen Freundinnen – Tiff, Beth, Celine.«

»Die sind auch hier?«

»Ja, sie schlafen noch.« Sie nickt in Richtung der unteren Schlafzimmer.

»*Madre mía* ... Sie alle – warum?«

»Um ganz ehrlich zu sein: Ich habe sie getäuscht. Sie dachten, wir hätten ein Apartment in San Pedro gebucht. Sonst wären sie nicht mitgekommen.«

»Verstehe.« Marta löffelt Kaffee in die Espressokanne und presst ihn fest. »Aber warum wollten *Sie* zurückkehren?«

»Weil der Fall nie gelöst wurde. Wir wissen immer noch

nicht, wer Aoife umgebracht hat oder warum. Die Polizei hat aufgegeben. Aoifes Familie scheint akzeptiert zu haben, dass man die Mörder nie finden wird. Meine Freundinnen ebenfalls. Es fühlt sich manchmal an, als wäre ich die Einzige, die das alles immer noch beschäftigt.« Tränen treten ihr in die Augen, aber sie atmet tief durch und weigert sich, ihnen freien Lauf zu lassen.

»Es war wahrscheinlich irgendein Einbrecher, der sich, nachdem er Ihre Freundin getötet hatte, aus dem Staub gemacht hat.« Marta stellt die Kanne auf den Herd.

Dani senkt die Stimme. »Die Sache ist die ... Ich glaube nicht, dass es ein Einbruch war. Nichts wurde gestohlen.«

»Weil Aoife ihn gestört hat, nicht?«

»So lautete die Theorie.«

»Er hat sie angegriffen, und sie hat sich gewehrt?«

»Ja.«

»Also?«

»Ich glaube einfach nicht, dass es ein Dieb war, das ist alles.«

»Ich erinnere mich, dass Sie bei der Befragung angegeben haben, dass er Sie auch angegriffen hat.«

Dani beißt sich auf die Lippen. »Ich sagte, das wäre möglich, aber ich war mir nicht sicher. Bin ich immer noch nicht.«

Die Kanne gibt gurgelnde Geräusche von sich, und Marta stellt rasch den Herd aus. Sie schenkt Kaffee in zwei Becher ein und reicht Dani einen davon.

»Deswegen bin ich zurückgekehrt, um zu verstehen. Es gibt so vieles in dieser Nacht, an das ich mich nicht erinnern kann ...«

Marta winkt ab. »Da haben Sie Glück. Ich habe zu viele Erinnerungen. Überall sehe ich Blut. An den Wänden, auf dem Boden. Wir haben geschrubbt und geschrubbt, aber die Flecken wollten nicht weggehen. Jetzt ist alles übermalt und die Möbel sind neu, aber ich sehe es immer noch vor mir.«

»Tut mir leid, das muss furchtbar sein.«

»Ja, das ist es. Mein Zuhause wurde vergiftet. Es wird nie wieder dasselbe sein.« Sie seufzt. »Wenn Sie online nach der Villa Floriana suchen, tauchen Artikel aus britischen Zeitungen auf. Man nannte sie ›Haus des Horrors‹.«

»Ja, ich erinnere mich. Ekelhaft.«

»Seither kommen nur sehr wenige Gäste. Als ich die Buchung für dieses Wochenende sah, war ich froh. Ich dachte, vielleicht läuft es jetzt besser, aber nein ... Das Geschäft ist weiterhin ruiniert.« Marta seufzt.

»Tut mir leid, das zu hören. Wie geht es John?«

»Wir haben uns getrennt. Vor über zwei Jahren.«

»Oh, ist er zurück nach England gegangen?«

»Nein, er lebt über der Bar in Puerto Banús. Ich bin hierher zurückgezogen. Es ist ein großes Haus für eine Person, aber es ist jetzt mein Zuhause. Wenn Gäste kommen, was sehr selten geschieht, wohne ich bei einem Freund.« Sie nippt an ihrem Kaffee, starrt dann in den Becher. »Es ist schwierig mit John. Wir haben noch viele Probleme zu lösen.«

Dani führt sich Martas Ex vor Augen: Flipflops, Shorts, sonnengebleichtes Haar. »Hatte die ... äh ... Trennung irgendetwas damit zu tun ... was passiert ist?«

»¡*Claro!* Der Mord hat alles verändert. Unsere Beziehung, unser Geschäft, unser Leben ...« Sie zögert, fährt dann fort:

»Ich gebe zu, dass wir davor auch Probleme hatten, aber Aoifes Tod war das Ende.«

Dani fühlt sich zunehmend unwohl. »Falls es eine Hilfe ist, kann ich nur sagen, ich weiß, wie Sie sich fühlen. Mich hat es auch verändert. Es fühlt sich an, als wäre ich in der Zeit steckengeblieben. Ich kann mich nicht voranbewegen, nicht weitermachen mit meinem Leben. Deswegen habe ich alle hierhergelotst. Wenn ich herausbekommen kann, was in dieser Nacht wirklich geschehen ist, finden wir vielleicht alle ein wenig Frieden.«

»Vielleicht«, sagt Marta, klingt aber nicht überzeugt. Sie greift nach ihrer Tasche und den Schlüsseln. »Ich wünsche Ihnen viel Glück, Dani, aber ehrlich gesagt denke ich, dass Sie nur Frieden finden, wenn Sie aufhören, danach zu suchen.«

»Ich kann nicht aufgeben. Noch nicht.«

»Nun gut, ich muss los. Ich bin nur gekommen, um Ihnen das Frühstück zu bringen.«

»*Muchas gracias.*«

»*De nada.* Und ich habe vergessen zu fragen, ob alles hier für Ihren Aufenthalt in Ordnung ist. Haben Sie alles, was Sie brauchen?«

»Ja, vielen Dank. Abgesehen vom WLAN – es scheint nicht zu funktionieren.«

»Wirklich? Das ist merkwürdig. Ich werfe gleich mal einen Blick drauf.«

Dani folgt ihr ins Wohnzimmer. Marta geht in die Hocke und kontrolliert alle Kabel und Buchsen. »Ich glaube, der Router war umgefallen. Jetzt funktioniert es.«

»Danke. Und tut mir leid, dass ich uns nicht angekündigt habe. Ich hoffe, es ist nicht schlimm, dass wir hier sind.«

»Sie sind herzlich willkommen. Es ist nicht leicht für mich, Sie wiederzusehen, aber ich brauche offen gestanden das Geld.« Und mit diesen Worten verlässt Marta die Villa.

KAPITEL VIERZEHN: DAMALS

– TIFF –

Am Samstagmorgen fiel mir das Aufstehen nicht gerade leicht. Ich hatte schlecht geschlafen. Die Hitze bekam mir nicht sonderlich, und in meinem Kopf hatte es die ganze Nacht gearbeitet – nicht wegen Beths Sorgen, sondern wegen meiner eigenen. Alle dachten, ich wäre gestresst wegen der Organisation und weil für Aoife alles perfekt sein sollte, aber das war längst nicht die ganze Wahrheit. Ich verspürte eine schreckliche Unruhe und konnte mit niemandem darüber reden. Mein Kopf dröhnte furchtbar, und mein Nacken war verspannt.

Am Abend zuvor hatte Aoife geschworen, sie hätte nichts von der Villa Floriana gewusst und wäre lieber irgendwo zentral und näher an der Küste untergekommen. Ich erinnerte mich an mein Treffen mit Nathan. Er hatte mir versichert, dass sie explizit darum gebeten hatte, hier zu wohnen, das wusste ich noch ganz genau. Hatte er sie missverstanden? Hatte Aoife es vergessen? Ich konnte sie nicht fragen, da Nathan mir das Versprechen abgenommen hatte, seinen Anteil an der Organisation geheim zu halten. Auch sonst hatten wir Geheimnisse vor ihr.

Es war nicht gerade hilfreich, dass er mir immer wieder Nachrichten schickte und fragte, wie es so lief und ob Aoife ›sich benimmt‹. Was sollte ich darauf antworten? Ich konnte ihm nicht schreiben, dass sie wie wild mit dem Barkeeper geflirtet hatte und anschließend verdächtig lange mit ihm verschwunden war. Sollte Aoife herausfinden, dass Nathan und ich unter einer Decke steckten, hätte ich mit beiden ein dickes Problem.

Ich stand auf, zog mir Shorts und ein Top an und ging los, um nach dem Frühstück zu sehen. Zu meiner Erleichterung hatte Marta meine Anweisungen befolgt und für Tee gesorgt. Auf der Anrichte lagen ein Ciabatta und eine Tüte mit Croissants. Sie hatte Marmeladengläser bereitgestellt, dazu Erdnussbutter und Marmite. Im Kühlschrank fanden sich ein großes Stück Melone und ein Tomatenpürree, außerdem spanischer Schinken, ein Sixpack mit Joghurts und eine Karaffe frisch gepressten Orangensafts. Sie musste das alles sehr früh gebracht haben, denn ich hatte sie weder kommen noch gehen hören.

Normalerweise esse ich nichts vor dem Mittag, aber aus irgendeinem Grund war ich an diesem Morgen hungrig. Ich stand in der Küche und überlegte, ob ich den Rattantisch draußen oder den Esstisch drinnen decken sollte, denn innen war es kühler. Ich fragte mich auch, ob es zu früh wäre, eine Kanne Kaffee zu kochen (die Antwort lautete ja). In der Villa war es still. Beth schminkte sich noch, und es gab keine Anzeichen, dass die anderen drei schon wach waren. Ich schaute auf die Uhr. Es war erst neun, das fanden viele Menschen früh. Also war mir klar, dass ich nicht herumlaufen und die anderen wecken durfte. Noch nicht, jedenfalls.

Während ich die Wassermelone in Scheiben schnitt, spürte ich, dass ich leicht genervt von den anderen war. Stillschweigend hatte ich mir vorgenommen, an diesem Wochenende eine Art Tagebuch zu führen und die Einträge später mit Fotos, lustigen Kommentaren und liebevollen Botschaften zu versehen. Dann würde ich ein Buch daraus binden lassen, um es Aoife als Hochzeitsgeschenk zu überreichen. Bisher hatte ich uns in unseren Kostümen fotografiert, beim Schwimmen im Pool und beim Pizzaessen. Ich hatte auch Fotos von Matt, wie er Aoife beibrachte, einen Cocktail zu mixen, war mir allerdings nicht sicher, ob eines davon brauchbar war.

Für diesen Morgen hatte ich mir vorgestellt, wie wir fünf rund um den Tisch auf der Terrasse sitzen und mit erhobenen Sektgläsern für ein Gruppenselfie posieren. Bildunterschrift: *Bride-to-be-Breakfast*. Oder etwas Witzigeres, falls mir etwas einfiel. Jetzt sah es eher so aus, als würden die anderen zu unterschiedlichen Zeiten mit verquollenen Augen und Alkoholfahne aus dem Bett kriechen. Sie würden gähnend nach der Kaffeekanne greifen und mich mit meiner Kamera wegscheuchen.

In meinem Bauch rumorte es. Ich schnappte mir einen

Joghurt und nahm ihn mit nach draußen. Während ich dort so im warmen Sonnenschein von Marbella saß, kamen mir die Dutzende, wahrscheinlich sogar mehr Situationen in den Sinn, in denen Aoife und ich als Kinder unser Essen miteinander geteilt hatten.

Unsere Mütter hielten engen Kontakt, trafen sich manchmal in Cafés, häufiger jedoch in den jeweiligen Wohnungen. Es war einfacher, zu Hause zu bleiben und die Kleinen zum Spielen zu schicken. Dann öffneten sie einen Weißwein, saßen am Küchentisch und plauderten nonstop. Aoife und ich gingen auf mein Zimmer, um Brettspiele zu spielen oder uns zu verkleiden und Geschichten nachzuspielen. Aoife war meistens die Bestimmerin, selbst wenn sie nur zu Gast war. Sie war viel größer als ich und benahm sich, als wäre sie die Ältere, obwohl ich zwei Tage vor ihr Geburtstag habe. Ich ließ sie damit durchkommen. Irgendwann am Nachmittag riefen unsere Mütter uns dann nach unten. Es gab immer irgendetwas Ungesundes, bei dem sie wussten, dass wir keinen Aufstand machen würden – Frikadellen und Spaghetti, Knoblauchbrot, Chicken Nuggets mit Pommes aus dem Ofen und Eiscreme, die vor Schokosoße nur so triefte. Dann widmeten sie sich wieder ihrem Wein, aßen Oliven und Chips und naschten von unseren Resten. Ihr Gelächter wurde dabei immer lauter und derber. Danach gingen wir wieder nach oben, um einen Disneyfilm zu schauen.

Wenn mein Vater irgendwann von der Arbeit heimkam, verabschiedeten sich Aoife und ihre Mutter meistens schnell, als hätten sie plötzlich noch irgendwo einen Termin. Mein Vater war immer sauer, weil kein Essen für ihn auf dem Tisch stand und überall Unordnung herrschte. Mutter hielt dagegen, und manchmal entwickelte sich ein Streit. Der Weißwein half dabei nicht gerade. Ich glaube, mein Vater war eifersüchtig auf die Freundschaft der beiden Frauen. Natürlich habe ich das damals nicht verstanden. Meine Mutter hat mir leidgetan, weil sie im Schlafzimmer weinte, und ich war sauer auf meinen Vater, weil er mich nicht meinen Film zu Ende schauen ließ.

Ich war immer davon ausgegangen, dass Aoife und ich die Tradition unserer Mütter fortführen würden, wenn wir älter wären. Wir würden uns für Wein und gute Gespräche treffen, während unsere Töchter oben zusammen spielten. Inzwischen war ich mir nicht mehr so sicher.

»Hallo, Tiff, wie geht's?« Schlagartig wurde ich in die Gegenwart zurückgeholt. Dani stand in der Tür, den Mund mit Saft verschmiert, weil sie gerade in ein Stück Wassermelone gebissen hatte. »Die Früchte, die man in England findet, schmecken immer fast nach nichts«, sagte sie, »aber die hier ist echt lecker.«

»Ich dachte, wir könnten noch warten und dann alle zusammen frühstücken«, sagte ich. Die Bemerkung kam bissiger über meine Lippen als beabsichtigt.

»Oh, wirklich?« Sie entdeckte meinen leeren Joghurtbecher, kommentierte ihn aber nicht. »Aoife ist wach«, sagte sie stattdessen. »Kann allerdings noch etwas dauern, bis sie sich nach unten schleppt. Irgendein Lebenszeichen von den anderen?«

»Beth ist schon auf. Würdest du den Tisch decken, bitte? Ich finde, wir sollten alles nach draußen bringen.«

»Wäre es nicht einfacher, wenn wir uns in der Küche selbst bedienen?«, rief Dani mir hinterher. Ich tat so, als hätte ich nichts gehört.

Beim Frühstück erwähnte ich das gemeinsame Selfie nicht, sondern trank nur von meinem Kaffee, der mir viel zu stark geraten war. Beth mümmelte sich durch zwei Croissants – eines mehr, als ihr zugestanden hätte –, während Dani eine Show draus machte, auf spanische Art zu frühstücken und ihr geröstetes Ciabatta mit Olivenöl und dem Knoblauch-Tomatenpürree zu bestreichen, das Marta vorbereitet hatte. Celine, die offensichtlich bis eben im Garten Yoga gemacht hatte, nahm nur eine Banane, und Aoife kam erst herunter, als ich schon abgeräumt hatte.

Bevor sich alle wieder in sämtliche Himmelsrichtungen verstreuten, versuchte ich, die Gruppe zu versammeln. »Ich hoffe, ihr habt Lust auf ein kleines Quiz«, sagte ich. »Es macht echt Spaß, und für die Gewinnerin gibt es sogar einen Preis!«

»Ich weiß nicht, ob mein Gehirn heute Morgen schon funktioniert«, sagte Dani, »aber meinetwegen.«

»Worum geht es?«, fragte Aoife argwöhnisch.

»Wie gut wir dich kennen«, antwortete ich. »Du kannst also nicht mitmachen, aber du darfst die Fragen stellen. Und natürlich bist du die Einzige, die sämtliche Antworten kennt!«

Schlussendlich gelang es mir tatsächlich, alle auf der schattigen Terrasse zu versammeln. Ich gab Aoife die Liste und hielt für die anderen Stifte und Papier bereit.

»Woher hast du diese Fragen?«, fragte sie, während sie die Liste studierte, die ich zusammengestellt hatte.

»Größtenteils aus dem Internet, aber einige waren langweilig wie ›Was ist dein Lieblingssport?‹. Die habe ich dann ausgelassen und mir selbst ein paar Sachen ausgedacht«, sagte ich.

»Du meinst, du hast nur Fragen genommen, bei denen *du* sicher alle Antworten kennst«, merkte Dani an. »War nur Spaß«, fügte sie schnell hinzu. »Obwohl du als älteste Freundin von Aoife natürlich gewinnen müsstest.«

»Und ich werde todsicher verlieren«, sagte Celine.

Aoife gab uns ein Zeichen, still zu sein. »Okay, es geht los. Nummer eins! Das ist einfach: Was ist mein Sternzeichen?«

»Nicht reden«, erinnerte ich die anderen. »Einfach nur aufschreiben.« Sie machte weiter mit der Liste. Wer war ihr Lieblingspromi? Wie hatte Nathan ihr den Antrag gemacht? Wie lautete der Mädchenname ihrer Mutter, was war ihre Schuhgröße und was ihr Lieblings-Karaoke-Song? Brav schrieben wir unsere Antworten auf. Beth und Dani konnten sich ein paar witzige Kommentare nicht verkneifen, und Celine stimmte mit ein.

»Oh, das ist eine interessante Frage«, sagte Aoife nach einer Pause. »Hmm. Ich bin mir nicht sicher, ob ich sie stellen will.«

»Ach, mach schon«, sagte Dani. »Teste uns!«

»Okay … wovor habe ich am meisten Angst?«

»Das weiß ich«, sagte Beth sofort. Ich spähte hinüber, um zu sehen, was sie aufschrieb. *Spinnen!* Sie musste sich an die Nacht erinnert haben, als ich zu einem meiner Geburtstage mal eine Pyjamaparty veranstaltet hatte und Aoife wegen einer Spinne im Bad hysterisch wurde. Mir fiel auch nichts anderes ein, also schrieb ich dasselbe.

Aoife machte weiter. Wie hatten Nathan und sie sich kennengelernt? Was war ihre Lieblingsstadt, ihr Lieblingsessen, ihre Lieblingsfarbe, ihr bestes und schlechtestes Fach in der Schule? Wohin ging die Hochzeitsreise? Wie lautete ihre offizielle Berufsbezeichnung? Hatte sie jemals ein Haustier gehabt?

»Und Stop!«, rief sie. »Stifte weglegen.«

»Jeder gibt sein Blatt jemand anderem«, wies ich sie an, »damit niemand schummeln kann.«

Es endete damit, dass ich Danis Zettel überprüfte, während Beth meinen durchsah. Als Aoife die Antworten verkündete – nicht sicher, ob sie sich für Purpur oder Rot, Peperoni-Pizza oder Bali-Hühnchen entscheiden sollte –, wurde mir klar, dass ich mit diesem Spiel einen Fehler gemacht hatte.

Celine war wie erwartet die Verliererin, und Beth schnitt nicht viel besser ab. Ich war die Einzige, die den Mädchennamen von Aoifes Mutter kannte, und ich erinnerte mich, dass sie einmal eine Schildkröte besessen hatte (zwei der Fragen, die ich hinzugefügt hatte), aber ich erriet keinen ihrer Favoriten. Nicht einen. Dani kannte sie alle.

Um der ganzen Blamage noch die Krone aufzusetzen, war sie die Einzige, die Aoifes größte Angst kannte.

Betrogen zu werden.

KAPITEL FÜNFZEHN: HEUTE

– DANI –

»Dani!« Sie öffnet die Augen und sieht, wie Tiff am Pool steht und zu ihr hinüberschaut. »Wir haben überall nach dir gesucht. Wir haben nicht bemerkt, dass du *im Pool* bist«, sagt sie und lässt es wie einen Vorwurf klingen.

Dani paddelt ins flache Ende und klettert heraus. »Marta war hier«, sagt sie.

»Echt?« Tiff runzelt die Stirn. »Hab ich gar nicht gehört.«

Dani schnappt sich ein zusammengerolltes Handtuch aus dem Korb. »Sie hat uns Frühstück gebracht wie letztes Mal.«

»Oh. Ja, ich erinnere mich. Dann gehört ihnen immer noch das Haus?«

»Ja, aber sie und John haben sich getrennt.« Dani trocknet sich energisch ab und bindet sich erneut den Sarong um.

»Oh je. Hat sie gesagt, warum?«

»Nicht genau, aber ich glaube, dass Aoifes Tod einiges damit zu tun hatte. Sie können die Villa nicht vermieten – die Leute haben Angst, hier zu übernachten. Bestimmt haben sie ziemliche Geldprobleme.«

»Das ist schlimm … ich wette, sie war überrascht, dich hier zu sehen.«

»Ja. Es war erst ein bisschen komisch, aber dann ging's.« Dani schlägt einen anderen Ton an. »Und, hast du dich nach unserem nächtlichen Treffen erholt? Konntest du wieder einschlafen?«

»Irgendwann schon. Tut mir leid. Ich war nervös, habe komische Geräusche gehört und dann habe ich mir sofort Einbrecher vorgestellt.«

»Kann ich verstehen«, räumt Dani ein. »Also, wie sieht dein Plan aus?« Sie wickelt sich das Handtuch um den Kopf und rubbelt ihre Haare trocken.

»Kommt darauf an«, antwortet Tiff und schürzt die Lippen. »Wir müssen die beiden Möglichkeiten durchgehen: gleich heute zurückfliegen oder eine andere Unterkunft finden. Macht es dir etwas aus, uns noch einmal zum Restaurant zu fahren? Zuallererst brauchen wir WLAN.«

»Sorry, das habe ich ganz vergessen: Marta hat es repariert.«

Tiff sieht erleichtert aus. »Oh, toll. Das ist doch mal was.«

Dani wirft das feuchte Handtuch auf eine der Liegen. »Ich gehe jetzt unter die Dusche. Sag mir Bescheid, wenn du dich entschieden hast, was wir machen. Wenn ich dich irgendwohin fahren soll, frag einfach.« Sie geht zurück zum Haus. Auf den warmen Kacheln trocknen ihre Fußabdrücke augenblicklich. Tiff folgt ihr. Vom Wohnzimmer aus eilt Tiff zu Beth und Celine, während Dani nach oben geht.

Sie schließt die Tür ihres Schlafzimmers und atmet aus. Zum ersten Mal hat sie das Gefühl, eine Unterhaltung mit Tiff gut gehändelt zu haben. Sie mag es nicht, unter Druck gesetzt zu werden, möchte das Gefühl haben, alles im Griff zu haben, selbst wenn das nicht der Fall ist.

Nach dem Duschen zieht Dani sich an und geht wieder nach unten auf die Terrasse, wo die anderen zusammen auf dem Sofa im Schatten hocken. Celine balanciert ein Notebook auf dem Schoß. Beth und Tiff sitzen rechts und links von ihr und schauen auf das Display.

»Wie läuft's?«, fragt Dani bemüht unbekümmert.

»Keine Chance«, erklärt Celine. Sie sieht auf. »Gibt keine Direktflüge, die mit Zwischenstopp dauern ungefähr vierzehn Stunden.«

»Kein Wunder. Es ist Hochsaison.«

»Und es gibt keine Unterkünfte. Ein paar Hotels in Malaga, aber die Bewertungen sind katastrophal.«

»Airbnb?«

Beth zieht ein Gesicht. »Ein paar Wohnungen am Arsch der Welt, aber keine von uns hat einen Führerschein. Alle Hotels an der Küste sind ausgebucht.«

»Im Grunde sitzen wir hier fest«, sagt Tiff und starrt Dani unverhohlen an. »Das war dir natürlich klar. Es war alles Teil deines Plans.«

»Das stimmt nicht.«

»Lasst uns nicht streiten«, bittet Beth. »Es ist wie es ist, und wir müssen das Beste draus machen.«

»Ich will hier aber nicht sein«, schnaubt Celine. »Du hast uns angelogen, Dani.«

»Ich weiß, und dafür habe ich mich schon entschuldigt. Was soll ich denn noch tun? Ich kann kein Flugzeug herbeizaubern.«

Beth erhebt sich. »Wir sind hierhergekommen, um Aoifes Leben zu feiern, erinnert ihr euch? Und genau das machen wir jetzt. Ich finde, heute sollten wir uns einfach erholen, die Batterien aufladen. Morgen können wir den Friedhof besuchen, unsere kleine Zeremonie abhalten, daran denken, wie sehr wir sie alle geliebt haben und ...«

»Ist okay, wir haben's kapiert«, schießt Tiff zurück. »Wir tun so, als wäre alles in Butter und wir hätten die Zeit unseres Lebens.«

Beths Miene verdüstert sich. »Ich versuche nur positiv zu denken, mehr nicht.«

»Ich weiß, Süße, aber das ist manchmal ein bisschen anstrengend.«

Beth sieht aus, als würde sie jeden Moment in Tränen ausbrechen. »Ich wollte das Wochenende hier genauso wenig verbringen wie du«, sagt sie. »Ich hasse es hier. Jedes Zimmer, jedes Möbelstück, sogar diese wunderschöne Aussicht erinnert mich daran, was passiert ist. Es ist, als wäre sie bei uns, als wäre ein Geist im Haus. Ich könnte kotzen.«

»Geht mir auch so«, wirft Celine ein.

»Natürlich macht es einen emotional, hier zu sein«, sagt Dani. »Vielleicht müssen wir einfach mal raus.«

Celine schaltet ihr Notebook aus. »Ja, ich bin dafür, aber wohin? Zum Strand? Shopping? Das fühlt sich irgendwie nicht richtig an. Wir sind ja nicht zum Spaß hier.«

»So war das nicht gemeint«, erwidert Dani, »aber wie ich zu Beth gestern schon sagte, möchte ich nicht nur Aoife die Ehre erweisen, sondern auch verstehen, was passiert ist, weil ich mich einfach nicht erinnern kann. Wie bei der Untersuchung eines Verbrechens, weißt du, wenn die Ermittler die Ereignisse rekonstruieren. Allerdings möchte ich das ganze Wochenende noch einmal Schritt für Schritt durchgehen, nicht nur den kleinen Teil am Ende, an den ich mich nicht erinnern kann. Und ihr wart dabei, also ist es doch sinnvoll, wenn wir ...« Sie blickt sie flehentlich an. »Was ich damit sagen will, ist, dass ich heute Nachmittag gern mit euch nach Puerto Banús fahren würde, wie beim letzten Mal.«

»Auf gar keinen Fall betrete ich noch einmal diesen Beach Club«, sagt Tiff und verschränkt die Arme.

»Das wollte ich auch gar nicht vorschlagen. Wir würden wahrscheinlich sowieso nicht reinkommen. Aber ich möchte später gern ins Supernova und in den Nachtclub.«

»Das ist einfach nur gruselig«, sagt Tiff.

»Und sinnlos«, fügt Celine hinzu.

Beth nickt. »Tut mir leid, Dani, das finde ich auch. Es gibt keine Verbindung zwischen Samstagnacht und dem, was am Sonntag passiert ist.«

»Das wissen wir nicht sicher. Es *könnte* eine geben«, hält Dani dagegen und blickt in verständnislose Gesichter.

»Es kann sein, dass Aoife jemandem erzählt hat, wo wir wohnen«, sagt Celine und klappt ihr Notebook zu. »Aber selbst, wenn man sich an ein solches Detail erinnert, wie groß ist die Chance, denselben Leuten noch einmal zu begegnen? Nahezu null. Wie auch immer, die Polizei weiß wahrscheinlich, wer sie angegriffen hat, sie kann es nur nicht beweisen.«

»Willst du Amateurdetektivin spielen, Dani?«, fragt Tiff. »So hört es sich nämlich an.«

Sie versucht es noch einmal. »Nein, aber mir fällt nichts Besseres ein, um zumindest ein bisschen Klarheit zu bekommen. Ich war das ganze Wochenende mit Aoife zusammen, und weiß trotzdem nicht, was in den letzten Minuten ihres Lebens geschehen ist. Ich hätte etwas mitbekommen müssen! Da sind diese Erinnerungsfetzen, aber ich kann sie nicht zusammenfügen, sie ergeben kein Bild. Alles ist so verworren. Das ist meine einzige Chance, etwas Ordnung in meinen Kopf zu bringen.«

»Aber warum hast du das Bedürfnis, das alles zu klären?«, will Celine wissen. »Es wird nichts ändern.«

Dani schaut sie streng an. »An diesem Wochenende sind Dinge geschehen. Dinge, über die wir nie gesprochen haben. Nicht einmal mit der Polizei.«

»Sie waren nicht wichtig, deswegen«, sagt Tiff.

»Und sie hätten Aoifes Eltern nur belastet«, fügt Beth hinzu. »Mike und Kate haben sehr gelitten. Die Situation war schlimm genug. Wir waren uns einig, dass wir sie nicht noch schlimmer machen wollen.«

»Ja, aber die Dinge sind doch passiert! Wir können sie nicht einfach ungeschehen machen.«

»Das ist ja das Schlimme«, sagt Celine leise.

»Ich weiß, dass es nicht angenehm ist, aber wir schulden

es Aoife«, fährt Dani fort. »Zumindest … mir geht es so. Ich kann sie nicht zurückholen, aber wenn ich herausfinden kann, wer sie ermordet hat, dann ist das doch etwas. Für ihre Familie und für Nathan.«

»Tu, was du tun musst«, sagt Tiff. »Ich werde dich nicht aufhalten, aber erwarte nicht, dass ich mitmache bei dieser … Pilgerfahrt in die Vergangenheit. Es tut nur weh und ist letztendlich auch Zeitverschwendung.«

»Ich stimme Tiff zu«, sagt Beth leise. »Tut mir leid, Dani.«

»Was ist mit dir, Celine?«

»Wieder in der Villa zu sein ist unangenehm genug. Ich möchte nicht noch einmal ins Supernova gehen oder in den Club, sorry.«

»Ist schon in Ordnung.«

Celine wendet sich an die anderen. »Wenn wir Dani nicht begleiten, hängen wir hier allerdings den ganzen Tag fest, das ist erst recht unangenehm.«

»Wir könnten nach Marbella fahren und ein wenig die Stadt anschauen, während Dani ihr Ding macht«, schlägt Beth vor. »Nicht zum Spaß, sondern um die Zeit rumzubringen.«

»Einverstanden«, sagt Tiff. »Alles ist besser als das hier.«

Danis Laune hellt sich auf. »Es dürfte unmöglich sein, in der Altstadt zu parken«, sagt sie, »aber da ich nach Puerto Banús fahre, wie wäre es mit einem Spaziergang entlang des *Paseo Marítimo*? Der ist kilometerlang. Ihr könntet ein Plätzchen zum Mittagessen finden …«

»Ich wäre dafür«, sagt Celine. Beth und Tiff nicken zustimmend.

Dani lächelt. »Großartig. Wann wollt ihr losfahren?«

»In etwa zwanzig Minuten?«, schlägt Tiff vor. »Ich muss nur noch kurz telefonieren.« Sie verschwindet schnell in Richtung Schlafzimmer.

»Sie ist ja genauso schlimm wie ich«, sagt Celine und schaut ihr hinterher. »Wen ruft sie ständig an? Hat sie einen neuen Typen?«

»Ihre Mutter, nehme ich an«, antwortet Beth. »Die nimmt das alles hier sehr mit. Sie war wie eine zweite Mutter für Aoife.«

Als alle bereit sind, macht Tiff eine letzte Runde, um sich zu versichern, dass sämtliche Fenster und die Türen zum Hof verschlossen sind. Dann schaltet sie die Alarmanlage ein, während die anderen schon zum Auto gehen. Dani schließt es auf, und sie steigen ein, wobei Celine diesmal auf dem Beifahrersitz Platz nimmt.

Im Seat Ibiza ist es so heiß wie in einem Pizzaofen. Dani lässt schnell den Motor an, um die Klimaanlage einschalten zu können. Es läuft gut, denkt sie, als sie auf Tiff wartet. Vielleicht ist es ohne die anderen sogar besser. Das Supernova wird bis einundzwanzig Uhr geschlossen sein, aber John ist vielleicht in der Nähe. Es gibt da etwas, worüber sie mit ihm reden will, und das kann sie nicht, wenn die anderen dabei sind.

Tiff erscheint und rutscht auf die Rückbank neben Beth. »Tut mir leid«, sagt sie. »Ich hatte ein paar Probleme beim Einstellen der Alarmanlage. Hoffentlich habe ich es hinbekommen.«

Dani braucht kein Navi, um nach Puerto Banús zu finden. Beim letzten Mal sind sie oft dorthin gefahren, und es ist eine einfache Route. Sie fährt die schmale, holprige Piste hinunter und biegt an ihrem Ende rechts auf die Hauptstraße ab.

Ein Stückchen weiter parkt ein Motorradfahrer auf dem Parkplatz neben dem Schrein mit der Madonnenfigur. Ringsumher ist der Boden mit Opfergaben bedeckt: Blumen – echte und künstliche – flackernde Kerzen in Gläsern, Fotos, Botschaften, Reste von Weihnachtsdekorationen. Eine verwilderte Katze streunt herum in der Hoffnung, etwas zu essen zu finden. Während sie vorbeifahren, spricht Dani ein stilles Gebet für Aoife, obwohl sie nicht an Gott glaubt. Im Rückspiegel sieht sie, wie der Motorradfahrer auf sein Gefährt steigt und losfährt.

»Bist du sicher, dass die Klimaanlage läuft?«, fragt Beth. »Ich schwitze hier hinten wie verrückt.«

»Ja, steht auf höchster Stufe«, sagt Dani. »Sie braucht noch einen Moment, um auf Touren zu kommen.«

Niemand redet, alle schauen lieber aus dem Fenster. Die Gegend ist atemberaubend schön. Sie sehen den Schwung der Costa del Sol und in der dunstigen Ferne den Felsen von Gibraltar. Unten in Marbella werden viele Straßen mit Gittern abgesperrt sein, aber hier oben in der Sierra gibt es nur wenig Verkehr. Dani folgt nun der Straße hinunter zur Küste – eine tückische Kurve nach der nächsten – und sie nähern sich rasch dem Wahnsinn dort unten, dem unglaublichen Reichtum, dem Glitter und Glamour. Sie hätte nie gedacht, dass diese Welt auf bizarre und gewaltsame Weise mit ihrer eigenen kollidieren würde.

Das Motorrad ist immer noch hinter ihnen, als sie am Eingang zum Country Club vorbeifahren – in Wahrheit eine gehobene Wohnanlage. Sie ist mit einer elektronischen

Schranke gesichert, daneben steht ein Wachhäuschen mit einem uniformierten Wärter. Auf Sicherheit wird an solchen Orten zwangsläufig großer Wert gelegt. Dani muss daran denken, wie verletzlich dagegen die Villa Floriana ist, so ganz allein am Berghang. Wobei, sie Villa zu nennen ist vielleicht ein wenig prätentiös. Sie hat nichts gemein mit den marmornen Monstrositäten hier, oder den riesigen weißen Würfeln mit ihren enormen Fenstern, hinter denen es während der heißesten Monate schwer auszuhalten sein muss.

»Es gibt noch einen Abzweig, oder?«, fragt Celine von hinten. »Haben wir den verpasst?«

»Nein, müsste gleich kommen«, sagt Dani und verlangsamt die Fahrt. Im Rückspiegel entdeckt sie erneut das Motorrad. In der Ledermontur muss er vor Hitze vergehen, denkt Dani, als sie an der Kreuzung nach rechts abbiegt.

Sie kriechen weiter bis Puerto Banús, passieren Kreisverkehre, die mit absurden Wasserfällen und extravaganten Anpflanzungen geschmückt sind, Fachmärkte und luxuriöse Apartmentblöcke. Dani fährt den Hafen entlang und hätte im vergeblichen Versuch, einen freien Parkplatz zu finden, fast eine Gruppe Fußgänger überfahren.

»Schaut euch nicht um, aber ich glaube, wir werden verfolgt«, sagt Celine.

Beth beugt sich sofort vor. »Was? Welches Auto?«

»Kein Auto, ein Motorrad. Hast du es auch bemerkt, Dani? Seit dem Schrein fährt es hinter uns.«

»Hmm ... ja, ist mir aufgefallen«, antwortet sie. »Aber ich glaube nicht, dass der Typ uns folgt, er fährt nur in dieselbe Richtung.«

»Warum sollte uns auch jemand folgen?«, sagt Tiff. »Du bist paranoid, Celine. Wie Dani letzte Nacht. Sie hat draußen Geräusche gehört. Hat mich mega erschreckt.«

»Ich weiß, tut mir leid.«

»Und war jemand draußen?«, fragt Celine ängstlich.

»Nein! Ein Tier vielleicht, sonst nichts. Wir sind alle angespannt, kein Wunder also.«

Dani entscheidet sich für einen der Boulevards, die von der Strandpromenade nach oben führen. Das Motorrad hält Abstand, bleibt aber im Sichtfeld. Sie sucht weiter nach einem Platz zum Parken. Hier herrscht weniger Verkehr, dafür gibt es mehr Restaurants, mehr Boutiquen, mehr Immobilienagenturen, mehr Kreisverkehr. Schließlich gelingt es ihr, in einer sehr steilen Straße ziemlich entfernt vom Strand zu parken.

»Tut mir leid, aber mehr kann ich nicht tun«, sagt sie und lässt den Gang drin, während sie den Motor abstellt.

»Er hat umgedreht und ist weggefahren«, verkündet Celine. »Seht ihr, das ist der Beweis.«

»Nicht unbedingt«, sagt Tiff. »Ich nehme an, dass er anderswo nach einem Parkplatz sucht.«

Celine runzelt die Stirn. »Ein Motorrad kann man eigentlich überall parken.«

»Das stimmt«, findet Beth.

»Es spielt keine Rolle, jetzt ist er weg«, sagt Dani, die der Angst nicht noch mehr Raum verschaffen möchte. Sie muss sich allerdings eingestehen, dass Celine recht hat. Der Motorradfahrer ist ihnen eindeutig hierher gefolgt, obwohl sie sich nicht vorstellen kann, warum.

Tiff zerrt an der Türklinke mit der Kindersicherung. »Und? Machen wir jetzt einen Spaziergang oder nicht?«

Sie steigen aus und trotten im Gänsemarsch den Berg hinunter. Der Gehweg flimmert, und die Palmen bieten nur stellenweise Schatten. Als sie die Promenade erreichen, treffen sie auf Schwärme von Menschen – Urlauber, Jugendliche auf Elektroscootern, Eltern, die Kinderwagen schieben, Senioren mit Rollatoren, glamouröse Frauen mit Hündchen. Sie sehen auch Junggesellinnenabschiede – wehende weiße Schleier, lustige Hasenohren, leuchtende Schilder mit der Aufschrift »*Learner*«.

»Ach du meine Güte«, murmelt Celine. »Ich hatte ganz vergessen, wie es hier ist.«

Der Strand ist so belebt, dass Dani kaum die Farbe des Sandes ausmachen kann. Sie schieben sich den *Paseo* entlang und versuchen sich dabei zu unterhalten, aber es ist nicht leicht zusammenzubleiben und in dem Getöse die Stimmen der anderen zu hören.

Ein Schild für den Blue Oceania Beach Club taucht auf. Das Logo – Wörter, in der Form einer schaumgekrönten Welle mit einer goldenen Sonne anstelle des Os – reicht aus, um Erinnerungen heraufzubeschwören. Sie drehen und winden sich wie Fragmente in einem Kaleidoskop. Dani bleibt stehen, irritiert von den vielen farbenreichen Bildern, die durch ihren Kopf wirbeln.

Urplötzlich steht Aoife neben ihr in ihren lilafarbenen Shorts und einem gelben bauchfreien Oberteil, eine rotweißgestreifte Tasche über die Schulter geworfen, auf der Nase eine Sonnenbrille mit blauem Gestell.

KAPITEL SECHZEHN: DAMALS

– DANI –

Laut Tiff, die ausgiebig recherchiert hatte, gehörte der Blue Oceania Beach Club zu den Attraktionen in Marbella, die man auf keinen Fall verpassen durfte. Dani hatte kurz auf die Website geschaut und festgestellt, dass der Club hauptsächlich ein Außenpool mit angesagtem Restaurant und einer Bar war. Nicht wirklich ihr Geschmack, entschied sie, denn sie gehörte eher zu den Menschen, die sich am liebsten einfach mit einem Handtuch in den Sand legen, aber wenn man schon einmal in Marbella ist …

Das Taxi setzte sie Punkt 14:00 Uhr ab. Am Einlass hatte sich eine kleine Schlange gebildet. Ein Wachmann bestand darauf, einen Blick in ihre Strandtaschen zu werfen, um nach Alkohol zu suchen. Als er überzeugt war, dass sie nichts aus dem Mercadona einschmuggeln wollten, führte man sie zu ihrem Sonnenbett – ebenfalls für die erpresserische Summe von vierhundert Euro im Voraus gebucht. Dazu gab es »kostenlos« eine Flasche Champagner, für die sie offensichtlich dankbar zu sein hatten.

Ihre persönliche Liegefläche befand sich weit vom Pool entfernt in der dritten Reihe nahe einer Mauer. Sie war rund und weiß und strikt auf vier Personen begrenzt. Für eine fünfte Person hatten sie einen »Zusatzeintritt« buchen müssen. Beth hatte tapfer das Einzelticket genommen, aber Dani ging davon aus, dass sie abwechselnd dastehen würden wie bestellt und nicht abgeholt, während die anderen Sekt tranken und sich bräunten.

»Müssen wir wirklich den Platz hier hinten nehmen?«, beklagte sich Aoife, die ihre Tasche auf den Boden fallen ließ. »Das große Ding in der ersten Reihe ist frei, warum können wir das nicht haben?«

»Sicher, wenn du über tausend Euro bezahlen willst«, sagte Tiff. Aoife schlug sich mit der Hand gegen die Stirn, was wohl bedeuten sollte, dass der Preis zu hoch war. Sie zog ihre Shorts und ihr Top aus und ließ einen atemberaubenden Bikini sehen – einfarbig schwarz mit tief ausgeschnittenem BH und winzigem Höschen.

»Wer hat Lust auf eine Runde Schwimmen?«, fragte sie.

»Ich bin dabei«, antwortete Tiff prompt. »Lass mich nur meine Sachen ausziehen.«

Dani setzte sich zu Beth und Celine. Sie wusste nicht, wie sie sich die Sonnenliege teilen sollten, ohne ihre Gliedmaßen übereinander zu legen. Sie schien eher für zwei Paare als für vier Freundinnen gedacht zu sein, und sie waren nicht einmal

Freundinnen – jedenfalls nicht so richtig. Dani überließ Beth die Ecke, die dank eines gestreiften Sonnenschirms etwas Schatten abbekam. Sie schaute sich befangen um und behielt ihre Bluse an, obwohl es unglaublich heiß war. All diese schlanken, knapp bekleideten Frauen, die hier herumstolzierten, konnten einen leicht einschüchtern. Sie ließen die Bauchnabelpiercings an ihren flachen Bäuchen blitzen, warfen ihre Haare über die Schultern und schossen unablässig Selfies mit Schmollmündern.

Dani zog ihr Kleid aus und wollte es gerade über die Stangen des Sonnenschirms werfen, als ein Kellner ihr im Vorübergehen einen warnenden Blick zuwarf. Verboten, offensichtlich. Also rollte sie es zusammen und steckte es stattdessen in ihre Tasche. Sie warf einen Blick auf Aoife und Tiff, die im Wasser standen und gelangweilt aussahen. Um sie herum standen die Leute ebenfalls, niemand schwamm. Vielleicht war auch das nicht erlaubt, dachte sie und richtete die Träger ihres Bikinis.

Die Atmosphäre war nicht so locker, wie sie gehofft hatte. Die Türsteher waren stets wachsam, und der hohe Metallzaun um den Club herum gab ihr das Gefühl, sich in einem Luxusgefängnis zu befinden.

Ihr Kellner brachte Champagner in einem Eiskübel und vier Gläser. Er stellte alles auf einen kleinen Tisch im Zentrum des Sonnenbettes unter den Sonnenschirm.

»Vergesst nicht den zusätzlichen Minimalverzehr von fünfhundert Euro«, sagte er in einem affektierten Liverpool-Akzent. »Ihr zahlt sofort, oder? Wenn ihr die Summe überschreitet, geb ich euch Bescheid.«

»Was?!«, rief Celine aus. »Ich glaub, ich spinne.« Sie erhob sich und forderte Tiff mit einem Winken auf, aus dem Wasser zu steigen.

»Noch mal fünfhundert Euro?«, sagte Tiff, als sie davon erfuhr. »Wir haben schon vierhundert für die Sonnenliege bezahlt.«

»Essen und Trinken nicht eingeschlossen. Samstagszuschlag, muss jeder bezahlen.«

»Das stand bei der Buchung nirgendwo.«

Er hob mahnend einen Finger. »Klaro, steht unter Geschäftsbedingungen. Das Kästchen musst du angekreuzt haben oder du hättest die Liege gar nicht buchen können.«

»Das wurde nicht genügend kenntlich gemacht«, fuhr Tiff erregt fort. »Das ist unverschämt.«

Er seufzte, als führe er dieses Gespräch zehn Mal am Tag. »Schau mal, Baby, niemand braucht hier Drama. Nicht gut für den Vibe. Entweder ihr bezahlt jetzt fünfhundert Euros oder ihr geht von der Sonnenliege runter, eure Wahl.«

Tiff wandte sich an die anderen Frauen. »Tut mir wirklich leid. Was sollen wir tun?«

»Hundert Euro pro Person, das ist viel Geld für Essen und Trinken«, sagte Beth.

»Nicht bei diesen Preisen«, murrte Dani bei einem Blick auf die Speisekarte.

»Zahlt ihr jetzt oder nicht?«, fragte der Kellner. »Ich hab nämlich ne lange Warteliste.«

Tiff warf einen Blick auf Aoife. Sie war noch im Pool und plauderte mit ein paar muskulösen, tätowierten Typen. Dani nickte zögerlich. Sie wollte hier keine weiteren hundert Euro ausgeben – oder überhaupt noch mehr Geld –, hatte aber auch nicht vor, vom Sicherheitspersonal von der Liege gezerrt zu werden. Die Leute schauten schon. Es war peinlich.

»Äh … also gut«, seufzte Tiff und gab ihm ihre Kreditkarte.

Als Aoife aus dem Pool stieg, erklärte Tiff ihr, was passiert war. Aoife hörte kaum zu, sie war beim Abtrocknen zu sehr damit beschäftigt, dass ihre aufgesprühte Bräune keine Streifen hinterließ.

»Du hättest das Kleingedruckte lesen sollen«, konnte Dani sich nicht verkneifen.

»Ja, vielen Dank. Ich weiß. Wenn du deinen Anteil nicht bezahlen willst, ist das in Ordnung, aber dann erwarte auch nichts zu essen oder trinken.«

»Natürlich bezahle ich meinen Anteil«, grummelte Dani. »Es ist nur die Verarschung, das ist alles. Für das, was mich dieses Wochenende kostet, hätte ich zwei Wochen nach Griechenland fahren können.«

»Dann werden wir verdammt noch mal dafür sorgen, dass wir die ganzen fünfhundert ausgeben«, sagte Aoife und setzte sich zu Beth. Sofort trat ein Aufseher näher und verwarnte sie, weil zu viele auf der Liege waren. Um weiteren Ärger zu vermeiden, stand Dani auf und sagte, sie würde sich mal umsehen, was im Blue Oceania noch so geboten würde.

Inzwischen waren alle Liegeflächen besetzt, und die Schlange vor der Bar war sehr lang. Um Punkt drei Uhr drehte der DJ plötzlich die Lautstärke auf. Tänzerinnen in identischen blauweißen Bikinis und absurd hohen Pumps tauchten wie aus dem Nichts auf. Sie stolzierten den Laufsteg entlang, der den Pool teilte, wackelten mit dem Hintern und zeigten sexy Posen zu Clubsounds, die aus den Lautsprechern dröhnten. Auf der anderen Seite des Pools legten zwei hübsche Barkeeper eine Show hin, indem sie Flaschen auf ihren Armen balancierten, sie umherwarfen und wieder fingen, mit Eiswürfeln jonglierten und Drinks in die Münder der attraktivsten Frauen träufelten. Dani musste zugeben, dass alle sich blendend zu amüsieren schienen und sich nicht im Geringsten darum scherten, dass sie ausgenommen wurden.

Sie blieben mehrere Stunden, legten sich abwechselnd hin, orderten Burger mit extra Pommes, Sekt und noch mehr Sekt, Eisbecher und tropische Fruchtcocktails. Tiff führte streng Buch über ihre Ausgaben, wild entschlossen, nicht einen Euro mehr als fünfhundert zu bezahlen. Am Ende des Nachmittags hatten sie 479 Euro ausgegeben. Sie fühlten sich ziemlich überfressen und vom Alkohol benebelt. Dani hatte genug von der Sonne und war es leid, auf der Sonnenliege Reise nach Jerusalem zu spielen. Dummerweise war die Flasche Sekt noch zu einem Drittel voll. Tiff wollte ihn mitnehmen und in der Villa trinken, aber das war – welch Überraschung – gegen die Regeln.

»Trinkt alle aus! Wir lassen hier nichts stehen«, sagte sie und ließ die Flasche kreisen. Schließlich war sie leer und wurde mit triumphaler Geste kopfüber im Sektkühler entsorgt. Sie fühlten sich, als hätten sie das System ausgetrickst, doch in Wahrheit war es umgekehrt.

KAPITEL SIEBZEHN: DAMALS

– CELINE –

Sobald wir vom Beach Club zurück waren, gingen wir auf unsere Zimmer, um uns für den Abend fertig zu machen. In nur einer Stunde würden wir wieder zum Hafen fahren. Als ich unter der Dusche stand, wünschte ich mir, näher an den Bars und Clubs im Ort zu wohnen. Die Villa war wunderschön und ich liebte den spektakulären Blick, aber die Taxikosten waren jedes Mal hoch.

Der Beach Club war eine riesige Abzocke gewesen, und wir mussten für die Aktivitäten schon mehr bezahlen, weil wir eine kleine Gruppe waren. Ich wollte mir die Gesamtkosten für dieses Wochenende lieber nicht zu genau vor Augen führen, sonst würde mir schlecht werden. Wenn das so weiterging, musste ich mir Geld leihen, um Tiff meinen Anteil zu überweisen.

Bei der Vorstellung mich gleich in meinen Partylook schmeißen zu müssen – Stilettos und Abendmake-up –, hätte ich mich am liebsten in ein Mauseloch verkrochen, aber ich hatte keine Wahl. So gerne ich auch mit einer Tüte Chips und Netflix in der Villa geblieben wäre, konnte ich mich nicht drücken. Obwohl wir ohne Streitereien durch den Nachmittag gekommen waren, hatte ich den Abend davor nicht vergessen. Eine Soap Opera war nichts dagegen. Zuerst Aoifes furchtbares Benehmen beim Cocktail-Workshop, dann das Spiel, das Beth so aufgewühlt hatte. Aoife hatte eindeutig einen wunden Punkt getroffen, möglicherweise sogar mehrere. Ich hatte das Gefühl, da brodelte noch viel mehr unter der Oberfläche, wovon ich gar nichts wissen konnte. Dadurch ergab sich eine gewisse Distanz zu den anderen.

Noch dazu beschäftigte mich natürlich die Frage, wann ich endlich die Bestätigung für meinen neuen Job erhalten würde. Daran hing auch eine Gehaltserhöhung, die ich dringend nötig hatte. Ich wusste, dass ich an diesem Wochenende nichts mehr von der Personalabteilung hören würde, und konnte doch der Versuchung nicht widerstehen, ständig meine Mails zu checken, ob Charlie sich vielleicht informell gemeldet hätte. Er wusste, wie nervös ich war und würde mich sicher so schnell wie möglich beruhigen wollen.

Natürlich gab es keine Nachricht. Alles blieb in der Schwebe, obwohl ich mir ziemlich sicher war, dass man mich zur neuen Leiterin der Entwicklungsabteilung ernennen würde. Ich konnte es kaum erwarten, wieder zur Arbeit zu gehen und mein neues Büro mit eigener Sitzecke zu betreten. Als meine Kollegin Jocelyn in Mutterschutz gegangen war, hatte ich zwar ihre Arbeit erledigt, ihr Büro durfte ich jedoch nicht benutzen. Das Personalbüro erklärte, es handle sich nicht um eine offizielle Schwangerschaftsvertretung, und sie könnten mir keinen Aufschlag zahlen. Farrell war darüber total empört, aber ich fand es in Ordnung. Für mich war es eine Chance meine Fähigkeiten zu zeigen. Ich hatte mich bewährt, und nun war es an der Zeit, die Belohnung zu kassieren.

Es wäre schön gewesen, meine Beförderung am Wochenende zu feiern, aber es sah so aus, als müsste ich bis zu meiner Heimkehr am Montagabend damit warten. Das war in Ordnung – lieber feierte ich mit Farrell, als mit Leuten, die ich kaum kannte. Ich würde ihn zum Essen einladen, entschied ich, vielleicht sogar in dieses angesagte Restaurant, wo wir mit Nathan und Aoife gewesen waren.

Als ich mein Make-up auftrug, dachte ich über den vor uns liegenden Abend nach. Erst Getränke in einer Bar, hoffentlich bei unserem Gastgeber. Praktisch, dass wir für dieses Super-irgendwas Gutscheine hatten. Wenn wir ausreichend angetrunken waren – ich seufzte innerlich –, würden wir anschließend in den berühmten, oder sollte ich sagen, berüchtigten, Pesadilla Nachtclub gehen. Wenn ich Tiffs Planung richtig verstanden hatte, war bisher von einem Abendessen nicht die Rede. Doch da wir im Beach Club schon ordentlich zugeschlagen hatten, konnten wir vielleicht ganz darauf verzichten.

Eine Sache war allerdings noch zu berücksichtigen: Die Masken. Sie steckten immer noch in ihrer Verpackung in meinem Koffer. Ich konnte sie nicht länger ignorieren. Ich kniete mich hin und öffnete den Reißverschluss. Dann nahm ich die befremdlichen Objekte aus der Box und legte sie nebeneinander aufs Bett.

Vier überlebensgroße Masken von Nathans Gesicht, jedes davon an einem langen Plastikstab befestigt, starrten an die Decke. Das Foto, das dafür benutzt worden war, war schrecklich – würstchenrosa und unscharf. Ich wusste nicht, ob er grinste oder die Zähne fletschte. Jedenfalls war es kein freundlicher Gesichtsausdruck, und ich fragte mich, warum er ein so unattraktives Foto von sich ausgewählt hatte. Die Masken waren wirklich grässlich. Sie waren auf Hochglanzpapier gedruckt, sodass es aussah, als würde er schwitzen. Was hatte er sich nur dabei gedacht?

Ein Päckchen ist auf dem Weg, hatte Nathan mir vor einer Woche per SMS geschrieben. *Es kommt zu dir nach Hause.*

Was ist drin?, wollte ich wissen,

Etwas für den Junggesellinnenabschied. Eine Überraschung!

Masken von Bräutigamen hatte ich zuvor nie gesehen, aber als sie ankamen, googelte ich sie und stellte fest, dass sie offenbar recht beliebt sind. Warum eine Braut es mögen sollte, wenn ihre Freundinnen mit dem Gesicht ihres zukünftigen Ehemanns herumlaufen, war mir schleierhaft. Die Masken sollten wohl lustig sein, aber ich fand sie unheimlich. Und dass Nathan sie extra hatte drucken lassen, berührte mich noch unangenehmer. Ich wünschte, er hätte sie mir nicht geschickt, und wollte das Päckchen zurücksenden, aber Farrell meinte, das könnte als Beleidigung verstanden werden.

Seit diesem Morgen hatte Nathan mir schon mehrere Nachrichten geschrieben mit der Bitte, ihm Fotos zu schicken. Ich konnte ihn nicht die ganze Zeit ignorieren. Heute Abend würden wir die Masken aufsetzen müssen. Immerhin mussten wir sie nicht in Puerto Banús tragen. Ich brauchte nur ein Foto in der Villa – die grinsende Aoife mit den vier Nathans neben sich. Das müsste reichen, um ihn zufriedenzustellen, dachte ich.

Ich hörte, wie Beth und Tiff ihr Zimmer verließen und mit klappernden Absätzen in die Küche gingen. Der Abend hatte begonnen, ob ich es wollte oder nicht. Ich schob die Masken in eine Tüte und ging ebenfalls nach draußen.

Dani und Aoife waren schon auf der Terrasse und lümmelten auf dem Rattansofa. Sie arbeiteten sich gerade durch ein Sixpack Dosencocktails. War das nötig, wenn wir doch eh gleich ausgehen würden? Ich verstand nicht, wie sie so viel Alkohol im Blut wegstecken konnten. Mit ihrem Make-up für den Abend waren sie in die Vollen gegangen: Dunkler, glitzernder Lidschatten und Glitter auf den Wangen. Mit ihren langen Beinen und ihren massiven künstlichen Wimpern sah Aoife aus wie ein erschrockener Strauß.

»Was ist da drin?«, fragte Tiff mich, augenblicklich alarmiert wegen der Tragetasche.

»Also …«, begann ich und tauchte eine Hand hinein. Ich zog eine der Masken so heraus, dass das Gesicht nicht zu sehen war. »Nathan hat mir die hier gegeben. Er dachte, ihr würdet sie mögen.« Ich drehte sie um und wedelte damit vor ihrem Gesicht.

»Was zum …?«, sagte Aoife und riss sie mir aus der Hand.

Dani kreischte: »Mein Gott, das ist so gruselig! Nimm das weg!«

»*Ich* bin verantwortlich für die Unterhaltung«, protestierte Tiff. »Was soll das?«

»Damit habe ich nichts zu tun«, antwortete ich. »Nathan hat sie machen lassen und zu mir nach Hause geschickt. Er hat mich *beauftragt*, sie mitzubringen.« Ich entnahm der Tüte die anderen drei Masken. »Offensichtlich soll jede von uns eine tragen, außer der Braut.«

»Schräg«, war alles, was Beth zu dem Thema einfiel.

»Kommt nicht in Frage, dass ich mit einer Kolonne von Nathans durch Marbella spaziere«, verkündete Aoife. »Das ist ja peinlich hoch zehn.«

»Wir müssen sie nicht mitnehmen«, sagte ich. »Wir brauchen nur ein Foto. Wir können es am Pool machen mit den Bergen als Hintergrund.« Aoife sah nicht überzeugt aus. »Bitte! Ich habe es Nathan versprochen.«

»Dann mach ein Foto *hiervon*«, sagte Aoife, erhob sich und marschierte mit einer Maske in der Hand über den Rasen zum Pool. »Nein, mach ein Video.«

»Oh, oh«, sagte Dani, die Ärger witterte.

Ich warf den anderen einen Blick zu, die sich offenbar fragten, ob sie ihr folgen sollten, sich aber keinen Millimeter bewegten. Also schnappte ich mir mein Handy und lief Aoife hinterher.

Die Sonne ging langsam unter, und der Himmel war rosa und orange gestreift. Aoife stand an der Stelle, wo der Hang steil abfiel. Als sie mich kommen hörte, drehte sie sich um und erhob die Maske.

»Bereit?«, fragte sie.

Ich nickte, obwohl ich nicht genau wusste, was sie meinte.

Ich hielt das Handy in ihre Richtung und startete die Aufnahme.

»Verpiss dich und lass mich in Ruhe, Nathan!«, schrie sie. Sie warf die Maske über ihre Schulter in die Schlucht. Dann klatschte sie die Hände aneinander ab, als ob sie sagen wollte: Job erledigt. Sie streckte dem Handy in meiner Hand die Zunge raus und lief an mir vorbei zur Terrasse.

Ich hielt die Aufnahme an und löschte sie sofort. Was sollte ich nun tun? Es später versuchen, wenn Aoife zu betrunken war, um sich zu wehren? Tiff bitten, mit Aoife zu reden? Ich brauchte dieses Foto. Vorsichtig ging ich zu der Stelle, wo die Maske in die Tiefe gefallen war. Vielleicht gab es ja eine Chance, sie wieder hochzuholen, aber sie war irgendwo auf einen Felsblock gelandet.

Ich schaute nach unten. Nathan schaute zurück – verschwitzte Haut, tote Augen, der Gesichtsausdruck verzerrt.

KAPITEL ACHTZEHN: HEUTE

– DANI –

»Keine Chance«, sagt Celine und weicht einem Skateboarder aus. Seit einer halben Stunde haben sie sich den überfüllten *Paseo* entlanggeschleppt und nicht mehr als einige hundert Meter geschafft. »Können wir bitte eine Pause machen?« Sie weist auf ein freies Fleckchen hinter einem Eiswagen, und sie versammeln sich dort im Schatten eines Baums. Wespen umschwärmen eine Abfalltonne in der Nähe, die vor Müll überquillt.

»Was sollen wir machen?«, fragt Beth, setzt die Sonnenbrille ab und wischt sich den Schweiß von der Stirn. »Aufgeben und zurück zur Villa?«

»Nein«, bestimmt Tiff. »Noch nicht.«

»Wir könnten zum Friedhof gehen«, überlegt Celine. »Das hatten wir zwar für morgen geplant, aber …«

Dani unterbricht sie. »Tut mir leid, aber ich will heute nicht zum Friedhof. Ich habe hier noch ein paar Dinge zu erledigen, und fühle mich sowieso dafür noch nicht bereit.«

»Ich auch nicht«, sagt Tiff, die damit ausnahmsweise Dani zustimmt. »Vielleicht sollten wir uns ein ruhigeres Plätzchen suchen ... beispielsweise in der Sierra.«

»Und dann?«, fragt Celine. »Eine blöde Wanderung machen? Wir wollten Aoifes Leben feiern, und tun nichts anderes, als wie ein Haufen Touristen rumzulaufen.«

»Dann mach einen Vorschlag.«

»Hab ich doch schon.«

Eine lange, gereizte Pause entsteht. Keine weiß, ob sie weitergehen oder sich hinsetzen sollen.

»Meint ihr, es ist in Ordnung, wenn ich mir ein Eis kaufe?«, fragt Beth leise. »Wir sind nicht im Urlaub, ich weiß, aber mir ist so heiß ...«

»Ach, natürlich ist das in Ordnung«, sagt Tiff und fügt kurz darauf hinzu: »Aoife hat Eiscreme geliebt. Salted Caramel war ihre Lieblingssorte.«

»Nein, Schokolade«, sagt Beth.

Es war Pistazie, denkt Dani, will sich aber nicht einmischen.

»Nimm eine Kugel von beiden«, sagt Celine. »Zur Erinnerung an sie.« Beth lächelt Tiff unentschlossen an und wartet auf ein bestätigendes Nicken. Sie bekommt es, und alle vier lachen freundlich.

Dani tritt von einem Fuß auf den anderen. »Also, ich gehe runter zum Hafen«, sagt sie. »Kann etwas dauern. Schreibt mir, wenn ihr wisst, was ihr unternehmen wollt, ja? Wenn ich fertig bin, komme ich nach.«

Sie verlässt die anderen, die sich in die Schlange vor dem Eiswagen einreihen, und läuft Richtung Hafen, erleichtert darüber, wegzukommen. Doch während sie geht, kann sie nicht verhindern, an den geheimnisvollen Motorradfahrer zu denken. Ständig schaut sie sich um, ob jemand ihr folgt, obwohl das in dieser Menschenmenge schwer zu sagen ist. Die Nackenhaare sträuben sich ihr bei dem Gedanken, dass jemand hinter ihr seinen Schritt verlangsamt, wenn sie langsamer wird, beschleunigt, wenn sie in Panik gerät, jemand, der sich seinen Weg durch das Getümmel bahnt, bis er nahe genug ist, um ihr auf die Schulter zu tippen.

Das Herz schlägt ihr bis zum Hals. Unvermittelt bleibt sie stehen und starrt vorwurfsvoll in das Meer anonymer Gesichter, die auf sie zuströmen. Aber keiner nimmt Notiz von ihr, alle schauen durch die Gegend oder unterhalten sich mit Freunden oder blicken auf ihr Handy. Sie merken nicht einmal, wenn sie sie im Vorbeigehen streifen.

Sie muss sich beruhigen und mehrmals tief durchatmen. Alles ist in Ordnung.

Seit dem Mord an Aoife wird Dani nervös, wenn Fremde ihr zu nah kommen. Mehrmals war sie abends auf dem Weg nach Hause überzeugt gewesen, dass jemand ihr folgte. Es ließ ihr Herz unkontrolliert rasen, sie fürchtete sich, und ihr wurde schwindelig. Hin und wieder hat sie Alpträume, in denen ein Mann seine Arme so um sie schlingt, dass sie nicht mehr atmen kann. Schreiend wacht sie dann auf, verheddert in das Laken und nach Luft ringend. Ihr Therapeut meint, es könnten Flashbacks aus der Nacht sein, als Aoife starb, und dass sie unter einer posttraumatischen Störung leidet. Dani hat keine Ahnung, ob das der Fall ist, weil sie sich an nichts erinnert. Sie hat Sorge, dass sie den Mann aus dem Traum als Erklärung dafür erfunden hat, was Aoife zugestoßen ist. So oder so muss sie jetzt die Wahrheit herausfinden.

Ihre Augen suchen die Umgebung ab – der überfüllte Strand auf der einen Seite des *Paseo*, ein Streifen mit öffentlichem Grün und Bänken und kleinen Kiosken auf der anderen. Soweit sie es beurteilen kann, lauert niemand im Schatten und spioniert ihr hinterher. Vielleicht war es nur ein Zufall, dass das Motorrad ihnen vom Schrein bis zu ihrem Parkplatz gefolgt ist. Dann fallen ihr die Geräusche ein, die sie letzte Nacht im Hof gehört hat. War da jemand herumgeschlichen?

Sie dreht sich um und geht in dieselbe Richtung weiter. Es hat sie Monate gekostet, bis zu diesem Punkt zu kommen, sie kann jetzt nicht weglaufen.

Sie erreicht den Hafen. Luxuriöse Yachten glitzern im Sonnenschein – strahlend weiß heben sie sich gegen das intensive Blau des Himmels ab. Designerboutiquen finden sich neben exklusiven Bars und hochpreisigen Restaurants. Hier ist der Ort, wo die Superreichen und Schönen entspannen und die Touristen ihnen dabei zuschauen …

Dani macht sich zur berüchtigten »zweiten Reihe« auf, die hinter der Promenade verläuft. Das ist eine ganz andere Welt, die von den spanischen Einheimischen *La Calle del Infierno* genannt wird, die Straße der Hölle. Die Fußgängerzone ist eng und schmal, mit den Hintereingängen der großen Lokale auf der einen Seite und den Vorderseiten der weniger bekannten Bars, Clubs und Fast-Food-Restaurants auf der anderen. Puerto Banús ist ein Ort für die Nacht, tagsüber kann man sich von den Ausschweifungen des Vorabends erholen.

Beim letzten Mal, als Dani hier war, war es dunkel und in der Gasse brodelte es. Zu dieser Tageszeit ist es recht ruhig. Die meisten Leute sind am Strand, machen einen Bootsausflug, bestaunen die Luxusjachten oder fallen angesichts der Preise in den Boutiquen in Ohnmacht.

Sie findet das Supernova sofort, eingezwängt zwischen einem Kebab-Laden und einem Striplokal mit verdunkelten Fenstern, die mit riesigen Postern von Frauen in Reizwäsche bedeckt sind. Wie vermutet, ist die Bar geschlossen. Die mit Graffiti besprühten Metallfensterläden sind heruntergelassen.

Sie geht um die Ecke, sucht nach einem Hintereingang und findet eine kleine Tür mit einer Klingel. Sie drückt darauf und erwartet nicht, dass jemand öffnet, aber ihr fällt nichts Besseres ein. Als sie schon aufgeben will, hört sie, wie jemand die Treppe hinunterkommt. Die Tür öffnet sich, und da steht John, bis hin zu seinen schäbigen Flipflops, derselbe blendend aussehende sonnengebleichte Strolch wie eh und je.

»*Hola*«, sagt er vorsichtig.

»*Hola, ¿qué tal?*«

»Äh … *muy bien, ¿y tú?*«

»*Bueno, así así* …« Sie hält inne. »Warum sprechen wir Spanisch?«

»Tut mir leid … äh … kennen wir uns?«

»Ich bin es, Dani.«

»Dani?«

»Daniela Harrington. Erinnerst du dich nicht? Ich war eine der Frauen bei dem Junggesellinnenabschied.«

Er schüttelt den Kopf. »Sorry, wir haben hier viele Junggesellinnenabschiede.«

»Ich war Aoifes Freundin. Aoife Byrne. Sie wurde …«

»Ja, ja, ja. Jetzt verstehe ich. Scheiße.« Er fährt sich mit den Fingern durchs Haar. »Tut mir leid, natürlich erinnere ich mich. Es war nur … so aus dem Nichts und so weiter. Dani. Ja.« Er schaut sie aus trüben Augen an. »Hallo, was machst du hier?«

»Es ist der Jahrestag – vor drei Jahren ist Aoife ermordet worden.«

»Wirklich? Ja, muss wohl so sein.«

»Die anderen Frauen und ich wohnen in der Villa.«

Ihm bleibt der Mund offen stehen. »Nicht in der Villa Floriana?«

»Doch.«

»Warum?«

»Das ist kompliziert, können wir uns einen Moment unterhalten?«

»Worüber?«

»Darüber, was geschehen ist.«

»Es gibt dazu nichts mehr zu sagen, oder?«

»Ich denke schon. Bitte!«

»In Ordnung. Dann komm lieber rein.«

Er macht einen Schritt zurück, damit sie eintreten kann. »Hier lang«, sagt er knapp und führt sie durch einen engen

Flur, vorbei an Bierflaschen, Großpackungen von Toilettenpapier, Kästen mit Alkohol, Leergutcontainern und diversen Abfallkübeln. Er löst ein Schlüsselbund von seinem Gürtel und schließt eine Tür auf, die in die eigentliche Bar führt.

Eine Mischung aus Alkohol, Schweiß und billigem Parfüm erfüllt den Gastraum. Er drückt einen Schalter, und mit einem Schlag wird es hell.

Die Szenerie liegt vor ihr wie eine Theaterkulisse. Dani blinzelt und versucht ihre Augen an die plötzliche Helligkeit zu gewöhnen. Es sieht aus wie auf einer Müllhalde. Leere Gläser überall auf dem Tresen, und der Boden ist mit Abfall übersät – Überreste von Luftballons, Papiertaschentücher, Mikrophone für Karaoke, ein beschädigter Haarreif mit Penissen als Antennen.

»Wir haben erst um vier Uhr morgens Schluss gemacht«, sagt John entschuldigend. »Ich habe geschlafen und hatte noch keine Gelegenheit, aufzuräumen.«

»Hast du keine Mitarbeiter, die das erledigen?«

»Nicht mehr. Wir versuchen die Fixkosten niedrig zu halten. Es sind schwierige Zeiten, Dani, schwierige Zeiten.« Er geht hinter die Bar. »Was kann ich dir anbieten?«

»Nur Wasser, danke.« Er zieht die Augenbrauen hoch. »Ich trinke nicht.«

»Das habe ich aber anders in Erinnerung.«

»Menschen ändern sich.«

»Tun sie das?« Er nimmt eine Flasche aus dem Kühlfach und gibt sie ihr. »Und warum bist du zurückgekommen?«

»Um mich zu erinnern«, sagt sie.

»An Aoife?«

»Ja, aber hauptsächlich, um mich zu erinnern, was in dieser Nacht passiert ist. Ich war völlig neben der Spur. Nun gehe ich dieses Wochenende noch einmal durch und stelle alles Stück für Stück nach. Diesen Samstagabend beispielsweise, als wir hierherkamen und danach ins Pesadilla gingen.«

»Ihr wollt noch einmal ins Pesadilla?«

»Später, ja.«

»Dann seid vorsichtig, dieser Club ist voller kleiner Gangster.« Er tritt zurück hinter die Bar, zapft sich ein San Miguel und bringt es herüber an den Tisch. »Und worüber willst du mit mir reden?«

Dani öffnet den Schraubverschluss ihres Sprudelwassers, trinkt einen Schluck und wünscht sich für einen Moment, es wäre Gin. »Marta hat erwähnt, dass ihr euch getrennt habt«, sagt sie.

»Sie hat mich mit einem Arschtritt vor die Tür gesetzt, aber ja.«

»Sie sagte, dass Aoifes Ermordung alles verändert hat, eure Ehe zerstört hat.«

»Sie ist ein wenig dramatisch veranlagt.«

»Manche Paare kommen sich in Krisenzeiten näher«, erklärt Dani. »Andere leben sich auseinander.«

»Wir gehören eindeutig zur zweiten Gruppe«, sagt er mit einem schiefen Lächeln. »Laut ihr ist alles mein Fehler. Wir wollten uns auf Pärchen und Familien spezialisieren, nicht auf Gruppen. Als ich die Buchung für den Junggesellinnenabschied annahm, fand Marta, ich würde Ärger suchen. Sie hatte Angst, die Besucherinnen könnten sich betrinken und die Einrichtung beschädigen.«

Dani ist überrascht. »Wirklich? Bei unserer Ankunft wirkte sie sehr gastfreundlich.«

»Professionelle Freundlichkeit, das ist alles. Später war sie davon überzeugt, dass ihr irgendwelche zwielichtigen Typen kennengelernt und ihnen verraten hättet, wo ihr wohnt.«

»Ich glaube nicht, dass ich das getan habe«, sagt Dani. »Vielleicht eine von den anderen. Aoife konnte ein wenig naiv sein, dachte immer, jeder wäre ihr bester Freund. Sie hat ständig Fremden ihre Nummer gegeben.«

»Ja, ich erinnere mich, wie schnell sie sich an diesem Samstagabend mit anderen Leuten angefreundet hat.«

»Dich eingeschlossen.«

Darauf antwortet er nicht, sondern gibt vor, sich nun sehr für sein Bier zu interessieren.

»Weiß Marta davon?«, fragt sie nach einer Pause.

»Wovon?«

»Ich dachte, das wäre vielleicht einer der Gründe für die Trennung.«

»Tut mir leid, Dani, ich weiß nicht, wovon du redest«, sagt er und schaut sie mit verständnislosem Gesichtsausdruck an.

»Ach, John, das ist doch nicht dein Ernst.« Die Erinnerung an diese Nacht nimmt in ihrem Kopf wieder Konturen an.

»Wirklich, ich weiß nicht, was du meinst.«

»Du und Aoife.«

»Was ist mit mir und Aoife?«

»Du hattest Sex mit ihr in eurem Apartment.«

Er blickt sie verwundert an. »Das hat sie dir gesagt?«

»Ja.«

Er schnaubt und setzt sein Glas auf dem Tisch ab. »Okay … Sie hat mich angemacht – ziemlich eindeutig, das stimmt. Ich war leicht schockiert. Natürlich gibt es Bräute, die gern flirten, aber wenn es ernst wird, kneifen sie. Nicht, dass ich das regelmäßig mache … weißt du … aber als ich noch Single war …« Er räuspert sich.

»Warum bist du mit ihr weggegangen?«

»Bin ich nicht. Sie hat sich mir gewissermaßen auf dem Silbertablett angeboten, und ich habe mir Sorgen gemacht, dass sie zu weit geht – nicht mit mir, sondern mit irgendeinem anderen Mann. Also habe ich sie nach oben gebracht und ihr einen Kaffee gekocht, um sie zur Vernunft zu bringen. Sie war Gast bei uns, und ich fühlte mich verantwortlich.«

»Das hörte sich bei Aoife anders an.«

»Es ist die Wahrheit. Ich habe mein Bestes getan, aber sie wollte nicht hören. Stattdessen begann sie sich auszuziehen. Ich meine, sie war natürlich unglaublich attraktiv, aber ich war wirklich entsetzt. Ich habe sie gebeten sich anzuziehen und zurück in die Bar zu gehen. Musste sie regelrecht die Treppe runterschieben.«

»Nein, du hast sie ins Schlafzimmer getragen und nackt ausgezogen. So hat Aoife es mir erzählt, und sie hat mich nie angelogen.«

Sie hält inne. Aoife hat andere Menschen belogen, sie erinnert sich daran – hauptsächlich, um eigene Fehler zu vertuschen und nicht in Schwierigkeiten zu geraten. Sie war nie sonderlich gut darin, Verantwortung für ihre Taten zu übernehmen. Aber sie und Dani waren immer ehrlich zueinander. Immer.

»Tut mir leid, aber in diesem Fall hat sie gelogen«, fährt John fort. »Wir können sie nicht fragen, also kann ich dir nur mein Wort geben. Aber was spielt das jetzt noch für eine Rolle?«

Dani widerspricht. »Es spielt eine Rolle, weil es eine Rolle spielt. Ich habe dich gedeckt. Habe es niemandem verraten. Weder meinen Freundinnen noch Aoifes Verlobtem oder ihrer Familie. Auch nicht deiner Frau ... ich habe es nicht einmal Inspektor Mengual erzählt. Ich habe es verschwiegen, nicht deinetwegen, sondern wegen Aoife!«

Sein Tonfall nimmt plötzlich an Schärfe zu. »Ich hatte keinen Sex mit Aoife. Wag es nicht, so etwas irgendjemandem gegenüber zu behaupten, denn es ist nicht wahr. Es ist nichts passiert, verstehst du?« Er sieht sie seltsam an. »Was, verdammt noch mal, willst du überhaupt hier? Bist du gekommen, um Ärger zu machen?«

»Nein«, protestiert sie. »Ich will die Wahrheit herausfinden.«

»Die hab ich dir gerade gesagt.«

»Ich meine die Wahrheit darüber, was Aoife zugestoßen ist.«

Er runzelt die Stirn. »Es war ein Einbruch, der eskaliert ist. Das hat die Untersuchung ergeben.«

»Vielleicht war es das, vielleicht auch nicht. Hier gibt es so viel Kriminalität, da werden schnell Schlüsse gezogen. Aber mein Bauchgefühl sagt mir, dass die Polizei an der falschen Stelle gesucht hat.«

»Oder weggeschaut«, sagt er. »Ist dir das nie in den Sinn gekommen?«

Sie ist entrüstet. »Nein, keinesfalls. Mengual ist ein guter Mann.«

»Du hast keine Ahnung, wie das hier läuft«, unterbricht er sie. »Das ist wie im verdammten Wilden Westen. Diebstähle, Entführungen, Mord ... gibt es alles in Marbella. Selten wird jemand verhaftet, noch seltener verurteilt. Die halbe Polizei ist korrupt. Es ist eine schlechte Idee, die Sache wieder aufzurollen. Eine sehr, sehr schlechte Idee. Ich würde sogar so weit gehen und sagen, es ist gefährlich.«

Ihre Gedanken schweifen kurz zu dem Mann auf dem Motorrad. Sollte sie ihn erwähnen? Plötzlich beschleicht sie das Gefühl, John nicht vertrauen zu können.

»Ich will einfach nur wissen, was wirklich passiert ist«, sagt sie stattdessen.

»Dann lass mich dir einen Rat geben.« Er greift nach ihrer Hand. »Fahr nach Hause und leb dein Leben. Versuche nicht, dich zu erinnern. Versuche zu vergessen. Sprich kein Wort mit der Polizei, nicht einmal mit deinem geliebten Mengual. Du weißt nicht, wer von wem geschmiert wird. Halte dich einfach bedeckt, okay?« Sie wendet den Blick ab. »Es ist mir ernst, Dani.«

»Das hört sich an, als wüsstest du, wer hinter Aoifes Tod steckt«, flüstert sie.

»Ich schwöre, ich weiß es nicht. Aber wenn ich es wüsste, würde ich meinen Mund halten. Bitte fahr zurück nach England, bevor etwas Schlimmeres passiert.«

Sie starrt ihn an. »Was sollte Schlimmeres passieren, als dass die beste Freundin ermordet wird?«

Er schaut sie mitleidig an. »Glaub mir, das möchtest du nicht herausfinden.«

KAPITEL NEUNZEHN: DAMALS

– DANI –

John begrüßte sie höchstpersönlich, als sie alle in ihren schicken Partyoutfits seine Bar betraten. Tiff wedelte mit ihren Getränkegutscheinen, nur für den Fall, dass er sie vergessen hatte. Er brachte sie zu einem Tisch genau vor der Bühne – die VIP-Lounge, wie er sich ausdrückte, obwohl kein Profifußballer oder Soap Opera-Star sich je im Leben in einer solchen Bar hätte sehen lassen. Dani war das gleich – sie ging gern günstig feiern. Hier kehrten die Auswanderer ein, hierhin kamen die Junggesellinnen- und Junggesellenabschiede zum Vortrinken bei ermäßigten Preisen und einer Runde Karaoke, bevor es in die Clubs ging.

Schlussendlich waren sich alle einig gewesen, auf den Plan zu pfeifen und hierherzukommen, sogar Tiff. Aufgeschreckt von den Preisen im Beach Club am Nachmittag, wollten sie nun ein paar Euros sparen Das Supernova sah wie der perfekte erste Halt auf einer Reise aus, die die ganze Nacht andauern würde.

Die Menschenmassen strömten bereits herein. Dani und Aoife sollten ihre Plätze freihalten, während Celine und Beth zur Bar gingen. Tiff entschied sich, den Karaokebereich unter die Lupe zu nehmen. Laut Beth und Aoife hatte sie eine sehr schöne Stimme, würde aber nur Lieder singen, die innerhalb ihres Stimmumfangs lagen.

Zwei blonde Frauen in Weiß standen auf der Bühne und folterten einen Whitney-Houston-Klassiker. Ihre Freundinnen hüpften auf der Tanzfläche, wedelten mit den Armen und stießen beim Refrain die Fäuste in die Luft. Normalerweise hätten Dani und Aoife sie kichernd begutachtet und gelästert, aber Aoife saß einfach nur mit langem Gesicht da und zuckte bei jedem falschen Ton zusammen, als hätte sie Zahnschmerzen.

»Ich kann das nicht«, sagte sie unvermittelt.

»Doch, du kannst«, antwortete Dani. »Du bist eine viel bessere Sängerin als die.«

»Ich meinte nicht das Karaoke.« Aoife wandte den Kopf ab und starrte ins Leere.

»Alles in Ordnung? Du bist den ganzen Tag schon so komisch.«

»Ich kann Nathan nicht heiraten«, sagte sie.

»Was?« Dani glaubte sich verhört zu haben. Die Möchtegern-Whitneys hatten gerade unter lautem Jubel die höchsten Töne erklommen.

»Ich kann ihn nicht heiraten«, wiederholte Aoife lauter und entschiedener.

Dani fuhr sich mit der Zunge über die Lippen, während sie in ihrem Kopf nach einer passenden Antwort kramte. In den letzten zwei Jahren hatte sie versucht, aus Aoifes Beziehung schlau zu werden. Jedes Mal, wenn sie sich trafen, was immer seltener der Fall gewesen war, hatte sie von nichts anderem geredet als von ihrem traumhaften Leben mit dem supertollen Nathan. Er kümmerte sich um sie – gab ihr die Beständigkeit, nach der sie sich gesehnt hatte, besorgte ihr einen Job, der für ihre Fähigkeiten und ihre Persönlichkeit perfekt war. Er war liebevoll, großzügig, fürsorglich, aufmerksam. Großartig im Bett. »Ich bin so glücklich«, hatte sie immer wieder behauptet.

Dani hatte gelächelt und zustimmend genickt. Sie war nicht so recht überzeugt gewesen, obwohl sie nicht genau sagen konnte, warum. An Glücklichsein glaubte sie nicht so recht. Ihrer Ansicht nach war das eine vorübergehende Stimmung, kein Dauerzustand, und es hatte ihr Sorgen bereitet, dass Aoife es ständig so betonen musste. Außerdem mochte Dani Nathan nicht. Oder die Art und Weise, wie er versuchte, ihre Freundin zu verändern.

Beth und Celine standen immer noch in der Schlange vor der Bar. »Woher der plötzliche Sinneswandel?«, fragte Dani.

»So plötzlich ist der gar nicht, ich spüre das schon eine Weile.«

»Wie lange?«

»Wochen. Nein, Monate ... Mal mehr, mal weniger, seit wir verlobt sind.«

»Warum hast du mir das nicht früher erzählt?«

Aoife zuckte die Schultern. »Ich weiß nicht. Es fühlte sich seltsam an. War mir peinlich.«

»Hast du mit Nathan darüber gesprochen?«

»Natürlich nicht.«

»Aber … ich meine … Mensch, Aoife, die Hochzeit ist in drei Wochen!«

»Ja, ich weiß! Aber was soll ich tun? Manchmal denke ich, ich bin die glücklichste Frau der Welt, und dann wieder, dass es so nicht weitergehen kann, dass ich ihn einfach nicht genug liebe oder nicht so sehr wie er mich, und dann habe ich diese Schuldgefühle, denn er verdient …«

»Du musst mit ihm reden. Sofort, sobald du zu Hause ankommst. Warte nicht damit bis zum Hochzeitstag und ganz bestimmt nicht bis zum Tag darauf. Das müsst ihr so schnell wie möglich klären.«

Dani schaute hinüber und fragte sich, was mit den Getränken war. Sie hatten den ganzen Tag über getrunken, aber das hier war eine Krise. Ein großzügiger Schluck Alkohol wäre willkommen, jetzt sofort und schnell. Dutzende Menschen warteten an der Bar. Celines strahlend schwarze Mähne war gerade noch sichtbar, aber Beth konnte sie nirgends entdecken.

»Natürlich hast du recht, das weiß ich«, seufzte Aoife. »Aber wenn ich ihm sage, dass ich Zweifel habe, sogar nur ein wenig, wird er am Boden zerstört sein. Er wird es nicht verstehen. Für Nathan ist alles Schwarz oder Weiß, dazwischen gibt es nichts. Entweder will ich ihn heiraten oder nicht. Ich muss mich entscheiden, so oder so, und es ihm dann sagen. Darum geht es an diesem Wochenende.«

»Das stand so nicht auf der Einladung«, scherzte Dani.

»Das ist nicht lustig.«

»Ich weiß.« Sie lehnte sich auf ihrem Sitz zurück, weil ihr leicht schummrig wurde. »Es ist nur schwer, dieses Wochenende zu genießen, wenn man weiß, dass du zweifelst. Wir sind eigentlich hier, um dein zukünftiges Glück zu feiern.«

»Das tun wir immer noch. Ich weiß nur nicht, wie mein zukünftiges Glück aussieht.«

Tiff war nun an der Reihe. Sie schmetterte »I Will Always Love You« mit einer so klangvollen Stimme, dass es sich fast professionell anhörte. Aber selbst mit viel Anstrengung, hätte sie keinen unpassenderen Song auswählen können. Dani erhob sich kurz. »Yeah, Tiff! Wuhuuu!«, rief sie und nahm wieder Platz. »Das kannst du nicht machen«, sagte sie und wandte sich wieder an Aoife. »Du kannst nicht erwarten, dass deine Freundinnen über tausend Euro hinblättern …«

»Sie müssen es ja nicht wissen.«

»Denkst du, niemand merkt etwas? Letzte Nacht hast du volle Kanne Matt angemacht, heute hast du den ganzen Nachmittag damit zugebracht, mit Typen im Beach Club zu quatschen, und dann noch dein Ausbruch wegen der Masken.«

»Ich kann mit den anderen nicht darüber reden, nur mit dir. Du kennst mich wie niemand sonst.«

Dani rang die Hände. »Wann kommen endlich diese Drinks?«

»Tiff und Beth glauben, dass sie mich kennen, aber das stimmt nicht«, fuhr Aoife fort. »Vielleicht in der Kindheit, aber jetzt nicht mehr. Wir haben uns unterschiedlich entwickelt, haben andere Erfahrungen gemacht. Jedes Mal, wenn wir uns treffen, wird mir klar, wie sehr wir uns voneinander entfernt haben. Und was Celine angeht: Sie ist eine nette Frau, aber sie hätte gar nicht hier sein sollen.« Sie rutschte näher und umarmte Dani verzweifelt. »Ich bin in Schwierigkeiten, Dani. Bitte hilf mir.«

»Natürlich – du weißt, ich würde alles für dich tun. Ich weiß nur nicht, wie ich dir helfen kann.«

»Ich will es heute Abend richtig krachen lassen, vergessen, dass es mein Junggesellinnenabschied ist. Und ich will Nathan vergessen. Ich möchte, dass es wie früher ist, nur du und ich. Wir hatten zusammen echt wilde Zeiten, erinnerst du dich? In Griechenland …«

Dani wiegelte ab. »Ich bin mir nicht sicher, ob wir so weit gehen sollten.«

»Das ist meine letzte Chance, Dani!«

»Letzte Chance für was?«, antwortete sie, obwohl sie die Antwort schon kannte.

»Ich habe mir gedacht, wenn ich heute Nacht jemanden kennenlernen könnte … du weißt schon … dann würde es mir vielleicht helfen, meine Gefühle für Nathan zu überprüfen.«

Dani zog eine Grimasse. »Nein, nein, nein, nein, nein. Das ist die schlechteste Idee aller Zeiten. Damit drückst du auf den roten Knopf, es gibt dann keinen Weg mehr zurück. Selbst angenommen, du findest jemanden, der sich drauf einlässt – ich vermute, du hast Matt im Sinn – was ist, wenn du morgen früh aufwachst und dir klar wird, dass du Nathan doch liebst? Bleibt das dann ein Leben lang dein Geheimnis, oder beichtest du es ihm? Was, wenn er dir nicht verzeiht? Was, wenn er es herausfindet und sich von dir trennt?«

»Ich gehe ein großes Risiko ein, das ist mir klar. Aber anders kann ich die Sache nicht klären. Ich habe mit Matt den ganzen Tag hin und her geschrieben, aber er hat mir seit ein paar Stunden nicht mehr geantwortet. Es muss jemand anderes her.«

»Wer, beispielsweise?«

»Ich weiß nicht. Dieser John«, sie klimperte mit den Wimpern, »ist genau mein Typ, und ich glaube, er findet mich auch ziemlich gut. Gestern bei unserer Ankunft konnte er die Augen nicht von mir lassen.«

Dani griff nach ihren Händen. »Bitte, ich flehe dich an. Tu das nicht.«

»Da sind wir endlich! Sorry, dass es so lange gedauert hat, aber an der Bar herrscht das reinste Chaos«, sagte Celine und stellte ein Tablett mit Weingläsern auf den Tisch. Sie und Beth nahmen Platz. Tiff, die sich noch zu einem zweiten Lied hatte überreden lassen, kehrte ebenfalls zurück und beanspruchte den Platz neben Aoife. Sie erhoben die Gläser auf eine wilde Nacht.

Zu Beginn des Wochenendes war Dani die lauteste in der Gruppe gewesen, diejenige mit der größten Lust auf Alkohol und Party. Jetzt war sie still und wollte in das übliche Lästern über die Karaokekünste und Klamotten der anderen Sängerinnen nicht einstimmen. Die anderen spürten, dass etwas in der Luft lag, aber keine hakte nach. Vielleicht nahmen sie an, dass Aoife und sie sich gestritten hatten.

Tiff schien dieses vermeintliche Zerwürfnis sehr zu genießen. Sie kuschelte sich an Aoife, machte Insiderwitze und rief »Freundinnen fürs Leben!«, als sie mit ihr anstieß. Von der Geburt bis zum Tod sollte das wohl heißen – ein Anspruch auf Aoife, den nur sie erheben konnte. Ausnahmsweise ließ Dani das kalt. Sie hatte genug damit zu tun, darüber nachzudenken, was sie unternehmen könnte. Sollte sie Aoife in ein Taxi stecken und mit ihr zurück zur Villa fahren? Sie in ihr Schlafzimmer einschließen, bis sie einwilligte, sich zu benehmen?

Der Gesang war ohrenbetäubend. Etwa acht Frauen waren auf die Bühne gestiegen und machten die Spice Girls nach. Drei von ihnen sprangen nach vorn, streckten die Zunge heraus und konkurrierten darum, wer Scary Spice war. Gäste hüpften herum und sangen aus voller Kehle und ohne jede Musikalität »Wannabe«. Trotz dieser Lärmbelästigung entschieden Beth und Tiff sich, auf die Tanzfläche zu gehen. Celine wollte sitzen bleiben und den Tisch bewachen, obwohl das nicht unbedingt nötig war, schließlich war er für sie reserviert. Sie ging spürbar auf Abstand zur Gruppe.

»Los, komm!« Tiff erhob sich und zog Aoife von ihrem Sitz.

»Du auch, Dani!«, rief Aoife. »Ich tanze nicht ohne dich!«

Dani hatte keine Lust zu tanzen, aber sie sah sich gezwungen in der Nähe ihrer Freundin zu bleiben, also löste sie sich widerwillig von der Sitzbank und folgte ihr, was Tiff ganz offensichtlich nicht gefiel. Sie fanden einen winzigen Platz auf der Tanzfläche, bedrängt von feiernden Junggesellen und einem weiteren Junggesellinnenabschied. Die ganze Bar sang mit. Dani wusste, was Aoife wirklich wollte – oder besser, was sie *glaubte* zu wollen. Sie musste sie unbedingt davon abhalten.

Aber Aoife verfolgte bereits mit großem Ehrgeiz ihren Plan, heute Nacht noch Sex zu haben – sie ließ die Hüften kreisen, streckte ihre Brust raus und rempelte absichtlich Männer an, nur um auf eine sexy Weise unschuldig zu tun.

Dann tauchte John wieder auf. Er tanzte auf ihre Gruppe zu, drängte sich in ihre Mitte und forderte nacheinander jede von ihnen zu einem kleinen Tanz auf. Er benahm sich so, wie man es von einem guten Gastgeber erwartet, schmachtete dabei aber die ganze Zeit Aoife an und arbeitete sich an sie heran. Dabei konnte er doch nicht ernsthaft Interesse an ihr haben? Er war verheiratet und der Mitbesitzer ihrer Unterkunft.

Einige Songs später schnappte er sie sich. Ein junger Mann grölte gerade eine Ballade. Sie tanzten zusammen wie ein Paar, dass sich intim kennt, Gesichter nah beieinander, Schenkel, die sich berühren, Finger ineinander verschränkt. Dani schlug das Herz bis zum Hals. Sie musste zusehen, wie es geschah, genau dort auf der Tanzfläche – Aoifes Zukunft löste sich in Luft auf. Und es gab nichts, was sie tun konnte, nicht, ohne eine mordsmäßige Szene zu machen.

Ein ehemaliger ESC-Hit wurde gespielt. An die Interpreten konnte sie sich nicht erinnern, aber es endete mit einer Polonaise durch den ganzen Raum, bei der jeder sich an seinen verschwitzten Vordermann klammerte. John legte seine Hände um Aoifes Taille, sie reihten sich ein und wurden Teil der Menge. Die Polonaise brach bald auseinander, und die Gruppen bildeten sich erneut, aber Aoife und John waren nirgendwo zu sehen.

Tiff und Beth saßen schon wieder bei Celine am Tisch, Dani war also auf sich allein gestellt. Nachdem sie auf der

Tanzfläche eine Weile gewartet hatte, begann sie nach Aoife zu suchen, konnte sie aber nirgends finden. John ebenfalls nicht. Vielleicht waren sie nach draußen gegangen, dachte Dani, und bahnte sich einen Weg durch das Gewimmel bis nach vorn. Auf Zehenspitzen trippelte sie am Eingang auf und ab, konnte aber nicht bis auf den Gehweg jenseits der Schlange blicken. Vermutlich standen John und Aoife an irgendeine Wand gelehnt und knutschten und begrabschten sich wie Teenager. Oder Schlimmeres. Panik stieg in ihr hoch. Sollte sie versuchen sie zu finden und auseinanderzureißen? Aoife würde ihr jetzt nicht gerade dafür danken, aber vielleicht später, wenn sie wieder bei sich war …

»Wo ist unsere Braut?«, rief Beth, als Dani wieder auftauchte.

»Äh … Keine Ahnung. Auf der Toilette wahrscheinlich.«

»Alles in Ordnung mit ihr?«

»Ja, soweit ich weiß.«

Dani setzte sich neben Tiff und spürte den unbesetzten Platz zwischen ihnen. Celine ging zur Bar, um eine Flasche Wasser zu bestellen und der Rest von ihnen saß und wartete. Dani versuchte, nicht allzu ängstlich zu wirken und gab vor, das Karaoke zu verfolgen, doch die ganze Zeit über suchte sie den Raum nach einem Aufblitzen von Aoifes blonder Kurzhaarfrisur ab.

»Vielleicht sollte ich mal nach ihr sehen, ob es ihr gut geht«, sagte Beth nach ungefähr zehn Minuten. »Sie ist schon ne ganze Weile weg. Hoffentlich ist ihr nicht übel.«

Tiff sah verärgert aus. »Du hättest bei ihr bleiben sollen, Dani.«

Zwanzig Minuten später tauchte Aoife endlich auf. Ihr Haar war verwuschelt, und sie war außer Atem.

»Hey, wo warst du denn?«, fragte Tiff.

»Draußen. Ich brauchte etwas frische Luft.« Sie zog ein Gesicht. »Der Türsteher hat mich gezwungen, mich noch mal in die Schlange zu stellen, der Arsch.«

Dani wusste, dass sie log. In ihren Augen funkelten Geheimnisse.

Erst später bestätigte Aoife ihre schlimmsten Befürchtungen. »Wir sind nach oben gegangen«, flüsterte sie, während sie auf dem Weg zum Nachtclub die Straße der Hölle entlangtrotteten. Die anderen liefen einige Meter hinter ihnen und konnten sie Gott sei Dank nicht hören. »Wir hatten Sex in ihrem Bett. Oh mein Gott, es hat sich so verboten angefühlt, es war der Wahnsinn.«

»Oh, Aoife«, zischte Dani. »Was hast du nur getan?«

Sie blieb stehen und drehte sich zu ihrer Freundin um. »Versprich mir, dass du es niemandem erzählst. Egal was passiert, für den Rest deines Lebens?«

Dani versprach es.

KAPITEL ZWANZIG: HEUTE

– DANI –

Dani tritt hinaus in die gleißende Sonne. Stellvertretend für Aoife platzt sie fast vor Ärger, und es gibt keine Möglichkeit, dieses Gefühl loszuwerden. Im Kopf spielt sie das Treffen mit John noch einmal durch und betrachtet es aus jedem möglichen Blickwinkel. Anfangs tat er so, als würde er sie nicht wiedererkennen, und schon allein das ergibt keinen Sinn. Sie haben sich während dieses Wochenendes und in den Tagen nach dem Angriff gesehen, anschließend auch bei der Befragung. Sie vermutet stark, dass er ihr nur etwas vorgespielt hat und längst über ihre Anwesenheit Bescheid gewusst hatte. Dass er keinen Sex mit Aoife hatte, war gelogen, also konnte auch anderes gelogen sein. Möglicherweise war er derjenige, der in der Nacht zuvor um die Villa geschlichen war.

Er weiß irgendetwas über den Mord an Aoife, da ist sie sich

sicher. Vielleicht sogar, wer sie getötet hat. Deshalb hat er sie gewarnt, weiterzugraben und versucht, ihr mit dem albernen Gerede über Gangster Angst einzujagen. Er macht sich um sich selbst mindestens genauso viele Sorgen wie um sie.

Sie geht einige Meter bis zur Strandpromenade und setzt sich auf einen Zementblock unter einer Laterne. Während sie den Blick über die glitzernden Yachten und den unglaublich blauen Himmel schweifen lässt, treten ihr Tränen der Wut in die Augen. Im Moment traut sie sich nicht in die Nähe irgendeiner anderen Bar, denn sie würde sofort einen doppelten Wodka bestellen. Ihr Körper sehnt sich nach dem Gefühl, wenn ein Schluck eiskalter Alkohol durch das System schießt. Das sind die schwierigsten Momente: unbändiges Verlangen und die sofortige Möglichkeit, es zu stillen.

Heute ist ihr hundertachtundfünfzigster Tag ohne Alkohol. Das ist eine starke Leistung, daran muss sie festhalten. Jetzt nur nicht aufgeben. Sie muss all diese negative Energie in positive Taten umwandeln, anders geht es nicht. Normalerweise helfen Joggen oder das Fitnessstudio, Hausarbeit oder sogar Kochen. Heute kann sie sich nur retten, wenn sie das Richtige tut. Sie wird Inspektor Mengual anrufen und ihm von John erzählen.

Sie müsste seine Mobilnummer noch haben. In den ersten Monaten nach Aoifes Tod hat er sie manchmal angerufen oder angeschrieben, aber sie hat ihn nie zu ihrer Kontaktliste hinzugefügt. Dani tritt in den Schatten und sucht auf dem Display nach einer spanischen Nummer. WhatsApp listet die Kontakte nach den letzten Nachrichten auf – die neue Gruppe, die sie für dieses Wochenende erstellt hat, ihre Mutter, einige Freunde, verschiedene Therapeuten, ihr Kumpel bei den Anonymen Alkoholikern, Kollegen vom letzten Job. Weiter unten werden die Namen und Profilfotos schon etwas weniger vertraut, und das Datum des letzten Kontakts mit manchen Leuten schockiert sie. War das wirklich schon über zwei Jahre her?

Aoifes Tod gelangte damals in die Sensationspresse. Umgehend wurde Dani mit Mails und Nachrichten ihrer Kommilitonen von der Uni überschwemmt. Sie wussten, wie eng die beiden miteinander befreundet waren. Einige der Frauen hatten sogar auf der Liste für den Junggesellinnenabschied gestanden, waren aber abgesprungen, nachdem Tiff verkündet hatte, dass es nach Marbella gehen sollte. Sie hatten zweifellos das Gefühl gehabt, noch einmal davongekommen zu sein. Die Leute zeigten Mitgefühl, waren aber auch neugierig. Sie wollten alles wissen, gleichzeitig zierten sie sich, ans Telefon zu gehen oder Dani persönlich zu treffen. *Wenn ich irgendwas für dich tun kann …* Diese Hülse hatte sie zu häufig gelesen. Schon damals fühlte es sich floskelhaft an, heute sogar noch mehr. Sie hatte gar nicht gewusst, was sie ihnen antworten sollte. Es tat zu weh, war zu früh. Kein Wunder, dass die meisten dieser Freundschaften abgeflaut sind.

Sie scrollt weiter durch die Liste, durchforstet ihre Vergangenheit und findet mysteriöse Nummern und Profilbilder von Menschen, die sie nicht wiedererkennt. Bald ist sie schon im Jahr von Aoifes Tod angekommen. Falls es Nachrichten von Mengual gibt, müssten sie in den ersten Wochen nach … Sie wird langsamer und sucht nach der internationalen Vorwahl für Spanien.

Treffer. Sie findet ihren Chat mit ihm und ruft ihn spontan an. Dann lehnt sie sich gegen die Wand und wartet darauf, dass er annimmt. Es klingelt und klingelt. Sie versucht es mit Gedankenübertragung, beamt ihm die dringende Bitte rüber, endlich an sein Handy zu gehen. Schließlich gibt sie auf und schickt ihm stattdessen eine Sprachnachricht. Sie teilt ihm mit, dass sie wieder in Marbella ist und mit den anderen Frauen in der Villa wohnt.

»Ich habe Informationen, die wichtig sein könnten«, flüstert sie ins Telefon. »Bitte, bitte, melden Sie sich so schnell wie möglich. *Muchas Gracias.*«

Das wäre erledigt. Natürlich kann es sein, dass Mengual korrupt ist, aber sie bezweifelt es. Obwohl er sie bei der ersten Befragung an jenem Montagmorgen nicht geschont hatte, begann sie ihm im Lauf der Untersuchung zu vertrauen, ihn sogar zu mögen. Die spanische Polizei war berühmt für ihre Grobheit, aber Mengual zeigte echtes Verständnis und Mitgefühl.

Ihr Handy klingelt. Sofort macht ihr Herz einen Hüpfer, weil sie einen schnellen Rückruf des Inspektors vermutet, aber es ist nur Beth. »Alles in Ordnung?«, fragt sie. »Du bist schon ewig unterwegs.«

»Ich bin nur ein bisschen rumgelaufen«, lügt sie.

»Wir sind in einem Restaurant in einer der Straßen hinter dem *Paseo*. Kommst du vorbei? Ich schreibe dir die Adresse.«

Als Dani ankommt, findet sie die anderen Frauen vor einem großen Lokal unter einer ausladenden Markise. Offensichtlich haben sie hier zu Mittag gegessen und eine Flasche Wein getrunken. Sie bestellt eine Cola, das Verlangen nach etwas Alkoholischem hat sich glücklicherweise gelegt.

»Was hast du gemacht?«, fragt Tiff mit misstrauischem Unterton. »Nicht viel«, erwidert sie. »Ich bin zum Supernova gegangen, um es noch mal zu sehen – war natürlich geschlossen.«

Beth neigt gedankenverloren ihren Kopf. »Schon komisch, das Supernova stand eigentlich nicht auf dem Plan und war noch das Beste an diesem Wochenende«, sagt sie. »Es war echt cool, erinnerst du dich, Tiff? Du warst sogar auf der Bühne und hast gesungen.«

»Wie kannst du so darüber sprechen?« Tiff sieht angewidert aus. »Als wäre es ein perfekter Junggesellinnenabschied gewesen und nur zum Ende hin ein ganz klein wenig ausgeufert?«

Beth wird rot. »Tut mir leid. Das sollte nicht unsensibel klingen. Ich dachte, an diesem Wochenende geht es um die Feier von Aoifes Leben? Das schließt doch ein, dass wir uns auch an die schönen Momente erinnern und nicht nur an ...«

»Es *gab* keine schönen Momente, nicht hier in Marbella«, redet Tiff sich in Rage. »Davor ja, da gab es haufenweise schöne Momente, aber an diesem Wochenende ... nein. Es war das schlimmste Wochenende meines ganzen Lebens.«

»Beruhige dich, Tiff«, sagt Celine.

»Sag du mir nicht, was ich tun soll!« Sie explodiert fast. »Ich weiß nicht mal, was wir hier machen. Dani will unbedingt irgendeinen Horrortrip in die Vergangenheit machen. Das ist einfach abartig.«

»Ich habe schon erklärt, dass ich versuche, mich daran zu erinnern, was passiert ist«, sagt Dani freundlich.

»Wenn du nicht so betrunken gewesen wärst, wäre das nicht nötig«, schnauzt Tiff.

»Tiff …«, warnt Beth. »Wir waren uns doch einig, dass wir darüber nicht reden wollen.«

»Ja, aber ich habe die Nase voll von der Dani-Show. Wir wissen doch alle, warum sie uns hierhergelotst hat. Es geht nicht darum, Aoifes Leben zu feiern, sondern ihr dabei zu helfen, mit ihrer Schuld klarzukommen. Sie will, dass wir ihr vergeben, und dann gibt es eine große Gruppenumarmung.«

»Nein, das stimmt nicht«, murmelt Dani.

»Aoifes Tod war nicht Danis Schuld«, sagt Celine nachdrücklich.

»Nicht? Was ist das für ein Mensch, der so viel trinkt, dass er einen Blackout hat?« Tiff zeigt mit dem Finger auf Dani. »Wenn sich Aoife nicht um dich gekümmert hätte, wäre sie gar nicht ins Haus gegangen und hätte den Einbrecher überrascht.«

»Ich bin mir nicht sicher, ob es ein Ein …«, setzt Dani an, aber Tiff keift gleich weiter.

»Du hast nicht versucht, ihn von seinem Angriff abzuhalten – du hast nur besoffen auf dem Boden gelegen.«

»Ich weiß.« Dani wird ganz klein vor Schuldgefühlen.

»Wir hätten dein Spanisch gebraucht, um den Rettungswagen zu rufen, und als der nicht kam, brauchten wir dich, um ins Krankenhaus zu fahren, aber du hast nichts getan!« Tiff schiebt ihren Stuhl zurück und erhebt sich. »Du hast sie sterben lassen!« Der Stuhl fällt klappernd um, und sie stürmt davon.

Sie blicken ihr hinterher. Es entsteht eine lange, qualvolle Stille. Beth stellt den Stuhl wieder aufrecht hin.

»Tiff meint das nicht so«, sagt sie. »Celine hat recht. Es war nicht deine Schuld, Dani. Niemand hätte sie retten können. Wir haben alles versucht, aber …« Tränen treten ihr in die Augen.

»Lasst uns aufhören, bitte! Das bringt doch nichts«, sagt Celine.

Es herrscht wieder eine lange Stille.

Schließlich wendet sich Celine an Dani und sagt in einem anderen Tonfall: »Wir sollten hier vielleicht nicht länger bleiben. Bevor du kamst, haben wir ein bisschen recherchiert. Es gibt da so ein Dörfchen im Landesinneren, Benahavís, nicht weit entfernt. Wir dachten, wir schlendern dort ein wenig herum, solange wir Lust haben und fahren dann so spät wie möglich zur Villa zurück.«

»Okay«, sagt Dani, dankbar für die Atempause. »Wie ich schon sagte, ich bleibe hier, bis die Clubs öffnen, also werdet ihr hin und zurück ein Taxi brauchen, tut mir leid.«

»Willst du wirklich hierbleiben, Dani?«, fragt Beth. »Es ist noch lang bis dahin, und man möchte abends in Banús eigentlich nicht allein herumlaufen. Die meisten Leute auf der Straße werden sturzbesoffen sein. Drogendealer und Prostituierte überall. Es ist nicht sicher. Und der Wagen ist weit weg geparkt, du müsstest im Dunkeln dorthin zurück.«

»Mach dir wegen mir keine Sorgen, ich komm schon klar.«

»Beth hat recht«, sagt Celine. »Du solltest nicht allein sein. Warum kommst du nicht mit uns nach Benahavís? Und das sage ich nicht bloß, weil ich gefahren werden will«, fügt sie hinzu. »Ich mache mir Sorgen wegen deiner Sicherheit.«

»Nein, ich muss das tun. Es ist mir wichtig.«

Beth und Celine wechseln einen Blick. »Okay«, sagt Beth. »Aber hab dein Handy griffbereit und komm nicht zu spät zurück. Ich möchte nicht die ganze Nacht wach liegen und mich fragen, wo du bist.«

Sie bezahlen ihre Rechnung. Beth schnappt sich Tiff, die um die Ecke gestanden und geschmollt hat, und die drei gehen zum Taxistand. Dani bleibt zurück und schaut ihnen hinterher, bis sie in der Menge verschwunden sind. Dann läuft sie in die entgegengesetzte Richtung, dorthin zurück, wo sie hergekommen ist. Immer wieder schaut sie sich um, weil sie nachsehen will, ob jemand ihr folgt, aber da ist niemand. Sie muss ruhig bleiben und darf sich nicht von Johns Warnungen einschüchtern lassen, denkt sie.

Eine Weile bleibt sie am Strand und betrachtet das Meer, betritt dann eine Tapas-Bar in einer der Nebenstraßen. Dort bestellt sie ein Gericht nach dem anderen, um sich die Zeit bis Mitternacht zu vertreiben.

Dani piekst ihre Gabel in eine in Sherry geschmorte Schweinebacke. *Carrillada Ibérica* ist eine ihrer Lieblingstapas. So bekommt man sie nur in Spanien. Als ihre Gedanken an den Streit mit Tiff zurückwandern, findet sie es paradox, dass sie die anderen Frauen um ihre Erinnerungen an die Gewalttat beneidet. Aber es stimmt. Sie haben keine Ahnung, wie weh es tut, sich *nicht* zu erinnern. In den letzten drei Jahren hat sie sich gänzlich abgekoppelt gefühlt, nicht nur von dem, was Aoife zugestoßen ist, sondern von ihrem ganzen Leben. Als wäre ein Draht durchgeschnitten worden in dieser Nacht und sie wäre in die Dunkelheit getaumelt. Zu lange schon hat sie herumgetastet, ohne etwas sehen zu können. An diesem Wochenende geht es darum, sich wieder zu verbinden, Licht in die Vergangenheit zu bringen, damit sie eine Zukunft hat.

Tiff hat recht: Wäre sie nicht so betrunken gewesen, hätte sie Aoife vielleicht retten können. Möglicherweise geht es auch darum, mit ihrer Schuld klarzukommen, die Vergebung der anderen zu erlangen, sich selbst zu vergeben.

Sie schaut auf ihr Handy. Immer noch keine Antwort des Inspektors.

Einige Stunden später, reiht Dani sich in die Schlange vor Marbellas beliebtestem Nachtclub ein: Pesadilla. In ihrem Trägertop und dem Jeansrock fühlt sie sich underdressed. Das bisschen Make-up, das sie heute morgen aufgetragen hat, ist durch den Schweiß längst verwischt. Ihre Haare könnten auch eine Bürste vertragen, aber das kann sie jetzt nicht ändern. Sie gehört nicht zu den Frauen, die solche Dinge mit sich herumschleppen. Wenn sie unterwegs ist, ist sie unterwegs. Nicht mal einen Lippenstift nimmt sie mit.

Immerhin hat sie es geschafft, bis Mitternacht nicht einzuschlafen oder aufzugeben oder doch dem Alkohol zu verfallen, und jetzt ist sie hier mit all den Losern, die entweder vergessen oder sich zu spät entschlossen haben, einen Tisch zu buchen. Es gibt Junggesellinnen mit Schärpen und Hasenohren, Junggesellen in personalisierten T-Shirts, lustige Perücken und falsche Schnurrbärte. Einer von ihnen sieht aus wie ein Dalek, mit dem Dildo, der ihm auf der Stirn klebt. Ein anderer ist als eine gigantische Vulva verkleidet. Dani vermutet, dass man sie so gar nicht reinlassen wird. Dies hier ist ein gehobener Club. Beim letzten Mal, als sie hier war, trug niemand alberne Kostüme.

Die Männer von der Security patrouillieren die Schlange entlang und sortieren schon einmal aus, um an der Tür lange Diskussionen zu vermeiden.

»Keine Flipflops«, sagt einer und zeigt auf ihre Füße. Ihr rutscht das Herz in die Hose. Diesen Teil des Dresscodes hat sie vergessen.

»Bitte«, fleht Dani. »Ich bin allein. Ich bleibe ganz hinten und werde nicht tanzen.«

Er mustert sie einmal von oben bis unten, wenig beeindruckt von ihrer Erscheinung. »Keine Sexarbeiterinnen im Club«, sagt er.

Sie merkt, wie ihre Wangen heiß werden. »Ich bin keine Sexarbeiterin!«

»Hmm. Du kommst trotzdem nicht rein. Mädchen brauchen High Heels.«

»Das ist absurd und sexistisch.«

»Ist mir egal, was du denkst, so sind die Regeln. Ansonsten geh' woandershin.« Er will sie wegschubsen, aber sie tritt einen Schritt zurück und gibt ihren Platz in der Schlange frei. Die Lücke schließt sich, als hätte sie nie dort gestanden.

Dani möchte ihn am liebsten mit ihrem Flipflop ins Gesicht schlagen. Sie beschimpft ihn, während er weiter die Schlange entlanggeht, alberne Kostüme und die Jungs in

Turnschuhen wegschickt, Schärpen und Kopfschmuck konfisziert.

»Das ist so unfair. Ich habe den ganzen Tag gewartet!«, sagt sie zu niemand Bestimmtem. »Wie kommt es, dass sie Kriminelle reinlassen, aber keine Typen mit Penissen auf dem Kopf?«

Aber die anderen Zurückgewiesenen sind nicht mehr da, um mit ihr zu sympathisieren. Sie sind schon losgezockelt, um sich andere Clubs zu suchen, wo man sich nicht zu fein ist, ihnen ihr Geld abzuknöpfen. Dani setzt sich auf die Bordsteinkante, die Ellbogen auf den Knien und das Kinn in die Hand gestützt. Sie weiß, dass man auch über den Hintereingang reinkommen kann – ein kleiner Hof, wo die Angestellten in den wenigen Minuten, die man ihnen zur Pause lässt, zum Rauchen hingehen. Ob sie dort wirklich reinkommt, steht auf einem anderen Blatt. Soll sie es versuchen?

Dani sieht auf und entdeckt in der Schlange eine Gruppe junger Frauen, die laut reden und lachen. Es sind keine Schärpen in Sicht, aber das ist sicher ein Junggesellinnenabschied. Irgendetwas an ihnen kommt ihr bekannt vor. Vielleicht saßen sie im selben Flugzeug auf dem Weg hierher. Wenn sie sich nur zwischen ihnen verstecken könnte, um sich reinzuschmuggeln.

Erinnerungen steigen in ihr auf. Sie legt Aoifes Bild über das der mutmaßlichen Braut, stellt dann Tiff neben sie. Beth und Celine waren dahinter gewesen, wie sie sich erinnert, während sie selbst etwas abseits gestanden hatte. Mit ein wenig Fantasie versetzt sie sie alle in den Nachtclub.

KAPITEL EINUNDZWANZIG: DAMALS

– DANI –

Fast Punkt Mitternacht kamen sie im Pesadilla an. Da Tiff reserviert hatte, mussten sie für die Sicherheitskontrolle nicht lange anstehen. Drinnen wummerte die Musik, Tänzer performten auf Plattformen und die Lichtshow zerschnitt in wilden Farben die Luft, aber es war noch früh, und die Party noch nicht voll im Gange.

Man brachte sie zu ihrem Tisch irgendwo ganz hinten in der Nähe der Garderobe. Es war ein langer, mühsamer Weg zur Tanzfläche ohne Blick auf den DJ. Ihr Kellner, ein Engländer, der sich als Seb vorstellte, brachte ihnen die Drinks, die im Preis inklusive waren – zwei Flaschen Gin und Wodka, dazu Wunderkerzen und einen großen Kübel mit zerstoßenem Eis. Alkoholfreies kostete extra. Seb goss ihnen die ersten Getränke ein, und Tiff erhob erneut ihr Glas auf Aoifes Zukunft.

Dani machte mit, aber ihr Herz war schwer. Nach dem katastrophalen Spiel am Freitagabend, der Abzocke im Beach Club und der brenzligen Situation mit den Masken hatte sie gedacht, schlimmer könnte es nicht kommen. Aber nun hatte Aoife es gerade mit einem Mann getrieben und behauptete, dass sie Nathan nicht heiraten wolle. Da gab es nur eines, was man in einer solchen Lage tun konnte – den Kummer in Alkohol ertränken.

Sie leerte ihren Wodka Tonic in einem Zug und ließ sich dann zurück in die Polster fallen, um die Szenerie zu begutachten. Die Klientel bestand aus Urlaubern, großen Männer- und Frauenrunden, Pärchen und gemischten Freundesgruppen. Im Wesentlichen sahen alle aus, als trüge man in diesem Club Uniform. Die Frauen waren fast ausnahmslos in knappe Kleider gezwängt und stark geschminkt – enorme falsche Wimpern, aufgemalte Augenbrauen, lange, glitzernde Nägel. Die Männer waren lässig-elegant gekleidet – kurzärmelige weiße Hemden oder enge schwarze T-Shirts, dazu schwarze Chinos (keine Jeans). Jede freigelegte Brust war rasiert. Die meisten Arme und einige Nacken zeigten Tattoos.

Dani und Aoife hatten sich mit Make-up und Frisur mächtig angestrengt, um nicht deplatziert zu wirken. Sie trugen atemnotverursachende Röhrenkleider und Pumps, in denen man kaum tanzen konnte. Sich ganz dem Marbella-Style hinzugeben war Teil des Vergnügens, sonst brauchte man im Pesadilla gar nicht erst aufzulaufen.

Dann waren da die Typen in übergroßen Hoodies, weiten Sweatpants und teuren Sneakern. (Waren die nicht verboten?) Ihre Klamotten zeigten von oben bis unten Designerlogos von Dior, Vuitton und Gucci. Goldkettchen hingen um ihren Hals und protzige Ringe funkelten an den Fingern. Einige trugen Sonnenbrille, obwohl es im Club sehr dunkel war, und hatten kleine Crossbags vor der Brust. Manche sahen englisch aus, andere waren möglicherweise aus Holland oder Deutschland. Wieder andere kamen wahrscheinlich eher aus Marokko oder Algerien. Welche Nationalität sie auch hatten, alle wirkten wie Parodien ihrer selbst, und Dani hatte Lust, laut loszulachen. Der Anblick faszinierte sie so sehr, dass Beth sie bitten musste, nicht so zu starren.

»Wir kriegen noch Ärger«, warnte sie.

»Tut mir leid, ich kann nicht anders«, erwiderte Dani. »Ich kann es einfach nicht fassen.«

Später kam ihr der Gedanke, es habe vielleicht an ihr gelegen, als jemand ihnen eine Flasche Champagner an den Tisch schickte.

»Den haben wir nicht bestellt«, befand Celine entschieden.

»Ich weiß, hat Tisch siebzehn spendiert«, sagte Kellner Seb und stach mit der Spitze seines Korkenziehers in die glänzende Folie.

»Wirklich?« Aoife grinste. »Wie nett. Wo ist Tisch siebzehn?« Sie erhob sich und suchte den Raum ab, die Hand zum Winken erhoben.

»Setz dich«, sagte Celine nachdrücklich und zog sie am Arm. »Ich finde nicht, dass wir das annehmen sollten.«

»Bist du verrückt? Wir können doch keine Gratisflasche Champagner zurückgehen lassen.«

»Wir wissen nicht, wer sie geschickt hat!«

»Doch, klar. Tisch siebzehn.«

Seb beugte sich vor. »Sorry, aber ich kann den nicht zurücknehmen.«

»Doch, das können Sie«, erklärte Celine hochmütig. »Sagen Sie vielen Dank, aber wir nehmen keine Geschenke von Fremden an.«

»Celine!« Dani verdrehte die Augen. »Sei doch nicht so ein ...« Vergeblich suchte sie nach einem Wort. »Entspann dich.«

»Sie müssen sie annehmen«, sagte Seb. »Sie haben keine Wahl, nicht bei diesen Typen.«

»Das ist albern«, schnaubte Celine.

»Ich arbeite auf Kommission. Wenn die hier zurückgeht, kriege ich Probleme.«

»Welche Typen denn überhaupt?«, fragte Dani.

Er nickte leicht nach hinten rechts. »Etwa vier Tische weiter, nächste Reihe.« Er senkte die Stimme, obwohl es absolut unmöglich war, ihn bei der wummernden Musik zu hören. »Mit denen wollen Sie keinen Ärger, besonders nicht mit dem Kerl in der Balenciaga-Jacke.«

»Warum nicht?«, fragte Aoife.

»Sie gehören zu den Fußsoldaten, wissen Sie?«

»Was soll das heißen?«

»Seien Sie einfach vorsichtig, okay?« Mit einem befriedigenden Plopp! ließ Seb den Korken knallen, aber niemand juchzte. Er schenkte fünf Gläser ein und reichte sie ihnen.

»Trinken Sie bitte unbedingt davon«, sagte er. »Die werden zuschauen.«

Dani warf verstohlene Blicke zu Tisch siebzehn, wo vier

von Kopf bis Fuß in Schwarz gekleidete Männer zu ihnen herübersahen. Der Kerl in der Jacke, die sechs Nummern zu groß aussah, brüllte etwas in ihre Richtung, aber sie konnten ihn nicht verstehen.

»Das ist nicht gut«, sagte Celine, als der Kellner gegangen war. »Das sind richtige Mistkerle, das seh ich sofort. Gleich wollen sie sich auch noch zu uns setzen, wartet es ab.«

Aoife zuckte die Schultern. »Ich habe nichts dagegen.«

»Rede nicht so einen Stuss«, sagte Tiff. »Weißt du nicht, was Fußsoldaten sind? Sie machen die Drecksarbeit für Gangster. Wir wollen nicht mit Kriminellen abhängen.«

»Nein«, stimmte Beth zu. »Ganz bestimmt nicht. Was, wenn das hier wird wie in Manchester? Ich kann es mir nicht erlauben, noch einmal verhaftet zu werden, Aoife.«

»Genau«, sagte Tiff.

Aoife stöhnte. »Ach kommt, es ist mein Junggesellinnenabschied! Wir können uns doch von ein paar Wichsern nicht die Laune verderben lassen.«

»Sag das nicht so laut«, meinte Celine. »Wir sollten aufbrechen, solange es noch geht.«

»Finde ich auch«, sagte Beth. »Schade, aber es ist besser so.«

Celine übernahm das Kommando. »Wir müssen uns hier eine nach der anderen aus dem Staub machen. Lasst es aussehen, als würdet ihr zur Toilette gehen oder auf die Tanzfläche. Wir treffen uns draußen am Ende der Schlange, und ich rufe gleich ein Taxi.«

»Ich will nicht gehen«, sagte Aoife und schlürfte ihren Champagner.

»Die erwarten, dass du für deinen Drink bezahlst«, warnte Celine. »Auf die eine oder andere Weise.«

»Aber das hier ist das Highlight des ganzen Wochenendes! Bitte, bleibt doch noch. Es wird alles gut.«

»Das wird es nicht«, sagte Tiff.

Dani wusste nicht, was sie tun sollte. Wenn jemand Aoife zur Vernunft bringen konnte, dann war sie es normalerweise, aber schon im Supernova hatte sie ihren Rat ignoriert, es gab also keine Garantie, dass ihre Freundin hier nachgeben würde. Vor allem konnte man Aoife nicht mit einer Gruppe potenzieller Gangster alleinlassen. Sie hatte schon etwas getan, was sie morgen bereuen würde. Dani musste sicherstellen, dass die Liste nicht noch länger wurde.

Schließlich ergriff sie das Wort. »Ich bin auf Aoifes Seite. Wir sind gerade erst angekommen. Die Flasche Wodka ist noch mehr als halbvoll und den Gin haben wir kaum probiert. Getanzt haben wir auch noch nicht. Ich werde nicht noch einmal fünfhundert Euro zum Fenster rauswerfen.«

»Das Geld ist doch egal«, meinte Beth. »Wir sollten vernünftig sein.«

»Vernünftig?!«, höhnte Aoife. »Ich bin nicht hergekommen, um vernünftig zu sein!«

»Das ist deine Sache, aber ich bleibe nicht hier und warte darauf, angegriffen zu werden«, sagte Celine, schnappte sich ihre Clutch und erhob sich.

»Niemand wird hier angegriffen«, antwortete Dani und versuchte die Situation zu entschärfen. »Wir sind in einem Club. Hier gibt es überall Sicherheitspersonal. Es wird nichts

Schlimmes passieren. Und wenn sie doch noch angeschleimt kommen, kriegen wir das schon geregelt.«

»Ja, wir haben alles im Griff«, stimmte Aoife zu.

Celine beugte sich vor und tippte mit ihren lackierten Nägeln auf den Tisch. »Was, wenn sie darauf bestehen, dass ihr mit ihnen irgendwo anders hingeht? Eine Party in irgendeiner luxuriösen Villa oder auf eine Yacht?«

Aoife lachte. »Hört sich gut an!«

»Du verstehst es nicht. Ich habe über solche Dinge gelesen«, fuhr Celine fort. »Es fängt als Spaß an, und einen Moment später hast du K.-o.-Tropfen im Glas. Am nächsten Tag wachst du nackt neben einem Fremden auf und kannst dich an nichts erinnern. Es ist gefährlich!« Ihr Blick ging von Tiff zu Beth, dann wieder zurück. »Du bist die erste Brautjungfer, Tiff, du hast die Verantwortung. Was meinst du? Sag doch auch mal was dazu.«

Tiff rang die Hände. »Ich hab keine Ahnung.« Dani sah, wie sie die Möglichkeiten abwägte und herauszufinden versuchte, auf wessen Seite sie sich schlagen sollte. »Vielleicht ist es ja nicht so schlimm«, fuhr sie fort. »Sie haben ja noch keinen Move gemacht. Vielleicht sollten wir einfach abwarten, was sie tun, und wenn wir es nicht möchten ...«

»Wenn wir *was* nicht möchten?«, wollte Celine wissen. »Dann könnte es zu spät sein. Man sieht doch auf den ersten Blick, dass das Kriminelle sind.« Sie richtete sich zu voller Länge auf. »Wer sich ein Taxi zurück in die Villa teilen will, kommt jetzt mit mir.«

Tiff wandte sich an Beth. »Was willst du tun?«, flüsterte sie.

»Nichts wie weg hier.«

»Aber ich traue Dani nicht zu, auf Aoife aufzupassen.«

Unglücklicherweise hatte nicht nur Beth das gehört. »Ich brauche niemanden, der auf mich aufpasst«, sagte Aoife. »Seit wir hier angekommen sind, hast du mich bevormundet. Du bist genau wie Nathan und willst mich die ganze Zeit kontrollieren. Ich halte das nicht mehr aus. Ich bin doch kein Kind, ich weiß, was ich tue!«

Das konnte Dani so nicht stehenlassen. »Hör auf, Aoife, das ist nicht fair. Tiff hat sich so große Mühe gegeben, dieses Wochenende zu organisieren.« Sie wandte sich an Tiff. »Tut mir leid, ignorier sie einfach. Sie ist betrunken und redet Unsinn, das ist alles. Bitte bleib.« Sie meinte es wirklich ernst. »Lasst uns die ganze Sache vergessen und noch einmal von vorn anfangen. Und wenn es von da drüben Ärger gibt, dann bitten wir um Hilfe.«

»Nein, ich möchte gehen«, sagte Tiff mit Tränen in den Augen.

Beth nickte. »Ich auch.«

»Ich rufe ein Taxi«, sagte Celine.

»Nein, bleibt! Bitte«, flehte Dani. »Ihr alle. Das ist Aoifes große Nacht.«

»Ach, lass sie doch, wenn sie es so wollen«, sagte die. »Die wollen einfach nicht, dass ich Spaß habe.«

»Das stimmt nicht«, versuchte Dani zu beschwichtigen. Sie wandte sich an die anderen: »Kommt schon, Leute. Es wird alles gut, wenn wir zusammenbleiben. Gemeinsam sind wir stark.«

»Ich finde, wir sollten *alle* zurück zur Villa fahren«, sagte

Beth. »Dann trinken wir einen Kaffee, werden nüchtern und klären die Sache in Ruhe wie Erwachsene.«

»Ich habe euch schon gesagt, ich bleibe.« Aoife runzelte stur die Stirn.

»Gut, wie du willst«, antwortete Tiff. »Du willst sowieso nur mit Dani abhängen. Du solltest sie heiraten, nicht Nathan. Er liebt dich so sehr, und du hast ihn gar nicht verdient!« Sie erhob sich und stürmte mit Celine und Beth im Schlepptau aus dem Club.

»Was war das denn?«, fragte Dani und schaute ihnen hinterher. »Steht Tiff jetzt auf Nathan, oder wie?«

»Wer weiß? Ist auch egal.« Aoife wies auf die Flaschen. »Umso mehr für uns!«

KAPITEL ZWEIUNDZWANZIG: HEUTE

– DANI –

Sie schüttelt sich, um die Erinnerungen loszuwerden, und öffnet die Augen. Die Schlange vor dem Nachtclub windet sich einmal um den Block. Überall hängt aufgeregtes Geschnatter in der Luft, hin und wieder unterbrochen von vereinzeltem Lachen. Jemand kommt auf sie zu und stellt sich direkt vor sie.

»Hey ... Dani? Bist du das?«

Ihr Blick schweift nach oben, und sie sieht ein Paar teurer Schuhe, dunkle Chinos, ein hellblaues Hemd. Gebräunte Haut, blondes, lockiges Haar, ein Gesicht wie ein Actionheld.

»Matt!«

»Du erinnerst dich an mich?«

»Natürlich. Du bist Matt, der Barkeeper. Was machst du hier?«

»Arbeiten, ich bin jetzt Matt der DJ«, sagt er mit seinem gewinnenden Lächeln. »Ich habe hier einen Gig zwischen zwei und drei. Dich habe ich hier allerdings nicht erwartet, muss ich sagen.«

»Ich bin eben aus der Schlange geworfen worden.«

Er mustert sie von oben bis unten. »Flipflops?«

»Hundert Punkte.« Sie grinst ihn an, erleichtert, ein freundliches Gesicht zu sehen. »Es ist schon drei Jahre her. Wie kommt es, dass du mich wiedererkannt hast?«

»Ich vergesse nie ein Gesicht.«

»Aber du musst doch so viele Leute treffen. Und trotzdem hast du dich an meinen Namen erinnert. Beeindruckend.«

»Geht so. Ich bin ein Freund von John, erinnerst du dich? Wir haben oft über das Wochenende gesprochen. Diesen Cocktail-Workshop werde ich nie vergessen. Der ist hier gespeichert« – er tippt sich an die Stirn – »für immer.«

»Ich weiß, was du meinst.«

»Geht es dir gut?«

»Nicht so sehr.«

»Hättest du Lust auf einen Drink, irgendwo, wo es ruhiger ist?«

»Äh … ja, das wäre nett.« Sie ist müde und könnte einen Kaffee brauchen, bevor sie zurück zur Villa fährt. »Hast du denn Zeit?«

»Haufenweise.« Er hält ihr seine Hand hin, und sie lässt sich von ihm hochziehen.

Sie lassen den Club hinter sich und finden am anderen Ende der Marina eine Bar mit Meerblick. Die Terrasse ist mit bunten Schirmen dekoriert, die unter einer mit Lichterketten geschmückten Pergola hängen. Die meisten Gäste sind schon weg, und es gibt genügend freie Tische. Sie nehmen einen in der ersten Reihe.

»Und wie kommt es, dass du wieder in Marbella bist?«, fragt Matt, nachdem sie ein Lager und einen doppelten Espresso bestellt haben. »An deiner Stelle wäre das für mich sicher der letzte Ort, an den ich zurückkehren wollen würde.«

»Das sagen alle.«

»Alle?«

»Alle meine Freundinnen, Marta, John ... wir wohnen in der Villa Floriana.« Matt schaut sie erstaunt an. »Ja, ich weiß. Es ist ein wenig bizarr. Wir halten eine Art Gedenkfeier ab, ein Tribut an Aoife.«

»Verstehe.«

»Und ich möchte die Zeit nutzen, um diesen Junggesellinnenabschied noch einmal Revue passieren zu lassen.«

»Oh.« Jetzt scheint er sich ein wenig unwohl zu fühlen. »Warum?«

»Weil ich den größten Teil dieses Wochenendes betrunken war. Ich versuche, die losen Enden zu verknüpfen, die Leerstellen zu füllen. Am Samstagabend sind wir beispielsweise ins Pesadilla gegangen.«

»Das überrascht mich nicht. Die meisten Abschiede landen dort.«

Ihre Getränke kommen. Sie packt den winzigen Keks aus, der bei dem Kaffee dabeiliegt, und tunkt ihn ein. Sofort löst er sich auf und sinkt auf den Boden der Tasse. »Es sind Dinge geschehen, die nicht hätten geschehen sollen«, sagt sie. »Ich habe Aoife im Stich gelassen.«

»Es war nicht deine Schuld.«

»Nein? Ich weiß es nicht, das ist mein Problem. Die Stunden vor ihrem Tod sind ein einziger Blackout.«

Er trinkt sein Lager und starrt in die Dunkelheit – schwarzes Meer, schwarzer Himmel, und es ist unmöglich zu bestimmen, wo das eine beginnt und das andere endet. Dani kann ihm fast beim Denken zusehen, wie er überlegt, ob er etwas sagen soll oder nicht.

»Was ist?«, fragt sie.

»Oh, nichts. Nur dass Aoifes Tod mich wirklich getroffen hat. Ich habe mich mies gefühlt, weil ich mit ihr geflirtet habe und nicht widerstehen konnte, als sie mich angemacht hat. Ich wusste, dass sie heiraten wird, und ich habe es zugelassen. Danach tauchte in meinem Feed immer wieder das Bild ihres Verlobten auf, und er sah so … fertig aus. Er war derjenige, der die Braut als Letzter hätte küssen sollen, nicht ich.«

»Ja … nun … er hat es nie herausgefunden, also …«

»Nicht?« Matt sieht erleichtert aus. »Aber *du* wusstest es?«

»Wir alle. Es war nicht zu übersehen, dass da eine Spannung zwischen euch war. Aber du warst nicht der Letzte, der sie geküsst hat, also kannst du deine Schuldgefühle vergessen.«

»War ich nicht?« Er lässt einen Pfiff hören. »Gott, was für ein Junggesellinnenabschied war das denn?«

»Der schlimmste«, antwortet sie.

»Er endete mit ihrem Tod, also ja …«

Dani nippt an ihrem Kaffee. »Aoife wollte dich an diesem Samstagabend treffen, aber du hast sie abblitzen lassen.«

»Ja, ich bin endlich zur Vernunft gekommen«, sagt Matt. »Wer hat denn meinen Platz eingenommen?«

Sie zögert, denn sie weiß nicht, wie viel sie preisgeben soll. »Oh, nur so ein Typ aus dem Supernova«, sagt sie.

»Und Nathan? So heißt der Bräutigam doch, oder? Hat er es herausgefunden?«

»Gott, nein. Es gab keinen Grund, Salz in die Wunde zu streuen. War alles schon schlimm genug.«

»Ja, das kann ich mir vorstellen. Das war eine gute Entscheidung.« Matt nickt bedächtig, während er trinkt. Er leert das Glas und wischt etwas Schaum von seiner Oberlippe.

»Aoife war schon immer ein wenig wild«, fährt Dani fort. »Sie hat sich in ihrer Jugend so einiges geleistet, viele Frösche geküsst, wenn du verstehst, was ich meine. Als sie Nathan traf, hat sie geglaubt, ihren Prinzen getroffen zu haben. Sie ist ruhiger geworden, wahrscheinlich nicht das Schlechteste für sie, aber sie war auch nicht mehr dieselbe wie vorher. Nathan presste sie in eine Form, die gar nicht zu ihr passte. Mir hat das nicht gefallen. Aber Aoife wollte kein schlechtes Wort über ihn hören, also habe ich den Mund gehalten. Ich nahm an, dass es ihr gut ging, und sie wären glücklich bis ans Ende ihrer Tage.« Sie atmet tief ein.

Matt beugt sich vor. »Aber so kam es nicht?«

»Nein, überhaupt nicht. Als wir hier ankamen, wurde sie plötzlich komisch. Sie trank zu viel, redete dummes Zeug, flirtete auf Teufel komm raus. Sie erzählte mir, dass sie Nathan nicht heiraten wollte und dass sie von seinem Kontrollwahn die Nase voll hätte. Es war, als hätte sie die Selbstzerstörungstaste gedrückt. Ich machte mir Sorgen um sie, war aber auch erleichtert. Ich fand es richtig, die Hochzeit abzusagen.« Sie trinkt einen Schluck Kaffee. »Tut mir leid, ich weiß nicht, warum ich dir das alles erzähle.«

»Schon in Ordnung. Manchmal tut es gut, mit Fremden zu sprechen. Ich bin zwar kein ganz Fremder, aber ... ich glaube, ich verstehe schon.«

»Dann bist du weiter als ich.« Sie atmet tief ein. »Darf ich dir eine Frage stellen?«

»Natürlich.«

»Was weißt du über John? Wer sind so seine Leute?«

Matt zuckt die Schultern. »Normale Leute. Auswanderer hauptsächlich. Das ist hier eine ziemlich kleine Community, jeder kennt jeden.«

»Okay.« Sie versucht es anders. »Diese Auswanderer ... sind einige von denen in ... du weißt schon ... dunkle Geschäfte verwickelt?«

»Das ist mehr als eine Frage.«

»Bitte!«

»Kommt darauf an, was du meinst? Es gibt hier sicherlich Steuersünder, und da ist ein Kerl, der wegen Betrugs im Knast war. Aber die meisten sind einfach nur da, weil ihnen das Leben hier gefällt – Süden, Sonne, Sangría. Warum fragst du?«

»Ich habe John vorhin getroffen, und er hat mich nachdrücklich gewarnt. Er meinte, ich solle nicht weiter in der Vergangenheit wühlen, und dass Marbella gefährlich sei.«

»Es *kann* gefährlich sein, wenn man sich mit den falschen Leuten einlässt.«

»Lässt John sich mit den falschen Leuten ein?«

»Nein, im Herzen ist er einfach nur ein Strandgammler.«

»Ich habe dieses schreckliche Gefühl, dass er weiß, wer Aoife getötet hat. Er bestand zwar darauf, keine Ahnung zu haben, aber ich glaube, er lügt. Er schien ernsthaft Angst zu haben.«

Matt denkt kurz nach. »Soweit ich weiß, hat John keinen Dreck am Stecken, aber vielleicht hat er etwas über den Flurfunk gehört oder Klatsch in der Bar. Wie ich schon sagte, Marbella ist klein. Am besten hält man sich raus. Und halte John bitte auch raus, okay? Du machst es nur schlimmer.«

Dani gibt einen gereizten Laut von sich. »Und was ist mit Gerechtigkeit für Aoife?«

»Ich weiß, dass du das nicht hören willst, aber es kann gut sein, dass es die einfach nicht geben wird. Da draußen passiert viel, und der Fall wurde zu den Akten gelegt. Die Polizei hat ja schon mit den Verbrechen der letzten Woche genug zu tun, da hat wohl keiner einen Kopf für etwas, das vor drei Jahren passiert ist. Tut mir leid, wenn es hart klingt, aber John hat dir keinen schlechten Rat gegeben. Gib es einfach auf. Gib es auf, schau nach vorn. Komm her.«

Sie lässt es zu, dass er sie kurz in die Arme nimmt, kämpft dabei die Tränen herunter, fühlt sich dumm und hilflos.

»Ich bringe dich noch zu deinem Auto«, sagt Matt. »Es ist hier nachts nicht sicher für eine Frau ohne Begleitung.«

»Hast du wirklich Zeit dafür?«, schnieft sie.

»Ja, das passt gerade noch.«

»Danke, ich weiß das zu schätzen.«

Matt nimmt ihren Arm und führt sie durch ein Gewimmel von Gassen, wobei er die Straße der Hölle meidet. Sie folgen der Hauptstraße, die ins Inland führt, einen steilen Hügel hinauf. Überall auf den Gehwegen betrunkene Nachtschwärmer. Die meisten streben in die entgegengesetzte Richtung. Unterwegs plaudert er und tut so, als hätte das Gespräch davor nicht stattgefunden. Er weist sie auf diverse Bars und Restaurants hin, wo regelmäßig berühmte Fußballer und TV-Sternchen gesichtet werden, und wo teure Sexarbeiterinnen ihrem Geschäft nachgehen.

»Da wären wir«, sagte er, als sie bei dem weißen Seat angekommen sind. »Weißt du, wie du zurück zur Villa kommst?«

»Ich glaube schon. Vielen Dank.«

Er küsst sie nach spanischer Art auf beide Wangen. »Halt dich bedeckt«, flüstert er ihr ins Ohr. »Hör auf mit dem Detektivspiel und sprich mit niemandem, dann bekommst du auch keine Probleme.«

Sie steigt ein und schließt die Tür. Er gibt der Kühlerhaube einen Klaps, als sei der Wagen ein Pferd, das auf sein Signal wartet, um loszugaloppieren. Sie blickt ihm hinterher, aber anstatt die Straße zu nehmen, die sie gekommen sind, biegt er an der nächsten Ecke ab und verschwindet in der Nacht.

Dani schnallt sich an und startet den Wagen. Die Uhr zeigt 1:34 Uhr an. Matt muss sich beeilen, sonst wird er zu spät zu seinem DJ-Set kommen. Sie ärgert sich immer noch, dass man sie nicht in den Club gelassen hat, aber ohne sein zufälliges Auftauchen wäre sie vielleicht in die nächste Bar gegangen und hätte einen Wodka bestellt.

Reglos sitzt sie da und hängt einem nebulösen Gedanken nach, der in ihrem Kopf nur langsam Gestalt annimmt. Irgendetwas ist merkwürdig, aber sie kann es nicht genau benennen. Es hat mit Matt zu tun. Seine letzten Worte klangen fast wie eine Drohung. Und es war schon ein ganz schöner Zufall, dass er sie auf der Straße entdeckt hat. Würde man normalerweise so schnell jemanden wiedererkennen, den man nur einmal bei einem Cocktail-Workshop gesehen hatte? John hatte sie nicht erkannt. Und weil ihm die Villa gehörte, waren sie sich nach Aoifes Tod sogar mehrfach begegnet.

Dann wird ihr klar, was ihr wirklich Sorgen macht: An keinem Punkt des Abends hatte sie ihm erzählt, dass sie mit dem Auto da ist und wo sie geparkt hat.

KAPITEL DREIUNDZWANZIG: DAMALS

– DANI –

Wenige Minuten, nachdem Tiff, Beth und Celine aus dem Nachtclub gestampft waren, stolzierten die Gangster an ihren Tisch. Dani nahm zumindest an, dass diese Typen Gangster waren – nachfragen würde sie wohl nicht. Ihr Anführer, ein großer, schmalhüftiger Mann mit langer Nase und auffallend gewölbten Augenbrauen, setzte sich neben Aoife, legte einen Arm um sie und begann unverzüglich ihren Hals zu liebkosen. Sie sagten weder Hallo noch stellten sie sich vor. Der breitschultrigste von ihnen, der Camouflage-Sweatpants und eine Under Armour-Weste trug, gab Dani ein Zeichen, ein wenig zu rücken, damit er sich neben sie quetschen konnte. Die beiden anderen nahmen auf den Sesseln gegenüber Platz und fragten sich wahrscheinlich, was aus den anderen Frauen geworden war, die ihre Dates hätten sein sollen.

Dani spürte, wie eine Hand ihren nackten Oberschenkel tätschelte, und es schauderte sie innerlich. Celine hatte recht gehabt, sie hätten abhauen sollen, solange es noch ging. Aoife hatte eisern darauf bestanden, hierzubleiben, und Dani brachte es nicht übers Herz, sie allein zu lassen. Ihre Diskussion hatte sich zu einem Machtkampf entwickelt, worauf Aoife stets stur reagierte. Sie hasste es, herumkommandiert zu werden. Wenn man ihr Einverständnis für etwas erlangen wollte, musste man sie glauben lassen, es wäre ihre Idee. Man musste sie im Grunde manipulieren. Dani war überrascht, dass Tiff das nicht wusste. Gleichzeitig war Aoife ihr gegenüber richtig gemein gewesen, und so war es kein Wunder, dass sie hinausgestürmt war, mit Beth im Schlepptau wie üblich. Dani mochte Beth, sie war so ein Lämmchen. Was Celine anging ... Anfangs fand Dani sie sympathisch, aber nun benahm sie sich, als wäre sie ihre Mutter.

Eine weitere Flasche Champagner wurde bestellt. Dani wollte nichts mehr trinken. Sie musste wieder zur Vernunft kommen. Sie hatte wirklich geglaubt, schlagfertig und abweisend auf Belästigungen reagieren zu können, aber die Realität war eine andere. Die Typen machten ihr Angst. Ihr Anführer sah in seinen verrückten schwarzen Klamotten und seinen Spinnenohrringen besonders gefährlich aus.

Aoife wurde immer noch von ihm betatscht. Dani versuchte ihren Blick aufzufangen, aber der Kerl lag halb auf ihr und versperrte ihr die Sicht. Aoife war heute Abend wie ausgewechselt, aber das konnte sie doch unmöglich wollen? War der Sex mit John, praktisch mit einem Fremden, nicht Abenteuer genug?

»Wo wohnt ihr?«, fragte der Breitschultrige Dani. »Hotel? Villa?«

»Ja, super«, antwortete sie und tat so, als hätte sie ihn nicht verstanden.

»Welches Hotel?«

»Keine Ahnung, weiß ich nicht mehr.«

»Jetzt sag! Wo wohnt ihr?«

»Wir sind in einer Villa«, sagte sie. »Bella Vista in San Pedro.« Sie hatte keine Ahnung, ob es so eine Unterkunft gab – hoffentlich nicht –, aber es war das Erste, was ihr in den Sinn kam.

»Bella Vista. Schöne Aussicht«, sagte er.

»Ja, stimmt. Hey, gutes Englisch!« Sie lachte nervös.

Er beugte sich vor und sagte etwas zu seinen Kumpels in einer Sprache, die Dani nicht verstand. Die vier besprachen sich kurz, dann schien der Anführer etwas zu entscheiden, und alle vier nickten zustimmend.

Er wandte sich wieder an Dani: »Wo sind deine Freundinnen? Drei Mädchen. Wo sind sie?«

»Äh ... eine von ihnen hat sich nicht so gut gefühlt, also sind sie gegangen.«

»Und jetzt sind sie in Bella Vista, ja?«

»Ich weiß nicht. Kann sein. Keine Ahnung.«

»Wir gehen jetzt dahin, ja? Wir besuchen die anderen, ja?«

»Äh ... vielleicht später. Wir mögen es hier. Trinken, tanzen ... Willst du tanzen?«

»Wir gehen bald. Bella Vista. Schöne Aussicht.«

Sie geriet in Panik. Der Abend war jetzt schon aus dem Ruder gelaufen, und wer wusste, was ihnen noch bevorstand?

Ganz sicher keine Villa in San Pedro, die überhaupt nicht existierte – es könnte sehr unangenehm werden, wenn sie herausfanden, dass sie gelogen hatte.

Dani brauchte Aoifes Hilfe. Die sah jedoch so umnebelt aus, als wäre sie nur noch halb bei Sinnen. Dani warf ihr einen, wie sie hoffte, vielsagenden Blick zu – *wir müssen hier weg* –, aber Aoife reagierte nicht. Dani befreite sich von ihrem Bewunderer unter dem Vorwand, sich noch ein Glas einzuschenken. Der Champagner schmeckte schal.

Sie konnte nicht mehr still sitzen – beugte sich vor, sah sich um, als erwarte sie eine Freundin, aber in Wahrheit suchte sie nach einer Möglichkeit zur Flucht. Es half nicht gerade, dass sich in ihrem Kopf alles drehte. Sie wünschte, sie würde keine High Heels tragen. Selbst wenn sie weglaufen wollte, war sie nicht sicher, ob sie es über die Tanzfläche schaffen würde, ohne zu stürzen.

Der stämmige Typ begann ihren Rücken zu streicheln. Alles in ihr zog sich zusammen, und sie benötigte ihre ganze Kraft, um nicht zurückzuzucken. Als sie mitbekam, dass er sie küssen wollte, griff sie nach ihrem Champagnerglas.

»*¡Salud!*«, rief sie und trank so schnell, dass die Bläschen ihr in die Nase stiegen und sie husten musste.

Der hart aussehende Kerl in der Balenciaga-Jacke küsste schon wieder Aoifes Hals und griff dabei so in ihr Haar, dass sie ihm nicht ausweichen konnte. Dani sah, wie sich die Augenbrauen ihrer Freundin vor Unbehagen zusammenzogen, während sie nach Luft japste. Schließlich ließ er sie los und schubste sie zur Seite. Einer der anderen goss ihm einen Wodka ein.

Endlich gelang es Dani, Aoifes Aufmerksamkeit zu erregen. Sie sah verängstigt aus. Dani wusste, dass sie es aus dem Club schaffen mussten, bevor man sie in einen schwarzen Range Rover zerrte und in die Walachei verschleppte.

Fieberhaft überlegte sie, was sie unternehmen könnte. Sie hatte schon ähnliche Situationen erlebt, aber nie so gefährlich wie diese. Die beste Art, mit aufdringlichen Männern fertig zu werden, bestand darin, sie mit einem Getränkewunsch zur Bar zu schicken, während man zur Toilette ging, um sein Make-up aufzufrischen. Es gaukelte ihnen ein falsches Gefühl von Sicherheit vor. Während sie sich an der Bar anstellten, konnte man sich rausschleichen und in ein Taxi springen. Es war fast genau der gleiche Trick, den Celine vorhin erwähnt hatte, jetzt aber war alles viel schwieriger. Hier gab es einen Kellnerservice, also entfiel die Notwendigkeit, zur Bar zu gehen. Möglicherweise ließen die Kerle sie auch nicht gemeinsam zur Toilette gehen. Außer, es gab einen guten Grund dafür …

Aoifes Typ ging noch einen Schritt weiter und begrabschte sie mit seiner freien Hand. Aoife erstarrte vor Ekel, ihre Finger krallten sich in die Kanten ihres Sitzes. Das musste sofort aufhören. Dani fällte eine Entscheidung. Sie wandte sich an den Mann in der Under Armour-Weste und zog pantomimisch eine Line Koks. Er verstand sofort.

»Brauchst du was?«, fragte er.

Sie nickte. »Ja, und meine Freundin auch.«

»Okay.«

»Was kriegst du dafür?«

»Bezahl einfach später, ja?« Er ließ seinen Blick über ihre Körper wandern und leckte sich die Lippen.

»Oh, verstehe. Ja, klar«, sie kicherte und gab sich Mühe, so zu wirken, als wäre sie absolut für einen Blowjob oder sonst was zu haben. Er drehte sich um und fummelte an seiner Tasche herum. Dann nahm er ihre Hand und legte ein winziges Plastikpäckchen hinein, wobei er ihre Finger so darüber verschloss, dass man es nicht sehen konnte.

»Danke. *Merci.*« Marokkaner sprachen Französisch, oder nicht? War er überhaupt Marokkaner? Sie hatte keine Ahnung. In ihrem Kopf herrschte Chaos, sie musste sich zusammenreißen. »Dauert nicht lange!« Sie quetschte sich an ihm vorbei, und griff dabei resolut nach ihrer Handtasche. Er sah es und stutzte. »Die kann ich nicht hierlassen. Taschendiebe.« Er schien sie nicht zu verstehen, ließ ihr aber die Tasche. »Los, komm schon!« Sie zog Aoife auf die Füße. »Nimm alles mit«, zischte sie.

Sie packte Aoife am Arm und führte sie durch die trinkenden und tanzenden Gäste. Inzwischen war es voller geworden, der Club pulsierte vor Geschäftigkeit. Kellner servierten flambierte Drinks, deren Funken in die Menge sprühten. Auf den Podien ließen langbeinige Frauen große, transparente Capes wehen, während andere mehr oder weniger sexy mit Lichtschwertern hantierten.

»Was soll das?«, fragte Aoife. »Willst du jetzt ernsthaft koksen?«

»Natürlich nicht. Ich suche unseren Kellner. Siehst du ihn irgendwo?«

»Ja, da drüben.«

Dani drängte vorwärts und bahnte sich einen Weg durch die Tänzer. »Seb! Hi, Seb!«, rief sie nachdrücklich.

»Tut mir leid, bin gleich bei Ihnen«, sagte er, nachdem er sie fast nicht wiedererkannt hatte. »Sie haben den Tisch … äh …«

»Zwölf!«, schrie Dani ihm ins Ohr. »Die Männer, die uns den Champagner geschickt haben, belästigen uns. Gibt es noch einen anderen Ausgang?«

Er zog ein Gesicht. »Die werden sauer sein, wenn Sie nicht zurückkommen. Sie werden Ihnen folgen.«

»Deswegen brauchen wir Hilfe.« Sie öffnete die Hand und zeigte ihm das Kokain. »Sie können das haben, wenn Sie wollen.«

Er schüttelte den Kopf. »Wollen Sie, dass ich rausgeschmissen werde? Also los, kommen Sie mit. Neben der Bar gibt es einen Personaleingang.«

»Perfekt.«

Sie schlüpften aus dem Hintereingang in einen kleinen, schmuddeligen Innenhof. Das Tor wurde von zwei Sicherheitsleuten bewacht, aber sie kümmerten sich mehr um die Leute, die reinwollten, als um die, die rauswollten.

»Entschuldigung, wir müssten hier einmal durch«, murmelte Dani und stieß Aoife vorwärts.

Im nächsten Moment befanden sie sich in einer unbeleuchteten Gasse. Dani wusste nicht, welche Richtung sie einschlagen sollte, aber es war nicht genügend Zeit, auf dem Handy nachzuschauen. Sie zog ihre High Heels aus und forderte Aoife auf, dasselbe zu tun. Dann rannten sie über das schmutzige Pflaster, und es kümmerte sie nicht, ob sie dabei in Hundekot oder Glasscherben treten könnten.

Die Gasse endete an einer der großen Durchfahrtstraßen,

die zum Hafen führten. Sie war voller Menschen, und sie mussten aufpassen, dass sie sich in der Menge nicht verloren. Einige Häuserblocks weiter setzten sie sich auf eine niedrige Mauer und zogen ihre Schuhe wieder an. Endlich trauten sie sich, zu sprechen.

»Oh, Scheiße«, sagte Aoife. »Das war der absolute Horror. Ich dachte, der saugt mir das Blut aus.«

»Ja, und ich dachte, die entführen uns in irgendein Schloss und machen uns zu Draculas Bräuten«, sagte Dani lachend.

»Das ist nicht lustig.«

»Zuerst war ich mir gar nicht sicher, ob du sein Geschlabber gut fandest oder nicht.«

»Was? Der war widerwärtig. Stank nach Zigaretten und Parfüm und sah gruselig aus. Und deiner war noch schlimmer.«

»Das stimmt, oh Gott!«

»Immerhin konnten wir abhauen. Guter Plan, Dani Girl!« Aoife versuchte einen High Five, schlug aber daneben.

»Wir sollten uns auf den Weg machen. Ich glaube, diese Gangster finden es nicht so witzig, dass wir ihnen einen Korb gegeben haben.«

»Das waren keine echten Gangster. Ich meine, in den Klamotten kannst du keine Bank ausrauben oder fliehen. Hast du die Hosen von meinem Typen gesehen? Total baggy und viel zu lang!«

»Los«, sagte Dani und zog Aoife hoch. »Alles okay?«

»Mir ist ein bisschen übel, aber es geht schon.« Sie machten sich auf den Weg. »Ich will noch nicht zurück. Keine Lust auf Tiff mit ihrem ›Ich hab's dir ja gesagt‹.«

»Wohin willst du denn? Nichts Teures, jedenfalls. Wir haben gerade fünfhundert Euro zum Fenster rausgeworfen und brauchen noch Geld für ein Taxi.«

»Zurück ins Supernova?«, fragte Aoife. In ihren Augen blitzte es abenteuerlustig. »Es kostet keinen Eintritt, und John gibt uns bestimmt was aus.«

»Hmm ... musst du jetzt wirklich schon wieder von John gerettet werden?«

»Hör auf.«

»Im Ernst, ich weiß nicht, was du hier veranstaltest, Aoife. Ich dachte, du willst heiraten und dass Nathan die Liebe deines Lebens wäre und der ganze Scheiß. Langsam komm ich echt nicht mehr mit.«

Aoife beugte sich vor zu ihr. »Mir geht es gut«, sagte sie. »Ich weiß, was ich tue.«

»Gut«, antwortete Dani, »denn ich habe nicht den geringsten Schimmer.«

KAPITEL VIERUNDZWANZIG: HEUTE

– DANI –

In der Dunkelheit kommt ihr der Weg zurück zur Villa schmaler und kurvenreicher vor. Dani umklammert das Lenkrad und versucht sich auf die Fahrt zu konzentrieren, aber ihr Gehirn arbeitet in alle Richtungen gleichzeitig. Erinnerungen von vor drei Jahren drängen sich gnadenlos in ihre Gedanken. Wer waren diese Kerle im Nachtclub? Sind sie ihnen gefolgt, hatten vielleicht sogar herausgefunden, wo sie wohnten? Aoife und sie hatten geglaubt, sie wären ungeschoren davongekommen, aber vielleicht hatten sie sich geirrt. Dani spürt, dass sie alle Möglichkeiten in Betracht ziehen sollte. Es gibt Leute, die sie anlügen. Nichts ist so, wie es ursprünglich schien. Auch die Vermutung, dass das Treffen mit Matt kein Zufall war, lässt ihr keine Ruhe. Sie erinnert sich, John erzählt zu haben, dass sie später ins Pesadilla wollte. Vielleicht hat er

Matt geschickt, um sie dort zu treffen. Ihr Blut gefriert bei der Vorstellung, dass man sie manipulieren will. Matt hat seine Sache gut gemacht. Sie hat ihre Deckung fallen lassen, sich ihm geöffnet. Sie hat sich sogar von ihm umarmen und trösten lassen. Es sieht so aus, als würden er und John zusammenarbeiten, versuchen sie einzuschüchtern und davon abzuhalten, zur Polizei zu gehen.

»Zu spät, Jungs«, murmelt sie, wobei Mengual sich noch immer nicht zurückgemeldet hat.

Dani fährt in kompletter Dunkelheit, während ihr Kopf vor Müdigkeit nur so schwirrt. Als sie am Abzweig zum Country Club vorbeifährt, braust ein Motorrad um die Ecke und folgt ihr. Zumindest fühlt es sich so an, weil nur sie beide sich auf der Straße befinden. Niemand kommt ihr entgegen, es gibt genügend Platz zum Überholen, aber der Fahrer ist offensichtlich nicht daran interessiert. Bleibt einfach hinter ihr. Ihr Herz beginnt zu rasen.

Es ist dasselbe Motorrad, und obwohl der Typ eine schwarze Lederkluft und einen Helm trägt, weiß sie, dass es sich um denselben Mann handelt. Könnte es vielleicht sogar Matt sein? War er es, der ihnen heute Mittag gefolgt ist? Er wusste genau, wo sie den Wagen abgestellt hatte. Nachdem er sie abgesetzt hatte, wollte er angeblich zurück zum Club, aber er hätte auch auf sein Motorrad springen und ihr folgen können. Offensichtlich kennt er sämtliche Abkürzungen, und Zeit hatte er zur Genüge.

Sie hat feuchte Hände. Die Luft im Auto kommt ihr plötzlich dünn vor, als hätte jemand sie herausgesaugt. Während sie die Kurven nimmt, blickt sie immer wieder suchend auf das Armaturenbrett, um den Schalter für die Klimaanlage oder die Seitenfenster zu finden, aber sie sieht nichts als ein Wirrwarr orangefarbener Lichter. Sie nestelt an den Hebeln neben dem Lenkrad, schiebt sie nach oben und unten. Der hintere Scheibenwischer springt an. Das Wischerblatt fährt quietschend über die trockene Scheibe. Im Versuch, ihn abzustellen, hämmert sie auf das Symbol ein, schaltet dabei aber nur die Warnblinker an. Sie merkt, wie der Motorradfahrer ihr auf die Pelle rückt. Er wird mitbekommen, wie unsicher sie fährt. Panik. Die Warnblinker ticken laut. Sie will sie ausschalten, doch in dem Moment fährt sie durch ein Schlagloch, und der Wagen gerät ins Schlingern. Plötzlich plärrt das Radio los, eine blecherne Stimme singt auf Spanisch. Ihr entfährt ein Fluch *Konzentriere dich!* Sie umklammert das Lenkrad und schaut nach vorn, während sich ihre Augen in den Lichtstrahl der Scheinwerfer bohren.

Nach einer langen Kurve verläuft die Straße mehrere Hundert Meter lang schnurgerade. Dani traut sich jetzt, einen Blick in den Rückspiegel zu werfen. Der Mann ist immer noch da, füllt den gesamten Spiegel aus wie eine schwarze Wolke. Wer immer er ist, er fährt bedrohlich nah auf. Dani gibt Gas und versucht Abstand zu gewinnen, obwohl sie sicher ist, dass er diese Kurven schneller nehmen kann, als sie es sich zutrauen würde. Sie versucht sich so nah wie möglich an der schroffen Felswand zu halten. Das Auto streift geräuschvoll die trockenen Zweige eines Busches und kommt erneut kurz ins Schlingern. Ihr Herz klopft. Sie kann kaum atmen. Warum lassen sich die Fenster nicht öffnen?

Es ist nicht mehr weit. Ihr ganzer Körper wird von Grauen

erfasst, als sie den Gedanken zulässt, dass dieses Motorrad sie vermutlich bis zur Villa verfolgen wird. Was wird geschehen, wenn sie aussteigt? Vielleicht schafft sie es aber nicht mal so weit. Er könnte versuchen sie umzubringen, und diese Möglichkeit nimmt ihr den Atem. Sie stellt sich vor, wie das Motorrad ihre Stoßstange rammt, wie sie damit über die Straße schlittert und über die Absperrung in die Schlucht stürzt. Es wäre ihr sicherer Tod.

Das darf sie nicht zulassen.

Sie fahren weiter ihr seltsames Rennen, als würden sie ein x-beliebiges Videogame spielen und sich nicht auf einer echten Straße in echter Dunkelheit befinden und dabei ihr Leben aufs Spiel setzen. Als sie an dem Schrein vorbeikommt, flüstert sie: »*Santa María, Madre de Dios*, lass nicht zu, dass er mich in den Abgrund drängt.«

Die Abzweigung liegt direkt vor ihr. Sie setzt keinen Blinker, zieht nur rüber. Er muss damit gerechnet haben, denn er lässt sich zurückfallen, um sie nicht zu schneiden. Sie biegt in den Weg ein und erwartet, dass er ihr folgt, hört aber stattdessen nur kreischende Bremsen, rutschende Reifen und wie das Motorrad davonbraust, den Weg zurück, den es gekommen ist. Als das Geräusch sich entfernt, stößt Dani erleichtert den Atem aus. Er ist weg. Langsam fährt sie weiter, weicht den großen Steinen und den tiefen, harten Furchen aus, die ein Traktor verursacht hat.

Sie parkt, stellt den Motor ab, bleibt aber noch einige Augenblicke sitzen, um sich zu beruhigen. Das war schrecklich. Zum Glück hatte sie keinen Alkohol getrunken, sonst läge sie jetzt tief unten in der Schlucht.

Zu ihrer Überraschung brennt Licht in der Villa. Wie kommt es, dass die andern noch wach sind? Sie späht in die Dunkelheit und sucht mit den Augen die Umgebung ab, bevor sie die Wagentür öffnet und aussteigt.

Draußen ist außer dem Zirpen der Zikaden nichts zu hören. Dani rennt zur Eingangstür der Villa. Sie ist nur angelehnt. Auf der Schwelle bleibt sie stehen und hat plötzlich Angst davor, was sie drinnen erwartet.

»Hallo?«, ruft sie, wobei sich ihre Stimme dünn und piepsig anhört. »Alles in Ordnung?«

»Dani, bist du das?« Tiffs Stimme klingt angespannt.

»Ja«, antwortet sie und tritt ein. »Ich bin froh, dass du noch wach bist. Die Fahrt gerade war so furchtbar ...«

Dani betritt das Wohnzimmer und schreckt zurück. Beth, Tiff und Celine sind noch auf und sitzen in ihren Bademänteln betreten am Esstisch, als würden sie auf ein Essen warten, das niemals serviert wird. Das Zimmer ist verwüstet. Möbel wurden umgestoßen und durch das Zimmer geschleudert. Bilder sind von den Wänden gerissen worden, Glasscherben liegen auf dem Steinboden. Auch die Buddhastatue steht nicht mehr an ihrem Platz unterhalb der Treppe, sondern liegt zerbrochen am Boden. Der Inhalt der Kommode wurde verstreut. Die Kissen sind zerrissen und liegen überall herum, als hätte es eine Kissenschlacht gegeben.

»Was zum ...?«, keucht Dani.

»Es sah schon so aus, als wir ankamen«, erklärt Celine. Ihr ungeschminktes Gesicht sieht müde und erschüttert aus.

»Warum habt ihr mich nicht angerufen?«

»Haben wir. Wir haben hundert Mal angerufen, auf WhatsApp geschrieben, SMS geschickt. Nichts.«

»Wirklich? Seid ihr sicher?«

»Ja! Hast du auch nur einmal auf dein Handy geschaut?«

»Äh, nein … ich brauchte etwas Zeit für mich, also habe ich es stummgeschaltet.« Sie greift in ihre Tasche und zieht das Handy hervor. Auf dem Sperrbildschirm wimmelt es nur so von Benachrichtigungen. »Es tut mir so leid, ich hab gar nicht darüber nachgedacht.«

»Wir haben auf dich gewartet«, unterbricht Beth sie. »Eigentlich wollten wir dich vorwarnen, damit du dich nicht so erschreckst.«

»Danke.« Ihr Kopf arbeitet auf Hochtouren und versucht die Punkte zu verbinden.

»Sieht aus, als wäre nichts gestohlen worden«, sagt Tiff. »Wir hatten unsere Taschen und Handys bei uns. Unsere Pässe sind im Safe.«

»Wie sind sie reingekommen?«

Die Hintertür war aufgebrochen«, sagt Beth.

»War der Alarm ausgelöst, als ihr kamt?«

»Nein.«

Dani wendet sich an Tiff. »Aber du hast ihn eingeschaltet, oder?«

Sie zieht ein schuldbewusstes Gesicht. »Hmm … ich hatte etwas Probleme damit, erinnerst du dich? Ich *dachte*, ich hätte ihn eingeschaltet. Vielleicht hat er auch ausgelöst und irgendwann von allein wieder aufgehört. Hier draußen hätte das eh niemand mitbekommen.«

»Wir waren lange weg«, sagt Beth. »Es könnte schon vor Stunden passiert sein.«

Dani nickt. »Habt ihr die Polizei gerufen?«

Beth schüttelt den Kopf. »Nein, noch nicht.«

»Das ist so unheimlich«, sagt Celine. »Das Chaos sieht fast genauso aus wie letztes Mal. Als ob jemand es anhand eines Fotos nachgestellt hätte.«

Sie hat recht. Es wirkt wie eine Inszenierung. Dani hatte das beim Eintreten schlagartig so empfunden. Andere Einrichtungsgegenstände, andere Bilder. Dieselbe mutwillige Zerstörung. Das kann kein Zufall sein.

Vor ihrem inneren Auge flackert kurz ein Bild auf – Aoifes Körper unter der Plastikdecke, die weißen Wände mit ihren Blutflecken besprenkelt wie ein riesiges abstraktes Gemälde. Sie schiebt es beiseite, löscht es aber nicht ganz. Es verharrt an den Rändern ihres Bewusstseins.

»Da ist noch etwas ... ein Motorrad hat eben versucht, mich von der Straße zu drängen«, sagt sie leise. »Es war verdammt beängstigend. Ich dachte, der Typ wird mich umbringen.« Alle drehen sich um und starren sie mit offenem Mund an.

»Ernsthaft?«, sagt Tiff.

»Absolut.«

»War es dasselbe Motorrad, das uns nach Banús gefolgt ist?«, fragt Celine.

»Ich glaube, ja.«

Sie schlägt sich mit der Hand auf den Mund. »Ich wusste es!«

»Ich auch«, antwortet Dani. »Ich habe mir die ganze Zeit

eingeredet, ich würde mir nur einbilden, dass er uns verfolgt. Aber was gerade passiert ist, war mehr als real …«

»Ich verstehe es nicht. Was soll das alles?« Celine blickt sie nacheinander an.

»Ich habe keine Ahnung«, sagt Tiff.

Beth zuckt die Schultern. »Ich auch nicht. Aber ich finde das alles überhaupt nicht lustig. Es macht mir Angst.«

Dani schluckt. »Ich habe so ein Gefühl, dass John etwas damit zu tun hat. Und Matt, der Barkeeper, erinnert ihr euch? Ich war vorhin bei John im Supernova und habe ihm einige Fragen gestellt.« Tiff wirft einen genervten Blick an die Decke. »Er hat so getan, als wisse er nicht, dass wir hier wohnen, aber ich glaube, er lügt.«

»Vielleicht hat Marta es ihm gesagt«, schlägt Beth vor.

»Ja, das wäre die naheliegendste Erklärung. Wie auch immer, er tat ziemlich verwundert, dass wir wieder da sind, und warnte mich davor, wegen damals weiter nachzuforschen. Ich sollte besser nach Hause fahren. Später ist mir vor dem Pesadilla dann ›zufällig‹ Matt begegnet, der mir mehr oder weniger dasselbe riet. Ich hatte ihm nicht gesagt, wo ich meinen Seat geparkt hatte, aber er hat mich direkt dorthin geführt. Jetzt habe ich diesen schrecklichen Verdacht, dass er vielleicht der Mann auf dem Motorrad war.«

»Und er könnte das hier veranstaltet haben«, sagt Celine und lässt den Blick über die Verwüstung schweifen. »Möglicherweise ist er uns gefolgt, um sicherzugehen, dass wir weg sind, und dann zurückgekehrt. Zeitlich passt das.«

»Oder es war John«, sagt Tiff.

»Wer auch immer es war, er wusste genau, wie dieses

Zimmer aussah, als Aoife angegriffen wurde«, fügt Dani hinzu. »Und das konnte er nur, wenn er damals hier war.« Ein kollektives Erschauern durchfährt sie.

»Ja, einer von den beiden könnte es gewesen sein oder jemand anders«, sagt Beth ungeduldig. »Die Frage ist nur: Warum?«

»Es ist eine Warnung«, sagt Dani.

»Warnung wovor?« Beth hebt die Hände.

»Ich weiß es nicht, aber ich nehme an, sie wissen, wer Aoife getötet hat, und wollen nicht, dass wir es herausfinden.«

»Das ist alles deine Schuld«, klagt Tiff. »Wie hast du uns das antun können, nach allem, was wir durchgemacht haben? Du hast die Sache hundertmal schlimmer gemacht.«

Dani betrachtet die zerbrochenen Stühle, die zerstörten Bilder und die restlichen kaputten Einrichtungsgegenstände – diesen sorgfältig ausgeführten, fast theaterhaften Vandalismus. »Ich habe immer gewusst, dass es sich nicht nur um einen Einbruch handelte«, sagt sie. »Mengual sagte damals, die Szenerie wirkte deutlich persönlicher. Dies hier beweist es doch, oder? John macht sich vor Angst in die Hose und holt seinen Kumpel Matt, um wiederum uns Angst einzujagen. Und all das, um uns aufzuhalten und zum Schweigen zu bringen.«

»Um *dich* aufzuhalten«, sagt Tiff. »Wir haben nichts getan.«

»Du hättest nie zu John gehen dürfen«, sagt Celine. »Du hast dich und uns in Gefahr gebracht. *Du* bist vielleicht allein, Dani, aber ich habe eine Familie, zu der ich zurückkehren möchte. Ich habe einen kleinen Jungen, der mich braucht.«

»Ja, ich weiß. Tut mir leid,« antwortet Dani getroffen. Ein kurzes Schweigen tritt ein, dann greift sie nach ihrem Handy. »Ich rufe Inspektor Mengual an. Er wird wissen, was zu tun ist.«

»Warte«, sagt Celine. »Ich kann nicht glauben, dass ich das sage, aber wollen wir wirklich die Polizei ins Vertrauen ziehen?«

»Jemand hat gerade versucht, mich zu töten!«

»Genau. Und deswegen müssen wir besonders gut nachdenken.«

»Wir brauchen Schutz, oder nicht?«

»Celine hat recht. Die Polizei anzurufen, könnte uns noch mehr in Gefahr bringen. Wir wissen nicht, wem wir trauen können«, sagt Beth.

Dani zieht die Augenbrauen hoch. »Also, dass du als Rechtsanwältin so etwas sagst.«

»Das Recht scheint hier ziemlich speziell gehandhabt zu werden«, antwortet Beth. »Ich habe Angst.«

»Lasst uns keine vorschnellen Entscheidungen treffen. Wir können uns morgen Früh etwas überlegen«, verkündet Tiff. »Wir brauchen dringend Schlaf.« Celine und Beth sind einverstanden und erheben sich. »Und keine weiteren Alleingänge, okay, Dani? Das hier betrifft uns alle, also müssen wir wie eine Person handeln.«

»Okay.«

Es ist spät. Dani streicht über ihre nackten Arme. Langsam wird ihr kalt, aber vielleicht ist es nur die tiefe Erschöpfung, die sich in ihr ausbreitet. Oder möglicherweise Aoifes Geist, der umherwandert, sich das Durcheinander anschaut, auf

Zehenspitzen durch das zerbrochene Glas tippelt, mit den Fingern durch den Schmutz fährt.

Dani geht nach oben. Ihr Schlafzimmer ist so, wie sie es heute Morgen verlassen hat. Die Laken zerknüllt, ihr Bikini auf dem Boden. Sie schaltet die Nachttischlampe ein und hält inne. Die leere Matratze erinnert sie an Celines grausamen Vorwurf von vorhin. Es stimmt, sie ist allein und hat niemanden, an den sie sich wenden kann. Niemand, der sie vermisst, wenn ihr etwas zustoßen würde – außer ihrer Mutter. Ihr Vater ist schon vor Jahren gestorben, noch bevor sie auf die Uni ging. Aoife wäre diejenige gewesen, die am meisten um sie getrauert hätte, aber leider …

Sie geht ins Badezimmer. Sie fühlt sich so müde, dass sie es zuerst nicht sieht, nicht, bis sie Zahncreme auf die Bürste gegeben hat und sie zum Mund führt. Da steht eine Nachricht auf dem Spiegel, die scheinbar mit ihrem rubinroten Lippenstift geschrieben wurde.

DU BIST DIE NÄCHSTE

KAPITEL FÜNFUNDZWANZIG: DAMALS

– TIFF –

Zahlreiche Taxis fuhren vor dem Pesadilla vor, um Gäste abzusetzen, aber sie durften niemanden aufnehmen, weil hier keine offizielle Taxihaltestelle war. Celine öffnete die Uber-App. Keine guten Neuigkeiten: Die Preise waren mächtig gestiegen, und die Wartezeit betrug bis zu einer Stunde. Beth schlug Google Maps auf und verkündete, dass sich der nächste Taxistand vor dem Einkaufszentrum befand, etwa zehn Minuten Fußweg entfernt. Also machten wir uns auf den Weg und befolgten die Richtungsanweisungen der Lautsprecherstimme aus dem Handy, obwohl es nicht einfach war, im allgemeinen Gedränge etwas zu verstehen.

Es war ein heißer, stickiger Abend. Die Hitze des Tages hatte sich im Asphalt festgesetzt und die Gehwege waren immer noch warm. Eine Kakophonie von Musik schmetterte aus den unzähligen Bars. Wir gingen mit gesenktem Kopf und schlängelten uns durch den Pulk.

Betrunkene Touristen torkelten herum. Sie schrien, fluchten, übergaben sich in Hauseingängen oder brachen in Tränen aus. Die Atmosphäre war aufgeladen und nicht auf eine gute Weise. Man hatte das Gefühl, jeden Moment könnte etwas passieren. Ein Kampf. Ein Streit. Ein Massenaufstand.

Ich muss gestehen, dass ich ziemlich heftig weinte. Aoife hatte mich wirklich getroffen, aber da war noch mehr. Sehr viel mehr. Es war, als würde ich von einem äußerst straffen Gummiband zusammengehalten, das jederzeit reißen konnte und Teile von mir in der Gegend verstreute.

»Sie hat es nicht so gemeint«, sagte Beth, griff nach meinem Arm und zog mich weiter. »Sie war so betrunken, dass sie nicht wusste, was sie sagte.«

»Ich weiß«, brachte ich heraus. »Mir geht es gut.«

»Sieht nicht so aus.«

»Alles in Ordnung, ich möchte nur zurück zur Villa.«

Celine lief mit gesenktem Kopf vor uns her und rief eine Taxi-App nach der nächsten auf.

»Was ist denn los?«, drängte Beth und verstärkte ihren Griff. »Da ist doch noch etwas, oder? Etwas, was du mir nicht erzählst. Du bist so verschlossen. Ich dachte, es wäre nur, weil du dir Sorgen machst, dass nicht alles reibungslos läuft, aber …«

»Nein, das ist alles.«

»Hmm … ich glaube dir nicht.« Sie schaute mich fragend an. »Hat es etwas mit Dani zu tun?«

Ich zuckte die Schultern. »Ja und nein.«

Es überraschte mich nicht, dass Beth mein Benehmen sonderbar fand. Wir kannten uns schließlich, seit wir elf Jahre alt waren. Ich hatte mich bemüht, den Eindruck zu erwecken, als wäre ich lediglich wegen der Organisation des Wochenendes besorgt, und weil nicht alle meinem Programm folgen wollten, aber obwohl das in der Tat nervig war, stellte es nur das kleinste meiner Probleme dar.

Seit Wochen schon war ich in einer schrecklichen Verfassung und fühlte mich, als lebe ich auf Messers Schneide, aber es hatte sich in dem Moment noch zugespitzt, als ich Aoife am Flughafen sah. Wie sie da in ihrem Belle-Kostüm mit der Brautschärpe stand und so glücklich und aufgeregt wirkte, hätte ich mich fast übergeben. Ich musste mich zurückhalten, nicht mit der Wahrheit herauszuplatzen, doch glücklicherweise blieben mir die Wörter im Hals stecken, sonst hätte es gewiss keinen Flug nach Marbella und keinen Junggesellinnenabschied gegeben.

Inzwischen hatten wir das Einkaufszentrum erreicht, doch an der Haltestelle wartete kein Taxi. Vielleicht würde bald eines auftauchen, dachte ich. Wir reihten uns in die lange Schlange der Feierlustigen ein und warteten.

»Deswegen wäre es besser gewesen, hier unten ein Hotel zu haben und nicht in den Bergen«, sagte Beth.

»Hör bloß auf«, keifte ich. »Wenn du es genau wissen willst, war es Nathan, der mir erzählt hat, dass Aoife in der Villa Floriana wohnen will. Das ist der einzige Grund, warum ich sie gebucht habe.«

Beth runzelte die Stirn. »Wie eigenartig ... sie schien nichts davon zu wissen.«

»Vielleicht habe ich auch etwas missverstanden.«

»Es muss schwierig gewesen sein, den richtigen Ort zu wählen, wenn es eine Überraschung sein sollte«, schaltete Celine sich in ihr Gespräch ein. »Vielleicht hat sie gesagt, *so ähnlich* wie die Villa Floriana.«

»Er wollte nur helfen«, sagte ich und fühlte die Notwendigkeit, ihn zu verteidigen. »Er hat sie nach ihren Wünschen gefragt und sie im Netz auf verschiedene Angebote hingewiesen. Dann hat er mir Tipps gegeben.«

»Er scheint eine Menge ›Tipps‹ zu geben«, bemerkte Beth trocken und wandte sich an Celine. »Wie mit diesen Masken.«

»Ja, das war unangenehm.« Sie zog ein Gesicht. »Tut mir leid, er hat darauf bestanden.«

Beth lächelte. »Nicht deine Schuld.«

Nach und nach fuhren nun Taxis vor, und schließlich standen wir an der Spitze der Schlange. Als unser Wagen sich näherte, sagte Celine die Fahrt mit Uber ab, und wir stiegen ein. Innerhalb weniger Minuten hatten wir die hellen Lichter der Küste hinter uns gelassen und wanden uns hoch in die Berge.

Anscheinend hatte niemand Lust auf Konversation. Celine schaute aus dem Fenster, obwohl es außer Dunkelheit nichts zu sehen gab. Ich legte meinen Kopf auf Beths Schulter und schloss die Augen, während meine Gedanken bedauerlicherweise zu Nathan schweiften …

Seit unserem Treffen in Manchester hatte ich pausenlos an ihn gedacht. Er war so charmant und attraktiv, so selbstbewusst, ohne überheblich zu wirken. Großzügig auch. Als ich erwähnte, dass ich mir wegen der Kosten der Reise Sorgen machte, bot er sofort an, sich an der Gemeinschaftskasse zu beteiligen. »Das bleibt aber unter uns, ja?«, sagte er.

Ein paar Wochen später kontaktierte er mich, weil er einen beruflichen Termin in Manchester hatte. »Ich möchte mich für all das bedanken, was du für mein Mädchen tust«, sagte er. »Ich würde dich gerne zum Essen einladen – das kann unser kleines Geheimnis bleiben.« In einem der teuersten Restaurants der Innenstadt buchte er einen Tisch und bestellte mich für zwanzig Uhr.

Ich war schon seit mehr als sechs Monaten Single gewesen und hatte mich an den Abenden, an denen ich ausging, nur mit Kollegen oder Freundinnen getroffen. Hier saß ich nun an einem Tisch für zwei in meinem aufregendsten Kleid – schwarz und kurz, mit dünnen Trägern, die sich über dem Rücken kreuzten. Meine Füße schmerzten in glänzenden High Heels, die meine Beine länger erscheinen ließen. Das Schlimmste war, dass ich neue, zueinander passende Unterwäsche trug. Was habe ich mir nur dabei gedacht? Ich traf den Verlobten meiner besten Freundin, um Einzelheiten des Junggesellinnenabschieds zu besprechen und nicht aus romantischen Gründen.

Nathan hatte mich gebeten, unser Treffen geheim zu halten, da er nicht wollte, dass Aoife mitbekam, wie hart wir daran arbeiteten, alles perfekt zu gestalten. Weil die Reise eine Überraschung sein sollte, war das durchaus nachvollziehbar, und dennoch fühlte ich mich schuldig wegen des Essens. Schuldig und erregt, um die Wahrheit zu sagen. Ich konnte es gar nicht abwarten, einen weiteren Abend mit ihm zu verbringen.

»Du siehst umwerfend aus!«, rief er aus, als er sich dem Tisch näherte. »Tut mir leid, ich bin etwas spät dran. Ich bin den ganzen Tag rumgerannt. Musste noch eben zurück zum Hotel und mich frisch machen.«

Es gefiel mir, dass er geduscht und sich rasiert hatte. Ich konnte sein Cologne riechen – Gucci wahrscheinlich. Er trug einen schicken dunkelblauen Anzug mit einem weißen Hemd, das am Hals offen stand und Designersneaker. Als er mich auf die Wange küsste, hatte ich Schmetterlinge im Bauch und konnte danach nicht aufhören, die Stelle zu berühren, die er geküsst hatte. Ich glaube, es fiel ihm auf.

Er saß mir gegenüber und griff nach der Speisekarte. »So schön, dich zu sehen, Tiffany«, sagte er. »Ich habe mich den ganzen Tag darauf gefreut.«

Den ganzen Tag? Bei mir war es die ganze Woche gewesen.

Ich war zu nervös, um viel zu essen. Er bestellte ein Rib-Eye Steak mit doppelt frittierten Pommes Frites, während ich in einem Salat stocherte. Wir tranken fast zwei Flaschen Rotwein, gefährlich für mich, da ich kaum etwas im Magen hatte.

Zu meiner Enttäuschung sprach er hauptsächlich über Aoife. Wie wir Freundinnen geworden waren? Wie sie zu Schulzeiten gewesen war? Je mehr Wein er trank, desto direkter wurden seine Fragen. Er erkundigte sich nach ihren früheren Freunden und wollte wissen, mit wie vielen sie geschlafen hatte und ob sie es schon einmal mit einer Frau gemacht oder einen Dreier gehabt hatte. Als ich mich sträubte, erklärte er mir, dass Aoife sich weigerte, über ihre früheren sexuellen Erfahrungen zu sprechen, und dass ihm das Sorgen bereitete.

»Ich weiß es nicht«, antwortete ich wahrheitsgemäß. »So etwas müsstest du ihre Freundin Dani fragen.« Er machte einige abfällige Bemerkungen über Dani, was mich freute. »Ja, sie ist ein schlechter Einfluss«, stimmte ich ihm zu. »Ich weiß, dass sie an der Uni einiges angestellt haben und auch später, als sie sich eine Wohnung teilten.«

»Was heißt ›angestellt‹?«, bohrte er nach.

»Das weiß ich nicht genau.«

»Affären mit Fremden?«

»Vielleicht ... da bin ich mir nicht sicher, um ehrlich zu sein. Ich glaube, sie haben einfach gerne gefeiert, das ist alles. Wenn es dich beunruhigt, solltest du mit Aoife sprechen.«

»Es beunruhigt mich nicht«, gab er zurück. »Ich kann nur die Vorstellung nicht ausstehen, dass sie andere Männer hatte, das ist alles. Es verfolgt mich, macht mich verdammt wütend.« Mir fiel auf, dass er die Lippen aufeinanderpresste und die Fäuste ballte.

»Du wirst doch auch einiges erlebt haben«, sagte ich. »Ich wette, du hattest haufenweise Freundinnen.« Er schüttelte den Kopf. »Ach komm, ein Mann wie du. Du bist gutaussehend, verdienst gut ... Die Mädels müssen doch Schlange bei dir stehen.« Ich spürte, dass ich rot wurde.

»Ja, sicher«, antwortete er. Aber bei Männern ist das etwas anderes. Aoife sagt, meine Vergangenheit wäre ihr egal, aber ich will über ihre trotzdem Bescheid wissen. Ich werde ziemlich eifersüchtig, weißt du. Und wenn sie mir nichts erzählen will, finde ich das verdächtig.«

»Am besten gar nicht daran denken.«

Nathan seufzte. »Geht nicht. Ich glaube irgendwie, dass

sie mehr Männer gehabt hat, als ich Frauen, und das kommt mir nicht richtig vor. Vermutlich sollte ich den Punktestand ein wenig ausgleichen.« Er warf mir einen intensiven Blick zu. »Bevor es zu spät ist, weißt du.«

»Oh«, erwiderte ich lahm.

»Sind wir erst einmal verheiratet, dann sind wir es fürs Leben, verstehst du? Ich würde meine Frau nie betrügen. Ich hasse Männer mit Affären. Es ist jämmerlich, besonders wenn man auch noch Kinder hat. Aber bevor man den Bund fürs Leben schließt, gelten diese Regeln noch nicht. Stell dir vor, ein Mann hat sechs Wochen vor seiner Hochzeit ein Dinner mit einer wunderschönen Frau. Beide sind offensichtlich voneinander angezogen ... beide wissen, dass es nur eine einzige Wahnsinnsnacht geben wird. Das ist nicht schlimm, oder?« Er beugte sich vor. »Was meinst du dazu, Tiffany?«

Ich blickte auf meinen Teller hinunter. Alles in mir bebte. Ich war froh, dass wir nicht standen, sonst wären mir die Knie weich geworden. Im tiefsten Innern wusste ich, dass es falsch war, aber ich wollte ihn so sehr! Seine verzwickte Logik fiel bei mir auf fruchtbaren Boden. Die Wahrheit lautete, dass Aoife tatsächlich Sex mit vielen Männern gehabt hatte. Die genaue Zahl kannte ich nicht, denn über so etwas hatten wir nie gesprochen, aber es hätte mich nicht gewundert, wenn sie deutlich mehr auf dem Kerbholz hatte als Nathan. Wie er schon sagte: Es würde die Dinge ausgleichen und wäre nur für eine Nacht. Eine *Wahnsinnsnacht*, wie er es formuliert hatte. Traute ich mich, Sex mit einem Mann zu haben, der kurz vor seiner Hochzeit stand, ohne Aussicht darauf, dass unsere erste Nacht eine Fortsetzung finden könnte? Ich hatte so etwas noch nie getan. Niemand hatte mir je diese Option eröffnet, ich hatte nie darüber nachdenken müssen. Ich war kein Mensch, der solche Kicks suchte. Ich redete mir sogar ein, dass es besser wäre, wenn er Aoife mit mir statt mit irgendeiner anderen betrüge, weil er dadurch die Garantie hätte, dass ich es ihr niemals erzählen würde. Diese wirren Gedanken sprudelten durch meinen Kopf. Hinzu kamen noch der Rotwein und meine unbändige Lust, ihn zu berühren.

Nathan nahm meine Hand über den Tisch hinweg und küsste sie. »Also?« Mit der Zunge berührte er zärtlich meinen Finger, und mein Körper erzitterte vor Begehren.

»Hoffentlich geht es Aoife und Dani gut«, sagte Beth und unterbrach damit meine Träumerei. »Ich habe ein schlechtes Gefühl, weil wir sie mit diesen Männern alleingelassen haben.«

»Was? Oh, ja.« Ich hob meinen Kopf von ihrer Schulter und setzte mich mit einem Ruck aufrecht hin.

»Das wird schon, schließlich gibt es dort einen Sicherheitsdienst. Ich sorge mich mehr, ob sie sicher nach Hause kommen«, sagte Celine.

Aus dem Radio tönten Ibiza Club Sounds. Ich stellte mir vor, wie Aoife und Dani mit den Drogendealern tanzten. Die Typen hatten in ihren übergroßen Designerklamotten und ihrem schwarzen Gothic-Look fast ein wenig lustig ausgesehen. Könnten sie so gefährlich sein, wie Celine vermutete? Der Kellner hatte auffallend nachdrücklich darauf bestanden, dass wir den Champagner annahmen, aber vielleicht war unsere Flucht ja eine Überreaktion gewesen.

Kurz vor unserer Abreise hatte Nathan mich angerufen und mir das Versprechen abgenommen, auf Aoife achtzugeben. »Sieh zu, dass sie nicht in Schwierigkeiten gerät«, sagte er. »Sie bedeutet mir viel. Ich zähle darauf, dass du dich um ihre Sicherheit kümmerst.« Er hatte mich seit der Nacht in dem Hotel – die in der Tat wahnsinnig gewesen war – mehrfach kontaktiert, aber nicht ein einziges Mal erwähnt, was zwischen uns vorgefallen war. Er benahm sich, als wäre nichts gewesen, redete nur unablässig von unserer Reise, fragte genau nach, was wir unternahmen und wann. Ich spielte meine Rolle und erwähnte mit keiner Silbe, dass ich in jedem wachen Moment an ihn dachte und jede Nacht von ihm träumte. Wir hatten eine Abmachung getroffen, und nun musste ich sie einhalten.

Dummerweise hatte ich nicht in Betracht gezogen, dass Nathan ein Geschäftsmann war, der ständig Abmachungen traf und dafür sorgte, dass sie zu seinem Vorteil ausfielen. Die Situation überforderte mich völlig. Nicht nur war ich von einem Mann besessen, den ich nicht haben konnte, ich wurde obendrein von Schuldgefühlen geplagt. Ich wusste, dass ich Aoifes Zuneigung verlieren würde, sobald ich ihr die Wahrheit sagte. Selbst wenn sie sich von Nathan trennen sollte, würde er ungeheuer wütend auf mich sein, und es konnte für uns trotzdem keine Zukunft geben.

Celine bat den Fahrer, den ersten Abzweig nach dem Schrein zu nehmen. Wir holperten im Stockdunkeln den Weg hinunter und fuhren in den Hof.

In der Villa war es dunkel und stickig. Beth öffnete die Türen zur Terrasse für frische Luft, und kaum hatten wir das

Licht angeschaltet, flogen alle möglichen Insekten von draußen herein. Da würden sicher auch ein paar Mücken dabei sein, dachte ich, aber ich behielt es für mich.

Celine ging sofort auf ihr Zimmer, wohingegen Beth sich einen Tee machte. Ich trat auf die Terrasse und schaute in den Sternenhimmel. Ich fühlte mich hin- und hergerissen, beschämt und erschöpft. Nathan würde mir Vorwürfe machen, weil ich Aoife im Nachtclub alleingelassen hatte. Ich nahm mein Telefon zur Hand und fand natürlich mehrere Nachrichten von ihm mit der Frage, ob wir immer noch im Pesadilla wären. *Ja, alles gut* schrieb ich ihm und tippte auf Senden. Mir war schlecht, es war alles zu viel.

»Meinst du, wir sollten aufbleiben, bis sie kommen?«, fragte Beth, die mit ihrer Tasse Tee nach draußen gekommen war.

»Nein.« Ich schaltete mein Handy aus. »Ich bin erschöpft. Lass uns ins Bett gehen.«

Natürlich konnte ich nicht schlafen.

KAPITEL SECHSUNDZWANZIG: HEUTE

– DANI –

Dani steht am Waschbecken und spritzt sich kaltes Wasser ins Gesicht, um wach zu werden, dabei hat sie kaum geschlafen. Im Spiegel betrachtet sie ihr Abbild, die Augen rotgerändert, die Haut fahl in diesem Licht, ihre Gesichtszüge teilweise von den beängstigenden Wörtern auf dem Spiegel verdeckt.

Die Botschaft hat sie die ganze Nacht über verfolgt. Sie hatte das Licht ausgeschaltet und die Badezimmertür geschlossen, und dennoch stand sie ihr ständig vor Augen. Sie wird sie nicht wegwischen. Sie ist ein Beweis. Der Vandalismus unten war nur Show, aber das hier ist persönlich.

DU BIST DIE NÄCHSTE

Sie geht zurück ins Schlafzimmer und betrachtet die Unordnung, die sie selbst verursacht hat. Ihr Pass liegt aufgeschlagen auf dem Frisiertisch, sie hatte es nicht einmal für nötig gehalten, ihn in den Safe zu schließen. Deshalb hatten sie gewusst, wo sie schlief. Gott, sie hatte es ihnen so leicht gemacht.

Letzte Nacht hatte Tiff verlangt, eine kollektive Entscheidung zu treffen, was zu tun sei, was natürlich bedeutete, dass *sie* entscheiden würde – als wäre sie immer noch die erste Brautjungfer. Wenn irgendjemand dieses Wochenende in der Verantwortung ist, dann ich, denkt Dani. Im Guten wie im Schlechten.

Sie nimmt ihr Telefon zur Hand und geht zum Fenster. Die Holzläden stehen seit Stunden offen, und die Morgensonne ist gerade ins Zimmer gekrochen. Einige Sekunden lang wärmt sie sich darin auf, mehr Zärtlichkeit wird sie heute nicht abbekommen. Ihre Finger schweben über dem Bildschirm. Soll sie zuerst Marta anrufen und herausfinden, was sie unternehmen will? Schließlich ist es ihre Villa. Sie wird ihre eigene Meinung dazu haben, ob die Polizei einbezogen werden soll oder nicht. Sie wählt Martas Handynummer, aber niemand hebt ab. Stattdessen schickt sie ihr eine Nachricht. *Es gibt Probleme. Sie müssen kommen.* Erledigt. Abgeschickt. Nun gibt es keinen Weg zurück. Es ist ihr gleich, ob die anderen einverstanden sind.

Während sie sich anzieht, fällt ihr Inspektor Mengual ein. Er hat auf ihre Sprachnachricht von gestern immer noch nicht reagiert. Jetzt muss sie noch viel dringender mit ihm sprechen. Das Chaos in der Villa und die Botschaft, die sich unmissverständlich auf Aoifes Tod bezieht. Sie war das erste Opfer, Dani könnte das nächste sein. Das soll es bedeuten, schlicht und einfach.

Als Dani kurz darauf nach unten geht, sind Tiff und Beth eifrig damit beschäftigt, die Möbel wieder an ihren Platz zu stellen und die Glasscherben der zerstörten Bilderrahmen aufzukehren. Beth sammelt die Einzelteile des zerbrochenen Buddha ein und legt sie sorgfältig auf den Tisch. Dani macht sich nicht die Mühe, die anderen drauf aufmerksam zu machen, dass sie gerade einen Tatort mit all seinen Spuren beseitigen. Gestern Abend hatte es weitere Auseinandersetzungen gegeben. Als sie ihnen die Drohung auf dem Spiegel zeigte, waren sie nicht überrascht und reagierten kühl. »Siehst du? Das ist *deine* Schuld«, sagte Tiff. »Du und deine Wichtigtuerei.« Dani wird sich nicht weiter mit ihnen absprechen. Es ist sinnlos.

Tiff gibt vor, Dani nicht bemerkt zu haben, während Beth von dem Buddha-Puzzle aufsieht und halb entschuldigend, halb betreten lächelt. Keine von ihnen sagt ein Wort. Dani läuft auf Zehenspitzen durch die Trümmer und geht in die Küche, um zu frühstücken. Aus Celines Zimmer am Ende des Gangs hört sie gedämpfte Stimmen. Sie wird über Lautsprecher mit ihrem Mann und ihrem kleinen Sohn sprechen. Weiß der Himmel, was sie ihnen erzählt. *Gestern Abend hätte es fast eine Wiederholung des Überfalls vom letzten Mal gegeben. Niemand wurde getötet, aber es wurde eine Nachricht hinterlassen, dass Dani die Nächste ist.*

Sie sitzt an dem überladenen Tisch und schaufelt Müsli in sich hinein. Die Milch schmeckt merkwürdig, und ihr wird leicht übel. Vielleicht hat das aber auch mit der Botschaft oben zu tun. Sie ist zwar mit Lippenstift geschrieben, wirkt aber wie Blut. Sie erinnert sich an die Szene im Wohnzimmer nach Aoifes Ermordung. Mit dem Blut aus ihrer Wunde hätte man einen ganzen Roman schreiben können. Hat man so etwas auch mit ihr vor? Ein Würgen steigt ihre Kehle empor. Was für ein ekelerregender Gedanke. Sie muss nach draußen und ein wenig frische Luft schnappen. Sie leert die Müslischale in den Mülleimer und verlässt die Küche.

Es ist vergleichsweise früh. Dani öffnet die Hintertür und geht um die Seite des Gebäudes herum bis zum hinteren Hof. Sie steht im Schatten, der von der Garage geworfen wird, atmet tief ein und versucht sich zu beruhigen. Mit irgendjemandem *muss* sie reden, sonst dreht sie durch. Sie will nicht mehr darauf warten, dass andere über ihr Schicksal entscheiden – *sie* ist diejenige, die hier die Entscheidungen treffen muss. Ohne groß nachzudenken, wählt sie Inspektor Menguals Nummer. Während sie es klingeln lässt, läuft sie hin und her. Der Anruf wird abgelehnt. Entweder ist er nicht im Dienst oder er will nicht mit ihr sprechen.

*

Als Dani eine Stunde später im Bett liegt und versucht, den fehlenden Nachtschlaf nachzuholen, hört sie, wie sich ein Auto nähert. Räder knirschen über den Schotter im Hof. Sie steht auf, geht zum Fenster und öffnet die Läden.

Marta steigt aus ihrem klapprigen Wagen. Ein mulmiges Gefühl ergreift Dani. Das wird nicht leicht werden.

Marta sieht nach oben. »Hallo, ich habe Ihre Nachricht bekommen«, sagt sie und schlägt die Wagentür zu. »Was ist denn los?«

»Moment, ich komme runter.«

Sie treffen sich auf der Schwelle. Dani versperrt ihr den Weg. »Bitte nicht erschrecken«, sagt sie. »Das meiste ist schon aufgeräumt.«

Furcht steht in Martas Augen. »*¿Qué pasó,* Dani? Sagen Sie es mir!«

»Letzte Nacht ist hier eingebrochen worden, und das Zimmer wurde erneut verwüstet.«

»*¡Madre mía!* Das glaube ich ja nicht! Wann? Wie?«

»Gestern Abend, mehr wissen wir nicht, wir waren nicht da.«

Marta geht energisch an Dani vorbei durch den engen Flur ins Wohnzimmer. Das Zimmer sieht viel besser aus, nachdem Tiff und Beth aufgeräumt haben, aber Marta schlägt dennoch die Hand vor den Mund, als sie die zerbrochenen Bilderrahmen sieht und die Bruchstücke der Buddhastatue, die auf dem Tisch liegen. Sie hebt eines auf und presst es an ihre Brust in dem Versuch, ihre Gefühle unter Kontrolle zu halten.

»Den habe ich schon seit meiner Kindheit«, sagt sie leise.

»Es tut mir schrecklich leid, Marta.«

»Haben Sie die Polizei benachrichtigt?«

»Nein.« Dani erwähnt nicht, dass sie bei Mengual angerufen hat. »Die anderen hatten zu viel Angst. Wir dachten …«

»*Bueno,* gut gemacht. Das ist allein mein Problem – ich werde mich darum kümmern. Wie sieht es im Rest des Hauses aus?«

»Gut. Abgesehen von einer Botschaft, die sie auf meinem Spiegel hinterlassen haben, ist oben alles in Ordnung.«

Marta runzelt die Brauen. »Was für eine Botschaft?«

»Kommen Sie und lesen Sie selbst.«

Zusammen gehen sie nach oben, quetschen sich in das winzige Badezimmer, und starren auf den Spiegel, der die ganze Wand einnimmt. Die Drohung schreit sie an.

»Ich glaube, die ist für mich«, sagt Marta. »Normalerweise ist das mein Schlafzimmer, mein Badezimmer.«

Dani ist sprachlos. Der Gedanke war ihr noch nicht gekommen. »Wirklich? Aber es steht auf Englisch da, und ich schlafe hier, also habe ich angenommen, ich sei gemeint.«

»Nein, nein. Sie versuchen nur mir Angst zu machen, niemandem sonst.«

Marta greift sich ein Tuch und wischt die Nachricht ab. »Und schon ist es weg.«

»Wie meinen Sie das? Wer versucht Ihnen Angst zu machen?«

Sie gehen zurück ins Schlafzimmer. Marta setzt sich auf das ungemachte Bett. Für Dani fühlt es sich merkwürdig an, dass dies in Wahrheit Martas Zimmer ist und nicht ihres.

»Ich verstehe nicht«, sagt Dani und versucht es noch einmal. »Erzählen Sie, Marta.«

»Es ist nichts. Ein dummer Streich.«

»Kommen Sie, es ist viel mehr als das. War John das?«

»Nein, jemand anderes.«

»Wer?«

»Ich kann nicht darüber reden. Mit Ihnen hat das nichts zu tun.«

»Aber sicher doch! Es haben sich noch andere Dinge zugetragen. Gestern Nacht wurde ich von einem Motorradfahrer fast getötet. Er ist mir gefolgt. Ich glaube, es könnte Matt gewesen sein, Johns Freund. Ich habe John im Supernova getroffen, er wurde recht unangenehm und hat mir geraten, nach Hause zu fahren. Worüber macht er sich solche Sorgen?«

»Ich kann es Ihnen nicht sagen. Bitte bohren Sie nicht weiter.« Marta beginnt zu schwanken. »Tut mir leid, es ist so heiß hier drin. *No me siento muy bien …*«

Dani ist bestürzt. »Legen Sie sich hin. Ich hole Ihnen ein Glas Wasser.«

»*Gracias. Tengo un abanico …* ein Fächer … *abajo … en el cajón de la cómoda …*«

»Schublade. Gut, ich verstehe.«

Dani rauscht nach unten in die Küche. Ihre Gedanken überschlagen sich, während sie herauszufinden versucht, was Marta solche Angst macht. Sie entnimmt dem Kühlschrank eine Flasche Wasser, schenkt zwei Gläser ein und trinkt eines davon aus.

Der Fächer kommt ihr wieder in den Sinn, und sie läuft zurück ins Wohnzimmer, wo sich eine große Kommode mit Schubladen befindet. Er liegt in der dritten Schublade von unten neben einem Schlüsselbund. Dani nimmt beides heraus. Sie fährt mit den Fingern über die Schlüssel, die alle auf Spanisch beschriftet sind: Eingangstür, Hintertür, Terrasse, Anbau, Abstellraum … Ein anderer hat einen eigenen Anhänger, ein riesiges S auf einem Stern. Supernova. Ihr kommt eine Idee, aber sie legt die Schlüssel zurück in die Schublade und bringt den Fächer und das Wasser zu Marta.

»Bitte schön«, sagt Dani.

»*Gracias.*« Marta trinkt einen Schluck und fächelt sich Luft zu. »Tut mir leid, Sie sollten das alles nicht erleben müssen. Ich werde mich darum kümmern und mit John reden. Heute Nachmittag sind wir ohnehin verabredet.«

»Wie kommt das?«

»Er hat mich heute Morgen angerufen. Er will dringend mit mir sprechen.«

»Worüber?«

»Das weiß ich nicht. Die Scheidung vielleicht.«

»Fühlen Sie sich dabei sicher? Falls er hinter all diesen Drohungen steckt, falls er diese Verwüstung angerichtet hat …«

»Nein, ist schon in Ordnung. Wir treffen uns im Venta El Lago.«

»Wann?«

»Um vier. Wirklich, Dani, sie müssen sich keine Sorgen machen. Ich komme mit John schon klar. Überlassen Sie das nur mir. Und bitte keine Polizei.«

Marta erhebt sich. Dani geht mit ihr nach unten und bringt sie in ihrem eigenen Haus zur Tür. Als sie abfährt, schaut sie ihr hinterher und geht dann zurück zur Kommode im Wohnzimmer. Sie nimmt das Schlüsselbund heraus und dreht den Schlüssel für das Supernova von dem Metallring herunter.

Immer noch ist sie sich unsicher, ob die mit Lippenstift geschriebene Botschaft für sie oder Marta gedacht war, aber eines weiß sie genau: John hat einen Schreck bekommen. Er hat offensichtlich Angst, dass der Mordfall von neuem aufgerollt wird. Wenn Dani sich in seinem Apartment umschauen kann, während er Marta trifft, findet sie vielleicht heraus, warum.

KAPITEL SIEBENUNDZWANZIG: DAMALS

– BETH –

Am Sonntagmorgen wachte ich leicht deprimiert mit einem Kater auf. Obwohl ich echt alles versucht hatte, hatten die Moskitos es in der Nacht in mein Zimmer geschafft und meine Arme und Beine komplett zerstochen. Moskitos lieben mich. Ich setzte mich auf, griff nach der Salbe gegen Juckreiz und rieb mich an allen erforderlichen Stellen ein, bis ich wie eine Buttercremetorte aussah.

Tiff lag im anderen Bett. Sie gab ein leises Stöhnen von sich, rollte sich auf den Rücken und rieb sich die Augen. Ihr Betttuch, von dem sie sich in der heißen Nacht freigestrampelt hatte, lag zusammengeknüllt auf dem Boden. Sie trug einen niedlichen Pyjama – graue Elefanten auf hellblauem Untergrund –, der sie wie eine Siebenjährige aussehen ließ.

»Wie spät issn?«, nuschelte sie.

»Ziemlich genau neun.«

Sie stöhnte erneut. »Es fühlt sich an, als würde mir jemand ein Loch in den Kopf fräsen. Ich habe noch nicht mal so viel getrunken gestern Abend.«

»Die Beweise sprechen gegen dich«, versetzte ich.

»Fang bloß nicht mit deinem Anwaltsgetue an ...«

»Du bist dehydriert. Ich hole uns etwas Wasser.«

Ich nahm zwei kalte Flaschen Mineralwasser aus dem Kühlschrank und kehrte in unser Schlafzimmer zurück. »Na los, setz dich auf«, sagte ich und drückte ihr eine Flasche in die Hand. »Du musst schnell wieder zu Kräften kommen. Wir haben heute eine Menge vor.«

»Sag bloß.« Sie schraubte den Verschluss auf und trank die Hälfte der Flasche in einem Zug. »Schon besser ... na ja, ein bisschen jedenfalls.«

Ich setzte mich wieder mit angewinkelten Beinen auf mein Bett und untersuchte meine Mückenstiche. »Sie sind sicher zurückgekommen«, sagte ich nach einer Pause. »Dani und Aoife. Ich habe sie gegen vier heimkommen hören.«

»Ja, ich auch«, antwortete Tiff schmallippig. »Hab kaum ein Auge zugemacht.« Sie rutschte an die Bettkante, stand auf und stöhnte erneut, als sie den Kopf vorbeugte. »Scheiße ... Wenn es mir schon so schlecht geht, wie müssen die beiden sich erst fühlen?«

»Die liegen wahrscheinlich immer noch im Koma«, sagte ich. »Celine ist auch noch nicht auf den Beinen.« Tiff öffnete die Läden weit. »Um wie viel Uhr kommen die Caterer?«

»Erst am Nachmittag. Sie machen so eine Art Kochshow

für uns, weißt du. ›Wie kocht man eine traditionelle Paella‹. Das habe ich extra zum Catering dazugebucht. Nicht, dass das Aoife auch nur die Bohne interessiert. Sie hasst kochen.« Tiff seufzte, kehrte zum Bett zurück und trank den Rest Wasser. »Ich habe alles falsch gemacht.«

»Das stimmt nicht«, versicherte ich ihr rasch.

»Ach, sei nicht so höflich. Dieses Wochenende ist bisher ein spektakulärer Misserfolg.« Ihre Stimme beginnt zu zittern. »Die Villa ist zauberhaft, aber zu abgelegen, der Beach Club war die reinste Abzocke, im Nachtclub waren nur zwielichtige Typen …«

»Nicht *nur*.«

»Und das Schlimmste: Unsere Gruppe ist auseinandergebrochen. Dani und Aoife gegen dich, mich und Celine. Ich hätte niemals zustimmen dürfen, erste Brautjungfer zu werden. Es war die dümmste Idee, dass ich die Organisation dieser Reise übernehmen soll. Die allerdümmste.«

»Nein, das stimmt nicht.«

»Doch. Einer der größten Fehler meines Lebens.« Tiff brach in Tränen aus und versuchte sie dann mit dem Handrücken wegzuwischen, als wäre sie sauer auf sich selbst, so viel Gefühl zu zeigen.

»Was meinst du damit?« Ich setzte mich zu ihr aufs Bett. »Was ist los, Tiff? Warum bist du so mitgenommen? Ich weiß, dass du mir irgendwas verheimlichst.«

Sie boxte vor lauter Frust in ihr Kissen. »Ich habe es versaut, Beth. Ich habe es echt versaut.«

»Wie?« Ich wartete auf eine Erklärung. »Hast du irgendeinen Fehler bei der Arbeit gemacht?« Sie schüttelte den Kopf.

»Was dann? Wenn es nicht die Arbeit ist, kann es sich nur um einen Mann handeln.«

»Ich kann nicht darüber reden.«

Also war es ein Mann. »Was ist das Problem? Ist er verheiratet?«

»Nein.«

Ich blickte sie skeptisch an. Tiff wusste, was ich über Frauen dachte, die mit den Ehemännern anderer Frauen schlafen. »Was immer es ist, du kannst es mir anvertrauen«, sagte ich. »Ich werde dich nicht verurteilen.«

»Ach, ich bin nur aufgewühlt wegen des Junggesellinnenabschieds, das ist alles. Es gibt keinen Mann.«

Das nahm ich ihr keine Sekunde ab, aber es war sinnlos, sie weiter zu löchern.

»Hör auf mit deinem Selbstmitleid«, sagte ich. »Du hast unglaublich hart für dieses Wochenende gearbeitet, und ich finde, du hast einen hervorragenden Job gemacht.«

»Habe ich nicht, aber danke.« Sie drückte mir die Hand. »Ich weiß nicht, was ich ohne dich tun würde.« Tiff stieß einen Seufzer aus, der aus ihrem tiefsten Innern zu kommen schien. Sie beugte sich vor und griff nach dem Betttuch. Dann lehnte sie sich wieder zurück und zog das Tuch über sich. Sie tat mir leid, aber wenn sie mir nicht sagen wollte, wo der Schuh drückte, konnte ich ihr nicht helfen.

Ich nahm eine Dusche, zog mich an und ging nach unten, um etwas zum Frühstücken zu suchen. Celine schüttete sich gerade ein Glas Orangensaft ein. »Morgen«, sagte sie mit kratziger Stimme. »Wie geht's?«

»Ganz gut«, antwortete ich. »Tiff versucht noch ein

wenig zu schlafen. Dani und Aoife sind offenbar auch noch im Bett.«

»Oh, dann sind sie also nach Hause gekommen?«

»Ja, gesund und munter. Sie sind an keinen Menschenhändler geraten, oder so.« Ich versuchte mich an einem Lachen, aber Celine fand das nicht lustig.

Ich steckte einige Croissants zum Aufbacken in den Ofen.

»Also ... wie sieht der Plan für heute aus?«, fragte Celine. »Ich nehme doch an, es gibt einen Plan?«

»Natürlich. Der Morgen steht zur freien Verfügung. Zum Mittag gibt es eine Paellaparty, dann eine Überraschung. Wir machen das alles im Garten, wo wir dekoriert haben. Ist hübscher wegen der Fotos.«

»Natürlich. Die Fotos.« Celine rollte die Augen.

»Tiff hat sich für diese Party wirklich sehr angestrengt«, sagte ich nachdrücklich. »Ich für meinen Teil finde jedenfalls, sie hat einen tollen Job gemacht.«

Celine ließ ein ironisches Lachen hören. »Bist du sicher, dass du Staatsanwältin wirst?«

Ihre Frage wunderte mich. »Warum fragst du?«

»Weil du deine ganze Zeit damit zubringst, für andere einzustehen, also nehme ich an, dass du eher Verteidigerin wirst.«

»Interessant«, antwortete ich. »Wusstest du, dass über achtzig Prozent der Angeklagten schuldig gesprochen werden? Ein Fall geht nicht eher vor Gericht, bis er einigermaßen wasserdicht ist. Wenn man Kriminelle rausboxen will, sollte man Verteidigerin werden. Wenn man will, dass Recht gesprochen wird, eher Staatsanwältin.«

»Wow, so habe ich das noch gar nicht gesehen.« Sie klang ehrlich überrascht.

»Natürlich ist das eine grobe Verallgemeinerung. Es wird immer Unschuldige geben, die eine Verteidigung benötigen.« Ich schenkte ihr ein Lächeln, weil ich ihr Interesse zu schätzen wusste. Es war schön, zur Abwechslung ein ernsthaftes Gespräch zu führen. Ich erklärte ihr, dass ich mich für eine juristische Ausbildung entschieden hatte, nachdem mir klar geworden war, dass eine Laufbahn als Buchhalterin nichts für mich war. »Es war ein langer Weg, aber ich habe meine Examen bestanden und es geschafft, einen Ausbildungsvertrag zu bekommen. Noch ein Jahr, dann bin ich vollständig qualifiziert. Nichts kann mich aufhalten.«

»Ich bewundere dich«, antwortete sie. Meine Wangen wurden ganz warm. »Nein wirklich, das tue ich. Du hast es geschafft.«

»Danke. Hast du schon etwas von deinem neuen Job gehört?« Ich fragte sie danach, um auch meinerseits Interesse zu zeigen.

Sie schüttelte den Kopf. »Nein, wahrscheinlich erst morgen Früh.«

»Dann wünsche ich dir viel Glück.«

»Das werde ich hoffentlich nicht brauchen. Mein Chef hat von Anfang an gesagt, dass mir die Stelle sicher ist.«

Ich runzelte die Stirn. »Warum müssen sich dann noch andere bewerben? Das ist ihnen gegenüber nicht fair, es verstößt gegen den Gleichheitsgrundsatz.«

»Nun, ich mache den Job schon seit einem Jahr ohne Gehaltserhöhung, was auch nicht gerade fair ist«, erklärte sie.

»Hmm, hört sich für mich nach einer unseriösen Firma an«, sagte ich.

Celine wurde knallrot. »Sie sind überhaupt nicht unseriös. Das Geld ist einfach nur knapp, und es ist ein hart umkämpftes Geschäft.« Sie war voller Emotionen, das konnte ich sehen. »Das ist ein entscheidender Moment in meiner Karriere, weißt du. Alles, wofür ich zwölf Jahre lang geackert habe, zahlt sich jetzt aus. Ich war nicht an der Uni, weißt du. Also musste ich ganz unten anfangen und mich hocharbeiten. Ständig wurde ich auf der Karriereleiter überholt, und das war sehr frustrierend, aber jetzt ist meine Zeit endlich gekommen.«

»Ich drücke dir die Daumen«, sagte ich und wünschte, ich könnte sie von ihrem Komplex befreien.

Die Croissants waren inzwischen aufgebacken. Ich aß eines davon und brachte Tiff das andere. Dummerweise war sie wieder eingeschlafen – oder sie tat nur so. Ich legte es auf den Nachttisch, schnappte mir meine Badesachen und verließ auf Zehenspitzen das Zimmer. Hoffentlich würde das zusätzliche Nickerchen ihre Laune verbessern. Ich nahm mir vor, für den Rest des Wochenendes ein Auge auf sie zu haben und sie – wichtiger noch – von Dani fernzuhalten. Eigentlich hatte ich kein Problem mit Dani, ich mochte sie sogar, sah aber, wie sie Tiff auf die Palme brachte.

Zu meiner Verblüffung paddelte Aoife schon auf einer Luftmatratze durch den Pool, als ich ankam. Sie lag auf dem Bauch und bemerkte mich nicht. Ich stellte mich unter einen Sonnenschirm und trug eine Sonnencreme mit Schutzfaktor fünfzig auf, bevor ich ins Wasser stieg und zu ihr schwamm.

»Hey, Aoife«, sagte ich und berührte sie leicht am Arm. Sie öffnete die Augen und wandte mir den Kopf zu.

»Oh, du«, antwortete sie.

»Ja, ich. Ich habe dich gar nicht nach unten kommen sehen. Wie lange bist du schon hier?«

»Ewig. Ich konnte nicht schlafen.«

»Hast du dich eingecremt?« Sie gab einen Ton irgendwo zwischen ja und nein von sich. »Das gibt einen Sonnenbrand, wenn du nicht aufpasst. Du solltest rausgehen und dich eincremen. Sofort.«

»Nerv mich nicht, Beth. Ich habe Kopfschmerzen. Das ist mir alles zu anstrengend ...«

Ich blinzelte nach oben in die pralle Sonne. Der Himmel war wundervoll meeresblau, weit und breit keine Wolke zu sehen. Ich ließ die Luftmatratze los und schwamm ans andere Ende des Pools.

»Wie geht es meinen zauberhaften Brautjungfern?«, rief sie und versuchte es offenbar wiedergutzumachen.

»Verkatert.« Ich paddelte zurück. »Tiff schläft. Celine frühstückt. Ich bin mit Mückenstichen übersät, aber abgesehen davon geht es mir gut. Wie es Dani geht, weiß ich nicht.«

»Die ist out of order«, sagte Aoife. »War ziemlich krass gestern Abend.«

»Mit den Möchtegern-Gangstern?«

»Nee, Quatsch!« Sie lachte. »Die haben wir abblitzen lassen, sind zurück ins Supernova und haben die ganze Nacht getanzt. Es war toll, viel besser als im Club. Du hättest dabei sein sollen. Ich habe dich vermisst.«

»Du warst ziemlich gemein zu Tiff«, sagte ich und nahm schon wieder jemanden in Schutz.

Aoife stützte die Arme auf ihrer Luftmatratze ab. »Echt? Tut mir leid.«

»Sie hat sich wirklich sehr angestrengt, dieses Wochenende zu organisieren, damit es dir gefällt. Ich glaube, ein wenig Dankbarkeit wäre nicht schlecht.«

»Ja, du hast recht. Ich mache es wieder gut.«

»Und natürlich ist sie furchtbar eifersüchtig auf Dani.«

Aoife gab ein zustimmendes Geräusch von sich. »Ich weiß, dass sie nicht miteinander können, aber ich konnte keine von beiden außen vor lassen. Dani gibt sich wirklich Mühe, das muss man ihr lassen, aber Tiff keift sie ständig an. Sie ist so furchtbar verkrampft. Ich meine, es ist doch nur ein Junggesellinnenabschied, meine Güte.«

»Irgendetwas ist da im Busch«, sagte ich und vergewisserte mich, dass niemand in der Nähe war. »Tiff hat irgendwelche Probleme am Hals. Ich glaube, dass es etwas Ernstes ist. Normalerweise erzählen wir uns alles, aber diesmal will sie es mir einfach nicht sagen.«

Aoife stützte sich auf die Ellbogen. »Scheiße. Was für Probleme? Hat sie irgendetwas Illegales gemacht?«

»Das glaube ich nicht, es scheint etwas viel Emotionaleres zu sein. Ich vermute, es hat irgendwas mit einem Typen zu tun. Vielleicht hat sie ein Verhältnis mit einem verheirateten Mann. Ihr Boss vielleicht? Ich weiß es nicht. Sie streitet es ab, aber ich wüsste nicht, was es sonst sein soll.«

Aoife seufzte. »Verdammte Kerle, die verderben alles.«

»Dir hat sie nichts gesagt?«

»Nein«, sagte Aoife. »Es gab aber auch nicht viel Zeit für ein richtiges Gespräch. Findest du, ich sollte versuchen, mit ihr darüber zu reden?«

Ich runzelte die Stirn. »Es ist vielleicht besser, bis nach dem Wochenende zu warten. Ich weiß, dass sie dich jetzt nicht mit Problemen belasten will. Das Beste, was du tun kannst, um Tiff zu helfen, ist so zu tun, als hättest du Spaß.«

»Ich *habe* Spaß!«

»Wirklich?« Ich sah sie prüfend an. »Du hast dich auch merkwürdig benommen. Ich weiß, dass es normal ist, bei einem Junggesellinnenabschied ein wenig zu flirten, aber wie du dich am Freitagabend an Matt rangeschmissen hast … bitte nimm es mir nicht übel, aber das war ehrlich gesagt ein bisschen schockierend. Und du warst im Supernova sehr vertraut mit Martas Ehemann. Was war denn da los?«

Aoife wandte den Blick ab und betrachtete die Berge. »Wir haben nur getanzt«, murmelte sie.

»Ich habe gesehen, wie ihr zusammen weggegangen seid. Wo wart ihr?« Sie antwortete nicht, aber anscheinend hatte ich einen Nerv getroffen. »Was ist los, Aoife? Du wirst bald heiraten. Es ist doch gestern nichts passiert, oder? Mit John? Oder diesen Männern im Club?« Sie schüttelte den Kopf, blickte mich aber immer noch nicht an.

»Um ehrlich zu sein, Beth«, sagte sie schließlich, »ist Tiff nicht die Einzige, die ein Problem hat. Aber mach dir keine Sorgen um mich, ich komme schon klar.«

»Wenn ich helfen kann …«, setzte ich an, aber in diesem Moment klingelte ihr Handy, das auf einer Liege in der Nähe lag.

»Das wird Nathan sein«, sagte sie müde. »Er kontrolliert mich mal wieder.« Sie machte keine Anstalten ranzugehen und trieb von mir weg. Mit geschlossenen Augen ließ sie ihre Finger durch das Wasser gleiten.

Ich schwamm noch ein wenig und stieg dann aus dem Pool. Aoifes Telefon klingelte erneut und ich nahm es hoch. Ich wollte nicht herumschnüffeln, nur den nervigen Ton ausschalten. Vielleicht wollte ich es ihr auch reichen, ich weiß es nicht. Ich erinnere mich, wie ich es in die Hand nahm und die Schutzhülle aufklappte. Aoife hatte keinen Zugangscode. Im hellen Sonnenlicht war das Display kaum zu sehen, aber ich konnte erkennen, dass sie eine WhatsApp-Nachricht von einer spanischen Nummer ohne Namen bekommen hatte. Mit dem Rücken zum Pool trat ich in den Schatten eines Sonnenschirms. Die Nachricht war kurz und verdächtig liebevoll.

Letzte Nacht war heiß. Muss dich wiedersehen xx

Sie hätte von jedem sein können – Matt, John, einem der Typen im Club, oder von sonst jemandem, den sie im Supernova getroffen hatte. Der Geschmack des Croissants stieg mir sofort in den Mund. Sie hatte wegen letzter Nacht gelogen, und ich hasste es, wenn man mich belog.

Ich drehte mich um und betrachtete Aoife über das Wasser hinweg. Sie hielt die Augen immer noch geschlossen und beachtete mich nicht. Wutentbrannt warf ich ihr Handy zurück auf den Liegestuhl.

Ich legte mir ein Handtuch um die Schultern und ging hinüber auf die andere Seite des Pools, so weit weg von ihr wie möglich. Dort starrte ich auf den unglaublich blauen See und die tiefgrünen Berge, den Streifen glitzernden Meeres und den Hauch von Gibraltar, der in der Ferne gerade noch zu erahnen war. Der schöne Ausblick beruhigte mich.

Aoife hatte nie Probleme gehabt, einen Freund zu finden. Sie war nicht ungewöhnlich schön, aber sie war lebenslustig und wusste, wie sie besonders begehrenswert wirken konnte. Leider hielten ihre Beziehungen selten länger als einige Monate. Entweder waren die Männer zu besitzergreifend, oder sie waren Vollidioten, die sie schlecht behandelten. Nathan war anders. Er war reizend – liebevoll, lustig, emotional stabil. Er hatte kein heimliches Kind oder eine aufdringliche Ex-Frau. Er verdiente gut und hatte seine eigene Wohnung. Es stimmte, dass er in der Beziehung das Sagen hatte, was mich überraschte, denn Aoife war niemand, die sich gerne vorschreiben ließ, wo es langging. Er meinte es jedoch gut, und es war offensichtlich, dass er Aoife anbetete. Seit sie ihn getroffen hatte, war sie erwachsener geworden und schien das Leben endlich ernst zu nehmen. Mit seiner Hilfe hatte sie auch einen interessanten Job mit Zukunft gefunden. Warum also behandelte sie ihn so schlecht?

Aoife hatte alles, so fühlte es sich für mich an diesem heißen Sonntagmorgen an. Unzufrieden mit einem aufregenden Job und einem reichen Ehemann und einer gigantischen Hochzeitsparty, die einen riesigen Haufen Geld kosten würde, schien sie es völlig in Ordnung zu finden, ihren Junggesellinnenabschied damit zu verbringen, sich zu betrinken und andere Kerle abzuschleppen. Es war nicht fair, es war nicht richtig.

Vielleicht war es mein übersteigertes Gerechtigkeitsempfinden, das mich zum Handeln brachte, oder womöglich wollte ich mich auch endlich wegen Zach revanchieren. Sie hatte stets nachdrücklich geleugnet, Sex mit ihm gehabt zu haben, aber ich war mir absolut sicher, dass auf dieser Party vor einigen Jahren etwas vorgefallen war. Warum sonst hätte Zach das zugeben sollen? Tiff hatte stets auf Aoifes Unschuld bestanden, und ich bemühte mich, ihr zu glauben, aber ein Restzweifel war immer geblieben. All der Schmerz, den ich damals verspürt hatte, kam nun zurück. Es hatte andere Frauen gegeben, nicht nur Aoife, aber in diesem Moment stand sie stellvertretend für alle von ihnen.

An diesem Wochenende war mir klargeworden, dass es Aoife leichtfiel, Menschen zu betrügen, die ihr eigentlich am Herzen liegen sollten. Wenn sie das dem Mann antun konnte, den sie bald heiraten würde, warum nicht auch mir? Ich platzte fast vor Selbstgerechtigkeit und solidarisierte mich mit Nathan, der ein Opfer von ihr war, so wie ich selbst. Es war meine Pflicht, ihn wissen zu lassen, was vor sich ging.

KAPITEL ACHTUNDZWANZIG: HEUTE

– DANI –

Dani steckt den Schlüssel zu Johns Apartment in ihre Tasche. Sie muss einige Stunden warten, bis er ganz sicher die Wohnung verlassen hat und sie hineinkann. Sie hat keine Ahnung, wonach sie sucht. Einen Beweis für irgendwelche kriminellen Verbindungen vielleicht? Und sie weiß nicht, wie sie dorthin kommen soll, ohne dass die anderen es mitbekommen. Ihr ist ganz mulmig zumute, aber sie spürt, dass sie ihr Vorhaben in die Tat umsetzen muss. Irgendeine Kraft treibt sie an. Aoifes Geist ist stets an ihrer Seite, stupst sie in die Rippen, grinst schelmisch. *Ich fordere dich heraus, Dani Girl,* sagt sie. *Tu es.*

Gott, wie sehr Dani sie vermisst.

Sie geht nach unten. Alles wirkt so friedlich. Wo sind die anderen? Sie möchte mit ihnen reden und hören, wie es ihnen geht und was sie vorhaben. Auf dem Plan – *ihr* Plan diesmal – steht ein Besuch auf dem Friedhof, gefolgt von einer abendlichen Gedenkzeremonie für Aoife im Garten. Es ist der letzte Ort, an dem sie alle beieinander waren, wo sie Sekt getrunken haben, gesungen und getanzt, wo es kalte Paella gab und sie eine wunderbare Zeit hatten – wenigstens beschrieben alle den Abend so der Polizei. Sie selbst kann sich nicht daran erinnern, aber die Atmosphäre muss deutlich angespannter gewesen sein. Spätestens am Sonntagnachmittag hatten sich alle zerstritten.

Es war ein langwieriger Prozess, das ganze Wochenende zu rekonstruieren, es in ihrem Kopf noch einmal so gut wie möglich wiederaufleben zu lassen. Seit dem erneuten Betreten der Villa hat sie auf den heutigen Abend hingearbeitet. Jetzt gibt es kein Zurück mehr, nicht, wenn sie spürt, dass die Wahrheit nah ist.

Wo sind nur die anderen? Dani klopft versuchsweise an ihre Schlafzimmertüren, erhält aber keine Antwort. Sie betritt ein Zimmer. Tiffs Seite ist ordentlich aufgeräumt, Kleider auf dem Bügel, das Bett gemacht, Kosmetika fein aufgereiht auf dem Frisiertisch. Im Gegensatz dazu wirkt die Seite von Beth wie eine der berühmten chaotischen Kunstinstallationen von Tracey Emin. Erleichtert, dass offenbar keine von ihnen ihre Sachen gepackt hat, wirft Dani einen kurzen Blick in Celines Zimmer, doch die ist auch nicht da.

Irgendetwas geht hier vor. Ihr Kopf fühlt sich seltsam an, als würde ihr Gehirn sich auflösen. Vielleicht ist es die Hitze, und sie ist dehydriert. Sie geht zur Hintertür. Diese widersetzt sich zuerst, kratzt dann aber beim Öffnen wie gewohnt über die Steinplatten. Sie betritt den kleinen Innenhof. Die Pflastersteine sind mit weißer Farbe besprenkelt, Wildblumen sprießen in den Fugen. Ein alter Schubkarren steht gegen eine Wand gelehnt. Der Außenwasserhahn tropft.

Sie schlüpft durch den schmalen Gang bei der Garage und steht vor der Villa. Hier ist es sogar noch heißer. Das ist kein Wetter für Versteckspielen. Martas Wagen ist weg, und nur der weiße Seat ist zu sehen. Vielleicht machen die anderen einen Spaziergang und sind an dem Weg losgegangen, der zur Straße führt. Ihre Füße wirbeln staubige Erde auf. Das Sonnenlicht blendet, sie trägt keine Sonnenbrille, keinen Hut.

Am Beginn des Olivenhains, der sich den Berg hinabzieht, bleibt sie stehen. Die Bäume sind vertrocknet und zerzaust, sie klammern sich an den Hang. Plötzlich tut sich etwas in ihren Gedanken – klein, aber bedeutungsvoll löst sich etwas aus den Tiefen ihrer Erinnerung und arbeitet sich zielstrebig hervor ... Sie ringt nach Luft. Ihr Mund ist augenblicklich trocken. Woran versucht ihr Gehirn sich zu erinnern? Etwas zieht sie an und stößt sie gleichzeitig ab. Sie will den Olivenhain betreten, aber ihre Füße machen nicht mit. Sie kann kaum atmen. Irgendwas ist dort unten geschehen ...

Sie wird in die Gegenwart zurückkatapultiert, als Tiff, Beth und Celine um die Ecke kommen. Die drei kommen geradewegs auf sie zu.

»Oh, da seid ihr ja«, sagt Dani kleinlaut. »Ich habe überall nach euch gesucht.«

»Sorry«, sagt Beth. »Wir wollten dir nicht aus dem Weg gehen.«

Dani glaubt ihr kein Wort.

»Wir waren beim Schrein«, erklärt Tiff. »Beth wollte etwas Kleingeld in die Sammelbüchse stecken. Für Aoife.«

»Oh, verstehe … schön.«

»Wir wollen jetzt was zum Mittag essen«, sagt Celine. »Von den Überresten im Kühlschrank. Kommst du?«

»Ja, klar.«

Sie benehmen sich, als wäre alles ganz normal. Dani kann das kaum ertragen. Vor einer halben Stunde haben Tiff und Beth sie noch vollkommen ignoriert. Jetzt tun sie so, als wären sie wieder Freundinnen.

»Kann ich euch etwas fragen?«, sagt sie.

Tiff sieht irritiert aus. »Was?«

»Sind wir nach da unten gegangen?« Sie weist auf den Olivenhain. »Ich weiß nicht genau wann, vielleicht an dem Sonntagabend?«

»Nein, wir waren dort nur am ersten Tag, als Marta uns herumgeführt hat«, antwortet Tiff.

Dani wirft erneut einen Blick auf die Bäume, deren silbrige Blätter wie Finger aussehen, die nach ihr greifen. Es schaudert sie. »Da ist etwas an diesem Ort, das mir nicht geheuer ist. Ich hatte eben fast eine Panikattacke.«

»Nichts hier ist mir geheuer«, sagt Tiff. »Je eher wir wegkommen, desto besser. Kommt schon, ich hab Hunger.«

»Ja, Dani«, sagt Beth und legt einen Schritt zu, um zu Celine aufzuschließen. »Iss was mit uns.«

Sie gehen zurück zur Villa.

»Marta war hier, während ihr weg wart«, berichtet Dani. »Sie war ziemlich mitgenommen wegen der Schäden, verständlicherweise. Und sie hat die Nachricht auf dem Spiegel gesehen. Sie glaubt, sie ist gemeint, nicht ich.«

»Oh, echt? Das ist interessant«, sagt Tiff. »Ruft sie die Polizei?«

»Nein, und sie möchte auch nicht, dass wir es tun.«

Celine schaut überrascht. »Warum nicht?«

»Sie hat Angst ... ich glaube, John könnte in irgendwelche dunklen Geschäfte verwickelt sein«, sagt Dani.

»Leute, wir sind hier nicht sicher«, verkündet Celine. »Ich frage mich, ob wir nicht auf der Stelle zum Flughafen fahren sollten und dort über Nacht warten.«

»Nein, bitte, tut das nicht«, sagt Dani. »Wir waren noch nicht auf dem Friedhof, und heute Abend wollten wir doch die Zeremonie abhalten.«

Tiff presst die Lippen aufeinander. »Ich möchte nicht die ganze Nacht auf dem Flughafen verbringen.«

»Ich auch nicht«, sagt Beth. »Und wir haben Aoifes Eltern versprochen, ihr Grab zu besuchen, erinnert ihr euch?«

»Hmm, ich weiß nicht, ob ich einen Friedhofsbesuch durchstehe, aber Beth hat recht«, sagt Tiff. »Wir können Mike und Kate nicht hängenlassen.«

»Und die Zeremonie heute Abend ist wichtig«, fügt Dani hinzu. »Dafür haben wir doch alle etwas vorbereitet, oder?«

»Okay, okay, wenn es das ist, was alle wollen«, sagt Celine zögerlich. »Aber wir müssen vorsichtig sein.«

Beth, Tiff und Celine gehen ins Haus, um etwas für das

Mittagessen zusammenzusuchen. Dani bleibt auf der Terrasse. Sie steckt eine Hand in ihre Tasche und fährt mit dem Finger über das kühle Metall des Schlüssels für das Supernova. Sie wird sich eine Ausrede einfallen lassen müssen, um allein nach Puerto Banús zu fahren, nachdem sie auf dem Friedhof waren. In der Zwischenzeit gibt es noch eine Menge, woran sie sich erinnern muss. Es ist schon Sonntagmittag, und sie steckt noch immer irgendwo in den Erinnerungen an den Samstag fest.

Für einen Moment schließt sie die Augen und denkt an die Morgenstunden zurück – barfuß mit Aoife durch die Straßen laufen, atemlos vor Aufregung und mit einem klitzekleinen Schauder im Nacken. Sie haben über das absurde Outfit der Gangster gekichert, ihre Akzente nachgemacht, sind ins Supernova gestürmt, haben mit erhobenen Händen getanzt, die Hüften kreisen lassen, einander ausgelassen angelächelt, »*love you, baby*« lautlos mit den Lippen geformt, während die Musik dröhnte. Aoife und John haben kurz auf der Tanzfläche geknutscht und sogar ein Duett miteinander gesungen. Danach wurde seine Hilfe an der Bar benötigt, und Aoife ist zu Dani zurückgekehrt. Sie haben die Nacht durchgetanzt, und Dani hatte fast vergessen, dass dies der Junggesellinnenabschied ihrer besten Freundin war. Es war einfach eine tolle Nacht wie in guten, alten Zeiten. Nur sie beide, vollkommen unbeschwert.

Erst im Taxi auf dem Rückweg zur Villa hatte die Realität sie wieder eingeholt. Aoife hatte sich entschlossen, Nathan nicht zu heiraten. Das war eine ziemlich heftige Erkenntnis. Es machte den Rest des Wochenendes zu einer Farce. Und sie waren mit den anderen zerstritten, insbesondere Tiff. Würden sie noch wach sein und auf sie warten, um sie zur Rede zu stellen? Aber nein, als sie schließlich gegen vier Uhr morgens ankamen, waren alle im Bett.

KAPITEL NEUNUNDZWANZIG: DAMALS

– DANI –

Dani griff nach ihrem Handy und schaute nach, wie spät es war. Früher Mittag, kein Wunder, dass es so heiß war. Ihr Mund war staubtrocken – sie trank einen Schluck aus der Wasserflasche neben ihrem Bett. Als sie den Arm ausstreckte, erwartete sie, Aoife neben sich zu finden, die langen Gliedmaßen verfangen in den Laken, die hellen, kurzen Haare auf dem Kissen, aber sie war nicht da.

Dani quälte sich aus dem Bett und ging ins Badezimmer. Sie war kein schöner Anblick. Verquollene, rot unterlaufene Augen. Ihre Haut sah fahl aus. Ihr Haar war verfilzt und widersetzte sich allen Bemühungen, es durchzukämmen.

Was stand heute auf dem Unterhaltungsprogramm? Sie kramte in ihrem Gehirn. Oh, ja ... die Paella-Party und zu allem Überfluss eine Kochstunde. Genau das Richtige, um sich von einem Kater zu erholen. Uff.

Wie würde die Stimmung heute wohl sein, fragte sie sich, als sie duschte und sich anzog. Aoife war schon auf den Beinen und nach unten gegangen. Wie mutig von ihr, sich den anderen ganz allein zu stellen.

Draußen waren Geräusche zu hören. Dani öffnete die Rollläden und schaute in den Hof. Ein Transporter stand neben einem Mietwagen, und zwei Männer waren mit dem Auspacken von Kisten voller Küchenwerkzeuge und Zutaten beschäftigt. Tiff unterhielt sich mit ihnen und benutzte eine Mischung aus Englisch und improvisierter Zeichensprache, um zu erklären, was sie zu tun hatten und wo sie ihr Equipment aufbauen sollten. Dani überlegte kurz, ob sie nach unten gehen und übersetzen sollte, entschied sich dann aber dagegen. Zweifellos würde Tiff ihr die Schuld geben für den Streit gestern Abend. Sie schien Dani für die Anstifterin zu halten, die Aoife dazu brachte, Dinge zu tun, die ihr schadeten. Dabei war es umgekehrt, und Dani hatte versucht, sie aufzuhalten.

Wie auch immer, der Sex mit John war keine ausnahmslos schlechte Sache gewesen, man konnte ihn auch als Schrei nach Hilfe lesen, einen Versuch, sich Klarheit zu verschaffen und jede Aufrechterhaltung ihrer Heiratspläne unmöglich zu machen. Es ist natürlich alles andere als angenehm, wenn einem bewusst wird, dass man mit jemandem nicht länger zusammen sein will, und eine Hochzeit abzusagen, würde viele Menschen vor den Kopf stoßen, vor allem Nathan. Es wäre jedoch besser, ihm diesen Schmerz jetzt zuzufügen, als jahrelang eine unglückliche Ehe zu führen. So oder so würde es schlimm ausgehen, also warum nicht gleich das Pflaster abreißen – so sah Dani es. Sie würde Aoife nicht überreden, die Hochzeit durchzuziehen, nur weil das Restaurant gebucht, das Kleid gekauft und das Menü getestet war.

Apropos Menü.

Dani ging nach unten. Aus der Küche hörte sie das Klappern von Pfannen und Töpfen und ein Spanisch, das mit starkem andalusischem Akzent gesprochen wurde. Weil sie dringend ein Glas Orangensaft brauchte, trat sie ein, sagte Hallo und hoffte, dass Tiff die Männer nicht immer noch herumkommandierte. Sie war nicht mehr dort. Stattdessen traf sie auf einen Koch, der sich über die schlechte Ausstattung der Küche beklagte, und seinen Assistenten, der Gemüse schnippelte. Dani plauderte ein wenig auf Spanisch mit ihnen. Der Koch erklärte, das Mittagessen bestehe aus einer Auswahl von Tapas, gefolgt von einer gemischten Paella mit Fleisch und Meeresfrüchten. Dani erfuhr auch, dass Tiff die Kochstunde abgesagt hatte.

Gut zu wissen, dachte sie. Obwohl sie erleichtert war, nicht stillsitzen und anderen Menschen beim Kochen zusehen zu müssen, war es doch ein schlechtes Zeichen. Tiff war wohl immer noch sauer. Dani goss sich Saft in ein Glas und fischte eine Banane aus der Obstschale.

Sie ging ins Wohnzimmer und schaute aus dem kleinen Fenster neben der Terrassentür. Tiff war draußen und versuchte ganz allein, den schweren Esstisch in den Schatten zu ziehen. Der Anblick hatte was von einer Märtyrerin. Erneut überlegte Dani kurz, ihr zu helfen, verwarf den Gedanken aber wieder. Sie hatte nichts dagegen, sich mit Tiff zu versöhnen, wollte aber zuerst mit Aoife reden, um herauszufinden, wie sie es angehen wollten – wer musste sich bei wem entschuldigen, oder würden sie es beide tun? Aoife planschte sicherlich im Pool, aber um dahin zu kommen, hätte sie die Terrasse überqueren müssen, wo Tiff den Tisch deckte.

Weder Beth noch Celine waren zu sehen. Schliefen sie immer noch oder waren sie ebenfalls am Pool? Merkwürdig, dass Beth nicht Tiff am Hacken hing, um ihr als übermotivierte Assistentin Messer und Gabeln zu reichen und Servietten zu falten.

Dani wollte nicht alleine mit Tiff reden. Feige flüchtete sie nach oben. Es war besser zu warten, bis Aoife zurückkam, entschied sie. Sie mussten eine einheitliche Front bilden. Aber Aoife kehrte den ganzen Vormittag nicht ins Zimmer zurück. Dani versuchte es mit einer SMS, doch sie antwortete nicht. Also verdaddelte sie die Zeit auf dem Bett liegend am Handy, bis es beinahe Mittag war und sie sich endlich aufraffen konnte, nach unten zu gehen und den Tatsachen ins Gesicht zu sehen. Wenigstens drang mittlerweile fantastischer Geruch aus der Küche.

Celine und Aoife hatten schon Platz genommen und unterhielten sich leise. Als Dani auf die Terrasse trat, zwinkerte Aoife ihr schelmisch zu, worauf Dani sich keinen Reim machen konnte.

Tiff hockte am Tischende. »Oh, auch schon wach?«, fauchte sie.

»Ja, tut mir leid. Ist sehr spät geworden, gestern Nacht.«

Aoife wies auf den Tisch. »Sieht das nicht großartig aus? Vielen lieben Dank, Tiff.«

»Irgendjemand muss sich ja kümmern«, grummelte Tiff.

»Ich weiß es wirklich zu schätzen«, sagte Aoife und zeigte ihr schönstes Lächeln. Sie bemühte sich offensichtlich, den gestrigen Abend wiedergutzumachen, aber es war auch nicht gelogen, der Tisch sah fabelhaft aus. Tiff hatte eine hübsche Tischdecke in erdigen Rot- und Gelbtönen mitgebracht. Darauf waren edles Besteck und schicke Weingläser drapiert. Die Tapas – gefüllte Paprika, *Croquetas*, Oliven, iberischer Schinken und Manchego – lagen kunstvoll arrangiert auf rustikalen Holzplatten und zogen die ersten Fliegen an. Drei Karaffen Sangría standen bereit. Nur der Wimpel mit der Aufschrift »*Bride to be*« störte ein wenig die authentische andalusische Stimmung.

»Ich möchte ein paar Worte sagen.« Aoife griff nach Tiffs Hand. »Es tut mir wirklich leid, wenn ich dich letzte Nacht verärgert habe. Ich weiß, das ist keine Entschuldigung, aber ich war komplett betrunken. Ihr hattet natürlich alle recht. Diese Typen waren ekelhaft, aber wir konnten sie abschütteln, und es ist nichts Schlimmes passiert.«

»Da bin ich erleichtert«, sagte Celine.

»Wir haben euch im Supernova wirklich vermisst, nicht wahr, Dani?«

Dani hatte die anderen keine Spur vermisst, nickte aber zustimmend. Wenn heute Entschuldigungen an der Reihe waren, würde sie sich eben entschuldigen. »Mir tut es auch leid, sollte ich jemanden verletzt haben.«

»Vergessen wir es einfach«, sagte Celine.

Es entstand eine lange Pause, während Dani und Aoife darauf warteten, dass Tiff mit einer ähnlichen Geste reagierte, aber sie blieb mit steinernem Gesichtsausdruck stumm.

»Wo ist Beth?«, fragte Dani, um das Thema zu wechseln.

»Sie war bei mir am Pool, aber dann ist sie verschwunden«, antwortete Aoife. »Wir haben uns nett unterhalten, sie schien gut drauf zu sein.«

»Wir warten jedenfalls nicht auf sie«, entschied Tiff.

Just in diesem Moment erschien Beth. Ihr Gesicht war gerötet, und sie schwitzte stark in der Hitze.

Tiff musterte sie von oben bis unten. »Wo um Himmels willen hast du gesteckt?«

»Nur ein kleiner Spaziergang«, antwortete sie ausweichend.

»Wo?«

»Ums Eck.«

»Warum?«

»Weil mir danach war.« Beth las Tiffs Gesichtsausdruck. »Was ist denn?«

»Ich hätte dich gebraucht.«

»Wozu?«

Tiff dachte nach. »Was weiß ich? Sachen eben.«

»Du hättest mich fragen können«, sagte Celine.

Tiff warf ihr Haar nach hinten. »Darum geht es nicht.«

»Nicht?«

»Nein, eigentlich nicht. Ich hatte schon mit Beth darüber gesprochen, wo ich mir ihre Hilfe wünsche.«

»Schon gut«, sagte Beth und nahm Platz. »Ich bin ja jetzt da.« Sie nahm sich eine Serviette und wischte sich damit den Schweiß von der Stirn. Tiff stieß einen Seufzer aus. Angespannte Stille trat ein.

»Fangt alle an«, kommandierte Tiff. »Die Caterer haben heute Nachmittag noch einen weiteren Junggesellinnenabschied, um drei müssen sie weg.«

»Die machen bestimmt gutes Geld«, bemerkte Celine und gab den rustikalen Teller weiter. »Wie viel kostet das alles, was sagtest du noch einmal?«

»Fünfhundert Euro, mehr oder weniger. Alles an diesem Wochenende hat fünfhundert Euro gekostet, scheint irgendwie das Minimum zu sein.«

Dani hoffte, dass die Caterer sie nicht gehört hatten, denn fast im selben Moment trat der Koch – ein untersetzter Mann mit rasiertem Schädel – an ihren Tisch und präsentierte mit theatralischer Geste eine riesige Paellapfanne. Er stellte sie auf einem kleinen Tisch ab, den er speziell dafür mitgebracht hatte. Das satte Aroma von geräucherter Paprika und Safran erfüllte die Luft. Schwarze Muschelschalen glänzten in der Sonne, gigantische Krabben und Zitronenstücke lugten lustig aus dem gelben Reis. Da niemand Oh! und Ah! rief, musste Dani den Applaus initiieren. Der Chef verbeugte sich und wünschte ihnen »¡*Buen provecho*!«, bevor er sich in die Küche zurückzog, um aufzuräumen.

Das Essen war zu köstlich, um es zu ignorieren, aber die Atmosphäre blieb ausgesprochen angespannt. Tiff aß nichts von den Meeresfrüchten und verbrachte die ganze Mahlzeit damit, Reis von der einen Seite ihres Tellers auf die andere zu schieben. Beth, die normalerweise einen guten Appetit hatte, aß ebenfalls nicht viel. Es würde peinlich viel übrig bleiben, dachte Dani, die sich heldenhaft eine zweite Portion auflud. Nur die Sangría schien viel Anklang zu finden.

Dani versuchte Konversation zu machen und schwelgte in Erinnerungen an die unterschiedlichen Paellas, die sie in ihrer Zeit in Sevilla gekostet hatte. Sie merkte allerdings schnell, dass niemand sich dafür interessierte. Tiff hatte ihr offensichtlich immer noch nicht vergeben (obwohl unklar blieb, wofür überhaupt), und Beth war irgendwie verschnupft. Wusste der Himmel, was hier los war. Celine hatte sich wegen des Streits von gestern Abend beruhigt, schien aber nicht ganz bei der Sache zu sein. Dani vermutete, dass sie sich Tagträumen über ihren neuen Job als »Leiterin von Wasauchimmer« hingab, sie hatte es schon wieder vergessen.

Aoife war die Einzige, die so tat, als würde sie Danis Geschichten lauschen, aber sie gab keine Kommentare ab, und es war zu spüren, dass auch sie mit den Gedanken woanders war. Dani sah zu, wie sie eine Krabbe aus der Schale befreite und versonnen die Soße von ihren Fingern leckte. Woran sie wohl dachte? An den Spaß beim Tanzen gestern Abend vielleicht. Oder viel wahrscheinlicher an Johns Körper, der sich an ihren presste. Jedenfalls griff sie herzhaft bei der Sangría zu, aber ob es daran lag, dass sie sich befreit fühlte oder dass sie ein schlechtes Gewissen hatte, wusste Dani nicht. Beides war gleichermaßen wahrscheinlich.

Sie quälten sich bis zum Dessert und wechselten kaum ein Wort. Tiff zog ihr Handy hervor und ordnete ein Foto zusammen mit den Köchen an. Jeder nötigte sich ein Lächeln ab, womit diese Lüge für alle Zeiten festgehalten war.

Die Caterer sammelten ihre leeren Karaffen und die gigantische Paellapfanne ein und schaufelten die Reste in Plastikdosen. Dann verstauten sie ihre Utensilien im Van, sagten *adiós*, und weg waren sie.

»Aufräumen können wir später«, sagte Tiff. Wir hängen im Zeitplan etwas hinterher. Jetzt müssen wir uns für die Überraschung vorbereiten.

Dani seufzte unwillkürlich. Nicht *noch* eine Aktivität, dachte sie. Konnten sie nicht einfach entspannen? »Was ist die Überraschung?«, fragte sie.

Tiff presste die Lippen aufeinander. »Tut mir leid, das kann ich nicht verraten.«

»Und wie sollen wir uns dann darauf vorbereiten?«

»Das ist nicht schwer. Nehmt euch einfach ein paar Stühle und stellt sie im Kreis auf, okay? Irgendwo draußen, aber im Schatten und etwas entfernt von der Villa.«

»Im Obstgarten vielleicht oder im Olivenhain?«

»Nein, der Untergrund muss flach sein. Vielleicht auf der kleinen Terrasse da drüben.« Sie wies in die Richtung.

»Aber da knallt die Sonne.«

»Nicht mehr, wenn wir anfangen.«

»In Ordnung. Welche Stühle sollen wir nehmen? Diese hier?«

»Nein, die passen nicht. Aus den Polstern kriegt man die Flecken nicht wieder raus.«

Also war die Überraschung eine Sauerei. »Okaaay, weißt du, ob es irgendwo noch andere Stühle gibt?«

»Nein«, sagte Tiff und wandte sich ab. »Guck dich bitte einfach selber um.«

»Ich helfe dir«, sagte Celine und erhob sich.

Sie gingen zur Garage. Dani ließ die Augen über das

Durcheinander gleiten – ein alter Lampenständer, ein Schreibtischsessel mit fehlender Lehne, ein Tischfußballspiel, eine Dartscheibe, die zu Tode durchlöchert war. Eine Plastikbox voller Bälle und Frisbees. Ein Paar Tischtennisschläger. Sogar ein Surfboard. Große Pappkartons stapelten sich an einer Wand. Sie waren mit dem Namen einer Umzugsfirma in Nordengland bedruckt und in Englisch beschriftet: *Bücher, DVDs und Fotos, Küche, dies und das, Souvenirs.*

»Das müssen Johns Sachen sein«, sagte Dani. »Aus Großbritannien mitgebracht. Ich frage mich, warum er sie nie ausgepackt hat.«

»Na ja, die beiden wohnen nicht hier, oder?«, antwortete Celine. »Sie wohnen über der Bar. Wahrscheinlich gibt es in ihrem Apartment nicht genügend Platz.«

»Kann sein. Schleppt doch eh jeder zu viel Zeug mit sich herum. Wenn man einen Teil seiner Sachen für eine Weile irgendwo einlagert, stellt man fest, wie wenig man eigentlich braucht.«

Sie fanden einige Klappstühle, die sie in den Hof schleppten. Dani wischte mit einem Tuch den Schmutz und die Spinnweben weg. Sie klemmte sich drei der Stühle unter den Arm. Celine tat es ihr mit den beiden anderen gleich. Sie trugen sie gerade zum Aussichtsplatz, als sie ein Telefon klingeln hörten.

»Tut mir leid«, sagte Celine und ließ umstandslos die Stühle fallen. »Da muss ich ran.« Sie rannte zurück auf die Terrasse und griff sich ihr Handy. Beth hatte sich aufs Sofa gesetzt, und Tiff säuberte den Tisch. Celine wollte offensichtlich nicht, dass man ihr Telefonat mithörte und eilte ins Haus.

»Ist vielleicht wegen des Jobs«, sagte Dani zu Aoife, die gekommen war, um mit den Stühlen zu helfen.

»Ich bezweifle, dass man sie am Wochenende anruft«, antwortete sie. »Wahrscheinlich ist es nur Farrell. Er ist fast so schlimm wie Nathan mit seinem ›Nur mal eben nachfragen‹.«

»Hast du heute mit Nathan gesprochen?«

Sie schüttelte den Kopf. »Ich kann nicht. Hab Angst, dass ich mich verplappere.«

»Und ihm etwas erzählst, das du später bereuen könntest?«

»Nicht unbedingt bereuen, aber ich muss es ihm von Angesicht zu Angesicht sagen, alles andere wäre unfair.«

»Du willst also immer noch alles absagen?«, flüsterte Dani. »Bist du sicher?«

Aoife nickte. Ihre blauen Augen blickten hell und klar. »Ja, bin ich, aber kein Wort zu den anderen. Ich muss zuerst den Rest des Wochenendes hinter mich bringen, dann kümmere ich mich darum. Du und ich, wir ziehen eine kleine Show ab, okay? Gute Miene zum bösen Spiel.«

KAPITEL DREIßIG: HEUTE

– DANI –

Der spanische *Cemeterio* ähnelt keinem anderen Friedhof, den Dani je gesehen hat. Sie hatte eine große Freifläche mit grünem Gras erwartet, Reihen von grauen Grabsteinen, Engelsskulpturen – kurz: einen englischen Friedhof. Aber das hier ist ein massives Mausoleum im Freien, bei dem sich alles oberirdisch befindet. Die Särge und Urnen stehen übereinandergestapelt in Marmornischen. Überall sind Wände voll von ihnen, drei Meter hoch etwa, die ein nicht enden wollendes Raster ergeben. Sogar die Böden der engen Passagen dazwischen sind aus Marmor und vom ewigen Abspritzen mit dem Wasserschlauch rutschig.

Beth klammert sich im Gehen an Tiffs Arm und sucht die Inschriften nach Aoifes Namen ab. Dani ist immer noch erstaunt, dass Tiff eingewilligt hat, mitzukommen. Sie scheint angespannt zu sein und blickt sich ständig um, als würde sie jeden Moment angefallen. Sie wissen nicht, wo Aoife liegt. Es gibt keine Karte, die sie zu Rate ziehen könnten.

Dani läuft einige Schritte hinter den anderen und hört zu, wie Beth in ihrem schrecklichen spanischen Akzent die eingravierten Namen vorliest. Celine weist auf die ziemlich skurrilen Gegenstände in den Schreinen hin: Ein Plastikmodell eines Mannes auf einem Motorrad, ein Traktor aus Lego, das verblichene Foto eines Hundes. Die Sonne wird von dem weißen Marmor reflektiert und verleiht diesem Ort eine übernatürliche – oder sollte sie sagen, himmlische? – Atmosphäre.

Die Organisation der Beisetzung war ein Riesenstress gewesen. Aoife besaß keine Reiseversicherung. Als die erste Brautjungfer die Flüge buchte, war sie davon ausgegangen, dass jeder sich selbst darum gekümmert hatte. Niemand von ihnen hatte es im Vorhinein zum Thema gemacht, also war jede von ihnen ein bisschen Schuld. Kurz stand die Option im Raum, die Leiche nach Hause zu überführen, aber es dauerte ewig, bis sie freigegeben wurde, und schlussendlich entschieden Aoifes Eltern, sie in Spanien zu beerdigen. Der Ort ist wunderschön, denkt Dani. Es hätte ihr hier gefallen.

»Sollen wir uns aufteilen?«, will Celine wissen, nachdem sie alle zusammen den Mittelweg entlanggeschlendert sind. »Der Friedhof ist riesig, und es ist sehr heiß.«

»Gute Idee«, sagt Beth. »Ich halte mich links, du, Tiff, gehst nach rechts. Celine und Dani, wollt ihr die Horizontalen nehmen? Schreibt in die Gruppe, wenn ihr sie findet.«

Sie laufen in entgegengesetzte Richtungen los. Dani geht gemächlich und versucht immer noch die Tatsache zu verarbeiten, dass Beth und Tiff und Celine überhaupt mitgekommen sind. Ihre Haltung ihr gegenüber scheint sich verändert zu haben. Als hätten sie die Uhr angehalten und das Spiel von vorn begonnen. Sie sollte zufrieden sein, stattdessen macht es sie misstrauisch. Heute Morgen auf dem Weg zum Schrein hatten die drei ganz sicher über sie gesprochen und irgendeinen Beschluss gefasst. Vielleicht wollten sie Dani von nun an nicht mehr bekämpfen, sondern entwaffnen.

Sie geht weiter und blickt die Wände empor, von rechts nach links suchend um sich. Fast alle Namen klingen spanisch, aber hin und wieder findet sie einen ausländischen Namen, interessanterweise meistens einen deutschen. Ihr Herz macht einen Sprung, als sie einen englischen Namen entdeckt, der aber nur durch seine Ähnlichkeit täuscht. Die Buchstaben beginnen vor ihren Augen zu tanzen, und sie kann sie im blendenden Sonnenlicht kaum mehr entziffern. Sie sucht und sucht. Hat sie es verpasst? Als sie das Ende eines Abschnitts erreicht, geht sie zurück und beginnt von vorn.

Plötzlich ist sie da, auf halber Höhe einer Urnenwand, eingezwängt zwischen einem Concepción und einem Martín. Dani kneift die Augen zusammen, um sicherzugehen, dass sie es sich nicht einbildet. Sie streckt die Hand nach oben und fährt mit einem Finger über die Messingbuchstaben. Aoife Mary Byrne. Die Inschrift sagt nichts über die Umstände ihres Todes – warum sollte sie auch? Die Tatsache, dass sie bei ihrem Tod gerade erst dreißig war, erzählt ihre eigene Geschichte. Dani betrachtet die Tafel und spürt das Gewicht ihrer Bedeutung. Sie ist froh, diesen kurzen Moment für sich zu haben, nur sie beide. Als sie sich bereit fühlt, zieht sie das

Handy hervor und schreibt eine Nachricht an die anderen. *Habe sie gefunden.* Sie gibt ihnen eine Wegbeschreibung, wartet dann ab.

Celine ist die Erste, die ankommt. Sie erscheint in der Lücke zum nächsten Gang und kommt auf Dani zu. Sekunden später hört sie Schritte hinter sich. Es ist Beth, die halb rennt und halb über den polierten Marmor rutscht.

»Gut gemacht, Dani«, sagt sie. »Ich dachte schon, wir müssten aufgeben.« Sie bleibt stehen und starrt auf die Tafel. »Oh Gott«, haucht sie. »Es ist plötzlich so real.«

»Wo ist Tiff?«, fragt Dani.

»Sie ist ganz nach da drüben gegangen«, sagt Celine. »Hat irgendwas von ›logischem Suchen‹ gesagt.«

»Natürlich.«

Sie starren weiter auf die Gedenktafel, lesen die Inschrift immer wieder und wissen nicht, was sie sagen sollen. Dani blickt auf ihr Handy, um nachzusehen, ob Tiff geantwortet hat.

»Ist vielleicht nicht durchgegangen«, schlägt Beth vor. Sie und Celine bieten an, sie suchen zu gehen.

»Du bleibst hier, Dani. Beweg dich nicht vom Fleck«, ordnet Celine an, »sonst finden wir sie nicht mehr wieder.«

Sie ziehen in die Richtung ab, wo sie Tiff zuletzt gesehen haben. Dani bleibt, wo sie ist. Inzwischen ist es kochend heiß geworden, und sie steht in der prallen Sonne. Es gibt nur einen schmalen Streifen im Schatten einer Wand auf der anderen Seite, zu schmal, als dass er ihr nützen würde. Sie hat Durst. Was, verflucht, hat Tiff vor? Typisch, dass sie ans letzte Ende des Friedhofs läuft und dort zu suchen beginnt.

Als Beth und Celine schon eine ganze Weile weg sind, wird Dani nervös. Es fühlt sich an, als wären sie alle weggelaufen, um sie reinzulegen. Sie schreibt noch eine SMS. *Wo seid ihr??*

Als sie zurückkehren, ist Tiff nicht bei ihnen.

»Wir haben überall nach ihr gesucht«, sagt Beth, »aber wir können sie nicht finden.«

»Wie wenn man jemanden im Supermarkt verliert«, sagt Dani. »Du biegst gerade um die Ecke, während die andere Person im nächsten Gang verschwindet.«

»Ich rufe sie an«, sagt Beth. Sie scharen sich um ihr Telefon und lauschen dem gleichmäßigen Tuten. »Das ist absurd. Warum geht sie nicht ran?«

»Vielleicht hat sie ihr Telefon auf leise gestellt«, schlägt Celine vor. »Aus Respekt, weißt du?«

»Das bezweifle ich. Wo zum Teufel ist sie?« Beth seufzt ungeduldig. »Als hätte sie sich in Luft aufgelöst.«

»Wir müssen systematisch nach ihr suchen«, sagt Celine.

Dani rollt die Augen. »Ich dachte, ihr hättet das eben getan.«

»Vielleicht ist sie einfach nur los, um Wasser zu kaufen«, sagt Beth. »Ich glaube sogar, im Wagen hat sie gesagt, dass sie durstig sei.«

»Und warum geht sie dann nicht ans Telefon?«, wendet Dani ein. Sie zucken beide die Schultern. »Das ist wirklich ein Hammer.«

»Sie wollte ja gar nicht so gern mitkommen«, sagt Beth. »Ich musste sie dazu überreden. Hoffentlich geht es ihr gut.«

Die Sonne knallt, verbrennt ihre Schultern und hat inzwischen die Messingbuchstaben des Grabmals erreicht. Es ist, als wäre Aoife wieder Teil ihrer Clique und würde der Unterhaltung beiwohnen.

»Also was tun wir?«, fragt Dani. »Wir können hier nicht den ganzen Tag herumstehen.«

»Wir sollten zurück zum Eingang gehen und uns ein wenig in den Schatten setzen«, sagt Celine. »Tiff ruft hoffentlich irgendwann zurück.«

Dani schaut auf ihrem Handy nach der Uhrzeit. Sie hätte schon vor zwanzig Minuten in Johns Apartment sein sollen. Er müsste immer noch mit Marta im Venta El Lago sein, aber sie weiß nicht, wie lange das Treffen dauert. Sie braucht eine Entschuldigung, um sich kurz absetzen zu können.

»Ich fahre die Straßen ab, um zu sehen, ob ich sie finden kann«, schlägt sie vor und hofft, dass keine von den anderen mitkommen will.

»Das ist lieb von dir, Dani«, sagt Beth. »Wir bleiben hier für den Fall, dass Tiff zurückkommt. Ich habe so ein Gefühl, dass es ihr nicht gut geht. Sie stand Aoife sehr nahe – die beiden waren wie Schwestern. Ich weiß, wie schwierig das ganze Wochenende für sie war. Vielleicht hat sie die Entscheidung, hierherzukommen, nun doch überfordert.«

Dani sieht wieder nach der Zeit. Sie muss jetzt wirklich los. »Ja, das ist sicher eine plausible Erklärung. Ich halte trotzdem nach ihr Ausschau.«

»In Ordnung.« Beth lächelt sie dankbar an. »Halte uns auf dem Laufenden, ja? Wenn du sie findest, gib Bescheid.«

KAPITEL EINUNDDREIßIG: DAMALS

– CELINE –

Als mein Handy klingelte – Farrells persönlicher Klingelton –, wollte ich unbedingt mit ihm sprechen, obwohl wir an diesem Tag schon telefoniert hatten. Ich hatte ihm mein Herz ausgeschüttet, wie katastrophal dieses Wochenende verlief und wie sehr ich mich danach sehnte, nach Hause zu kommen. Er hatte mich aufgefordert, einfach so zu tun, als wäre alles okay, und wir hatten uns im Streit getrennt.

»Tut mir leid, Baby, ich bin gleich so weit«, sagte ich, eilte auf mein Zimmer und schloss die Tür. Im hinteren Teil der Villa, wo früher das Eingemachte und die Marmeladen von Martas Großmutter aufbewahrt wurden, war es herrlich kühl. Ich streifte meine Sandalen ab und warf mich aufs Bett. »Fertig! Ich bin so froh, dass du anrufst«, begann ich. »Tut mir echt leid, dass wir uns gezofft haben.«

»Wir haben uns nicht gezofft«, widersprach Farrell. »Ich habe nur versucht, dir einen Rat zu geben, das ist alles. Eine Bewältigungsstrategie.«

»Ja, aber du kannst dir nicht vorstellen, wie es hier ist. Ehrlich, wir hatten gerade diese riesige Paella – hat ein Vermögen gekostet, mehrere Hundert Euro – und du hättest die Luft in Scheiben schneiden können. Jetzt müssen wir schon wieder irgendein blödsinniges Spiel spielen oder so. Eine Überraschung. Weiß der Himmel, was Tiff gebucht hat. Irgendetwas Geschmackloses. Ich halte es nicht mehr aus.«

»Ja, ich weiß.«

»Ich würde viel lieber hier sitzen bleiben und mit dir reden.«

»Hm … Celine, Liebes?«

»Ich weiß, ich weiß, ich kann mich nicht den ganzen Tag verstecken«, plapperte ich weiter. »Ich werde es schon durchstehen, versprochen. Ich weiß, wie sehr dir dieses Investment am Herzen liegt. Ich meine, ehrlich gesagt, ist es immer noch ziemlich unwahrscheinlich, dass etwas daraus wird, aber ich werde es dir nicht versauen. Bist du noch da?«

»Jep.«

»Du sagst ja gar nichts.«

»Du lässt mich nicht zu Wort kommen.«

»Hey, sei doch nicht so, ich dachte, du hättest angerufen, damit wir uns vertragen.«

»Nicht ganz.« Er zögerte.

»Oh, warum rufst du dann an? Bitte keine guten Ratschläge mehr!«

»Hatte ich nicht vor.«

»Was ist los? Ist etwas Schlimmes passiert? Ist jemand krank?«

»Schau mal ... vielleicht ist es ja falsch, es dir zu erzählen, aber ...«

»Was denn?«

»Du wärest sauer auf mich, wenn ich nichts sage und du es später herausfindest. Ich weiß, dass du es hasst, außen vor gelassen zu werden.«

Ich spürte, wie mein Körper von Kopf bis Fuß erstarrte. »Was ist los, Farrell?«

»Nathan hat mich angerufen.«

»Nathan?«

»Jep, er hat gefragt, ob ich wüsste, wie der Junggesellinnenabschied so läuft. Offensichtlich geht Aoife nicht ans Telefon und reagiert auch nicht auf seine Nachrichten. Er macht sich Sorgen. Ist alles in Ordnung mit ihr? Hat sie ihr Handy verloren, oder was?«

»Nein«, gab ich knapp zurück. »Sie ist zu sehr damit beschäftigt, sich zu betrinken und danebenzubenehmen. Was hat Nathan gesagt?«

»Nun ja, er hat nur komische Andeutungen gemacht. Meinte, er würde gerne mit Aoife sprechen, weil er aufregende Neuigkeiten für sie hätte.«

»Oh, okay. Wenn du willst, könnte ich sie vielleicht bitten, ihn anzurufen. Ich kann aber nichts versprechen. Wenn sie nicht mit ihm reden will, ist das ihr Problem.«

»Keine Sorge. Die Sache ist die ...« Farrell zögerte. »Die Sache ist ... er war gestern Abend mit deinem Chef aus – wusstest du, dass sie befreundet sind?«

»Charlie und Nathan? Ja, ich denke, Nathan war an einigen Produktionsfinanzierungen beteiligt – Investoren auftreiben und so weiter. Und natürlich ist Aoife auf diese Weise überhaupt an ihren Job gekommen. Du weißt ja, wie familiär es in der Medienwelt zugeht.«

»Und wie«, murmelte er.

»Also was ist die aufregende Neuigkeit für Aoife?«

»Nun, Nathan sagte, dass er sehr zufrieden mit sich sei, weil er den Typen dazu überreden konnte, sie zu befördern.« Farrell schluckte.

»Wow! Zur Produktionsleiterin? Wenn ich aufsteige, wird da natürlich eine Stelle frei. Ich meine, sie macht den Job erst seit achtzehn Monaten und sie ist nicht die Beste, aber …«

»Celine, hör mir zu«, unterbrach er sie. »Nathan sagte, dass sie die neue Leiterin der Entwicklungsabteilung wird. Ist das nicht die Position, auf die du dich beworben hast?«

Es war, als hätte er ihr einen großen Stein in die Magengrube geschleudert. »Das weißt du doch«, sagte ich matt.

»Und es ist wirklich nur die eine zu vergeben?«

»Es kann nur eine geben, Farrell.«

»Scheiße, das habe ich mir gedacht. Tut mir wirklich leid, Liebes. Das ist so unfair.«

»Das kannst du laut sagen!« Das war alles, was ich herausbrachte, um nicht laut loszuschreien. »Man hat mir gesagt, ich hätte den Job in der Tasche, das Bewerbungsgespräch wäre reine Formalität! Aoife ist ja noch nicht einmal qualifiziert genug, eine Produktionsabteilung zu leiten. Ich musste acht Jahre darauf warten. Das ist so eine Frechheit! So etwas

Absurdes habe ich noch nie im Leben gehört. Wie konnte sie mir das nur antun?«

»Immer mit der Ruhe«, sagte Farrell. »Ich glaube nicht, dass sie es überhaupt weiß, Liebes.«

»Da kannst du Gift drauf nehmen«, antwortete ich hitzig. »Wahrscheinlich hat sie Nathan gebeten, Charlie zum Dinner einzuladen, um die Sache für sie klarzumachen.«

»Das weißt du nicht. Ich meine, sie hat sich nicht offiziell beworben, oder?«

»Nein, aber das war ja wohl auch nicht nötig! Es geht immer nur darum, wen man kennt, und nicht darum, was man kann. Sie hatte von nichts eine Ahnung, als sie anfing – ich habe ihr alles beigebracht, ihre Fehler ausgebügelt ...«

Er seufzte tief. »Oh, Gott. Ich hätte es dir nicht sagen sollen. Ich hätte warten sollen, bis du zu Hause bist.«

»Nein, nein, ich bin froh, dass du es mir gesagt hast. Immer gut zu wissen, wer deine Freundin ist und wer deine Feindin.«

»Sie ist nicht deine Feindin, Celine. Sie ist nur eine Frau mit einem mächtigen Verlobten. Ich würde dasselbe für dich tun, wenn ich könnte.«

»Nein, würdest du nicht. Und ich würde es dir auch nicht erlauben. Ich möchte lieber aus eigener Kraft Erfolg haben.«

Es entstand eine lange Pause.

»Was wirst du tun?«, unterbrach Farrell meine düsteren Gedanken.

»Keine Ahnung. Sie fragen, was für ein Spiel sie spielt, wahrscheinlich.«

»Greif sie nicht direkt an. Aoife könnte unschuldig sein.«

»Hmm«, sagte ich und glaubte nicht eine Sekunde daran.

»Versau das nicht, Celine.«

»Wovon zum Teufel redest du? Ich habe nichts falsch gemacht. Ich habe gerade den Job meines Lebens verloren. Keine andere Firma würde mich für so eine Position auch nur mit dem Arsch angucken. Du musst einen beschissenen Abschluss in Film- oder TV-Produktion haben oder Eltern, die in der Branche arbeiten, vorzugsweise beides. Du musst ...«

»Hey, hey! Ich weiß, dass es unfair ist, aber sieh doch mal das Gesamtbild. Nathan ist kurz davor, in meine Idee zu investieren. Du weißt, wie sehr wir das Geld brauchen. Wenn du dich mit Aoife zerstreitest, wird er zu ihr halten, und wir sind erledigt.«

»Um Himmels willen, hör auf, über dein verdammtes Investment zu jammern. Meine Karriere ist gerade auf dem Scheiterhaufen verbrannt worden«, sagte ich.

»Nicht unbedingt.«

»Doch, meine Zeit ist vorbei! Ich kann nicht als ihre Untergebene weitermachen. Das wäre obszön. Ich muss kündigen.«

»Das kannst du nicht machen. Wie sollen wir die Miete bezahlen?«

»Vielleicht, indem du dir ausnahmsweise einen Job suchst!«, fauchte ich.

Er seufzte. »Celine. Ich weiß, dass du verärgert bist, aber ziehe keine voreiligen Schlüsse. Erst mal die Fakten checken, nichts überstürzen. Ehrlich gesagt ist es besser, wenn du gar nichts sagst. Warte einfach ab, bis das Wochenende vorüber ist.«

»Sag mir nicht ständig, was ich tun soll oder nicht. *Ich* entscheide, was zu tun ist.«

»Viel Glück dabei. Ich liebe dich«, sagte er lahm.

Wir legten auf. Ich brauchte einige Augenblicke, um mich zu sammeln, dann verließ ich das Schlafzimmer und ging nach draußen. Ich wollte das Wochenende nicht ruinieren, aber ich konnte auch nicht so tun, als wäre alles in Ordnung. Ich musste mit Aoife reden.

KAPITEL ZWEIUNDDREIßIG: HEUTE

– DANI –

Erleichtert, Beth und Celine entkommen zu sein, schließt Dani das Auto auf und steigt ein. Die Sitze sind aufgeheizt, und am Lenkrad verbrennt sie sich fast die Hände. Sie weiß nicht genau, wie sie von hier zum Supernova kommt, entscheidet sich aber, das Navi zu ignorieren und einfach der Nase nach zu fahren. Während sie durch eine endlose Abfolge von Kreisverkehren manövriert, denkt sie über Tiffs eigenartiges Verschwinden nach. Wirklich unmöglich von ihr, sich so einfach aus dem Staub zu machen. Warum hat sie nicht gesagt, dass sie etwas Zeit für sich braucht? Warum geht sie nicht ans Telefon?

Sie schaltet einen Gang zurück, um die steile Abfahrt zu bewältigen, und erreicht Puerto Banús mit mehr Glück als Verstand am Ende der Marina. Zu ihrer weiteren Überraschung findet sie einen Parkplatz in einer Seitenstraße nur hundert Meter von der Bar entfernt. Je näher sie ihrem Ziel kommt, desto schneller schlägt ihr Herz. So etwas hat sie noch nie getan. Es fühlt sich beängstigend an. Was, wenn sie beim Betreten des Apartments ertappt wird? Es könnte eine Überwachungskamera geben. Sie hat weder Maske noch Hoodie und trägt auch keine Handschuhe. Überall werden ihre Fingerabdrücke und DNA zu finden sein. Und sie weiß nicht einmal genau, wonach sie sucht.

Den Schlüssel in der Hand, steht sie vor der Eingangstür und überdenkt ihren Plan. Entweder hat John selbst gestern Abend die Villa verwüstet, oder er und Marta wissen, wer es war, und haben Angst. Es liegt auf der Hand, dass sie in ernsthaften Schwierigkeiten stecken, und Dani vermutet irgendeinen Zusammenhang mit Aoifes Tod. Vielleicht findet sie auf Johns Computer Beweise – wenn sie es schafft sich einzuloggen. Sie zögert. Ist sie gerade dabei, eine riesige Dummheit zu begehen?

Nein, Dani Girl sagt Aoifes Stimme in ihrem Kopf. *Mach weiter so.*

Bei Tageslicht ist die Straße der Hölle nicht ganz so höllisch. Eigentlich sieht sie recht normal aus. Die meisten Läden und Bars sind geschlossen, aber eine Handvoll Touristen flaniert dennoch plaudernd und mit einem Eis in der Hand. Dani blickt sich um, nur für den Fall, dass jemand ihr gefolgt ist, und nähert sich der Tür zum Apartment. Es ist 16:40 Uhr. Könnte John inzwischen zurückgekehrt sein? Unwahrscheinlich, aber …

Sie klingelt und verzieht sich um die Ecke, wobei ihr Herz

wie verrückt klopft. Sie spitzt die Ohren, ob sie verräterische Geräusche hört, eine Tür, die geöffnet wird, Johns Stimme, die etwas nach unten ruft, aber es herrscht Stille. Gut. Er ist nicht da. Sie späht um die Ecke, schaut sich noch einmal um, geht dann zurück zum Gebäude und steht wieder vor der Tür. Vorsichtig holt sie den Schlüssel aus der Tasche und steckt ihn ins Schloss. Als sie ihn erst in die eine, dann in die andere Richtung dreht, sind ihre Finger feucht vor Angst. Schließlich spürt sie, wie das Schloss sich öffnet. Sie sieht sich noch mal kurz um, tritt dann ein und schließt die Tür hinter sich.

Es ist dunkel, aber sie zögert, das Licht einzuschalten. Sie versucht ihren Herzschlag zu beruhigen, doch der hat eher noch zugenommen. Was, wenn John das Treffen mit Marta abgesagt hat? Was, wenn er oben ist und schläft oder einfach nur die Klingel überhört hat? Nein, sagt sie sich, er war derjenige, der Marta treffen wollte, nicht andersrum.

Langsam steigt sie die Treppe hoch. Die Stufen der Betontreppe sind abgerundet und zur Hälfte mit andalusischen Fliesen ausgelegt – Blau, Gold und Weiß. Oben gehen von einem quadratischen Absatz drei Türen ab. Das Apartment ist klein und kompakt, es wird nicht lange dauern, alles zu durchsuchen. Sie wählt eine Tür und findet sich einen Moment später in der Küche wieder. Es gibt eine weitere Tür an der hinteren Wand. Die führt vielleicht auf die Dachterrasse oder nach unten in den Hof, möglicherweise auch beides. Falls erforderlich, könnte sie als Fluchtweg dienen.

Dani schaut sich um und achtet darauf, nichts anzufassen. Schmutzige Teller stapeln sich in der Spüle. Die Arbeitsfläche ist mit Kochtöpfen, Packungen von Trockenprodukten, Öl- und Essigflaschen vollgestellt. Auf dem kleinen Tisch befinden sich ein mit Brotkrumen bedecktes Schneidebrett, ein Knoblauchzopf, eine offene Packung Schinken, der an den Rändern schon vertrocknet ist, ein halbes Glas Wasser. Wirkt wie der Haushalt eines Singles, der niemanden hat, für den er aufräumt, und niemanden, um den er sich kümmert. Ihre winzige Wohnung in London sieht oft genauso aus.

Sie verlässt die Küche, geht zurück in den Flur und öffnet die zweite Tür, die ins Schlafzimmer führt. Es ist gerade groß genug, um Platz für ein Doppelbett und ein Tischchen zu bieten, auf dem sich ein Wecker und ein weiteres halb ausgetrunkenes Glas Wasser befinden. Die Wände sind nackt, und die grauen Metalljalousien verleihen dem Zimmer die Anmutung einer Gefängniszelle. Das T-Shirt, das John gestern trug, liegt neben einigen Shorts und getragenen Boxershorts auf dem Boden. Das Bett ist ungemacht und das Laken sieht aus, als könnte es einen Wechsel vertragen.

Dani starrt einige Sekunden lang auf die Matratze und stellt sich Aoife und John vor, die hier heftigen Sex haben. Aoifes Augen auf die weiße, rissige Decke gerichtet, der Geruch ihrer verschwitzten Körper, während er in sie stößt, und wie er schließlich auf ihre nackte Brust sinkt.

Sie kann sein Gewicht fast spüren ... Nein, das ist schrecklich. Sie wischt dieses Bild beiseite, verbannt es aus ihrem Kopf. Hier gibt es nichts zu sehen.

Sie dreht sich um, verlässt das Zimmer und geht zurück in den winzigen Flur. Das Zimmer, das sie am meisten interessiert ist natürlich das letzte.

Sie betritt das Wohnzimmer. Es ist lang und schmal und mit IKEA-Möbeln eingerichtet. Die Oberflächen sind verstaubt. Leere Bierflaschen liegen auf dem Teppich, und die stinkenden Überreste eines Kebabs vergammeln in einer Styroporverpackung. Sein Essen von gestern Abend, wie es aussieht.

John hat hier nicht immer alleine gelebt. Vor drei Jahren hatte er die Wohnung mit Marta geteilt. Dani schaut sich nach Zeichen ihrer Existenz um – irgendein spanisches Gemälde, ein gemusterter Überwurf, ein Kissen oder Dekorationsgegenstand vielleicht –, aber da ist nichts.

Sein Laptop liegt auf dem Sofa, ein blauer Zweisitzer, der schon bessere Tage gesehen hat. Sie setzt sich hin und hebt den Laptop auf ihre Knie. Als sie die Abdeckung öffnet, fällt ihr auf, wie stark ihre Hände zittern. Sie schaltet ihn ein. Begrüßt wird sie mit einem umwerfenden Foto von rosaroten Bergen im Nebel irgendwo in Asien. Es ist kein Pin-Code nötig, um zum Home Screen zu gelangen, und sein Gmail-Account verbindet sich automatisch via Chrome. Praktisch. John hat in seinem Mail-Account mehr als zweitausend ungelesene Nachrichten. In der Hoffnung, etwas Interessantes zu entdecken, wirft sie einen kurzen Blick auf die Namen der letzten Absender, aber es ist fast nur Junk – Newsletter und Spezialangebote von Webseiten, bei denen John sich wahrscheinlich niemals registrieren wollte. Der Rest sind Nachrichten der verschiedensten Versorger – Elektrizität, Internet, Kreditkarten, Brauereien, Reinigungsprodukte. Kaum persönliche E-Mails, was sie auffällig findet. Ist John ein einsamer Mann, oder kommuniziert er mit Freunden und Familie über andere Kanäle? Benutzt er vielleicht Instagram? Nicht, dass sie etwas Verdächtiges auf einer öffentlichen Plattform finden würde. Wenn sie so darüber nachdenkt, würde er Kontakte mit Kriminellen sicher nicht per E-Mail abwickeln. Wahrscheinlich benutzt er ein Wegwerfhandy.

In diesem Augenblick piept ihr eigenes Handy. Nervös zuckt sie zusammen und fischt es aus ihrer Tasche. Es ist eine Nachricht von Beth, die fragt, ob sie Tiff schon gefunden hat. Sie hätten nichts von ihr gehört. Dani antwortet rasch mit dem Vorschlag, sich am Friedhofseingang zu treffen und steckt ihr Handy wieder ein.

Die Zeit vergeht wie im Flug. Die ganze Unternehmung fühlt sich plötzlich unnötig riskant an. Unbehagen steigt in ihr auf. Warum tut sie das? Sie weiß nicht einmal, wonach sie sucht.

In der Hoffnung auf eine Eingebung streift sie durch das Zimmer. Auf einem Regal steht neben einem Zeitschriftenstapel das gerahmte Foto eines älteren Paares, das wie Johns Eltern aussieht. Sie fragt sich, ob es vielleicht Fotos von Johns Komplizen auf seinem Laptop gibt. Möglicherweise sind sie der spanischen Polizei bekannt. Wenn sie Kopien macht und sie Inspektor Mengual schickt, würde er vielleicht jemanden wiedererkennen und einem Gesicht einen Namen zuordnen können. Gut, es ist ziemlich unwahrscheinlich, aber sie könnte es versuchen.

Glücklicherweise benutzt John Google Fotos. Unverzüglich ploppen Hunderte Bilder auf, sie decken mehrere Jahre ab. Dani beginnt sich durch die Aufnahmen zu scrollen und nach Kandidaten zu suchen, die als Geldwäscher infrage kommen könnten – ältere Männer mit Bierbäuchen, altmodischen Tattoos und einem bösen Blick. Leider gibt es niemanden, der diesem Stereotyp entspricht.

Sie scrollt weiter nach unten, bis sie Fotos von John und Marta findet. Es gibt haufenweise davon – am Strand, auf einem Boot, bei einer Party mit Freunden, beim Essen auf der Terrasse eines Lokals, das wie das Venta El Lago aussieht, im Hafen vor einer glänzenden Superjacht, wo sie aus Spaß vorgeben, es wäre ihre. Dann findet sie Aufnahmen von der Villa Floriana, die während der Modernisierung gemacht wurden. John verlegt Holz für die neue Terrasse. Marta steht neben dem frisch ausgehobenen Loch für den Swimming Pool. Zahlreiche Fotos, auf denen Farbeimer und Pinsel zu sehen sind.

Dann kommt sie zu den Hochzeitsfotos, bei denen sie einen Kloß im Hals spürt, weil die beiden so glücklich aussehen, so strahlend und hoffnungsvoll. Schnell scrollt sie weiter, geht zurück in der Zeit und findet Fotos von Johns eigenem Junggesellenabschied. Eine große Gruppe von jungen Männern in albernen Kostümen, die Biergläser in die Kamera halten. Sieht so aus, als würden sie vor dem Supernova stehen. Einen Schnappschuss schaut sie sich genauer an. Da ist Matt, ganz reizend mit einer Marilyn Monroe-Perücke, neben einem älteren Mann, der sein Bruder sein könnte. Und wessen halbes Gesicht lugt da hinter der Schulter von jemandem hervor? Es kommt ihr bekannt vor. Sie vergrößert das Foto.

Das Herz pocht ihr bis zum Hals. Das kann nicht wahr sein. Das Foto ist zu unscharf, sie muss sich irren. Sie hat ihn so lange nicht mehr gesehen, dass sie fast schon vergessen hat, wie er aussieht. Es ist ja auch nur ein halbes Gesicht, wie soll man da jemanden erkennen.

Aber sie weiß, dass er es ist. Und das ändert alles.

KAPITEL DREIUNDDREIßIG: DAMALS

– BETH –

Ich eilte ins Schlafzimmer, um mir etwas Wasser ins Gesicht zu spritzen und mich zu beruhigen. Die Paella-Party war eine Qual gewesen. Normalerweise kann ich über mangelnden Appetit nicht klagen, aber gerade hatte ich kaum einen Bissen hinunterbekommen. Die ganze Zeit hatte ich Aoife aus dem Augenwinkel beobachtet und versucht herauszufinden, was in ihrem Kopf vorging und warum sie sich den Abend davor so unmöglich verhalten hatte. Der Ärger, der schon den ganzen Morgen in mir kochte, hatte sich nicht verflüchtigt, sondern war eher größer geworden.

Es war, als würde ich sie nicht mehr kennen. Vielleicht hatte ich sie nie gekannt ... nicht wirklich. Tatsächlich war es lange her, seit wir uns so richtig nah gewesen waren. Obwohl ich damals versucht hatte, mir einzureden, dass sie *nicht* mit

Zach geschlafen hatte, hinterließ die Geschichte eine Narbe. Ihr Benehmen an diesem Wochenende machte mir klar, dass die Wunde nie endgültig verheilt war. Ich wollte ihr so sehr glauben, aber das nagende Gefühl, dass sie mich betrogen hatte, ließ sich nicht verscheuchen.

Während ich versuchte, mein dahinschmelzendes Make-up aufzufrischen, dachte ich über die Nachricht auf WhatsApp nach, die Aoife vorhin bekommen hatte. Von wem stammte sie? Es war eine spanische Nummer, aber das musste nicht heißen, dass es sich um einen Spanier handelte. Marbella war voller Auswanderer. Ich wünschte, ich hätte sie mir gemerkt. In meinem Kopf ging es drunter und drüber. Matt kam mir in den Sinn, doch bald landete ich bei John. Es gab andere Kandidaten, natürlich – der Typ im Pesadilla und andere Männer, die sie vielleicht getroffen hatte, als sie mit Dani im Supernova war. Aber ich tippte auf John. Immerhin hatte ich genau gesehen, wie sie zusammen weggegangen waren. Als sie zurückgekommen war, hatte dieses erregte Glitzern in Aoifes Augen gestanden, eine andere Energie war von ihr ausgegangen.

Tiff hatte ihr Telefon auf dem Nachttisch liegen lassen, und es klingelte ohne Pause. Sie war draußen, um die »Überraschung« vorzubereiten und konnte es offensichtlich nicht hören. Wer wollte sie so verzweifelt erreichen, fragte ich mich? Hoffentlich gab es zu Hause keinen Notfall. Ich nahm das Telefon in die Hand und gab als Code Tiffs Geburtstag ein – nur geraten, aber es funktionierte. Eigentlich wollte ich nicht weiter als bis zu ihrem Home Screen gehen, aber als ich sah, dass sie fünfzehn neue WhatsApp-Nachrichten hatte – dann sechzehn, dann siebzehn –, war ich doch zu neugierig.

Alle kamen von Nathan. Aoife hatte seit Samstagabend nicht mehr mit ihm Kontakt aufgenommen, sie antwortete weder auf seine Nachrichten noch ging sie ans Telefon. War Aoife krank? Hatte sie einen Unfall gehabt? War sie sauer wegen der Masken? Hatte sie nicht mehr genügend Akku? Wo war sie? Er musste mit ihr reden. Er wollte, dass Tiff sie drängte ihn anzurufen. Sofort. Es konnte nicht bis morgen warten. Er hatte aufregende Neuigkeiten, die er ihr in einem Videochat erzählen wollte, damit er ihre Reaktion sehen konnte.

Ich war versucht stellvertretend für Tiff zu antworten, aber ich wusste, dass sie mein Herumschnüffeln sauer machen würde, sobald sie davon Wind bekam. Ein Gutes hatte der Junggesellinnenabschied nämlich: Unsere Freundschaft war erneuert worden, und das wollte ich nicht aufs Spiel setzen. Tiff war sowieso schon aus irgendeinem Grund verärgert, obwohl sie sich weigerte zu sagen, warum. Sie gab sich die Schuld daran, dass der Trip so chaotisch verlief. Ich versicherte ihr immer wieder, es wäre nicht ihre Schuld, aber sie wollte es nicht hören. Offensichtlich behielt sie ein Geheimnis für sich, aber ich hatte keine Idee, worum es gehen könnte. Ich vermutete, dass ein Mann dahintersteckte. Nach meiner Erfahrung war das meistens der Fall. Sie hatte es rigoros abgestritten, doch ich kannte die Zeichen. Sie musste sich jemandem anvertrauen, und ich wollte diejenige sein, aber bisher schwieg sie wie ein Stein.

Das Handy nervte erneut. Schon wieder Nathan. Natürlich hätte ich es mir schnappen und damit zu Tiff laufen sollen, aber die Wahrheit ist, dass ich mit ihm sprechen wollte.

Da waren einige Dinge, die ich mir von der Seele reden musste, Dinge, die er wissen sollte.

Ich wartete, bis das Klingeln aufhörte. Dann übertrug ich Nathans Nummer in meine eigene Kontaktliste. Ich drückte mein Telefon an die Brust und war hin- und hergerissen, ob ich ihn anrufen oder die Dinge ruhen lassen sollte. Wenn ich ihm erzählte, was an diesem Wochenende vorgefallen war, wäre er am Boden zerstört und wahrscheinlich sehr wütend. Womöglich würde er sogar die Hochzeit absagen. Ich dachte an das Chaos und die Enttäuschung, die das verursachen würde, nicht nur für Nathan und Aoife, sondern auch für ihre Familien und Freunde – Menschen, die schon viel Zeit, Geld und Energie in ihre Beziehung gesteckt hatten. Sollte ich die böse Fee sein und alles zerstören? Das war nicht die Rolle, die ich gern spielen wollte. Andererseits fand ich, dass Nathan die Wahrheit über die Frau kennen sollte, mit der er sich für den Rest seines Lebens verbinden wollte. Für mich ist Treue das Wichtigste in einer Partnerschaft. Ohne sie hat eine Beziehung keinen Wert. Ich selbst war ein Betrugsopfer gewesen. Nur zu gut erinnerte ich mich daran, wie verletzt und verlassen ich mich gefühlt hatte, als mir die Schuppen von den Augen fielen und ich erkannte, dass Zach mich nie geliebt hatte. Neun Jahre mussten vergehen, bis ich plötzlich die Wahrheit erfuhr, neun verlorene Jahre, in denen ich an meiner Karriere hätte basteln oder eine andere, bessere Beziehung führen können. So etwas würde ich Nathan niemals wünschen. Und ich war der Meinung, dass Aoife keinen Mann heiraten sollte, den sie nicht liebte. Dass sie das nicht tat, war für mich offensichtlich, sonst würde sie wohl nicht das ganze Wochenende damit verbringen, sich jedem x-beliebigen Kerl an den Hals zu werfen.

Ich wägte die Argumente noch einmal ab und versuchte als gute Anwältin so objektiv wie möglich zu sein. Mein Entschluss stand fest. Ich drückte den grünen Hörer, und Nathan nahm nach zweimaligem Klingeln ab.

»Hallo?«, sagte er. »Wer ist da?«

»Beth«, antwortete ich mit gesenkter Stimme. »Aoifes Freundin, eine der Brautjungfern.«

»Oh, ja, ich erinnere mich. Beth. Eine Schulfreundin. Alles in Ordnung mit Aoife? Stimmt etwas nicht? Warum rufst du an?« Er klang äußerst besorgt.

»Alles in Ordnung, es geht ihr gut. Wir sind in der Villa, aber ich bin im Moment nicht bei Aoife.«

»Ich habe das ganze Wochenende versucht, sie zu erreichen. Dann habe ich es bei Tiff versucht, aber sie antwortet auch nicht. Warum meiden mich die beiden?«

»Das weiß ich nicht.«

»Ich muss Aoife wirklich sprechen. Kannst du sie eben für mich ans Telefon holen?«

»Tut mir leid, das ist gerade eher schlecht.«

»Warum denn?«

»Ich möchte nicht, dass sie weiß … ich wollte privat mit dir sprechen.«

Es entstand eine Pause. »Worüber? Was ist los?«

»Ich mache mir Sorgen wegen Aoife«, sagte ich, ging auf meine Seite des Zimmers und setzte mich auf die Bettkante. »Ihr Verhalten war … merkwürdig. Das ganze Wochenende über.«

»Was meinst du mit merkwürdig?«

Ich erzählte ihm von dem exzessiven Trinken, davon, wie sie mit einer Gruppe fremder Männer im Club geblieben war. Ich konnte fast hören, wie ihm der Unterkiefer nach unten klappte.

»Allein?«, fragte er.

»Mit Dani.«

»Hätte ich mir denken können. Ich kann die Frau nicht ausstehen.«

»Ich glaube nicht, dass es allein Danis Schuld war, wirklich nicht. Aoife benimmt sich ziemlich wild. Ich denke, sie ist zu weit gegangen.«

»Zu weit«, wiederholte er. »Was soll das heißen?«

»Du weißt schon, trinken, flirten.«

»Ja ... und? Ich brauche mehr Details, Beth. Was hat sie getan? Wer waren diese Typen? Woher kamen sie?«

Ich spürte, wie mir vor Verlegenheit heiß wurde. »Ich weiß es nicht, ich war nicht dabei, aber gestern Abend war sie mit jemandem zusammen«, sagte ich. »Er hat ihr diese ... nun ja ... diese Nachricht geschickt, dass er sie wiedersehen will. Es war eine spanische Nummer. Heute Abend gehen wir nicht aus, also wird sie keine Gelegenheit haben, ihn zu sehen, aber ... mir kommt es einfach nicht richtig vor, wenn ihr bald heiratet und ...« Ich geriet ins Stocken. »Tut mir leid«, fügte ich lahm hinzu. »Das ist für dich bestimmt furchtbar zu hören. Vielleicht hätte ich es dir nicht erzählen sollen ...« Mit einem schlechten Geschmack im Mund brach ich ab.

Stille dehnte sich zwischen uns aus. »Verstehe. Ich kümmere mich darum«, sagte Nathan schließlich. »Dieses Gespräch hat nie stattgefunden, okay? Das bleibt unter uns.«

»In Ordnung«, flüsterte ich. Ich war kurz davor, mich noch einmal zu entschuldigen, vielleicht sogar, etwas zurückzunehmen, aber er beendete das Gespräch, bevor ich etwas sagen konnte.

Als ich mich für die abendliche Party zurechtmachte, hatten Schuldgefühle mich im Griff. Das Kleid schien mir am Körper zu kleben und meine zitternden Finger kämpften mit den Bändchen meiner silbernen Sandalen. Mir war unangenehm heiß, und ich hatte rote Flecken auf den Wangen. Armer Nathan. Wie musste er sich erst fühlen? Aoife hatte ihn das ganze Wochenende zappeln lassen. Jetzt wusste er, warum.

Er schien eher wütend als überrascht zu sein. Ich fragte mich, auf welche Weise er sich wohl »darum kümmern« würde. Ich wollte lieber nicht daran denken, wie hässlich es zwischen den beiden werden würde, wenn Aoife morgen nach Hause kam. Sie würde wissen wollen, wie Nathan davon Wind bekommen hatte, aber es hörte sich an, als würde Nathan mich decken. Vielleicht würde Tiff die Schuld dafür bekommen. Aoife wusste, dass sie und Nathan wegen der Reise Kontakt miteinander hatten. Ich wollte Tiff nicht reinreiten, aber jetzt lag alles außerhalb meiner Kontrolle. Ich fand immer noch, dass Aoife sich total danebenbenommen hatte, und Nathan Bescheid wissen sollte, aber nachdem ich den Stein ins Rollen gebracht hatte, fühlte ich nun doch einen gewissen Respekt davor, was er alles mit sich reißen könnte.

Die Aussicht, den Abend mit Aoife zu verbringen, verstärkte mein Unbehagen noch, aber ich konnte nicht kneifen. Keinesfalls durfte sie erfahren, dass ich sie angeschwärzt hatte. Ich würde die Vorstellung meines Lebens als die glücklichste aller Brautjungfern geben müssen. Unmengen von Alkohol würden nötig sein, mich über den Abend zu retten. Ich war unsicher, ob ich der Sache gewachsen war.

KAPITEL VIERUNDDREIßIG: HEUTE

– DANI –

Sie muss eine Kopie des Fotos machen. Johns Laptopbildschirm ist mit Fingerabdrücken übersät, also kippt sie den Deckel nach vorn, um das Streulicht zu verringern und macht ein Foto mit dem Handy.

Plötzlich hört sie das Geräusch eines sich drehenden Schlüssels im Schloss und das Quietschen der Scharniere der Eingangstür. Das muss John sein, zurück vom Treffen mit Marta. Sie schlägt den Deckel des Laptops zu. Der Notausgang kommt ihr in den Sinn, also schnappt sie sich ihre Tasche und huscht über den oberen Treppenabsatz in die Küche. Der Schlüssel steckt in der Tür. Sie sperrt auf, kann sie aber nicht öffnen. Sie ist zusätzlich unten verriegelt. Ihre Finger zittern, als sie versucht, den Metallstift nach oben zu ziehen. Er ist verkantet und will sich nicht rühren. Sie hört Schritte auf der Treppe. John wird jeden Moment da sein.

Der Riegel schnellt nach oben und knallt schmerzhaft gegen ihre Finger. Sofort öffnet sie die Tür und stolpert nach draußen, bevor sie so geräuschlos wie möglich die Metalltreppe herunterrennt. Sie führt in einen Innenhof voller Boxen und kaputter Möbelstücke. Dani schwingt sich auf eine Kiste und dann über die Mauer, die den Hof von der Straße trennt. Sobald ihre Füße den Asphalt berühren, sprintet sie los. In der Ferne hört sie John, der nun auf dem oberen Absatz der Metalltreppe zu stehen scheint und einen Fluch nach dem anderen brüllt. Hat er sie gesehen? Sie traut sich nicht, sich umzuschauen.

Verdammt, sie hätte es wissen müssen. Sie stecken alle unter einer Decke. Niemandem kann man trauen. Aber darüber darf sie jetzt nicht nachdenken, darf sich nicht einmal im Ansatz vorstellen, was ihre Entdeckung bedeutet. Sie muss einfach zurück zu ihrem Auto und sich einschließen. Auch wenn John sie nicht zu verfolgen scheint. Warum sollte er auch? Er weiß ohnehin, wo er sie finden kann.

DU BIST DIE NÄCHSTE

Danis Hände zittern, als sie den Seat startet und aus der Parklücke zurücksetzt. Sie fährt auf direktem Wege zum Friedhof. Celine und Beth hätten am Eingang warten sollen, aber nun scheinen auch sie verschwunden zu sein. Sie schreibt eine schnelle Nachricht in den Gruppenchat auf WhatsApp.

Wo seid ihr? Tiff schon gefunden?

Während sie auf Antwort wartet, schaut sie nach, wie das Foto geworden ist. Schwer zu sehen in dem hellen Sonnenlicht. Ein wenig verschwommen. Sie ist jedoch nach wie vor sicher, dass er es ist, obwohl ... Nein, sie bildet es sich nicht ein.

Einige Minuten später ruft Celine an, um ihr zu sagen, dass sie und Beth sich in einem Café eine Straße weiter befinden. Über Tiff kein Wort.

»Ich mache mich gleich auf den Weg«, sagt Dani. »Dann können wir alles besprechen.«

Sie fährt um die Ecke und parkt. Beth und Celine sitzen auf dem Gehweg unter einem gestreiften Sonnenschirm an einem kleinen Tisch und trinken Kaffee.

»Also was glaubt ihr, ist hier los?«, fragt Dani und nimmt Platz. »Du kennst Tiff besser als wir, Beth. Verschwindet sie häufiger so einfach von der Bildfläche?«

»Eigentlich nicht«, antwortet Beth. »Ich weiß, dass sie keine Lust hatte, zum Friedhof mitzukommen. Vielleicht war das alles zu viel für sie.«

»Wir denken, dass vielleicht ihre Nerven mit ihr durchgegangen sind«, sagt Celine und rührt nachdenklich in ihrem Kaffee.

Beth nickt. »Ich habe ihr eine Nachricht geschrieben, dass es in Ordnung ist, wenn sie etwas Zeit für sich braucht. Sie soll nur sagen, ob es ihr sonst gut geht, aber bisher hat sie nicht geantwortet.«

»Vielleicht ist sie irgendwo, wo es kein Netz gibt«, schlägt Celine vor. »Oder ihr Akku ist alle.«

»Das wäre untypisch für Tiff«, sagt Beth. »In solchen Dingen ist sie perfekt organisiert. Ich vermute, sie will einfach eine Weile allein sein und wird sich melden, wenn sie so weit ist.«

Dani zieht ihr Handy aus der Tasche. »Es gibt da etwas, das ich euch zeigen muss. Als ich vorhin losgefahren bin, habe ich nicht wirklich nach Tiff gesucht. Nun, irgendwie schon, aber ...«

»Ich hatte schon das Gefühl, dass du etwas im Schilde führst«, unterbricht Celine sie. »Wo warst du?«

»In Johns Wohnung.«

»Bist du da etwa eingebrochen?«, fragt Beth entsetzt.

»Nein, natürlich nicht. Ich habe den Schlüssel in der Villa gefunden.«

»Das ist immer noch unbefugtes Betreten«, sagt Beth. »Versteh ich nicht, was hast du denn gesucht?«

»Beweise.«

»Beweise wofür?«, drängt Celine.

Dani atmet tief ein. »Dass John ein Krimineller ist, nehme ich an. Stattdessen habe ich etwas viel Schlimmeres gefunden.«

»Schlimmer?«, japst Beth. »Was kann schlimmer sein als das?«

Dani holt ihr Handy hervor und sucht nach dem Bild. »Tut mir leid, es ist nicht so leicht zu erkennen. Es wurde bei Johns Junggesellenabschied gemacht. Alle tragen Kostüme und Perücken und so weiter, aber ich bin mir ziemlich sicher, dass er es ist.« Sie reicht Beth das Handy.

»Was meinst du? Der Typ in der Mitte mit dem angeklebten Schnurrbart?«

»Ich bin mir nicht sicher«, sagt Beth und kneift die Augen zusammen.

»Zeig mal her«, verlangt Celine. Sie nimmt das Handy und starrt auf das Display. »Oh mein Gott.«

»Tut mir leid, es ist kein gutes Foto. War nicht viel Zeit. Ich habe ihn seit mehr als zwei Jahren nicht gesehen, aber …«

»Das ist Nathan«, bestätigt Celine. »Ich habe ihn auch seit Ewigkeiten nicht gesehen, aber ich kannte ihn recht gut.« Sie gibt das Handy zurück. »Was hat das zu bedeuten?«

Dani betrachtet Nathans Gesicht. Sogar auf dem albernen Foto wirkt er bösartig und arrogant. Sie hat nie verstanden, warum Aoife ihn so attraktiv fand.

»John und Nathan sind befreundet?«, fragt Beth ungläubig.

»Ja, enge Freunde, wie es aussieht. Matt ist auch auf dem Bild.« Dani weist auf ihn. »Siehst du? Hier. Sieht aus, als wären sie alle gute Kumpels. Erinnerst du dich, wo Nathan herkommt?«

»London«, antwortet Beth.

»Große Stadt«, murmelt Celine.

»Irgendwo im Osten. Hackney, glaube ich.«

»Vielleicht waren sie zusammen auf der Schule.«

»Aber sie haben nie erwähnt, dass sie sich kennen«, sagt Beth. »Jedenfalls nicht uns gegenüber.«

»Und ich erinnere mich nicht, dass sie bei der gerichtlichen Untersuchung miteinander gesprochen hätten«, fügt Celine hinzu.

»Sie haben sich gemieden. Ich nehme an, weil sie sich zerstritten hatten, erinnert ihr euch?«, sagt Dani. »Nach

Aoifes Tod tauchte Nathan in der Villa auf und ist wegen John nahezu durchgedreht, weil er fand, dass er nicht für genügend Sicherheitsmaßnahmen gesorgt hatte. Es gab fast einen Kampf – Mengual musste dazwischengehen.«

»Aber warum haben sie geheim gehalten, dass sie sich kannten?«, will Celine wissen.

Dani runzelt die Stirn. »Dafür muss es einen Grund geben.«

»Hinter den Kulissen des Junggesellinnenabschieds hat Nathan eifrig die Fäden gezogen«, sagt Beth. »Erinnerst du dich, Celine? Als wir am Samstagabend auf das Taxi warteten, hat Tiff uns erzählt, dass er regelrecht darauf bestanden hat, die Villa Floriana zu buchen. Er behauptete, es wäre Aoifes Wunsch, aber sie wusste gar nichts davon.«

»Ja, Tiff glaubte, vielleicht etwas missverstanden zu haben, dabei hatte er sie schlichtweg angelogen«, sagt Celine. »Er konnte ziemlich dominant sein. Er sagte Aoife immer, was sie tun oder lassen sollte, wie sie sich für die Arbeit anzuziehen hatte, welchen Wein sie trinken sollte …«

»Ich frage mich, ob der Polizei die Beziehung zwischen John, Matt und Nathan bekannt war«, überlegt Beth.

»Das bezweifle ich«, sagt Dani, »aber ich glaube, wir sollten es ihr mitteilen. Sie müssen den Fall wiederaufnehmen, alle drei befragen und ihre Alibis überprüfen.« Ein Schauder überkommt sie. »Vielleicht ist man uns deswegen an diesem Wochenende gefolgt, und es ist auch der Grund für die Verwüstungen in der Villa. Die Botschaft auf dem Spiegel war möglicherweise doch für mich bestimmt.«

»Hey, ruhig bleiben und keine vorschnellen Schlüsse ziehen«, sagt Beth. »Es ist eigenartig, dass sie es für sich behalten haben, aber dafür könnte es noch andere Gründe geben. Ich weiß nicht, ob es jemandem hilft, wenn der Fall neu aufgerollt wird, am wenigsten Aoifes Eltern. Sie haben genug gelitten.«

»Das sollte die Polizei entscheiden, findest du nicht?«, sagt Dani.

»Ich finde, wir sollten uns zuerst mit Tiff beraten«, argumentiert Beth. »Sie kennt Nathan besser als wir. Immerhin hat sie im Lauf des Junggesellinnenabschieds viel mit ihm zu tun gehabt und …« Sie hält inne. »Wie auch immer, sie wird mehr darüber wissen, was damals passiert ist.«

»Außer, dass sie die Fliege gemacht hat«, sagt Dani, die Verärgerung in sich aufwallen spürt.

»Es ist wirklich untypisch für sie, niemandem zu sagen, wohin sie geht«, bemerkt Celine. »Jedenfalls bringt es uns nicht weiter, hier rumzuhängen. Ich finde, wir sollten zurück zur Villa fahren. Tiff ist vielleicht sogar schon dort.«

*

Dani fährt sie zurück. Sobald sie geparkt hat, reißt Beth die Wagentür auf und rennt zum Haus.

»Drinnen kann sie nicht sein«, ruft sie und hält den Schlüssel hoch, nachdem sie ihn aus dem Safe gefischt hat. Sie sperrt die Eingangstür auf und eilt nach innen, um die Alarmanlage auszuschalten. Wenige Sekunden später bricht sie ab und eine unheilvolle Stille tritt ein.

»Vielleicht ist sie draußen?«, schlägt Celine vor. Sie und

Beth gehen durch die Vordertür wieder hinaus und ums Haus herum, während sie Tiffs Namen rufen.

Dani geht ins Wohnzimmer. Und dann waren es nur noch drei, denkt sie, während ein Schauer sie durchfährt. Sie betrachtet die neu arrangierten Möbel, den frisch gewischten Boden, den Stapel zerbrochener Bilderrahmen, der an der Wand lehnt. Sie starrt und starrt und fragt sich, wie Nathan in das Puzzle von Aoifes Tod passt. Denn irgendwie muss er hineinpassen, daran hat sie keinen Zweifel.

Sie geht herum und zerbricht sich den Kopf, warum Nathan seine Freundschaft mit John und Matt verschweigt – oder verschweigen muss. Ist es ihm peinlich, dass er versucht hat, ohne Aoifes Wissen den Junggesellinnenabschied zu überwachen? Beschämt, weil er spektakulär dabei gescheitert ist, sie zu beschützen? Keiner dieser Gründe ist überzeugend. Es muss etwas sehr Wichtiges gewesen sein, wenn er es vor der Polizei und Aoifes Eltern geheim gehalten hat. Ein Gefühl des Grauens durchströmt ihre Adern.

»Tiff ist nicht am Pool«, unterbricht Celine, die zurück nach drinnen kommt, ihr Grübeln.

Beth folgt ihr dicht auf den Fersen. »Ich versuche es noch einmal«, sagt sie, zieht ihr Handy hervor und wählt. Statt wie bisher endlos zu klingeln, wird der Anruf diesmal abgelehnt. »Hmm, das ist merkwürdig.«

»Hoffentlich geht es ihr gut«, sagt Celine.

»Ja, das hoffe ich auch.«

»Sie wird schon auftauchen, wenn sie so weit ist«, sagt Dani knapp. Sie will jetzt nicht über Tiff nachdenken. Sie muss sich konzentrieren.

Wenig später tritt sie nach draußen und begibt sich zu der kleinen Terrasse, die ein wenig vom Hauptgarten entfernt liegt, dem Ort, den sie stets mit dem Verhör durch Mengual assoziiert, obwohl er an diesem Wochenende auch anderweitig eine Rolle spielte. Sie zieht einen Stuhl in eine schattige Ecke und setzt sich an den Mosaiktisch. Jetzt, wo sie über Nathan Bescheid weiß, muss sie alles noch einmal überdenken, mit anderen Augen sehen und nach neuen Hinweisen suchen.

Laut Beth war Nathan an der Organisation des Wochenendes beteiligt. Anscheinend hatte er Tiff manipuliert, diese Villa zu buchen. Damals war Dani überrascht gewesen, dass sie sich für einen Ort so weit ab vom Schuss entschieden hatte. Die Nachricht, in der Villa Floriana wäre nur Platz für sechs Personen, hatte für viel böses Blut gesorgt. Aus diesem Grund waren die meisten Frauen abgesprungen. Sie hatten keine Lust gehabt, sich woanders eine Unterkunft zu suchen. Aoife, die glaubte, ihre Freundinnen würden sich nichts aus ihr machen, war sehr traurig gewesen. Sie hatte keine Ahnung, dass Nathan dahintersteckte und machte Tiff verantwortlich, die – aus unerfindlichen Gründen – Nathan nicht verriet und die Schuld auf sich nahm. Warum nur? Dani weiß, dass sie selbst so etwas nie getan hätte. Nicht dass Nathan versucht hätte, sie herumzukommandieren. Aber auch Tiff war nicht leicht zu bequatschen und stets darauf bedacht, bei Aoife gut dazustehen. Es war eigenartig …

Es musste einen Grund dafür geben, dass Nathan den Junggesellinnenabschied in der Villa Floriana stattfinden lassen wollte. Sollte einfach nur sein Kumpel geschäftlich profitieren? Vielleicht. Wenn ihre Freundschaft schon so lange zurückreichte. John und Marta hatten gerade erst angefangen, das Haus zu vermieten, vielleicht brauchten sie Geld. All das scheint möglich, aber es passt nicht zu dem Wenigen, was Dani über Nathan weiß. Sie hatte immer den Eindruck, er sei kein großzügiger Mann. Er war großzügig gegenüber Aoife – kaufte ihr Designerkleider, schickte sie in die besten Frisiersalons im West End, ermutigte sie zu Kosmetikbehandlungen –, aber das war etwas anderes. Das tat er, um sie zu der Frau zu formen, die seinen Vorstellungen entsprach. Dani kann nicht anders, als zu dem Schluss zu kommen, dass er ihre Gruppe in der Villa haben wollte, um seine Verlobte beaufsichtigen zu können und sicherzustellen, dass sie sich nicht danebenbenahm. Vielleicht hatte er John und Matt gebeten, ein Auge auf sie zu haben. Nun, das hatte eher mittelmäßig funktioniert ...

Sie versetzt sich zurück in die Vergangenheit und versucht aus den Ereignissen dieses verhängnisvollen Wochenendes schlau zu werden. Matt hatte Aoife beim Cocktail-Workshop eindeutig angemacht. Noch viel entscheidender war aber, dass John am Samstagabend Sex mit ihr hatte. Da Nathan ein enger Freund war – eng genug, um zu Johns Junggesellenabschied nach Spanien zu kommen: Warum um alles in der Welt hatten sie sich so verhalten? War es pure Bosheit gewesen, oder hatte Nathan seine Freunde aufgefordert, Aoife zu testen? Beides verursachte ihr gleichermaßen Übelkeit.

Was, wenn sie ihm gemeldet hatten, dass Aoife den Test nicht bestanden und ihn betrogen hatte? Dani schaudert bei dem Gedanken, wie Nathan darauf reagiert haben könnte. Er war ein eitler, stolzer Mann, der Aoife wie seinen Privatbesitz behandelte. Wenn es allerdings so gewesen war, dass John und Matt sich durch Aoife an Nathan rächen wollten – hatte er es herausgefunden? Und wenn ja, wie? Dani hatte mit Sicherheit niemandem von Aoifes Affäre mit John in seinem Apartment erzählt, auch nichts darüber, dass Aoife an der Hochzeit zweifelte. Sie hatte die Geheimnisse ihrer besten Freundin für sich behalten und auch nicht vor, dies zu ändern. Aber es war für alle Brautjungfern offensichtlich, dass Aoife sich nicht wie eine typische zukünftige Braut benahm: Spaß mit den Mädels, schön und gut, aber doch wohl mit großer Vorfreude auf die bevorstehende Hochzeit mit dem Mann, den sie liebte. Jede wusste, dass hier etwas im Busch war.

Nie und nimmer hätte Dani sie verraten, aber die anderen vielleicht ... Tiff beispielsweise. Es war nicht zu übersehen, dass sie mit Nathan unter einer Decke steckte. Hatte er sie darauf angesetzt, ihre alte Freundin auszuspionieren und ihm Bericht zu erstatten? Gleichzeitig hatte er Celines Anwesenheit an diesem Wochenende klargemacht und ihr diese grässlichen Masken mitgegeben. Blieb noch Beth, die immer so korrekt war und die Aura diskreter moralischer Überlegenheit um sich verbreitete ...

Dani erinnert sich an diesen Sonntag und die Stunden vor dem Angriff auf Aoife – bevor alles in ihrem Kopf leer war. Die Stimmung während der Paella-Party war bedrückend gewesen. Damals hatte sie angenommen, es läge daran, dass sie und Aoife sich am Samstagabend geweigert hatten, den Club zu verlassen, aber inzwischen fragt sie sich, ob nicht mehr dahintersteckte. Dann gab es noch diese Überraschung, die gar nicht in Tiffs minutiösem Zeitplan stand. Warum hatte sie diesen Programmpunkt verschwiegen, fragt Dani sich. Wahrscheinlich, weil sie nicht wollte, dass Nathan davon erfuhr. Es hätte ihm sicher nicht gefallen.

Tatsächlich hatte die Überraschung genau auf dieser Terrasse in der prallen Sonne stattgefunden. Dani beschwört vor ihrem inneren Auge den Stuhlkreis herauf und lässt sich in ihre Erinnerung fallen.

KAPITEL FÜNFUNDDREIßIG: DAMALS

– DANI –

Tiff war mit ihrer Überraschung spät dran. Aufgeregt tippte sie auf ihrem Telefon herum, während sie im Hof auf und ab lief, um zu sehen, ob es – oder er oder sie – angekommen war. Alle anderen gingen trotz Tiffs Warnung, dass man so kurz nach dem Essen gar nicht schwimmen dürfe, hinunter zum Pool, um sich abzukühlen. Es gehe jeden Moment los, verkündete sie mit der ermüdenden Energie, die sie stets verbreitete, wenn sie gestresst war. Offensichtlich konnte die Überraschung nicht stattfinden, wenn man nass war.

Dani war tatsächlich ein wenig neugierig, um was es sich handelte. Sie wusste lediglich, dass man dazu auf einem Stuhl sitzen musste. Ein Workshop also. Bitte keinen Penis aus Filz basteln, betete sie. Welche Aktivität es auch immer war, sie würde dafür ihren letzten Rest Enthusiasmus aufbringen müssen. Das war der Pakt, den sie mit Aoife geschlossen hatte.

Sie klebten förmlich aneinander und gaben vor, sich blendend zu amüsieren – trotz sämtlicher Beweise des Gegenteils. Das Mittagessen war schon unangenehm genug gewesen, die Atmosphäre am Pool hingegen konnte nur noch als bizarr bezeichnet werden. Beth war weiterhin so mürrisch wie schon bei der Paella und hatte sich in die schattige Ecke des Gartens zurückgezogen, wo sie das Gesicht hinter ihrem Kindle versteckte. Celine war gerade aus ihrem Zimmer gekommen und schäumte vor Wut. Sie warf sich auf eine Liege und blieb dort voll angezogen liegen. Dabei hielt sie die Augen fest geschlossen und atmete hörbar durch die Nase.

Aoife ließ sich auf ihrer Luftmatratze treiben, während Dani sie wie ein Hai umkreiste. »Deine Yogafreundin sieht nicht gerade tiefenentspannt aus«, wisperte sie. »Vielleicht hat sie den Job nicht bekommen.«

»Heute melden die sich nicht.« Aoife blickte über das Wasser hinweg. »Aber du hast recht, sie sieht verdammt angepisst aus. Vielleicht ein Streit mit ihrem Freund.«

Dani schwamm weiter. Wobei, genau genommen strampelte sie wohl eher durch das Wasser. Trotz all der Herausforderungen des Wochenendes und der spürbaren Anspannung allenthalben, war sie aus unerklärlichen Gründen glücklich. Nein, falsches Wort, es war nicht unerklärlich, sondern das Gegenteil. Erklärlich? Innerlich musste sie lachen. Ja, sie konnte die Gründe erklären … Einer wäre, dass sie ihre beste Freundin zurückhatte. Ein anderer, dass sie sich nicht mehr mit Nathan abgeben musste. Außerdem …

»Er ist da!«, rief Tiff und riss sie aus ihren Überlegungen. Sie rannte auf sie zu und rutschte fast auf den nassen Fliesen aus.

Beth klappte ihren Kindle zu und seufzte, während Celine die Augen öffnete und sich langsam erhob.

Tiff tanzte um den Pool herum. »Na los. Aoife! Dani! Kommt raus! Wir haben nur eine Stunde.«

Aoife ließ sich von der Luftmatratze plumpsen. »Eine Stunde wofür?«, fragte sie.

»Aktzeichnen!«

Dani hätte es ahnen können. Sie würden die nächsten sechzig Minuten damit verbringen, den schlaffen Penis irgendeines Fremden zu zeichnen.

»Toll!«, sagte Aoife.

»Tut mir leid, aber ich fühl das gerade wirklich gar nicht«, sagte Celine.

»Du musst es nicht fühlen«, fand Dani. »Nur zeichnen.« Sie und Aoife kicherten hemmungslos und Aoife lachte so sehr, dass sie fast ertrank.

»Du kannst nicht kneifen«, sagte Tiff. »Das ist ne Pflichtveranstaltung.«

Celine ließ einen genervten Seufzer hören und stapfte zur Terrasse.

»Ich bin schlecht im Zeichnen«, sagte Dani. Sie folgte Aoife aus dem Wasser und schnappte sich ein Handtuch. »Aber ich gebe mein Bestes.«

»Kleine Vorwarnung, er ist nicht gerade das, was ich bestellt habe«, gab Tiff zu und vergewisserte sich, dass er es nicht mitbekommen hatte. »Wie es aussieht, sind die Fotos auf seiner Website zehn Jahre alt. Aber er war das einzige männliche Modell, das bereit war, so weit rauszufahren.«

»Ach, ist doch egal!«, sagte Dani und tat ihr Bestes, vorfreudig zu klingen. »Für mich sehen die eh alle gleich aus.« Aoife brach erneut in Lachen aus.

Ihr Modell trat aus dem Schatten des Hauses hervor. Er trug Jeans und ein weißes T-Shirt, das über dem Bauch ein wenig spannte. Sein schwarzes Haar war an den Schläfen grau, und seine Haut wirkte ledrig. Er zog einen quietschenden Trolley hinter sich her.

»Hier ist er: Francisco!« Tiff warf als Zugabe ein »Ta-Da« ein. Sie wirkte mehr als nervös.

»*¡Hola!* Ich freu mich ja sooo sehr, euch kennenzulernen«, sagte er und sprang nach vorn, um Aoife und Dani auf beide Wangen zu küssen. »Ich hoffe, ihr seid bereit für mich.« Seine Augen funkelten schelmisch.

»So bereit, wie es nur geht«, sagte Dani.

»Wo wollt ihr mich, drinnen oder draußen?«

»Drinnen. Wie immer«, scherzte Aoife, die sich ziemlich schnell der Stimmung anpasste.

»Eigentlich *draußen*«, beschied Tiff nachdrücklich. »Auf der Terrasse. Wir haben schon Stühle aufgebaut.«

Er zeigte ein breites Lächeln. »*Perfecto*. Den Rest habe ich dabei. Alle Ladies finden, dass ich sehr gutes … Equipment habe!« Er lachte laut.

Dani seufzte. So würde es sicher weitergehen.

Francisco machte eine richtige Show daraus, jede einzeln zu begrüßen. »Bevor es losgeht, zaubere ich für alle einen schönen Cocktail«, sagte er. »Um in Stimmung zu kommen!«

Tiff fiel ihm ins Wort. »Zwei Cocktails pro Person, genau genommen. Ich habe für zehn Personen bezahlt, wenn Sie sich erinnern, weil das der Minimalbetrag war.«

»Alles, was ihr wollt, Ladies!«, strahlte er. »Wo kann ich mich umziehen, bitte?«

»Oh … äh … ich zeige es Ihnen«, sagte Tiff. Sie führte ihn zurück zur Villa. »Auf die Terrasse Mädels, husch, husch!«

»Oh Gott, müssen wir?«, sagte Celine, sobald er außer Hörweite war.

»Ja!«, riefen Dani und Aoife im Chor.

Beth nahm ihre Tasche und schlurfte los. »Alles in Ordnung?«, fragte Aoife, als sie sie einholte. Beth zuckte die Schultern. »Komm schon, du bist doch gut im Zeichnen, das wird lustig!«

Sie nahmen ihre Plätze auf der kleinen rechteckigen Terrasse mit Blick auf das Tal ein. Dani sorgte dafür, dass sie neben Aoife saß, damit sie gemeinsam lachen konnten. Ein paar Minuten später stieß Tiff zu ihnen und sah noch aufgeregter aus als zuvor.

»Alles okay?«, fragte Dani.

»Hoffentlich. Ich habe ihm zum Umziehen unser Schlafzimmer überlassen.« Beth sah mit gerunzelter Stirn auf. »Tut mir leid, ich bin sicher, es ist alles in Ordnung. Er braucht nur so lange.«

»Was macht er denn?«

»Zieht sich aus, nehme ich an.«

»Hallo, Ladies. Sie drehten sich um und sahen Francisco mit einem Tablett voller farbenfroher Cocktails mit kleinen Papierschirmen auf sie zukommen. Er trug nichts außer einer kleinen Barkeeper-Schürze. Seinen Körper hatte er eingeölt und sah aus, als könne man ihn jede Minute auf den Grill legen.

»Oh«, sagte Tiff. »Ich wusste nicht, dass wir zusätzlich einen nackten Butler bekommen.«

»Penis Colada, Ladies, haha!«, verkündete Francisco und verteilte die Gläser.

»Nicht schon wieder«, ächzte Beth. »Den Witz kennen wir schon.«

»Ich hole nur Papier und Stifte, damit wir anfangen können«, sagte Francisco und schlich zurück zur Villa, wobei sein nacktes Gesäß in der Sonne leuchtete. Bald darauf kehrte er mit einer Schachtel voll Zeichenmaterial und großen Zeichenblöcken zurück, die er auf den kleinen Mosaiktisch legte. Er hatte sein Schürzchen abgelegt und trug nun einen kurzen, schwarzen Morgenmantel.

»Du meine Güte«, sagte Tiff leise.

»Wo wollt ihr mich haben, Mädels?« Er öffnete seinen Gürtel und ließ den Mantel über die Schultern auf den Boden gleiten.

»Ich mache zuerst drei Fünfminuten-Posen, dann eine längere«, erklärte er. »Okay, fangt an!« Er gab ihnen sein linkes Profil und blickte zur Straße von Gibraltar.

Tiff nahm sich einen Block, zog einen Bleistift aus der Schachtel und begann zu zeichnen, als hinge ihr Leben davon ab. Aoife und Dani entschieden sich für Filzstifte und warfen extravagante Schwünge quer über die Seite. Es dauerte nicht lange, bis sie sich vor Kichern krümmten. Beth kritzelte etwas in die obere Ecke ihres Blocks – sie blickte nicht ein einziges

Mal auf Franciscos untere Region. Celine sah ebenso prüde aus, als wäre die ganze Aktion weit unter ihrer Würde. Dani registrierte, dass sie zwar Franciscos Körper zeichnete, seine Männlichkeit aber vorsätzlich ausließ.

»Hast du nicht das Entscheidende vergessen?«, fragte sie. Nur Aoife schien den Scherz zu verstehen.

Francisco nahm eine neue Pose ein, im Grunde die erste, nur dass er eine andere Ecke der Terrasse wählte, wo es ein wenig schattiger war. Aoife und Dani fanden langsam Gefallen an der Sache und lachten, während sie ihre Zeichnungen verglichen und Cocktails schlürften. Nach der letzten Pose bestand Francisco auf einem Selfie mit ihm in der Mitte, die Arme um Danis und Aoifes Taille gelegt. Sie hielten ihre recht ärmlichen Kreationen in die Kamera und setzten ein breites Lächeln auf.

Schließlich schlüpfte Francisco wieder in seinen Bademantel und mixte ihnen ihren zweiten Cocktail, einen für sich selbst eingeschlossen, der nicht Teil des Deals war. Beth trank ihren nicht, also opferte Dani sich. Sie verließen ihre Posten und zogen sich in den Schatten der großen Terrasse zurück.

Die Stunde war vorbei, aber Francisco schien es nicht eilig zu haben. Aoife sprang auf und sagte, sie brauche eine Dusche.

Auf dieses Stichwort hin erinnerte Tiff sie alle daran, dass sie heute packen mussten, weil der Flug am nächsten Morgen früh startete. Das stimmte nicht ganz – der Flug ging erst nachmittags. Sie dankte Francisco für die schöne Zeit, die er ihnen beschert hätte, und ging dann hinein, sogleich gefolgt von Beth und Celine, die sich ebenfalls unter einem Vorwand entschuldigten. Dani war nun mit ihm allein.

Vielen herzlichen Dank, Mädels, dachte sie.

Francisco beugte sich vor und tippte auf ihren Schenkel. »Noch einen Cocktail?«, sagte er. »Ich mache dir einen ganz besonderen.«

KAPITEL SECHSUNDDREIßIG: DAMALS

– TIFF –

»Oh mein Gott, was für ein Schleimer!«, rief ich, als wir auf unser Zimmer eilten und die Tür fest hinter uns schlossen.

»Igitt!« Beth wies auf Franciscos Kleidung, die noch immer auf meinem Bett lag, eingeschlossen seine Unterhose und die winzige Barkeeperschürze. Ich bereute es, ihm erlaubt zu haben, sich hier umzuziehen, aber mir war so schnell keine Alternative eingefallen.

Beth öffnete das Fenster so weit sie konnte und ließ frische Luft herein. »Schon besser«, sagte sie und atmete tief ein. Sie drehte sich um und sah mich an. »Also, Tiff … Was machen wir jetzt? Wir sind entkommen, aber er ist immer noch da.«

»Keine Sorge«, sagte ich. »Dani wird ihn schon loswerden. Das ist die Strafe für ihr Flirten.«

»Aber was, wenn sie ihn nicht loswerden *will*? Die beiden haben es sich doch eben erst so richtig gemütlich gemacht.«

»Bis zum Abend ist der weg, dafür werde ich schon sorgen.«

»Droh ihm einfach mit einer Ein-Sterne-Bewertung auf TripAdvisor«, sagte Beth und setzte sich auf die Matratze. »Das müsste reichen.«

»Gute Idee«, antwortete ich, zog meinen Koffer unter dem Bett hervor und öffnete ihn. Das Packen war nur ein Vorwand gewesen, um von ihm wegzukommen, aber wo ich schon mal hier war, konnte ich nun auch wirklich damit anfangen. Ich konnte es kaum erwarten, die Schärpe mit der Aufschrift »*Bestie of the Bride*« abzulegen, die mich als erste Brautjungfer kennzeichnete, und nach Hause zu fliegen. »Noch ein weiteres Desaster auf der Liste«, murmelte ich, und erwartete, von Beth beruhigt zu werden, es sei doch nicht so schlimm gewesen und ich solle aufhören, mir Vorwürfe zu machen. Aber sie reagierte nicht. Sie schien mit ihren Gedanken woanders zu sein.

»Was ist los?«, fragte ich und nahm meine Kleidung aus dem Schrank. »Bist du nur müde oder ist etwas?«

Sie sah verschlossen aus. »Oh ... ich weiß nicht. Ich habe genug, denke ich. Alles dreht sich nur um Penisse, kann das sein? Das ganze verdammte Wochenende.« Sie ließ sich zurückfallen und starrte an die Decke. »Ich habe die Nase voll davon.«

»Nun ja, es ist ein Junggesellinnenabschied.«

»Dieser ganze Quatsch mit ›*same penis forever*‹ – es ist ekelhaft. Nathan ist eine Person, kein Körperteil.«

»Nimmst du das nicht ein bisschen zu ernst?«

»Nein.« Sie setzte sich wieder aufrecht hin. »Heiraten heißt, sich an einen anderen Menschen zu binden. Das tut man nicht einfach mal so. Sorry, aber Aoifes Verhalten auf dieser Reise war von Anfang bis Ende widerlich. Dani war auch nicht gerade hilfreich.«

»Ich persönlich finde, sie trägt mehr Schuld daran«, sagte ich, stets froh, Dani eins auszuwischen. »Sie stiftet Aoife an. Und sie trinken viel zu viel, wenn sie zusammen sind.«

»Ne, das sehe ich anders. Ich finde, Aoife ist die Anführerin.« Beth presste die Lippen aufeinander. »Ich bin so wütend, dass ich gar nicht weiß, wohin damit.«

Ich rollte gerade ein T-Shirt zusammen und hielt mitten in der Bewegung inne. Das war nicht Beths Art. Normalerweise war sie so großzügig und versöhnlich, dass ich mich dagegen wie ein schlechter Mensch fühlte. »Weswegen wütend?«, forschte ich nach. »Meinst du die Sache mit den Gangstern gestern Abend?«

»Ja, aber nicht nur das. Sie muss mit jedem flirten, links, rechts, Mitte. Ich habe ihr auch wegen des Spiels am Freitag noch nicht vergeben. Diese Andeutung mit Zach hat mich wirklich verletzt.«

»Ach komm, da denkst du doch nicht ernsthaft immer noch drüber nach, oder? Sie hat gesagt, dass sie die Anzahl von Lügen und Wahrheiten verwechselt hat. Ich glaube ihr.«

»Ich nicht.« Beth fasste ihr langes, kastanienbraunes Haar zusammen und band ihren Pferdeschwanz neu.

»Ehrlich, Beth, da bist du zu verkopft. Es war ein Spiel, mehr nicht. Aoife hat nur Spaß gemacht.«

Sie gab einen kleinen ungläubigen Laut von sich. »Das mit dem Cocktail-Typen war nicht nur Spaß – sie hat ihn total angemacht. Es war echt peinlich. Und im Supernova hat sie schamlos mit John geflirtet. Hast du nicht gesehen, wie eng sie miteinander getanzt haben?«

»Ja, das war ein bisschen übertrieben«, gab ich zu. »Aber wie ich schon sagte, es ist ein Junggesellinnenabschied. So etwas ist nicht ernst gemeint, in Wahrheit ist nichts passiert.«

»Da wäre ich mir nicht so sicher. Nachdem wir sie gestern zurückgelassen haben, ist auf alle Fälle etwas passiert ...« Sie zögerte.

»Was?«

Beth blickte mich verschwörerisch an. »Ich weiß es nicht genau, aber Aoife hat heute morgen eine Nachricht bekommen. *Letzte Nacht war heiß. Muss dich wiedersehen.* Von jemandem mit einer spanischen Nummer. Und worum dreht es sich da wohl, hä?«

Ich gab es auf, packen zu wollen. »Wie kommt es, dass du das gesehen hast? Hat sie es dir gezeigt?« Beth lief sofort rot an. »Beth? Hast du in ihr Handy geguckt?«

»Die Nachricht war plötzlich auf ihrem Bildschirm«, sagte sie. »Ich konnte gar nicht anders, als sie zu sehen.«

»Und wo war Aoife?«

»Im Pool, auf der Luftmatratze wie immer. Sie hat mich nicht gesehen und ich habe nichts gesagt.«

»Okay. Und bist du so wütend, weil ... glaubst du, dass sie Nathan gestern Nacht betrogen hat?«

»Nun ja, das ist doch offensichtlich, oder? Vermutlich mit John.«

»John?«

»Das liegt doch auf der Hand.«

»Du weißt nicht sicher, ob sie ihn betrogen hat. Die Nachricht war nicht eindeutig.«

»Sie hat ihm ihre Nummer gegeben, das heißt doch schon etwas.«

»Man gibt seine Nummer nicht nur Leuten, mit denen man Sex hat.«

»Ich *weiß*, dass sie Nathan betrogen hat. Ich weiß es einfach. Ich kann es in ihren Augen sehen.«

»Beth, du …«

»Erzähl mir doch nicht, dass sie ihn wirklich liebt oder sich auch nur etwas aus ihm macht. Sie will einfach nur ihre schicke Wohnung in Canary Wharf und in Sternerestaurants gehen und ihre Flitterwochen auf Mauritius verbringen und …«

»Beth! Beruhige dich. So darfst du nicht reden. Aoife ist eine unserer besten Freundinnen.«

Beth schüttelte den Kopf. »Nein, ist sie nicht. Nicht wirklich. Nicht mehr jedenfalls seit der Sache mit Zach. Und ich finde es schlimm, wie sie dich wegen Dani hat links liegen lassen. Sie wollte nur, dass du erste Brautjungfer wirst, weil sie wusste, dass du besser organisieren kannst.«

Sie erhob sich, trat ans Fenster und schloss die Läden. Im Zimmer war es sehr warm geworden, es würde ewig dauern, bis es auskühlte. Beth brachte nur zur Sprache, was auch ich seit einiger Zeit dachte, aber es klang anders, wenn man es aus dem Mund einer anderen hörte. Es machte die Dinge realer, schwerer abzustreiten.

»Warum bist du dann überhaupt mitgekommen?«

»Ich weiß es nicht – weil Aoife und ich uns schon so lange kennen, nehme ich an. Und wegen dir«, sagte sie. »Du warst gestresst, weil so viele Frauen abgesprungen sind, und ich wollte dich unterstützen.«

»Ich weiß das zu schätzen, aber du hättest nicht mitkommen sollen, wenn du sie so sehr hasst.«

»Ich *hasse* sie nicht.« Beth wich meinem Blick aus. »Aber ich finde nicht, dass sie Nathan heiraten sollte. Er verdient etwas Besseres.«

Das traf mich hart. Ich wusste ganz genau, dass er ein ebenso großer Betrüger war wie sie, und dass es keinen Beweis für ihre Untreue gab. Aus irgendeinem unverständlichen Grund hatte ich die Sache bis zu diesem Moment nie aus Aoifes Sicht betrachtet. Ich war wie besessen von Nathan gewesen, hatte ihn zu sehr für mich gewollt und mir gewünscht, dass das Unmögliche wahr würde. Ich hatte davon geträumt, dass er es sich anders überlegen und stattdessen mich heiraten würde. In meiner Fantasie schlüpfte ich mühelos an ihre Stelle, aber die Wirklichkeit war deutlich komplizierter. Meine Nacht mit ihm würde nie zu etwas Gutem führen, das begriff ich nun.

»Okay«, sagte Beth, und trat dicht an mich heran. »Ich werde dir etwas erzählen. Aber du musst mir versprechen, dass du nicht böse auf mich bist.«

»Was denn?«, antwortete ich vorsichtig. »Was hast du getan?«

»Ich habe Nathan angerufen und es ihm erzählt.«

Mein Herzschlag beschleunigte sich. »Ihm was erzählt?«

»Was passiert ist.«

»Was genau meinst du damit?«

»Du weißt schon. Ich habe ihm gesagt, dass Aoife sich hier mit anderen Männern vergnügt.«

»Du hast *was*? Bist du verrückt geworden?« Sie wich zurück. »Wie hat er reagiert?«

»Wie man es vermuten würde, nehme ich an. Er war schockiert und sehr wütend. Er sagte, er würde sich darum kümmern. Ich weiß nicht, was er damit meinte, aber ...«

»Oh Gott, Beth ... was hast du nur getan?«

»Er musste es erfahren«, antwortete sie abwehrend.

»Nein, musste er nicht, musste er verdammt noch mal überhaupt nicht!« Panik ergriff mich. »Sie hat nur herumgealbert, hat Spaß gehabt. Das alles ist Danis Schuld, nicht Aoifes. Sie hat sie auf dumme Ideen gebracht. Jetzt wird Nathan denken, dass ich nicht gut auf sie aufgepasst habe, er wird mir die Schuld geben und ... und ...«

Ich konnte den Satz nicht beenden, nicht, ohne Beth die Wahrheit zu sagen. Wenn Nathan vermutete, ich hätte zwischen Aoife und ihm absichtlich Streit gesät, würde er sich gegen mich wenden. Er hatte seine Meinung dazu deutlich zum Ausdruck gebracht. Er liebte Aoife und freute sich darauf, sie zu seiner Frau zu machen. Unsere Begegnung war eine einmalige Angelegenheit gewesen, eine Nacht nur, etwas, worüber man nie wieder redet und was sich ganz bestimmt nicht wiederholt. Jetzt würde er denken, ich hätte es darauf angelegt, die beiden auseinanderzubringen, damit ich doch mit ihm zusammenkommen könnte. Gut, ganz abwegig war das nicht, schließlich hegte ich immer noch – heimlich und beschämt – tatsächlich diese Hoffnung, obwohl ich es eigentlich besser wusste. Beths Aktion hatte diese Flamme der Hoffnung jedenfalls nun auf ewig ausgepustet.

»Ich kann dir nicht sagen, wie sehr ich mir wünsche, dass du das nicht getan hättest«, sagte ich.

»Nun, es ist nicht mehr rückgängig zu machen.« Sie hob selbstgerecht das Kinn. »Mir tut es nicht leid. Ich werde die Konsequenzen tragen.«

Ich warf ihr einen ernsten Blick zu. »Das sagst du jetzt«, sagte ich. »Aber du weißt nicht, wie die Konsequenzen aussehen.«

KAPITEL SIEBENUNDDREIẞIG: HEUTE

– DANI –

»Dani? Schläfst du?«

Dani öffnet die Augen und versucht die Erinnerung an Francisco abzuschütteln, der ihr eingeölt einen Cocktail reicht. »Nicht wirklich.« Sie blinzelt ins Sonnenlicht und entdeckt Beths und Celines Silhouetten. »Was ist los? Habt ihr etwas von Tiff gehört?«

»Nein, und wir machen uns langsam Sorgen«, sagt Beth. »Sie ist seit Stunden verschwunden. Das sieht ihr so gar nicht ähnlich.«

»Und sie weiß, dass wir heute Abend unsere Zeremonie abhalten wollen«, fügt Celine hinzu. »Dafür hat sie selbst einige Gedichte zum Vortragen mitgebracht, und ich glaube, sie wollte auch ein paar von Aoifes Lieblingsliedern spielen.«

»Ja, ich muss sagen, ich finde das auch merkwürdig«, gibt Dani zu.

»Ich möchte nicht überreagieren«, sagt Beth, »aber nach dem, was gestern Abend passiert ist …« Sie hält inne. »Ich kann mir nicht helfen, ich habe Angst, dass vielleicht … dass ihr vielleicht etwas zugestoßen ist.«

»Ich finde nicht, dass du überreagierst«, sagt Celine. »Besonders, da wir jetzt die Verbindung von John zu Nathan kennen.«

Dani erhebt sich. »Meinst du, jemand könnte Tiff entführt haben?« Diese Möglichkeit war ihr noch nicht in den Sinn gekommen, jagt ihr aber aufs Neue Angst ein. Sie erinnert sich an die Botschaft auf dem Spiegel. Könnte Tiff das nächste Mordopfer sein? »Oh Gott«, sagt sie und schlägt sich die Hand vor den Mund.

»Wir haben überlegt, ob wir die Polizei rufen sollten«, sagt Celine.

»Das Problem ist nur, dass sie uns bestimmt nicht ernst nehmen werden«, antwortet Dani. Sie gehen zurück auf die Terrasse und nehmen Platz. »Ich weiß nicht, wie man das hier handhabt, aber bei uns in England muss man mindestens vierundzwanzig Stunden vermisst sein.«

Celine überlegt. »Aber wenn wir ihnen von den anderen Vorfällen berichten, werden sie es vielleicht ernst nehmen.«

»Stimmt«, sagt Beth. »Ich mache mir allerdings auch Sorgen, dass wir Tiff Probleme bereiten könnten, wenn wir die Polizei einschalten. Irgendjemand hat versucht, uns Angst einzujagen, und es liegt auf der Hand, warum. Sie wollen, dass wir aufhören in der Vergangenheit zu wühlen.

Wenn wir zur Polizei gehen, könnte es sie in Gefahr bringen.«

»Oder es könnte ihr Leben retten«, sagt Dani.

»Sag das nicht!«, stößt Beth hervor. »Das klingt total furchtbar.«

»Ich versuche nur zu verstehen, was hier vor sich geht«, sagt Dani. »Wir könnten vielleicht Marta um Hilfe bitten. Sie weiß mehr, als sie zugibt. Oder wir könnten direkt zu John gehen und ihm sagen, dass wir wegen Nathan Bescheid wissen ... Wir könnten ihm drohen, dass wir zur Polizei gehen, falls er Tiff nicht freilässt. Vorausgesetzt, dass er etwas damit zu tun hat«, fügt sie hinzu. Wir wissen nichts mit Sicherheit, es ist alles nur Spekulation.

»Oh, ich weiß nicht, was wir tun sollten«, klagt Beth und rauft sich die Haare. »Ich habe ständig diese schreckliche Vorstellung im Kopf, dass sie irgendwo gefesselt liegt mit einem Sack über dem Kopf.«

»Hör auf. Sie könnte genauso gut in irgendeinem Hotel sitzen, die Füße hochgelegt haben und in der Hand einen Gin Tonic«, sagt Dani.

Beth runzelt die Stirn. »Das ist nicht witzig!«

»Sollte es auch gar nicht sein. Tatsache ist, dass wir nicht wissen, was vor sich geht.«

»Ich finde, wir sollten die Polizei rufen«, sagt Celine nach einer Pause. »Wenn sie entführt wurde, müssen sie sofort handeln. Man nennt das Goldene Stunde oder so ähnlich.«

»Sie ist schon deutlich länger verschwunden als eine Stunde«, murmelt Beth.

»Umso mehr Grund, sie anzurufen.«

»Ich stimme dir zu«, sagt Dani. »Aber ich glaube, es wäre besser, wenn ich zuerst mit Inspektor Mengual spreche. Ich werde ihm erklären, was vorgefallen ist und hören, was er dazu sagt.«

»Keine schlechte Idee«, findet Celine. »Wir tappen im Dunkeln, wir brauchen einen Ratschlag.«

»Hmm … ich finde immer noch, wir sollten abwarten«, sagt Beth.

»Wie lange?«, fragt Dani.

»Ich weiß nicht! Noch eine Stunde?«

»Das könnte zu spät sein«, sagt Celine. »Ruf ihn jetzt an, Dani. Hast du seine Nummer?«

Sie nickt, wohl wissend, dass es keine Garantie gibt, dass Mengual den Anruf annimmt. Auf ihre Nachrichten von gestern hat er nicht reagiert, aber es gibt so viel, was sie ihm mitteilen will. Einen erneuten Versuch ist es wert.

Dani fühlt sich unwohl bei dem Gedanken, dass Beth und Celine ihr Telefonat mit anhören könnten, deswegen geht sie in ihr Schlafzimmer und schließt die Tür hinter sich. Sie setzt sich aufs Bett. Diesmal ist Menguals Nummer leicht zu finden. Es klingelt mehrmals. Sie spürt fast, wie er stutzt, ihren Namen auf dem Bildschirm betrachtet und sich fragt, ob er rangehen soll.

Schließlich hört sie seine Stimme *»¿Si, dígame?«*

Reden Sie mit mir.

»Hier ist wieder Dani«, sagt sie. »Daniela Harrington. Ich habe auf Ihrer Voicemail eine Nachricht hinterlassen.«

»Ja, ich weiß.« Seine barsche Stimme ist ihr noch im Ohr. »Tut mir leid, dass ich nicht zurückgerufen habe. Ich habe dieses Wochenende frei«, erklärt er. Es hört sich an, als wäre er bei einer Familienfeier. Sie hört Besteckgeklimper, schreiende Kinder, schallendes Gelächter. »Ist es wichtig?«

»Ja, ich denke schon. Es könnte ausgesprochen wichtig sein. Ich weiß nicht, wo ich anfangen soll ... so vieles ist passiert ...«

Er hört ihr ruhig zu, während sie ihm von ihrer Rückkehr zur Villa erzählt und wie sie versucht hat, sich an die Geschehnisse in der Nacht zu erinnern, in der Aoife starb. »Jemand ist in Panik geraten«, sagt sie. »Ich nehme an, es ist John, der Besitzer der Villa Floriana, aber ich habe keine Beweise. Gestern hat man uns verfolgt und letzte Nacht, ich schwöre es, hat ein Motorradfahrer versucht, mich umzubringen. Während wir unterwegs waren, hat jemand die Villa verwüstet und es so aussehen lassen wie den Tatort. Auf dem Spiegel in meinem Badezimmer wurde eine Botschaft hinterlassen: ›Du bist die Nächste‹.«

Mengual stockt der Atem. »Sie hätten die Policía Nacional anrufen sollen.«

»Ich weiß, aber wir waren uns nicht sicher. Marta – Johns Ex-Frau, erinnern Sie sich? – schien zu glauben, die Nachricht gelte ihr. Sie wollte nicht, dass die Polizei eingeschaltet wird. Ich glaube, sie hat Angst vor jemandem. Vielleicht vor John, ich bin mir nicht sicher ... Die andere wirklich große Sache, die ich herausgefunden habe, ist die, dass John und Nathan, Aoifes Bräutigam, Freunde sind.« Sie berichtet ihm vom Foto des Junggesellenabschieds – Nathan mit schwarzer Perücke, ein Arm um John gelegt. »Keiner von uns wusste das«, sagt sie. »Ich nehme an, die beiden haben es auch vor Ihnen geheim gehalten, nicht?«

Er knurrt böse. »*Si.*«

»Ich weiß nicht, ob bei Ihnen die Alarmglocken läuten, aber mir kommt es verdächtig vor. Es muss einen Grund geben, warum sie dieses Geheimnis bewahrt haben.«

»*Claro* ... ein Moment, bitte.« Sie hört einen schiefen Chor von ›*Cumpleaños Feliz*‹, gefolgt von Hochrufen und Applaus. Die Hintergrundgeräusche klingen plötzlich ab. »So, besser«, sagt er. »Fahren Sie fort.«

Sie schluckt. »Nathan hat das ganze Wochenende hinter den Kulissen die Strippen gezogen. Wir vermuten, dass er vielleicht John aufgefordert hat, Aoife auszuspionieren – Sie wissen schon, um sicherzugehen, dass sie sich benimmt.«

»Das ist möglich.«

»Oder vielleicht sogar, um sie zu testen.«

»Sie testen? Was meinen Sie damit?«

»Er ist sehr besitzergreifend. Und John und Aoife ... nun ...«

»Was möchten Sie sagen, Daniela? Sie müssen mich bitte einweihen. Keine Geheimnisse mehr, okay?«

Sie schickt eine heimliche Entschuldigung an Aoife, bevor sie weiterspricht. Manchmal müssen Versprechen zum Wohle aller gebrochen werden. Mengual hört ihr geduldig zu, während sie die Geschichte des Samstagabends erzählt. »Aoife hat mir gesagt, dass sie mit John in seinem Apartment Sex hatte«, sagt sie. »Als ich John damit konfrontierte, hat er es abgestritten, aber ich würde tausendmal eher Aoife glauben als ihm.«

»Daniela!« Er ringt nach Luft. »Warum haben Sie mir das nicht früher erzählt? Das sind wichtige Beweise.«

»Es tut mir leid. Alle dachten, jemand wäre eingebrochen, also schien das unwichtig. Es klingt lächerlich, ich weiß, aber ich habe versucht, Aoifes Ruf zu retten. Die Medien haben überall geschnüffelt und nach einem reißerischen Aufhänger gesucht. Ich wollte es nicht noch schlimmer machen.«

»Hmm … Hat Nathan das über seinen Freund und seine Verlobte herausgefunden?«

»Nein. Aoife hat es nur mir erzählt, und John hat sicher den Mund gehalten. Außer … außer es war Teil eines Plans.«

»Und ihre Freundinnen – wussten sie davon?«

»Nein. Ich habe es niemandem erzählt. Aber sie hatten natürlich Augen im Kopf, sie wussten, dass etwas im Busch war. Aoife war an diesem Wochenende kaum zu bändigen. Sie hat mit jedem geflirtet, es war ziemlich offensichtlich – Typen im Beach Club, ein paar Möchtegerngangster im Pesadilla, Matt, der Barkeeper. Ach ja, der ist übrigens auch auf dem Foto des Junggesellenabschieds. Sieht so aus, als wäre er ebenfalls mit John befreundet. Ich glaube, er könnte der Mann auf dem Motorrad sein …«

»Jetzt verwirren Sie mich. Welche Gangster? Wer ist dieser Matt?«

»Tut mir leid, tut mir leid.« Ihre Stimme beginnt zu zittern. »Was wir Ihnen über dieses Wochenende erzählt haben … nun … es war nicht die ganze Wahrheit.«

»Verstehe. Ihre Freundin wurde angegriffen, getötet, und Sie haben dennoch gegenüber der Polizei gelogen?«

»Gelogen eigentlich nicht. Wir haben nur ein paar Kleinigkeiten ausgelassen. Ein paar peinliche, unwichtige Kleinigkeiten.«

»Sie entscheiden nicht, was unwichtig ist«, sagt er nachdrücklich. »Das ist *mein* Job. Das ist eine ernste Angelegenheit. Sie können dafür bestraft werden, verstehen Sie?«

»Ich weiß, ich verstehe das, aber das war keine Absicht, wir wollten keinen Schaden anrichten. Und wir kannten damals die Verbindung zu Nathan noch nicht. Versprochen!«

»Hmm. Ja, das ist interessant«, antwortet er ein wenig nachgiebiger. »Morgen werde ich ein paar Recherchen anstellen, aber im Moment unternehmen Sie bitte nichts. Bleiben Sie in der Villa, alle zusammen. Wann fahren Sie nach Hause?«

»Morgen. Der Flug geht am Nachmittag.«

»Gut. Fahren Sie direkt zum Flughafen. Sollte eine verdächtige Person sich der Villa nähern oder sonst etwas vorfallen, wählen Sie die Notrufnummer – 112. Ich muss jetzt Schluss machen.«

»Gut, eine Sache noch«, sagt sie atemlos.

Er stöhnt. »Was?«

»Tiff, Tiffany, eine der Frauen vom Junggesellinnenabschied – wird vermisst.«

»Vermisst?«, wiederholt er. »Was soll das heißen?«

Dani berichtet ihm über ihre Fahrt zum Friedhof, wie sie sich aufgeteilt hatten, um Aoifes Grab zu finden, und dass sie Tiff seitdem nicht mehr gesehen haben. »Wir haben versucht sie anzurufen und ihr Nachrichten geschickt, aber keine Antwort erhalten. Finden Sie das beunruhigend?«

»Ich finde hier so einiges beunruhigend«, gibt er zurück.

»Wir fürchten, dass man sie entführt haben könnte.«

»Hmm ... Entführungen von Touristen kommen äußerst selten vor«, sagt er. »Es könnte eine einfache Erklärung geben. Der Besuch auf dem Friedhof hat sie stark mitgenommen. Tiffany ist eine erwachsene Frau. Wenn sie weggehen und mit niemandem reden will, ist das ihr gutes Recht.«

»Ich weiß, aber das sieht ihr nicht ähnlich. Sie meldet sich nicht einmal bei Beth, und die sind beste Freundinnen. Ich habe mich gefragt ... wäre es möglich, die örtlichen Hotels zu kontaktieren und nachzufragen, ob sie irgendwo eingecheckt hat? Es würde uns alle sehr beruhigen.«

»Daniela! Wissen Sie, wie viele Hotels es in Marbella gibt?«

»Nein, aber vielleicht könnte die Polizei ...«

»Ich bin nicht im Dienst. Und Vermisste Personen, das ist eine andere Abteilung, es gibt da feste Abläufe.«

»Ich weiß, aber Sie haben gerade gesagt, Sie seien auch beunruhigt ...«

Er seufzt. »Versuchen Sie weiterhin sie zu kontaktieren. Falls noch irgendetwas heute Abend passiert oder wenn sie morgen nicht am Flughafen erscheint, rufen Sie die Policía Nacional an.«

Bis dahin könnte es zu spät sein, denkt Dani.

»Gut, das mache ich.« Sie entschuldigt sich noch einmal, ihn an seinem freien Wochenende gestört zu haben, und das Gespräch ist beendet.

Dani atmet aus. Das Telefonat mit Mengual hat sie erschöpft. Sie ist aber auch erleichtert, dass sie sich entschieden hat, ihm zu vertrauen. Er ist ein Familienmensch. Sie ist außerdem froh, dass sie zu Johns Apartment gegangen ist und das Foto von Nathan entdeckt hat. Froh, dass sie sich das Geheimnis von Aoife und John von der Seele reden konnte.

»Das hast du gut gemacht, Dani Girl«, sagt sie leise vor sich hin. »Endlich einmal etwas gut gemacht.«

Sie geht nach unten und bringt Celine und Beth auf den neuesten Stand. »Ich glaube, er wird den Fall neu aufrollen«, berichtet sie ihnen. »Aber offenbar braucht er mehr Beweise.«

Celine zieht ein Gesicht. »Wenn wir das alles noch einmal durchstehen müssen, weiß ich nicht, ob ich es ertrage.«

»Und was hat er zu Tiff gesagt?«, fragt Beth.

»Er findet es unwahrscheinlich, dass sie entführt wurde«, antwortet Dani. »Sieht so aus, als komme das nicht häufig vor.«

»Manchmal kommt es aber doch vor«, sagt Celine. »Ich finde es nicht gut, dass ...«

»Mengual sagt, wir sollen bis morgen am Flughafen warten, und wenn Tiff bis dahin nicht aufgetaucht ist, Anzeige erstatten.«

»Morgen?«, wiederholt Beth. »Das ist doch noch ewig hin. Wir müssen jetzt etwas unternehmen!«

»Er ist nicht im Dienst, und es ist nicht seine Abteilung, deswegen kann er nichts unternehmen. Ich habe getan, was ich konnte, okay?«, sagt Dani gereizt. Sie ist müde, verwirrt.

»Okay«, sagt Celine verstimmt.

»Soll ich uns etwas zu essen machen?«, bietet Beth an. »Auch wenn wir keinen Hunger haben, müssen wir bei Kräften bleiben.«

»Ja, in Ordnung«, murmelt Dani. »Tut mir leid, ich brauche etwas frische Luft.«

Sie verlässt die Villa und läuft zügig den Pfad zur Straße entlang. Vielleicht sollte sie zum Schrein gehen und für Aoife eine Opfergabe niederlegen. Es ist zwar später Nachmittag, fühlt sich aber wie die heißeste Zeit des Tages an. Ihr Herz rast, und ihre Achselhöhlen sind feucht. Der Boden unter ihren Füßen fühlt sich hart und unnachgiebig an. Weit und breit kein Schatten.

Der Olivenhain wirkt kühler, das Licht weicher, nicht so stechend. Dorthin will sie gehen. Sie tritt auf das trockene Gras und macht sich auf den Weg den Hang hinunter bis zu der Schwelle, wo die Landschaft sich öffnet und man klar sehen kann, klar denken. Es gibt noch so viel, was sie verarbeiten muss.

Ihre Schritte verlangsamen sich. Während sie sich zwischen den Bäumen bewegt, kommt eine Erinnerung hoch, die ihr spürbar unangenehm ist, etwas, das sie das ganze Wochenende abgewehrt hat. Aber jetzt nagt es an ihr und will nicht weichen.

KAPITEL ACHTUNDDREIßIG: DAMALS

– DANI –

Er brachte zwei Cocktails, stellte einen davon auf dem kleinen Tisch vor ihr ab und behielt den anderen in der Hand. Er trank ein Schlückchen, sagte dann: »Führst du mich herum?«

»Meinetwegen.« Sie schnappte sich ihren Drink und rührte ihn mit dem Cocktailschirmchen um. Dabei musterte sie ihn von oben bis unten. Er trug immer noch den schwarzen, seidigen Morgenmantel und sonst nichts außer schwarzen Slippern an den Füßen. »Wollen Sie sich nicht zuerst anziehen?«

»Nein, es ist zu heiß ... ich mag es etwas freier«, lächelte Francisco.

Warum war er überhaupt noch hier, fragte sie sich. Stand nicht noch eine weitere Junggesellinnenparty auf dem Programm? Er hatte nackt posiert, einen amüsanten Nachmittag inmitten einer Schar junger Frauen verbracht und anzügliche Kommentare von sich gegeben, die unter anderen Umständen als unangebracht und sexistisch gegolten hätten. Sie konnte sich nicht vorstellen, wie das mit vertauschten Rollen wäre – eine Gruppe von Junggesellen und ein einziges weibliches Modell. Aber Francisco schien sich bei ihnen pudelwohl zu fühlen. Er lümmelte auf der Terrasse herum, als würde er zur Gruppe gehören. Tiff wollte ihn schon loswerden und war dabei gescheitert. Er hatte vorgegeben, sie nicht zu verstehen, dabei war sein Englisch exzellent. Offensichtlich hatte er vor, so lange wie möglich zu bleiben.

Er streckte seine freie Hand aus, um Dani aufzuhelfen, und sie ließ es zu. »Los geht's«, sagte er und zog sie näher zu sich. Sie ließen ihre Gläser sanft aneinander klirren. Francisco schaute ihr tief in die Augen, und sie wusste, was er wollte.

»Okay«, sagte sie. Obwohl es nicht okay war. Sie wusste das. Keine Frau, die auch nur halb bei Verstand war, würde mit einem halbnackten Fremden losziehen, aber sie brachte nicht die Kraft auf, nein zu sagen. Sie schwamm in einem Meer von Alkohol. Zuerst war sie noch an der Oberfläche geblieben, aber bald schon hatte es sich angefühlt, als würde sie darin ertrinken. Sangría zum Mittag, gefolgt von einem Cava, dann drei oder vier starke Cocktails. Sie konnte sich nicht erinnern, wie viele es waren – ihre eigene Ration mit zwei Cocktails, dann Beths. Vielleicht hatte sie auch den von Celine getrunken.

Nach und nach hatten die anderen sie verlassen, hier im tiefen Wasser, wo sie mit den Haien spielte. Sie schienen das lustig zu finden, oder dachten, sie verdiene es. Sie wusste nicht, womit. Vielleicht hatte sie zu laut über seine Witze gelacht. Womöglich glaubten sie – absurderweise, dass sie ernsthaft mit ihm allein sein wollte, weil sie ihn attraktiv fand. Dabei hatte sie doch nur ein wenig gute Laune verbreiten wollen, um den Frieden zu wahren und Aoife davon abzuhalten, auszurasten.

Er lehnte sich gegen die Außenwand der Villa. Beobachtete sie. »Trink aus«, sagte er. Sie nahm noch einen Schluck. Insekten schwirrten um ihren Kopf herum. Sie fühlte sich leicht und duselig, wie warmer Teig, bereit, in eine Form gepresst zu werden.

Sie nahmen die Gläser mit sich. Zuerst in den Hof, wo er seinen Wagen neben ihrem geparkt hatte, beides weiße Seat Ibiza. Francisco machte eine Bemerkung in dem Sinn, dass sie denselben Geschmack hätten, und leitete wohl daraus ab, dass sie als Paar gut zusammenpassen würden.

»Hab ihn mir nicht ausgesucht«, nuschelte sie. »Mietwagen …«

Sie schlürfte ihren Cocktail, während sie Arm in Arm den Pfad entlangliefen. Dieser war anders, ein Blauer Mojito. Sie mochte ihn nicht so sehr wie die Piña – nein, Penis – Coladas. Dieser Witz hatte nun wirklich ausgedient … Der Rum war fast dickflüssig, und die frische Minze hatte einen bitteren Nachgeschmack. Dennoch trank sie durch den Strohhalm brav weiter, bis sie auf die Eiswürfel traf. Francisco nahm ihr das leere Glas ab und warf es in die Büsche. Dann schmiss er sein eigenes hinterher.

»Hey!«, sagte sie. »Warum mmmachen Sssie …« Ihr Mund wollte ihr nicht mehr gehorchen.

»Kein Bock, die mit mir rumzuschleppen«, sagte er. Sein Englisch war tadellos. Irgendwo in ihrem Kopf fragte sie sich, ob er einige Zeit in Großbritannien verbracht hatte.

Ohne dass sie es gemerkt hatte, war aus dem Nachmittag Abend geworden. Die Sonne stand tiefer, fühlte sich aber immer noch unglaublich heiß an. Ihre Haut war trocken und juckte, als hätte jemand sie mit einem Käsehobel bearbeitet. Sie brauchte dringend Schatten.

»Was ist da unten?«, fragte Francisco und wies auf den Olivenhain.

»Bäume«, sagte sie.

»Du bist so betrunken«, lachte er. Er führte sie den Weg entlang, hielt sie bei der Hand und zog sie fast den Abhang hinunter. Sie stolperte über den unebenen Untergrund und duckte sich unter den Ästen, die ihr die Arme zerkratzten.

»Laaaangsaaam!«, rief sie, aber er lief nur noch schneller und zerrte an ihrer Hand, als wäre sie ein widerspenstiges Kind.

Irgendwann kamen sie zum Stehen. Kurz vor dem Abgrund hielt er an und ließ sie los. Sie stand da, schwankend, die Szenerie um sie herum drehte sich, als wäre sie gerade aus einem Karussell gestiegen. Ihre Sicht wollte einfach nicht klar werden. Sie fühlte sich unsicher, wusste, dass sich hier ein tiefer Abgrund befand, aber nicht, ob vor oder hinter ihr. Ihre Knie wurden weich und sie fiel und fiel …

Plötzlich fing Francisco sie mit den Armen auf und schlug ihren Kopf gegen einen Baum. Er küsste sie, zwang ihren Mund auf und schob seine Zunge hinein. Der Geruch seines Körperöls stach ihr in der Nase. Sie konnte kaum atmen. Er umklammerte ihre Handgelenke und verhinderte so, dass sie sich wehren konnte.

»Aufhören! Loslassen!«

»Halt den Mund«, sagte er.

Jetzt leckte er ihren Hals entlang. Er ließ eine Hand los, schob sie hinter ihren Rücken und presste sich an sie. Plötzlich waren seine Finger an ihren Beinen, krochen langsam ihren Schenkel hoch. Sie war angewidert und völlig verängstigt. Er wusste, dass sie ihn nicht wollte, machte aber weiter. Panik stieg in ihr hoch. Sie konnte kaum atmen. Sie versuchte sich unter ihm herauszuwinden, aber er ließ sie nicht. Sein harter Schwanz war an sie gepresst. Er ließ ihre andere Hand los und versuchte ihre Hose nach unten zu ziehen. Sie wehrte sich, für ein paar Sekunden kämpften sie miteinander, wanden sich umeinander. Sie hob ihr Knie und stieß es ihm in den Unterleib. Er schrie vor Schmerz und schubste sie von sich. Sie verlor die Balance und taumelte umher – nah, sehr nah am Abgrund. Sie drehte sich um und stolperte über den gezackten Rand der Feuerstelle. Als sie hineinstürzte, schlitzte ein scharfer Stein ihr Knie auf.

Francisco krümmte sich vor Schmerz. Das einzige Wort, das sie verstand, war *puta* – Hure. Sich selbst umklammernd, taumelte er mit wehendem Morgenmantel davon. Der Gürtel flatterte hinter ihm wie ein Schweif.

Sie lag am Boden, umgeben von Holzkohle und schmutziger Asche, zu schockiert, um sich zu bewegen, atemlos. Ihr Mund war voller Erde. Sie konnte nicht sprechen. Die Gedanken waren da, aber keine Wörter dafür. Sie musste Hilfe holen … musste zurück zur Villa … Sie hob den Kopf, konnte aber nicht richtig sehen. Als würde Regen durch Sonnenstrahlen fallen. Sie versuchte ihre Augen zu beschirmen, doch es half nichts. Ihr Gehirn versank in Dunkelheit.

Als sie wieder zu sich kam, wusste sie nicht, wie spät es war, oder wie lange sie hier bewusstlos gelegen hatte. Sekunden? Stunden? Die Zeit schien sich auszudehnen und wieder zusammenzuziehen. Wie eine menschliche Opfergabe, die darauf wartete, verbrannt zu werden, lag sie immer noch in der Feuerstelle.

Es gelang ihr, sich mühsam auf die Seite zu rollen, dann kam sie auf alle viere. Ihr war schwindlig, sie wusste nicht, ob sie in der Lage war, zu stehen. Schließlich krabbelte sie aus der Vertiefung und schrammte dabei mit dem Knie an dem felsigen Steinkreis entlang. Gott, tat das weh. Dann machte sie sich auf den Weg den Abhang hinauf, robbte durch dorniges Gestrüpp. Der Boden war übersät mit Steinen und Kaninchenlöchern, knorrigen alten Wurzeln und verrotteten Ästen. Sie fühlte sich schwach und orientierungslos. Ihr Knie war aufgerissen.

KAPITEL NEUNUNDDREISSIG: DAMALS

– CELINE –

Der Junggesellinnenabschied war in wenigen Stunden Geschichte. Dann würde dieser Alptraum endlich ein Ende haben, und wir durften abreisen. Ich konnte es kaum erwarten.

Nach dem Aktzeichnen floh ich auf mein Zimmer. Ich warf mich aufs Bett und starrte an die Decke, wo ein Ventilator seine Runden zog. Es hatte mich unendlich viel Kraft gekostet, Aoife nicht auf der Stelle zu konfrontieren. Nicht, weil ich nicht die Party verderben wollte – das war mir scheißegal –, sondern weil ich fürchtete, mich nicht unter Kontrolle zu haben und etwas zu tun, was ich später bereuen würde. Aoife hatte ihre Freundinnen bei sich. Ich hatte niemanden, der mich unterstützte. Ich wollte sie nicht anschauen, geschweige denn, ihre bevorstehende Hochzeit feiern.

Farrell hatte mir geraten, keine vorschnellen Schlüsse zu ziehen. Es war ein guter Ratschlag, aber ich hatte das Gefühl, die Wahrheit bereits zu kennen. Aoife hatte ihre derzeitige Stelle nur bekommen, weil Nathan die Strippen gezogen hatte. Er besaß großen Ehrgeiz, was sie betraf, aber sie war schlicht nicht talentiert oder motiviert oder fleißig genug, um es aus eigener Kraft zu schaffen. Wessen Idee es gewesen war, mir die Position der Leiterin der Entwicklungsabteilung zu stehlen, wusste ich nicht, aber ich vermutete stark, dass Aoife dahintersteckte. Sie hatte extra dieses große Trara gemacht, mir am Freitagabend zu gratulieren, um mich auf eine falsche Fährte zu locken. Seither hatte sie es nicht mehr erwähnt. Wie sie glaubte, dass ich reagieren würde, wenn ich es endlich herausfand, konnte ich mir nicht vorstellen.

So unerträglich ich die Situation auch empfand – und das war noch eine Untertreibung –, war ich Farrell nicht böse, dass er es mir erzählt hatte. Es ist immer besser, die Wahrheit zu kennen, ganz gleich, wie unangenehm sie ist. Und im Vorhinein zu wissen, dass ich die Stelle nicht bekommen hatte, gab mir Macht. Jetzt konnte ich diejenige sein, die kündigte, und meinem Boss Charlie sagen, wohin er sich seinen Job stecken sollte. Wenn man Aoife zur Leiterin der Entwicklungsabteilung machte, würden mich keine zehn Pferde zurück in die Produktionsgesellschaft bringen. Allein der Gedanke war absurd.

Die Wut machte es mir leichter, mich zusammenzureißen, aber innerlich war ich stark mitgenommen. Bis zu diesem Zeitpunkt hatte ich Charlie respektiert und für einen guten Chef gehalten. Jetzt hatte ich nur noch Verachtung für ihn übrig. Ich konnte nicht verstehen, warum er sich von Nathan vorschreiben ließ, wen er befördern sollte. Wie stark ihre Freundschaft auch sein mochte, es war nicht fair, mich wegzustoßen – eine langjährige, treue, fleißige Mitarbeiterin – wegen einer, die kaum Kompetenz besaß. Die einzigen Konzepte, mit denen Aoife je ankam, gab es schon, oder waren vor vielen Jahren umgesetzt worden, was zeigt, wie wenig Fernsehen sie schaute. Ich hatte ihr geholfen, weil ich sie mochte und annahm, sie hätte Potential. Aber nicht *so* viel Potential ...

Die Sache mit ihr musste geklärt werden. Ich konnte nicht einfach dumm herumstehen und sie meine ganze harte Arbeit zunichte machen lassen, meine Träume für die Zukunft. Ich hatte schon recherchiert, wie hoch die Hypothek war, die Farrell und ich mit meinem neuen Gehalt aufnehmen konnten, und wir hatten uns auf den Immobilien-Websites nach Wohnungen umgeschaut. Außerdem wollte ich heiraten. Wir würden uns zwar keine Hochzeit wie Aoife und Nathan leisten können, aber mit dem zusätzlichen Geld wären wir in der Lage, eine hübsche kleine Party zu schmeißen. Nun stand ich komplett ohne Job da, und alle unsere Pläne mussten auf unbestimmte Zeit verschoben werden. Ich war am Boden zerstört. Es war, als würden meine zwölf Jahre Schufterei nichts zählen und ich müsste bei null anfangen.

Entschlossen warf ich mich in mein Kampfoutfit, wählte den schwarzen Jumpsuit mit dem Neckholder-Top, weil er meiner Figur schmeichelte und mich selbstbewusst aussehen ließ. Ich glättete mir die Haare und gab mir viel Mühe mit meinem Make-up. Wir gingen heute Abend nicht aus, aber ich musste dennoch gut aussehen. Als ich fertig war, hielt ich mir vor dem Spiegel einen kleinen Ted Talk: »Du kannst das«, sagte ich mir. »Du lässt sie damit nicht durchkommen.«

Tiff war in der Küche und schrubbte die Herdplatte. »Oh, da hat sich aber jemand angestrengt«, sagte sie, als ich hereinmarschierte. Sie wies auf eine Salatschüssel auf dem Tresen. »Nimm das mit nach draußen, bitte. Salatbesteck müsste auf dem Abtropfbrett liegen.«

»Wo sind die anderen?«, fragte ich, während ich Töpfe und Pfannen anhob, bis ich schließlich zwei große Holzlöffel entdeckte. »Hast du die hier gemeint?«

»Ja. Beth deckt den Tisch. Weiß nicht, was mit Aoife ist. Dani tobt sich noch mit Francisco aus, soweit ich weiß.« Sie zog ein Gesicht. »Wenn er nicht bald abhaut, werde ich ein Wörtchen mit ihm reden müssen.«

Tiff ist nicht die Einzige, die heute Abend in Streitlaune ist, dachte ich, als ich die Salatschüssel auf die Terrasse brachte. Der Tisch war neu eingedeckt, die Reste von den vorhergehenden Essen waren dazwischen drapiert worden. Beth bastelte Origami-Schwäne aus Papierservietten. Als ich näher kam, blickte sie auf.

»Alles in Ordnung?«, fragte sie und registrierte, dass dem sichtlich nicht so war.

»Hmm … ich freue mich auf zuhause«, sagte ich. »Ist für mein Gefühl alles etwas zu intensiv hier.«

»Ich weiß, was du meinst. Ich habe auch genug.«

Ich sah mich verstohlen um. »Um ehrlich zu sein, frage ich mich, ob du mir einen Gefallen tun könntest. Ich müsste kurz mit Aoife unter vier Augen sprechen, wenn sie nach unten kommt. Würde es dir etwas ausmachen …?«

»Euch allein zu lassen? Überhaupt nicht.«

»Und Tiff …«

»Ich werde versuchen, sie in der Küche zu halten, aber versprechen kann ich nichts. Aoife ist noch oben, glaube ich. Warum gehst du nicht hoch?«

»Und wenn Dani da ist?«

»Sie ist irgendwo mit dem Poser.« Sie wies auf Franciscos Kleidung, die über einem Stuhl hing. »Tiff hat sie runtergebracht«, sagte sie. »Sie wollte nicht, dass er noch einmal unser Zimmer betritt.«

In diesem Moment hörten wir, wie jemand sich näherte. Wir drehten uns um und sahen Aoife, die auf die Terrasse kam. Sie trug ein blau schimmerndes Bodycon-Kleid. Es war sehr kurz und eng und machte ihre langen Beine noch länger. Ihr Make-up war dick aufgetragen, knallroter Lippenstift eingeschlossen. Sie hatte ihre Schärpe mit der Aufschrift »*Bride to Be*« gefunden und trug sie quer über der Brust. Hinter ihrem Ohr steckte eine rote Rose.

»Wie geht's meinen Süßen?«, fragte sie. »Ihr seht heiß aus, alle beide!« Sie flatterte um den Tisch herum, spießte Oliven auf und steckte sich Schinken-Käse-*Rollitos* in den Mund. »Weiß gar nicht, warum ich so hungrig bin …«

»Wir gehen heute Abend nicht aus, oder?«, wollte Beth mit Blick auf die Champagnergläser wissen.

Aoife grinste. »Nun, es steht nicht auf dem Plan, aber wer weiß?« Sie saugte an ihrem Cocktailspieß. »Ich wäre schon für ein bisschen Banús zu haben, was meint ihr? Karaoke im Supernova? Kommt schon. Ein bisschen Spaß muss ein.«

»Ich finde, wir haben dort schon genug Zeit verbracht«, sagte Beth zurückhaltend.

»Ich ehrlich gesagt auch«, stimmte ich zu.

»Oh, okay. Vielleicht fahre ich einfach mit Dani. Wo ist der Champagner? Ich habe schon seit … einer Stunde? … keinen Alkohol mehr getrunken!«

Ich warf Beth einen Blick zu – das war meine Gelegenheit.

»Ich hole welchen«, sagte sie und trippelte davon.

Wir waren allein, aber ich wusste nicht wie lange noch. Auch wusste ich nicht, wie ich das Thema ansprechen sollte. Aoife wirkte rastlos. Ein silberner Luftballon hatte sich von der Terrassenüberdachung gelöst und kullerte über den Boden. Sie hob ihn auf und spielte so lange mit ihm, bis er entkam und über das Gras rollte.

»Ich habe gehört, dass Nathan versucht, dich zu erreichen«, sagte ich.

»Ja, ich weiß. Um mich zu kontrollieren. Er lässt mich keine Sekunde in Frieden. Das sollte verboten werden … Bräutigame, die mit ihren Bräuten während des Junggesellinnenabschieds sprechen. Dafür sollte es eine Regel geben.« Mit klappernden Sandalen lief sie die Terrasse auf und ab und strich dabei mit der Hand die Papiergirlande entlang. »Wie kommt es, dass du das weißt? Nein, sag es mir nicht. Es war Farrell, richtig? Hat Nathan ihm aufgetragen, er solle dir sagen, dass ich ihn anrufen soll?« Sie gab ein knurrendes Geräusch von sich.

»Wie es aussieht, hat er gute Neuigkeiten.«

»Ach, echt?«

Jetzt oder nie. »Wegen des Jobs«, sagte ich.

Sie drehte den Kopf zu mir herum. »Oh, sorry, ich dachte, du meinst: gute Nachrichten für mich. Wow! Du hast ihn bekommen? Das ist großartig, Celine!«

Ich starrte sie neugierig an. Was wurde hier gespielt?

»Nein, *du* …«

»Wo bleibt Beth mit diesem verdammten Champagner? Natürlich wussten wir alle, dass du ihn kriegen würdest aber trotzdem: Richtig gut! War ein langer Weg, oder?« Aoife kam mit ausgebreiteten Armen auf mich zu, um mich zu umarmen.

»Hast du mich nicht gehört?«, fragte ich und trat einen Schritt zurück. »*Du* hast ihn bekommen.«

»Red keinen Quatsch, ich habe mich doch gar nicht beworben.«

»Du hast ihn«, antwortete ich nachdrücklich. »Nathan hat Charlie gestern Abend zum Essen eingeladen und das für dich geregelt.«

Sie hielt inne. Dann hob sie theatralisch die Hände. »Was? Ist das dein Ernst? Charlie hat eingewilligt, dass ich die neue Entwicklungsleiterin werde? Oh mein Gott!« Ein Lächeln zog flüchtig über ihr Gesicht, aber sie ließ es schnell wieder verschwinden.

Ich biss die Zähne aufeinander. »Was ist das hier für eine Show, Aoife? Wusstest du davon?« Ich studierte sie genau. »Du wusstest es, oder?«

»Irgendwie schon«, antwortete sie nach einigem Zögern. »Ich meine, nicht wirklich. Nathan sagte, dass er sich erkundigen würde, aber ich habe keine Sekunde geglaubt, dass ich eine Chance hätte … aber, Scheiße! Ich habe ihn wirklich bekommen? Das ist unglaublich.«

»Es war nicht dein Job, Aoife«, sagte ich betont. »Es war meiner, und du wusstest das. Ich habe seit Jahren darauf hingearbeitet.«

Aoife griff nach der Girlande und riss ein Stück ab. Sie knüllte es zu einem Ball zusammen, während sie sprach. »Es war allein Nathans Idee. Er sagt mir immer, dass ich nicht ehrgeizig genug bin. *Fake it, until you make it* – das ist sein Motto. Als von dem Posten die Rede war, habe ich gemeint, ich würde meinen rechten Arm geben, um Leiterin der Entwicklungsabteilung zu werden, aber dass Charlie mich niemals in Betracht ziehen würde. ›Das wollen wir doch mal sehen‹, hat er gesagt.«

»Ich kann nicht glauben, dass du mir das antust«, sagte ich zutiefst schockiert. »Ich dachte, wir wären Freundinnen. Du hast mich zu deinem Junggesellinnenabschied eingeladen, verdammt noch mal. Am Freitag hast du allen erzählt, ich würde den Job bekommen und ich solle mir keine Sorgen machen. Und dabei hast du die ganze Zeit an deiner Intrige geschmiedet, dass …« Ich konnte den Satz nicht beenden.

»Es war keine Intrige – es war nur Nathan, der sein Glück versucht hat.« Sie sah mich mit weit aufgerissenen Augen an, als wäre sie vollkommen unschuldig. »Ehrlich, ich habe keine Sekunde daran geglaubt. Ich bin echt überrascht. Charlie ist auf Nathan eingegangen, wahrscheinlich, weil er ihm im Gegenzug irgendeine Investition angeboten hat. So läuft es nun mal in dem Geschäft.« Sie trat auf mich zu. »Es tut mir wirklich, wirklich leid, Celine. Ich weiß, wie enttäuscht du sein musst, aber bitte glaube mir, das ist alles auf Nathans Mist gewachsen.«

»Lass mich in Frieden.« Ich zitterte vor Wut. Ich setzte mich hin, schlug die Beine übereinander und versuchte mich zusammenzureißen, damit ich ihr nicht eine knallte. Wie konnte sie so dreist sein, Nathan und Charlie vorzuschieben, als hätte sie nichts damit zu schaffen? Und sowieso hatte sie nicht vor, den Posten abzulehnen, und es machte ihr nichts aus, dass ich nun ohne Job dastehen würde. Das machte mich sprachlos.

»Es tut mir leid, wirklich leid.«

»Nein, tut es nicht. Du freust dich total«, sagte ich. »Ich sehe es dir an. Niemand dort wird dich akzeptieren, ist dir das klar? Charlie wird eine Meuterei erleben. Mitarbeiter werden kündigen.«

»Damit werde ich wohl klarkommen müssen. Nathan sagt immer, es wäre nicht unbedingt wichtig, bei seinen Kollegen beliebt zu sein.«

»Keine Sorge, das wirst du auch nicht sein!«

Sie stöhnte auf. »Oh Gott, es ist schrecklich. Ich hasse es, mich zu streiten. Nathan hätte seinen Mund halten sollen. Er hat wahrscheinlich vergessen, dass du die Spitzenkandidatin warst. Er denkt nicht nach, sondern folgt nur seinen ambitionierten Zielen.«

»Du bist nicht besser«, fauchte ich. »Menschen wie du machen mich krank. Kriegen alles hinterhergeschmissen. Ich hatte keine von deinen Privilegien. Ich musste mich Stück für Stück nach oben kämpfen.«

»Ja, ich weiß, es tut mir leid. Ich mache dir keinen Vorwurf, dass du sauer bist. Die Welt ist unfair. Aber ich kann daran nichts ändern.«

»Doch, kannst du.« Ich setzte mich aufrecht hin. »Du kannst ablehnen.«

Sie wollte etwas antworten, als Francisco mit schnellem Schritt den Pfad vom Hof entlangkam. Er wirkte erhitzt und schien überrascht zu sein, uns zu sehen.

»Hallo, Ihre Sachen sind hier«, sagte ich und zeigte auf den Stapel. »Tiff hat sie hierhergebracht.«

»Okay. Gut.« Er schnappte sich seine Sachen, ließ die Hose fallen und hob sie vom Boden auf.

»Alles in Ordnung?«, fragte Aoife. »Wo ist Dani?«

»Keine Ahnung.«

»Ich dachte, sie wäre bei Ihnen.«

»Nein. Sie hat mir die Aussicht gezeigt. Dann hat sie allein einen Spaziergang gemacht. Um nüchtern zu werden, glaube ich. Sie ist ziemlich betrunken!« Er rollte die Augen. »Okay, muss los. Spät dran.«

»Danke, dass Sie gekommen sind und für die Zeichenstunde«, sagte Aoife höflich. »Wir sind keine guten Künstlerinnen, aber es war lustig.«

»Ja, auf Wiedersehen. *¡Adios!*« Er eilte davon, seine Sachen in den Händen.

Aoife wartete, bis er außer Sichtweite war und wandte sich dann wieder an mich. »Bitte, lass uns wieder Freundinnen sein, Celine«, sagte sie. »Sicher, das ist alles furchtbar blöd gelaufen, aber es ist nicht persönlich gemeint.«

»Natürlich ist das persönlich«, antwortete ich. »Sehr sogar. Echte Freundinnen verhalten sich nicht so. Ich brauche diesen Job. Ohne die Stelle wird uns niemand eine Hypothek geben. Wir werden nie eine Eigentumswohnung kaufen können, und unsere Hochzeit können wir auch vergessen. Mein Leben ist ruiniert, verstehst du? Das ist *mein* Job! Er gehört mir. Wenn du nicht ablehnst, werde ich … werde ich …«

Ich wusste nicht, was ich tun würde, aber ich wusste, dass es etwas Schlimmes war.

KAPITEL VIERZIG: HEUTE

– DANI –

Dani atmet heftig aus und schnappt nach Luft, als sie in die Gegenwart zurückkehrt. Sie hat ein ungutes Gefühl. Ihre Knie geben nach, sie sinkt auf den Boden und krümmt sich. Jetzt versteht sie, warum sie den Olivenhain nicht betreten wollte, warum dieser Gedanke ihr so schlechte Gefühle bereitet hat ... Damals, am Sonntagabend, wurde sie dort angegriffen. Die Hände, die sie in ihren Alpträumen an ihrem Hals spürt, sind seine. Es sind seine Finger, die spinnenartig über ihr nacktes Fleisch kriechen. Er ist der Grund, warum sie keine intime Berührung mehr ertragen kann.

Sie kniet auf der Erde, ihr Herz pocht, ihr Puls rast. Nun ergibt alles einen Sinn. Bisher hatte sie immer angenommen, sie wäre im Haus angegriffen worden, obwohl sie sich dessen nie ganz sicher war. Jetzt aber weiß sie, dass es hier draußen war, im Olivenhain. Die Attacke auf Aoife hatte damit nichts zu tun, nur in ihrem Kopf hatte sie die Dinge vermischt.

Sie hört Franciscos Stimme. »Noch einen Cocktail?«, hatte er gesagt. »Ich mache dir einen ganz besonderen.« Sie schmeckt den blauen Mojito, süß, aber leicht bitter, sieht, wie er sein leeres Glas in die Büsche schmeißt. Natürlich. Deswegen waren die darauffolgenden Stunden wie ausgelöscht.

Der Bastard hat ihr etwas in den Drink getan.

Urplötzlich spürt sie einen stechenden Schmerz im Magen. Mit einem Aufschrei beugt sie sich vor, würgt und kotzt drei Jahre fehlgeleitete Schuld mitten in die Feuerstelle. Diese unmittelbare Körperlichkeit erstaunt und schockiert sie. *Mir wird nie schlecht*, sagt sie zu sich selbst. *Nie.*

Die Erleichterung, die sie erfasst, tritt eine Welle von Gefühlen los, die sie nicht kontrollieren kann, nicht kontrollieren will. Sie lässt sie über sich zusammenbrechen, ergibt sich ihrer Wucht. Ihr Gesicht ist nass vor Tränen, lautes Schluchzen löst sich aus ihrer Brust. Das Erbrochene riecht schal. Sie fegt Staub und Erde darüber und schleppt sich auf Händen und Knien davon. Die Kräfte verlassen sie. Nach ein paar Metern liegt sie zusammengekrümmt unter einem Baum, die Arme um ihren Körper geschlungen. Mit geschlossenen Augen zieht ihr Zeigefinger die Narbe auf ihrem Knie nach. Jetzt weiß sie, wie sie sich die Wunde zugezogen hat. Sie hat sie Francisco zu verdanken, als er sie zu Boden stieß.

Eine Weile liegt sie so, entzieht sich in kleinen schmerzhaften Schritten der Vergangenheit und landet zurück in der Gegenwart. Schließlich rollt sie sich auf die Knie und erhebt sich. Gestützt auf die Äste der Bäume schleppt sie sich den

Abhang hinauf und verlässt den Olivenhain. Ein Gefühl der Ruhe macht sich in ihr breit. Sich der Erinnerung an den Angriff zu stellen war traumatisch, aber nun hegt sie die Hoffnung, dass sie weitergehen kann, tiefer, zurück zu diesem Sonntagabend und Aoifes letzten Stunden. Nach und nach kommen die Erinnerungen zurück. Sie spürt, dass körperlich etwas mit ihr geschieht – eine Veränderung, eine Lockerung, ein Loslassen. Aber es bleiben ihr nur noch wenige Stunden.

*

Dani betritt die Villa durch die Terrassentür und geht in die Küche, um etwas zu trinken. Sie hat einen sauren Geschmack im Mund. Beth ist da und hantiert unkonzentriert mit Essenszutaten.

»Hallo«, sagt sie und lässt eine Tomate fallen. »Ich habe mich schon gefragt, wo du steckst. Celine telefoniert auf ihrem Zimmer mit ihrem Mann. Sie ist fix und fertig. Sie wollte heute Abend abreisen, aber ich habe sie daran erinnert, dass Inspektor Mengual uns geraten hat, hierzubleiben. Man hat mich wohl mit der Zubereitung des Abendessens alleingelassen.«

Dani begutachtet die Zutaten – Serranoschinken und Chorizo, Käse, einige Sardinen, Oliven, eine Tortilla in Frischhaltefolie, Salatblätter, eine Gurke … mehr als ausreichende Vorräte für sechs, für drei sowieso. »Wo kommt das alles her?«, fragt sie.

»Als du gestern in Benahavís warst, sind wir in einen Supermarkt gegangen. Natürlich haben wir viel zu viel eingekauft. Eigentlich wollten wir zu unserer Gedenkzeremonie ein Essen machen, erinnerst du dich?« Sie seufzt. »Ich sehe das jetzt nicht mehr, oder was meinst du? Nicht ohne Tiff. Celine wird es auch nicht wollen.«

Danis Magen ist gereizt, und sie hat gar keinen Appetit. »Irgendwas von Tiff gehört?«, fragt sie schwach.

»Nein, ich habe noch einmal versucht sie anzurufen, aber es springt sofort die Voicemail an. Entweder ist das Handy aus, oder der Akku ist alle.« Beth hält inne und legt ihr Messer auf das Schneidebrett. »Meinst du wirklich, sie könnte gekidnappt worden sein?«

»Keine Ahnung. Wahrscheinlich nicht, aber wer weiß? Nichts an diesem Wochenende hat sich entwickelt wie erwartet. Wenn man jemanden entführt, will man normalerweise etwas als Gegenleistung. Sie melden sich, verlangen etwas. Wenigstens im Kriminalfilm ist es so. Aber wir haben nichts gehört. Das ist ein gutes Zeichen, nehme ich an.«

Beth zuckt die Schultern. »Ich schwanke die ganze Zeit zwischen total besorgt und unglaublich wütend. Es ist mir egal, ob sie heute Abend allein sein will, ich will nur wissen, ob es ihr gut geht.« Sie streicht sich mit der Hand über die Stirn. »Ich habe so schreckliche Kopfschmerzen. Teilweise ist es wahrscheinlich Hunger. Ich muss mir ein Paracetamol holen.« Beth geht auf ihr Zimmer.

Dani öffnet den Kühlschrank, und ihr schlägt eine Welle kalter Luft entgegen. Als sie nach dem Mineralwasser greift, fällt ihr Blick auf diverse Flaschen Weißwein, die die anderen im Supermarkt gekauft haben. Sie zieht eine aus der Ablage, fährt mit den Fingern über das eiskalte Etikett und erinnert sich an den scharfen, leicht säuerlichen Geschmack. Wie einfach es wäre, den Verschluss aufzudrehen und sich ein Glas einzuschenken, das Gluckern des Weines zu hören, den ersten Schluck zu nehmen und zu spüren, wie der Alkohol durch den Körper strömt. Dieses zufriedene Aufstöhnen und dann der Gedanke: Ah, jetzt kann ich entspannen.

Aus allen möglichen Gründen hatte sie getrunken: um zu feiern, um dem Stress zu entkommen, zusammen mit Freunden und manchmal, wenn sie alleine war und sich einsam fühlte oder langweilte. Trinken war ein Teil ihres ganz normalen Lebens gewesen, sie konnte es tun oder lassen, wie sie wollte. Manchmal vergingen Wochen ohne einen Schluck Alkohol. Wenn sie eine Grippe hatte oder Antibiotika nehmen musste, hörte sie einfach auf damit. Hin und wieder genehmigte sie sich eine richtig betrunkene Nacht, aber nur zu gesellschaftlichen Anlässen – Tanzen im Club, Parties, Festivals. Auf der Uni war sie als trinkfest bekannt, nicht dafür, die Kontrolle zu verlieren. Sie war nicht eine der Frauen, die von ihren Freunden gerettet und am Ende des Abends in ein Taxi verfrachtet werden mussten. Wenn überhaupt, hatte sie die anderen ins Taxi gesetzt.

Erst nach Aoifes Tod wurde das Trinken zu einem Problem. Sie trank, um sich zu bestrafen. Der Grund dafür lag auf der Hand: Wenn sie in dieser Nacht nicht so betrunken gewesen wäre, hätte sie ihrer Freundin vielleicht das Leben retten können.

Nun stellt sich die Geschichte anders dar, ihr Schwerpunkt hat sich verlagert. Es war nicht der Alkohol, der ihren Blackout verursacht hat, es waren die K.-o.-Tropfen, das GHB oder

Ketamin, was auch immer das Arschloch in ihren Blue Mojito gekippt hatte. Für das, was er ihr in dieser Nacht angetan hat, würde sie ihn am liebsten umbringen, aber gleichzeitig erfüllt eine sonderbare Euphorie ihren Körper. Sie fühlt sich leicht und frei. Es fühlt sich an, als hätte sie jahrelang unter der Erde gelegen und durch einen Strohhalm geatmet. Doch nun hat sie ihren Kopf durch die Erde gestoßen und zum ersten Mal seit langer Zeit richtig nach Luft geschnappt. Vielleicht wäre es jetzt sicher, etwas zu trinken. Nur ein kleines Glas. Als Test?

Sie nimmt die kalte Flasche aus dem Kühlschrank. Es ist die Sorte, für die man einen Korkenzieher benötigt. Sie findet einen in einer Schublade und ist schon dabei, die Folie zu entfernen, als sie im Flur Beths Schritte hört. Überwältigt von Schuldgefühlen, stopft Dani die Flasche zurück in den Kühlschrank und greift nach einer Flasche Mineralwasser. Ihr Herz schlägt schnell, und ihre Handinnenflächen fühlen sich feucht an.

Beth tritt ein und nimmt erneut ihre Vorbereitungen auf. »Hoffentlich wirken die Pillen schnell«, sagt sie.

Dani sieht zu, wie sie eine rote Zwiebel schält. »Ich habe eben im Olivenhain eine sehr … abgedrehte Erfahrung gemacht«, setzt sie an. »Meine Erinnerungen vom letzten Mal sind plötzlich zurückgekehrt. Erinnerst du dich an Francisco, das Aktmodell?« Sie wartet nicht auf Beths Antwort, sondern fährt fort. »Also, nachdem ihr alle in die Villa gegangen wart und mich mit ihm allein gelassen hattet, sind wir …«

»Es tut mir wirklich leid, Dani«, unterbricht Beth sie, »aber ich glaube nicht, dass ich das jetzt hören möchte. Momentan passiert zu viel, um in Erinnerungen zu schwelgen.

Ich habe immer noch diese grausamen Kopfschmerzen – ich kann nicht geradeaus denken.«

»In Ordnung, es ist nur so, dass es mit der Gegenwart zusammenhängt. Es könnte wichtig sein für …«

»Bitte, Dani, lass gut sein.« Beth wechselt das Thema. »Macht es dir etwas aus, den Tisch zu decken? Lass uns drinnen essen, das ist einfacher.« Sie nimmt vier Teller vom Regal. »Wir brauchen Besteck, Salatbesteck, einige Messer für den Käse.«

Vielleicht hat Beth recht, denkt Dani, öffnet eine Schublade und entnimmt ihr einige Messer und Gabeln. Es ist kein guter Augenblick. Die Atmosphäre ist angespannt, sie befinden sich praktisch im Belagerungszustand, jeden Moment könnte die Festung angegriffen werden. Obwohl sie Tiffs Verschwinden gegenüber Beth und Celine heruntergespielt hat, ist sie doch besorgt, ihr könne etwas zugestoßen sein.

Dani deckt den Tisch, geht dann nach draußen und blickt hoch in den dunkler werdenden Himmel. Seine Farben vertiefen sich, Purpur und Blau vermischt mit Mauve und Rosatönen. Sie schaut Richtung Westen und sieht eine trotzig brennende Sonne, die sich bereit macht, hinter die Wellenlinie des Gebirges zu sinken.

Sie geht über den Rasen zum Pool, schlängelt sich zwischen den Sonnenschirmen und Liegen hindurch, bis sie das Ende des Grundstücks erreicht hat. Hier gibt es keine Mauer und keinen Zaun, nur eine Reihe von Pflanzkübeln, um zu markieren, wo das Land abfällt. Die Erde ist trocken und steinig, nur einige wenige Büsche klammern sich tapfer an den Abgrund. Hier hat Aoife die Maske des Bräutigams in die

Tiefe geschleudert. Dani tritt näher an die Kante und zwingt sich nach unten zu schauen. Sie fragt sich, ob sie wohl noch dort unten liegt. Unwahrscheinlich nach all der Zeit, sie wird von Wind und Wetter verwüstet worden sein. Nathans hochglänzende Züge in Fetzen. Teile von Nase und Mund abgerissen, aufgespießt von dornigen Ästen. Der Plastikstab dürfte allerdings noch dort sein. So etwas bleibt lange erhalten.

Auch das Cocktailglas könnte noch dort liegen, denkt sie, als sie sich daran erinnert, wie Francisco das Glas in die Büsche warf. Damals hatte es wie eine nachlässige Geste gewirkt, tatsächlich jedoch hatte er ein Beweisstück vernichtet. Gerne würde sie das Glas finden, stellt sich vor, wie sie es im weißen Overall aus dem Gebüsch holt, dazu trägt sie Handschuhe und eine Art überdimensionale Pinzette, mit der sie es in eine Asservatentüte befördert. Wahrscheinlich würden sie keine Spuren der von ihm verwendeten Droge nachweisen können. Aber hauptsächlich möchte sie das Glas sowieso finden, um zu beweisen, dass ihre Erinnerung sie nicht trügt. Vielleicht wird sie morgen Früh mal danach schauen.

Die Vergangenheit bemächtigt sich ihrer erneut, zerrt an ihr, bedrängt sie, so wie Francisco es getan hatte. Sie veranlasst sie, aufmerksam zu sein, zuzuhören. Und schon spürt sie die Schmerzen und das darauf folgende Trauma erneut.

KAPITEL EINUNDVIERZIG: DAMALS

– DANI –

Blut rann ihre Waden entlang. Ihr Knie war aufgerissen, trockenes Gras und Mulch verdreckten die Wunde. Sie versuchte sie mit den Fingern notdürftig zu säubern, gab aber auf, weil der Schmerz nicht auszuhalten war. Die Wunde musste ausgewaschen, vielleicht sogar genäht werden. Sie musste zurück zur Villa ... Konnte nicht weiterkrabbeln. Musste gehen. Sie stützte sich an einem Baumstumpf ab und kämpfte sich auf die Füße.

Ihre Augen suchten nach dem letzten Überbleibsel von Licht. Wie viel Zeit war vergangen? Sie hatte keine Ahnung. Es war fast dunkel, trotzdem waren die Temperaturen kaum gefallen. Im Aufblicken entdeckte sie Flecken von Dunkelblau zwischen graugrünen Olivenblättern. Die Sonne ging unter – Bäume auf der gegenüberliegenden Seite der Schlucht hoben sich als Silhouette vor Streifen von Purpur und Gold ab. Das klassische Bild der Romantik, dachte sie verbittert, als sie sich abwandte, den Abhang hochhumpelte und sich dabei zur Unterstützung an den Ästen festhielt.

Hin und wieder musste sie stehen bleiben, um durch die Schmerzen zu atmen, aber sie erreichte den Pfad. Dann wandte sie sich nach links und ging auf den soliden grauen Umriss des Hauses zu. Sein Dach wirkte wie eine schwarze Kappe auf einem Kopf. Ihr Knie pochte jedes Mal, wenn sie es bog, und jeder Schritt ließ sie vor Schmerzen aufstöhnen. Warum hatte niemand nach ihr gesucht? Machten die anderen sich keine Sorgen?

Es klang, als hätte die Party schon begonnen. Sie hörte Musik, einen hämmernden Bass, der Löcher in die Luft hieb. Sie erreichte den Hof und legte bei dem Mietwagen eine kurze Rast ein. Eben hatte da noch ein weiteres Auto gestanden – fast sein Zwilling –, aber jetzt war es nicht mehr da. Musste der Wagen dieses Typen ... wie hieß er noch einmal? Seine glänzenden Augen, seine spinnenartigen Finger ... Sie radierte das alles aus. Machte weiter.

Sie tastete sich an der Seite des Hauses entlang. Flackernde Kerzen erleuchteten ihren Weg durch das Gras. Sie nahm die Kurven und ging auf den Lärm zu, wobei ihre Beine unter ihrem Gewicht zitterten.

Schließlich fand sie alle um den Pool versammelt. Sie waren in Scheinwerferlicht getaucht, sahen wie Bühnenfiguren aus. Aoife, Celine, Tiff, Beth. Drei Brautjungfern und eine zukünftige Braut in ihrer ganzen Pracht. Die Umgebung sah ebenfalls perfekt aus. Lichterketten funkelten in den Bäumen, Teller mit halb verzehrten Speisen standen auf Liegen, umgedrehte Flaschen lugten aus einem Eiskübel, Luftballons schwebten über die Terrakottafliesen. Ein tragbares Soundsystem posaunte die sorgfältig ausgesuchte Playlist.

Die vielgeliebte Hymne auf Singlefrauen erfüllte die Luft. Beyoncé mit einer Million Zikaden als Backgroundsängerinnen.

Aoife und Tiff tanzten um das blaue Rechteck aus Wasser herum. Sie sangen dabei, hüpften, lachten, gestikulierten wild mit ihren Weingläsern. Beth schunkelte im Takt der Musik, traute sich aber nicht, mitzumischen. Celine schmollte auf einem der Gartenstühle. Sie sagte nichts, tanzte nicht, sondern kippte nur Champagner in sich hinein, als ob sie ihn zur Schmerzbetäubung bräuchte. Keine von ihnen schien zu bemerken, dass Dani anwesend war. Sie versuchte zu rufen »Hallo, Mädels, ich bin es. Ich wette, ihr habt euch gefragt ...« Aber ihr Mund war trocken und die Wörter blieben ihr im Hals stecken. Entkräftet stolperte sie zur nächsten Liege und legte sich hin. Sie schloss die Augen.

»Dani, wo zum Teufel bist du gewesen?« Es war Aoifes Stimme, die sie zurück in die Wirklichkeit holte. Aoifes warme Hand lag auf ihrem Arm. »Alles in Ordnung?« Als Antwort konnte sie nur ächzen.

»Was hast du mit deinem Knie angestellt? Bist du gestürzt? Du musst dich darum kümmern. Das könnte sich entzünden ... Hey, Dani Girl! Hör mir zu. Du musst dein Knie verarzten.«

Dani wandte sich von ihrer Freundin ab und rollte sich zu einem Ball zusammen.

»Gott, dir geht es ja gar nicht gut. Wie viel hast du getrunken?«

Dani konnte nur stöhnen.

»Scheiße ... übergib dich bloß nicht, Tiff kriegt einen Anfall. Geh ins Haus. Zieh dich um. Schmink dich. Es ist der letzte Abend, Party Time. Ich brauche dich an meiner Seite. Lass mich nicht hängen.«

»Aoife!« Tiff sprach jetzt und klang so piepsig wie ein Moskito. »Wir machen Fotos.«

»Ja, eine Sekunde.« Sie schüttelte Dani erneut. »Nicht einschlafen. Bitte. Na los, steh auf. Für mich.« Aoifes Ton war jetzt sanfter, flehentlicher. Dani spürte, wie sie von der Liege hochgezogen wurde und aufrecht stehen sollte. Die Welt um sie herum drehte sich einmal komplett. Es fühlte sich an, als würde ihr der Kopf abfallen. Sie stellte sich vor, dass er wie ein Penny über die Kacheln kullerte. Kullern und kullern und dann flach hinfallen.

»Ich brauche dich für das Foto«, flüsterte Aoife. »Bitte, Dani Girl. Tu mir das nicht an. Nicht heute Abend.«

Tiff schon wieder. »Aoife!«

»Warte! Dani geht es nicht gut.«

»Sie ist sturzbesoffen, meinst du. Selber schuld.«

»Wie auch immer. Ich glaube, sie muss sich übergeben, das kenne ich eigentlich nicht von ihr. Und sie hat sich das Knie übel aufgeschlagen. Ich bringe sie rein, okay? Ich werde sie ein wenig saubermachen.«

»Aber Aoife, das sollte doch eigentlich ...«

»Ja, ich weiß. Es dauert nicht lange. Ich bin gleich zurück.«

Aoife legte einen Arm um Danis Schultern. Halb schlurften, halb stolperten sie vorwärts wie Kinder, die ein dreibeiniges Rennen verlieren. Mehrfach wären sie fast hingefallen, und Aoife musste ihr wieder aufhelfen.

»Was ist denn nur passiert?«, fragte sie, als sie das Ende der Terrasse erreicht hatten. Aoife half ihr über die Bodenwelle, wo das struppige Gras endete, und die glatten Fliesen begannen. »Du warst ewig weg. Ich wollte nach dir suchen, aber ... es kam etwas dazwischen. Celine und ich haben uns gezofft.« Sie plapperte weiter. »Im Wesentlichen habe ich den Job bekommen, Leiterin der Entwicklungsabteilung. Es war Nathans Idee. Ich weiß nicht, wie er das geschafft hat. Ich habe ihm gesagt, Charlie wäre nie und nimmer einverstanden, aber irgendwie hat Nathan ihn überredet. Schön und gut, aber musste der blöde Idiot gleich losziehen und Celines Freund alles brühwarm erzählen? Er hat es ihr gesagt, und jetzt hasst sie mich.«

Aoifes Wörter zerfaserten in Danis Kopf, ihre Bedeutung blieb ihr unklar.

»Es ist jetzt furchtbar peinlich, weil ich den Job natürlich will, aber Celine findet, er gehöre ihr und ich soll ihn ablehnen. Ich denke, das werde ich auch tun, aber ich fühle mich trotzdem ziemlich mies dabei. Sie glaubt ernsthaft, dass ich das alles von langer Hand geplant hätte. Außerdem«, fuhr sie, halb zu sich selbst fort, »wenn ich mich von Nathan trenne, wird er wahrscheinlich Charlie auffordern, mir den Job nicht mehr zu geben. Ich könnte sogar gefeuert werden. Es ist ein Kuddelmuddel, egal wie man es betrachtet.«

Irgendwie schafften sie es nach drinnen. Aoife versuchte Dani nach oben zu helfen, aber die Stufen erwiesen sich als hinderlich. Das Knie machte das nicht mit. Dani brach am Bücherregal zusammen und rollte sich auf den Fliesen vor dem Buddha zusammen. Der beobachtete sie ohne einen Hauch Verurteilung. Davon würde es noch genügend am Pool geben, da war Dani sich sicher.

Aoife schleppte sie zu einem Sessel, setzte sie hinein und quetschte sich neben sie. Sie strich ihr übers Haar. »Lief da was mit Francisco? Du warst so lange weg. Sag mir nicht, du …«

Dani schüttelte den Kopf. Sie wollte sich erklären, fand aber keine Worte. Ihre Zunge fühlte sich geschwollen an, ihre Lippen waren taub.

»Ist alles in Ordnung? Was ist passiert, Dani?«

Aoife ging in die Küche und kam mit einem nassen Handtuch zurück. Sie kniete sich vor sie und begann die Wunde zu säubern.

Irgendwo klingelte es. Aoife erhob sich, durchquerte das Zimmer und nahm ihr Handy vom Couchtisch. Sie schaute auf den Bildschirm und lehnte den Anruf ab.

»Nathan«, verkündete sie und kehrte an Danis Seite zurück. Sie kniete sich wieder hin und legte das Telefon auf den Boden. Dani bekam vage mit, dass ihr blaues Kleid nach oben gerutscht war und ihre Beine freilegte.

»Ich finde, wir sollten dich ins Bett bringen«, sagte Aoife.

Das Handy klingelte erneut. »Oh, verdammte Scheiße«, rief sie und schnappte es sich. »Was ist los?«, fragte sie genervt. »Das ist mein Junggesellinnenabschied. Ich habe eine *Party*, erinnerst du dich? … Nein, ich habe dich nicht ignoriert, versprochen! … Das ist eine wirklich schlechte Verbindung hier … Nein, echt! … Was? … Oh, wie kommt das? Mit wem hast du gesprochen? … Ja, ich will ihren Namen wissen …«

Aoife hob ihre sorgfältig angemalten Brauen. »Verstehe. Interessant. Ich wusste nicht einmal, dass sie deine Nummer hat … und was hat sie gesagt? … Was? Sie hat WAS?«

Dani spitzte die Ohren, aber am anderen Ende der Leitung hörte sie nur Geschrei. Also versuchte sie, aus Aoifes Gesichtsausdruck Nathans Worte zu erraten. Ihr war der Kiefer heruntergefallen, und ihr Mund stand schockiert offen. Sie erhob sich und begann im Zimmer auf und ab zu tigern.

»Nein, natürlich stimmt das nicht, verdammt. Niemals!« Ihre Augen verengten sich, während sie zuhörte. »Miststück! Beth war noch nicht mal dabei … Sie ist früher weg … Ja, wir waren alle im Pesadilla. Ein paar Gangster haben uns eine Flasche Champagner an den Tisch geschickt … Weil sie wie Gangster *aussahen* … Nein. Keine Ahnung, wie sie hießen … Nein, ich verstehe nicht, warum das für dich demütigend sein soll? Aber es spielt sowieso keine Rolle, weil ich nichts getan habe! Ich habe ganz bestimmt nicht mit denen eine verdammte Orgie abgezogen … Was? Ich schwöre es dir, wenn du das willst … Nein, sie denkt sich das aus … Woher soll ich wissen, warum? Du glaubst ihr, aber mir nicht, oder? Na toll. Vielen Dank. Ich bin ja nur deine Verlobte, wir wollen ja nur den Rest unseres Lebens miteinander verbringen, aber gut … Nein. Ich lüge nicht … Ich *lüge nicht*, Nathan!«

Sag ihm die Wahrheit!, wollte Dani rufen. *Es ist vorbei. Du wirst ihn nicht heiraten. Sag ihm einfach die beschissene Wahrheit.*

KAPITEL ZWEIUNDVIERZIG: HEUTE

– DANI –

Dani tigert durch den Garten, so wie Aoife an dem verhängnisvollen Abend durch das Wohnzimmer getigert war. Sie hat ihre Freundin deutlich vor Augen – schulterfreies Glitzerkleid, blonde Stachelhaare, feurige Augen, eine Hand, die das Telefon ans Ohr presst, die andere auf der Hüfte. Sie hört geradezu, wie sie auf Nathan einredet.

Die Erinnerungen branden jetzt so stürmisch an wie eine Flut, die ans Ufer strömt. Sie möchte hineinspringen und abtauchen. Sie will alles wissen. Endlich. Ein für alle Mal. Was geschehen ist. Sie muss mit den anderen reden, sie noch einmal fragen, was sie gesehen und gehört haben. Sie alle hatten der Polizei gegenüber so getan, als wäre es eine ganz normale Party unter Freundinnen gewesen, als hätten sie sich blendend verstanden und eine wunderbare Zeit miteinander verbracht. Das war jedoch nicht die Wahrheit. Beth war am Sonntag in einer seltsamen Stimmung gewesen, Tiff hatte das ganze Wochenende über nervös gewirkt – kommandierte sie herum, tadelte Dani bei jeder sich bietenden Gelegenheit – und Celine und Aoife waren schlimm wegen des Jobs zerstritten.

Dani hört hinter sich einen Laut und dreht sich um, gerade noch rechtzeitig, um die Rückenansicht von jemandem zu erhaschen, der die Villa durch die offene Terrassentür betritt. Aus dieser Entfernung und bei dem schwachen Licht kann sie unmöglich erkennen, um wen es sich handelt, aber das ist sicher nicht Tiffs zierliche Silhouette. Ein Mann. Wer ist das? Was bringt ihn dazu, einfach so hereinzukommen?

Ihr Herz rast, während sie durch den Garten zur Villa rennt. Sie verlangsamt ihren Schritt, als sie das Ende der Terrasse erreicht, und späht in das Wohnzimmer dahinter. Niemand hat die Lampen eingeschaltet, es ist düster. Sie kann ihn nicht ausmachen.

Ihr Herzschlag dröhnt in ihren Ohren. Es fühlt sich an, als würde sie jeden Moment ohnmächtig werden. Wohin ist er gegangen? Wachsam setzt sie einen Fuß vor den anderen und versucht, keinen Mucks von sich zu geben. Dann huscht sie hinein.

Hier ist er nicht. Es gibt nur noch einen Ort, an dem er sich aufhalten kann: Oben im Zimmer, wo sie und Aoife geschlafen haben und in dem nun normalerweise Marta schläft. Die Botschaft auf dem Spiegel blitzt in ihrem Kopf auf. DU BIST DIE NÄCHSTE. Ist er gekommen, um sie in die Tat umzusetzen?

Sie lauscht auf Schritte über ihr, ein Knarren von Dielen, das Öffnen einer Tür – aber nichts. Sie schleicht sich in die Küche. Beth ist nicht da. Das Essen steht immer noch auf dem Tisch, das Schneidebrett, bedeckt mit Tomatenstücken. Der Schinken auf einem Teller. Eine Fliege summt. Wo ist Beth?

Sie durchquert die Küche und geht leise den dunklen Korridor entlang, biegt um eine Ecke und steht vor den beiden unteren Schlafzimmern, zuerst Celines, dann das von Beth und Tiff. Vor Celines Tür lauscht sie auf Geräusche, aber es ist still. Zu ängstlich, um ihre Stimme einzusetzen, klopft sie verhalten an, wartet dann ab. Ist Celine vielleicht drinnen? Sie versucht die Klinke herunterzudrücken, aber sie ist blockiert. Etwas wurde gegen die Tür geschoben.

»Celine?«, flüstert sie und klopft erneut. »Ich bin es, mach auf.«

Nach einer Weile wird die Klinke freigegeben, und die Tür öffnet sich wenige Zentimeter. Aber nicht Celines Gesicht erscheint in der Spalte, sondern Beths. Sie tritt beiseite, um Dani einzulassen, schließt dann die Tür schnell wieder und schiebt einen Stuhl unter die Klinke. Celine sitzt zitternd auf ihrem Bett.

»Hast du ihn gesehen?«, zischt Beth.

Dani nickt. »Nur von weitem. Wer ist es?«

»Ich bin mir nicht sicher, ich habe ihn lange nicht gesehen, aber ich denke, es ist John.«

John. Dani windet sich innerlich. Ihm muss klargeworden sein, wer in sein Apartment eingebrochen ist.

»Hat er dich gesehen?«, fragt Dani Beth.

»Nein. Er war im Wohnzimmer und hat in einer Schublade gewühlt.«

»Vielleicht hat er nach den Ersatzschlüsseln gesucht«, antwortet Dani. »Marta verwahrt sie dort.«

»Ich konnte mich wegschleichen und bin hergekommen, um Celine zu suchen. Wir haben uns hier versteckt. Als du geklopft hast, haben wir uns zu Tode erschrocken. Dachten, er ist es.«

Celine greift nach ihrem Handy. »Soll ich die Polizei rufen und ihnen sagen, dass hier jemand eingebrochen ist?«

»Schwierig«, sagt Beth. »Das ist sein Besitz. Du kannst nicht in dein eigenes Haus einbrechen.«

»Ich finde, wir sollten rausgehen und ihn konfrontieren«, schlägt Dani nach kurzer Bedenkzeit vor.

Beth zieht ein Gesicht. »Ist das klug?«

»Ich bleibe nicht den ganzen Abend wie gelähmt hier sitzen«, sagt sie. »Na los. Drei gegen einen.«

Dani stellt den Stuhl beiseite und öffnet die Tür. Sie geht den Korridor entlang, Beth und Celine folgen ihr ängstlich. Die Hintertür ist nur angelehnt. Dani späht hinaus und sieht, dass die Garagentür offen steht.

»Wir haben ihn«, flüstert sie. »Da kann er nicht entkommen.«

Sie durchqueren den Hof und bleiben auf der Schwelle stehen. John muss ihre Schritte gehört haben, denn er dreht sich um. Er hält ein Fotoalbum in der Hand.

»Hallo, die Damen«, sagt er und versucht zwanglos zu klingen.

Dani tritt einen Schritt vor. Celine und Beth stehen gleich hinter ihr und blockieren den Ausgang.

»Hallo John, wir haben dich in der Villa gesehen. Was tust du hier?«, fragt Dani und versucht nicht so nervös zu klingen, wie sie sich fühlt.

»Äh … meine Sachen sortieren. In meinem eigenen Haus. Ist daran etwas auszusetzen?«

»Nein, aber du wohnst hier nicht mehr. Und du hast dich reingeschlichen, ohne uns zu begrüßen«, sagt Dani. »Warum hältst du das Fotoalbum in der Hand?«

»Das geht euch nichts an.«

Plötzlich fällt der Groschen. »Sind darin zufälligerweise Fotos von dir und Nathan?«

Er tut verwirrt. »Ich und wer?«

»Keine Spielchen jetzt«, antwortet Dani und gewinnt ihr Selbstvertrauen zurück. »Nathan, dein alter Kumpel. Aoifes Verlobter. Du weißt, dass ich eben in deiner Wohnung war. Ich hatte nicht mehr genügend Zeit, alle Fenster auf dem Bildschirm zu schließen. Dir ist wohl klargeworden, dass ich die Fotos deines Junggesellenabschieds gesehen habe.« Sie weist auf das Album. »Ich nehme an, darin befinden sich die Originale auf Papier. Belastende Beweise. Bist du gekommen, um sie zu vernichten?«

»Ich habe keine Ahnung, wovon du redest.«

»Widerspruch ist sinnlos. Ich habe schon der Polizei von deiner Freundschaft mit Nathan erzählt«, sagt Dani. Er schließt für einige Sekunden die Augen und schüttelt abwehrend den Kopf. »Inspektor Mengual war äußerst interessiert. Er meinte, er würde die Untersuchung morgen neu aufrollen. Du kannst es also ruhig gestehen, das würde uns allen viel Mühe ersparen.«

»Verdammt. Verdammt!«, stöhnt John. »Ihr habt keine Vorstellung davon, was ihr angerichtet habt. Was das für mich bedeutet. Und für Marta. Sie ist unschuldig. Sie hatte keine Ahnung.«

Dani beugt sich vor. »Keine Ahnung *wovon*?«

»Ich habe euch gesagt, dass Marbella gefährlich ist, aber ihr wolltet partout nicht hören! Für euch ist das alles ein Klacks, ihr verpisst euch morgen fein nach Hause, aber wir stecken hier mitten in der Scheiße …«

»Was soll das heißen?«, drängt Dani. »Du musst es uns erzählen. Was wird hier gespielt? Warum hast du der Polizei nicht gesagt, dass du und Nathan befreundet seid? Was hast du zu verbergen?«

»Ich hatte keine Wahl. Nathan sagte, das wäre einfacher.«

»Einfacher? Wie? Du hast die Untersuchung behindert«, sagt Beth. »Nathan wollte doch sicher, dass die Polizei herausfindet, wer seine Verlobte getötet hat?«

»Ja, natürlich.«

»Also was verschweigst du uns dann?«, bedrängt Dani ihn weiter.

»Glaub mir, das willst du nicht wissen.«

»Doch, das will ich. Wir alle wollen das, nicht wahr?« Dani wendet sich den anderen zu, und sie nicken. »Sorry, aber wir lassen dich hier nicht eher raus, bis du uns die Wahrheit sagst.«

»Ich kann euch die Wahrheit nicht sagen, weil ich sie nicht kenne.«

»Du weißt doch etwas, John. Es gibt da eine ganze Menge, was du uns nicht erzählst«, ergreift Celine zum ersten Mal das Wort. »Seid ihr beide Komplizen?«

Schweigen.

»Worin seid ihr verwickelt?«, will Beth wissen. »Drogen? Menschenhandel?«

»Nein.«

»Organisierte Verbrechen, nicht wahr? Das muss es sein. Marbella ist voll von diesen Gangs.«

»Ich betreibe nur eine Bar.«

Dani übernimmt. »Was ist mit Nathan? Was macht er?«

»Er arbeitet im Finanzbereich, das wisst ihr doch.«

»Was für Finanzen? Geldwäsche?«

Erneutes Schweigen.

»Du kannst es ruhig zugeben. Siehst du nicht, dass es aus ist, John?«

»Ich brauchte Geld, um die Villa zu eröffnen«, sagt er schließlich. »Keine Bank wollte uns einen Kredit geben. Wir konnten keine Hypothek aufnehmen. Nate hat uns gerettet und bot mir das Geld in Cash an – keine blöden Formulare, keine Kreditvereinbarung. Wir mussten nicht mal Zinsen zahlen. Alles, was wir zu tun hatten, war, regelmäßige Zahlungen auf ein bestimmtes Bankkonto zu überweisen.«

»Du musst gewusst haben, dass es sich um Schwarzgeld handelte.«

»Ja, natürlich. Es war offensichtlich, dass Nate so seine Geschäfte machte. Nicht, dass er es jemals zugegeben hätte. Ich wusste, dass es nicht richtig ist, aber wir hatten keine Wahl. Und Nate war ein alter Freund. Er versprach mir, alles wäre im grünen Bereich. Das war es auch ... bis wir es nicht zurückzahlen konnten.«

Er schaut auf seine schmutzigen Füße hinunter. Eine Sekunde lang hat Dani fast Mitleid mit ihm. Wo auch immer er da hineingeraten ist, es ist ihm sichtlich über den Kopf gewachsen.

Beth geht auf ihn zu und kneift die Augen zusammen. »Hast du Aoife getötet?«

»Nein!«, schreit er augenblicklich. »Natürlich nicht, ich schwöre es bei meinem Leben. Ich hatte nichts damit zu tun.

»Aber du weißt, *wer* es getan hat«.

»Nein … das weiß ich nicht.«

»Aber du hast eine Vermutung.«

Er antwortet nicht.

Dani meldet sich zu Wort. »War es Nathan?«

Wieder Schweigen.

»Ist das der wahre Grund, warum du der Polizei gegenüber nicht erwähnen solltest, dass ihr befreundet seid?«

»Vielleicht. Ich weiß es nicht. Ich weiß wirklich nicht, wer sie getötet hat, und das ist die Wahrheit. Bitte, lasst es gut sein.«

Aber sie kann es nicht gut sein lassen. »Hast du Matt zum Pesadilla geschickt?«

»Nein, ganz bestimmt nicht.«

»Woher wusste er dann, wo er mich findet?«

»Keine Ahnung. Da musst du ihn fragen.«

»Hast du Nathan gesagt, dass wir hier sind?«

John schüttelt den Kopf. »Das wusste er schon.«

»Du hast also mit ihm Kontakt gehabt?«

»Er hat mich am Freitagabend angerufen. Lag mir in den Ohren, als wäre es mein Fehler, dass ihr hier seid.«

»Als ich am Samstag auftauchte, hast du so getan, als würdest du mich nicht kennen.«

»Ja und nein … ich war noch nicht ganz wach.«

»Warum war Nathan sauer, dass wir wieder in der Villa sind?«

»Das weiß ich nicht.«

»Doch, das tust du.«

»Halt dich da einfach raus, Dani, um Himmels willen.«

»Hat Matt ein Motorrad?«

John zögert, bevor er antwortet. »Ja, warum?«

»Nur, weil mich jemand gestern Nacht verfolgt hat und provozieren wollte, dass ich einen Unfall habe.«

»Das hört sich nicht nach Matt an. Er ist nicht gewalttätig, macht eher einfach, was man ihm sagt.«

»Arbeitet er für Nathan?« Statt einer Antwort zuckt er die Schultern. »Ich nehme das als ein Ja.«

»Vermutlich war es Nate auf Matts Motorrad«, sagt John. »Soweit ich weiß, leiht er es sich bei seinen Besuchen hier manchmal aus. Er spielt sich gerne auf, zeigt allen, wer der Boss ist, selbst, wenn er es nicht ist. Es gibt Leute, die in der Nahrungskette durchaus höher stehen, aber ich bin mir ziemlich sicher, dass er es war, der letzte Nacht eingebrochen ist und die Botschaft hinterlassen hat.«

»Könnte er Tiff gekidnappt haben?«, fragt Beth.

Dani hält den Atem an. Für einen Moment hatte sie vergessen, dass Tiff noch immer vermisst wird.

John blickt auf, und plötzlich steht ihm Angst ins Gesicht geschrieben. »Was meinst du mit gekidnappt?«

»Wir waren alle zusammen auf dem Friedhof, und seither

ist sie einfach verschwunden«, erklärt Beth. »Das ist Stunden her. Wir können sie nicht erreichen.«

John entfährt ein Stöhnen. »Oh Gott, ich habe euch gewarnt, aber ihr wolltet ja nicht hören!«

Plötzlich stürmt Beth nach vorn und schüttelt ihn. »Hat er sie geschnappt, John? Hat Nathan sie in seiner Gewalt?«

»Ich weiß es nicht. Vielleicht. Er steht nicht gerne mit dem Rücken zur Wand. Das macht ihn unberechenbar.«

»Wir sollten die Polizei anrufen«, sagt Dani. »Sie müssen sie finden. Wir verlieren hier kostbare Zeit.«

»Nein«, sagt John mit erhobener Stimme. »Bitte! Wenn Nate den Verstand verloren hat, sollten wir ihn nicht noch in Panik versetzen. Er könnte ihr etwas antun.«

»Aber was will er?«, schreit Celine.

»Er will, dass ihr aufhört, alte Geschichten auszugraben und nach Hause fahrt.« John hält kurz inne. »Überlasst das mir. Ich werde ihn anrufen und einfach mal fragen, wie es ihm geht. Herausfinden, wie er drauf ist.«

Die Frauen wechseln Blicke und wissen nicht, was sie davon halten sollen.

»Okay«, sagt Dani. »Versuche herauszubekommen, wo er ist, John. Und erwähne dabei nicht, dass wir nach Tiff suchen.«

Er zieht sein Handy aus seiner Hosentasche. »Hier geht das nicht. Lasst mich bitte raus. Ich muss das in Ruhe tun.« Sie treten zur Seite, er verlässt die Garage und geht in die Villa. Mit ein wenig Abstand folgen sie ihm den Flur entlang, durch die Küche und ins Wohnzimmer, damit er nicht entkommen kann. »Ich telefoniere draußen, okay?« Er betritt den Garten und geht über die Wiese, bis er außer Hörweite ist.

Dani, Beth und Celine beobachten ihn von den Türen zum Patio aus und lassen ihn nicht aus dem Blick.

»Hoffentlich verrät er Nathan nichts«, sagt Beth.

KAPITEL DREIUNDVIERZIG: HEUTE

– DANI –

John telefoniert immer noch.

»Ich finde, wir sollten die Polizei rufen«, sagt Celine. »Wir wissen nicht, mit wem er spricht. Es könnte Nathan sein oder Matt … oder überhaupt niemand. Er könnte uns schlicht anlügen. Wir können ihm nicht trauen.«

»Anfangs dachte ich das auch«, antwortet Dani, »aber jetzt glaube ich, dass er in Ordnung ist. Er hat sich sichtlich Sorgen gemacht, als wir ihm erzählt haben, dass Tiff verschwunden ist. Der Typ ist ein Dummkopf und hat sich in etwas reinziehen lassen, aber ich glaube nicht, dass er böse ist. Wir sollten ihm eine Chance geben. Was meinst du, Beth?«

Sie hört nicht zu. Erst als Dani ihren Namen wiederholt, wird sie aus ihren Gedanken gerissen. »Was?«

»Meinst du, wir sollten sofort die Polizei rufen oder auf John warten?«

»Ich finde, wir sollten das tun, wodurch wir Tiff heil und gesund zurückbekommen«, antwortet sie.

»Gut, dann schauen wir mal, was er sagt, wenn er sein Telefonat beendet hat«, sagt Celine. »Aber wenn er nicht weiß, wo sie ist, müssen wir unverzüglich etwas unternehmen.« Die anderen nicken zustimmend.

Dani hält einige Sekunden den Atem an und stöhnt dann besorgt auf. »Ich muss immer daran denken, was John über Nathan gesagt hat. Meint ihr, er könnte Aoife getötet haben, oder jemanden geschickt haben, um sie zu töten? Ich meine, das hört sich so extrem an. Ich kann mir nicht vorstellen, warum er das hätte tun sollen.«

Celine denkt nach. »Ich hatte stets den Eindruck, dass er es gewohnt ist, seinen Willen zu bekommen. Er ist sehr stolz. Er würde es hassen, gedemütigt zu werden. Ich weiß nicht, ob er Aoife gegenüber je gewalttätig geworden ist, aber ein Mann wie er, der sich in solchen Kreisen bewegt ... es ist nicht undenkbar.«

»Nein, da hast du wohl recht«, antwortet Dani mit einem Nicken. »Meine Erinnerung kehrt langsam zurück, und mir ist eingefallen, dass sie sich am Telefon gestritten haben.«

»Das legt nahe, dass er zu dieser Zeit irgendwo anders war.«

»Er könnte auf dem Weg zur Villa gewesen sein.«

»An diesem Wochenende war er in London«, sagt Beth. »Er ist am nächsten Morgen hierhergeflogen, als er die Neuigkeiten erfahren hatte.«

»Das hat er behauptet, aber er hätte schon hier gewesen sein können. Die Polizei kann vielleicht die Fluglisten kontrollieren – falls solche Unterlagen nach drei Jahren noch aufbewahrt werden.«

»Zunächst einmal müssen wir Tiff finden«, sagt Beth.

»Aber alles hängt mit allem zusammen«, sagt Dani. »Wenn ich mich nur erinnern könnte, wie der Kerl, der sie angegriffen hat, aussah …« Sie verzieht das Gesicht und versucht, die Erinnerung heraufzubeschwören.

»Selbst wenn du es könntest, wäre es kein zulässiger Beweis«, sagt Beth. »Du kannst nicht drei Jahre später auftauchen und behaupten, dass du gesehen hast, wie Nathan Aoife angegriffen hat. Kein Gericht der Welt würde das akzeptieren.«

»Nein, aber wenn es weitere Beweise gäbe, die das untermauern würden«, sagt Dani, »könnte es von Bedeutung sein.«

»Man wird es nie beweisen können«, sagt Beth. »Solche Leute wissen, wie man Spuren verwischt. Und wenn John recht hat und die Polizei hier korrupt ist … dann …« Sie seufzt.

»Mengual ist nicht korrupt«, beharrt Dani.

In diesem Moment kommt John durch den Garten auf sie zu.

»Und?«, fragt Dani atemlos.

»Konnte Nate nicht erreichen«, berichtet er. »Hab allerdings mit Matt gesprochen. Er sagt, er habe Nate seit Monaten nicht gesehen. Ich bin mir ziemlich sicher, dass er lügt. Er wirkte nervös.« Er hält inne und schaut sie nacheinander an. »Und … was werdet ihr jetzt tun? Die Polizei rufen?«

»Das müssen wir«, sagt Celine. »Wir haben keine Wahl.«

»Einverstanden.« Dani wendet sich an Beth. »Bist du an Bord?«

»Ich bin mir nicht sicher. Ich habe Angst, Tiff damit noch mehr in Gefahr zu bringen. Falls Matt wirklich für Nathan arbeitet, wird er sich auf der Stelle bei ihm melden.«

»Ja, das macht mir ebenfalls Sorgen. Wir könnten die Nächsten sein«, stimmt John zu.

»Aber wir müssen irgendetwas tun!«, ruft Dani. »Ich rufe Mengual an.«

»Sch!« John hebt eine Hand. »Habt ihr das gehört? Schritte. Hinterm Haus.«

Sie erstarren und lauschen auf das Tapp-Tapp auf den Fliesen, das Knarren der sich öffnenden Tür.

»Bleibt hier, ich schaue nach«, flüstert John. Er zieht seine Flipflops aus und läuft auf Zehenspitzen in die Küche, dann weiter in den Flur.

Sie warten. Keine traut sich ein Wort zu sagen. Es ist so still, dass Dani hören kann, wie ihr Herz gegen die Rippen schlägt. Wie ein kleines Tier, dass sich verzweifelt befreien will. Wer ist da hinten? Nathan?

Sie wirft einen Blick auf Beth, die an der Mauer lehnt. Sie ist rot angelaufen und schwitzt. Ihre Brust senkt und hebt sich, während sie versucht, nicht in Panik zu geraten. Celine steht wie eingefroren mitten in einer Bewegung unsicher am Esstisch. Als hätte gerade jemand bei Stopptanz die Musik pausiert.

Sie hören Stimmen, die Geräusche eines Handgemenges. Sekunden später taucht John aus dem Halbdunkel auf und zerrt Tiff am Arm hinter sich her.

»Du tust mir weh! Loslassen!«, kreischt sie.

Beth stürmt nach vorne. »Tiff! Mein Gott, da bist du ja!«

John gibt sie frei. »Jap! Falscher Alarm.«

»Alles in Ordnung?«, fragt Celine. »Warum hast du nicht auf unsere Anrufe reagiert?«

»Mein Akku war alle.«

»Lügnerin«, sagt Dani. »Dein Akku ist nie alle. So was passiert dir nicht.«

»Ach, haltet alle eure Klappe.« Tiff wirft Dani einen abschätzigen Blick zu. »Ich wollte mit keiner von euch reden, okay? Ist das ein Verbrechen?« Sie reibt sich den Arm, als würde er noch schmerzen.

»Sie war im Schlafzimmer und hat ihren Koffer gepackt«, sagt John.

»Was geht hier vor, Tiff?«, fragt Beth.

»Nichts. Ich habe beschlossen, hier keine weitere Nacht zu bleiben, keine einzige Sekunde. Ich muss hier weg.«

»Aber warum die Heimlichtuerei? Warum hast du es uns nicht einfach erzählt? Oder wenigstens mir?«

»Weil du mich überreden würdest zu bleiben.«

»Wir sind vor Angst fast gestorben«, meldet sich Celine zu Wort. »Wir dachten, du bist gekidnappt worden.«

»Was?« Sie lässt ein nervöses Lachen hören. »Mir geht es gut. Ehrlich, mir geht's gut. Ich habe ein kleines Hotel gefunden, alles gut.«

»Wirklich?« Celine runzelt die Stirn. »Alles war ausgebucht, als ich etwas gesucht habe. Wo ist es?«

»Kann mich nicht an den Namen erinnern. Es ist sehr klein. Mehr ein Hostel, eigentlich. Ich muss jetzt meine Sachen packen … mein Pass …« Sie dreht sich um und will zurück auf ihr Zimmer.

Dani stellt sich ihr in den Weg. »Geh noch nicht, Tiff. Wir müssen mit dir über Nathan reden.«

Ihre Stimme bricht. »Nathan? Was ist mit ihm?«

»Setz dich lieber erst mal hin.«

»Warum? Was ist passiert?« Sie wirft Beth einen Blick zu. »Was ist los?«

»Setz dich, Tiff«, sagt Beth entschieden. »Du musst das hören.« Sie zieht einen Stuhl heran.

Tiff setzt sich auf die Kante. »Mein Taxi wartet«, sagt sie und schaut nervös nach draußen.

Dani räuspert sich, erhebt dann die Stimme: »Nathan ist in Organisierte Kriminalität verwickelt.«

Sie lacht. »Nein, ist er nicht. Er ist Geschäftsmann.«

»Ja, und diese Geschäfte sind kriminell, Geldwäsche. Er und John hier sind Kumpel. Matt auch.« Sie wendet sich an John. »Wie lange kennt ihr euch schon?«

»Seit der Schule«, murmelt er.

»So lange. Sie arbeiten zusammen, Tiff, verstehst du? Es war alles Teil eines Plans. Nathan hat dich dazu gebracht, für den Junggesellinnenabschied diese Villa zu mieten, damit John und Matt Aoife nachspionieren konnten.«

Tiff runzelt die Stirn. »Warum sollte er das tun?«

»Nate kennt eine Menge Leute in Marbella«, wirft John ein. »Er wollte auf seinen Ruf achten. Wollte durch uns sicherstellen, dass sie nicht über die Stränge schlägt.«

»Na, das war ja ein voller Erfolg«, bemerkt Beth.

»Sie hat es uns nicht gerade leicht gemacht. Hat sich uns

beiden so dermaßen an den Hals geschmissen, das war nicht mehr normal. Wir wussten, dass etwas nicht stimmte. Ich war besorgt um sie. Wenn Nate irgendetwas nicht ertragen kann, dann ist es, für dumm verkauft zu werden, besonders von einer Frau.«

»Und wie ist das abgelaufen?«, fragt Dani. »Habt ihr ihm stündlich Bericht erstattet?«

»Nein, nichts in der Art. Er hat mich an diesem Wochenende unablässig angerufen. Er war sauer. Aoife ging nicht mehr an ihr Handy. Er trug mir auf, hierherzukommen und nach ihr zu sehen. Am Sonntag rief er an und war ganz aufgelöst. Irgendwie hatte er gehört, sie wäre mit ein paar Gangstern aus dem Pesadilla losgezogen. Von mir kam diese Info nicht, das schwöre ich.«

»Von wem kam sie dann? Von Matt? Von einem anderen seiner Spione?«

»Keine Ahnung. Es könnten viele gewesen sein.«

Tiff bricht ihr Schweigen. »Nathan hat Aoife nicht getötet, wenn es das ist, worauf ihr hinauswollt.«

»Woher weißt du das?«, fragt Beth.

»Weil er sie geliebt hat. So etwas würde er nie tun.« Sie stützt ihren Kopf in die Hände. »Ich kenne ihn. Niemals. Es war ein Einbruch. Die Polizei hat das von Anfang an gesagt, es war ein Einbruch!« Sie bricht in Tränen aus.

»An einen Einbruch habe ich nie geglaubt«, sagt Dani.

»Halt den Mund. Mir doch egal, was du denkst. Nathan war es jedenfalls nicht, okay? Ich weiß, dass er es nicht war.«

Celine schaut sie verwundert an. »Warum verteidigst du ihn?«

»Ich verteidige ihn nicht …«

»So hört es sich aber an.«

»Oh, Tiff«, murmelt Beth. »Ist es das, woran ich denke?«

Sie zögert, nickt. »Wir treffen uns seit einiger Zeit«, gesteht sie unter Tränen. »Manchmal. Wir sind nicht ›zusammen‹. Es ist nur … was Lockeres. Wir haben uns nach dem Tod von Aoife gegenseitig unterstützt, sind uns dabei nähergekommen.«

»Als du ihm von dieser Reise erzählt hast, wie hat er reagiert?«, fragt Celine.

Sie schnieft geräuschvoll. »Er wollte nicht, dass ich mitkomme, weil er fand, dass es mich zu sehr mitnehmen würde.«

»Du hast ihn an diesem Freitag vom Venta El Lago aus angerufen, stimmt's?«, sagt Dani und beginnt die zeitlichen Abläufe zu ordnen. »Du hast ihm gesagt, dass wir in der Villa wohnen.«

»Ja, ich bin ausgerastet. Nathan war schon in Marbella – er hat den Flug nach dem unseren genommen. Er wollte vor Ort sein für den Fall, dass ich ihn brauche. Er hat sich um mich gekümmert.«

»Die einzige Person, um die Nathan sich kümmert, ist er selbst«, brummt John.

Eine weitere Stimme mischt sich ein. »Das ist nicht ganz fair.«

Alle Köpfe drehen sich in die Richtung. Nathan tritt von der Terrasse aus ein, unaufdringlich in dunkle Jeans und ein frisches, weißes Polohemd gekleidet.

Tiff starrt ihn schuldbewusst an. »Tut mir leid, ich … Sie haben mich nicht gehen lassen.«

»Schon in Ordnung, Baby. Ich habe gehört, wie du mich verteidigt hast. Du bist in Sicherheit.«

Er geht um den Esstisch herum, der optimistisch für vier gedeckt ist. »Und, John, hast du das Maul aufgerissen, und mit den Mädels über unsere privaten Geschäfte geplaudert?«

»Dani hat das mit unserer Freundschaft selbst rausgefunden«, antwortet er. »Sie steht in Kontakt mit Mengual. Er weiß schon Bescheid. Sie werden den Fall neu aufrollen. Es ist vorbei, diesmal können wir nicht wegrennen.«

»Er weiß schon *was*?«, unterbricht Nathan ihn. »Dass ich dir etwas Geld geliehen habe, damit du einen alten Bauernhof renovieren konntest? Was soll daran denn nicht erlaubt sein? Ich habe nur einem guten Freund geholfen.« Er wendet seine Aufmerksamkeit Dani zu. »Aber du, du warst mir immer schon ein Dorn im Auge. *Oh, Dani Girl*«, singt er sarkastisch. »So hat sie dich genannt, nicht wahr? Oh, sie hat dich geliebt. Du warst ihr Liebling.« Er wirft einen Blick auf Tiff. »Sorry, Baby, aber das ist die Wahrheit.«

»Na los, lass alles raus«, sagt Dani. »Hast du sie getötet?«

»Nein! Natürlich nicht. Ich bin doch kein verdammter Mörder!«, geifert er. »Ich habe Aoife geliebt. Ich wollte sie heiraten!« Er stupst John gegen die Brust. »Es war deine Schuld. Vermietest eine Villa am Arsch der Welt, meilenweit Pampa, keine Nachbarn, keine elektronischen Tore, keine Überwachungskamera. Vor drei Jahren gab es noch nicht mal eine beschissene Alarmanlage. Nicht, dass das jetzt einen Unterschied macht. Die hört ja eh niemand.«

»Dann warst du das also letzte Nacht«, sagt Dani und

springt auf. »Du hast das Zimmer verwüstet und die Warnung auf den Spiegel geschrieben.«

»Du hast in ein Wespennest gestochen. Ich musste dich aufhalten«, gibt er zurück.

»Die Polizei soll den Fall nicht neu aufrollen, weil du sie getötet hast. Oder du hast jemanden dafür beauftragt. Ich weiß nicht, was schlimmer ist.«

»Ich hatte damit nichts zu tun.«

»Ich glaube dir nicht. Du warst wütend, weil Aoife das Wochenende damit verbracht hatte, dich mit genau den Männern zu betrügen, die du beauftragt hattest ihr nachzuspionieren. Sie hatte Sex mit John und wollte auch Matt rumkriegen, obwohl der noch rechtzeitig einen Rückzieher gemacht hat. Es ging ihr schlecht. Sie war verwirrt, hatte die Nase voll von deinem Kontrollwahn. Sie hatte sich entschlossen, dich nicht zu heiraten. Und dann hat sie eure Beziehung zerstört, damit es keinen Weg zurück gab. Aber irgendwie hast du es herausgefunden …« Nathan hört ihr mit weit aufgerissenen Augen zu. Dann packt er John bei seinem Hemd. »Du hattest Sex mit Aoife?«

John windet sich. »Nein, nein, hatte ich nicht!«

»Das hat sie mir anders erzählt«, sagt Dani. »Samstagabend im Supernova, oben in deiner Wohnung.«

»Stimmt das, oder stimmt das nicht?«, knurrt Nathan.

John sieht verängstigt aus. »Sie hat sich total krass an mich rangeschmissen. Ich wusste nicht, was ich machen sollte, sie war nicht zu bändigen.«

»So hast du also auf sie aufgepasst, was? So hast du dich für meine Hilfe bedankt, bei mir, der dir die ganze Knete geliehen hat? Du hast es immer noch nicht zurückgezahlt. Du verdammter Hu …«

Nathan versetzt ihm einen Schlag, der auf seiner Wange landet. John stolpert rückwärts und rempelt Beth an, die aufschreit.

»Ich weiß, dass du sie ermordet hast«, schreit John und versucht ihm auszuweichen.

»Ich war in London …«

»Dann hast du jemanden geschickt. Wen? War es Matt?«

»Ich habe sie geliebt. Sie war mein Mädchen – *mein* Mädchen, verstehst du, nicht deins! Das wirst du noch bereuen.«

»Aufhören! Nathan, um Himmels willen, hör auf!«, schreit Tiff.

Aber sie hören nicht auf, sondern gehen aufeinander los, rammen sich ihre Fäuste ins Gesicht, zerren an den Kleidern des anderen, knallen ihre Köpfe gegeneinander, um sich dann loszureißen, erneut zusammenzuprallen, miteinander zu ringen, gegen die Möbel zu knallen …

Dani rutscht die Wand hinunter und sinkt auf den Boden. Es ist, als würde sie einen Film schauen. Es fühlt sich an, als hätte sie ihn vor langer Zeit schon einmal gesehen oder einen sehr ähnlichen. Einiges davon wirkt vertraut, aber sie ist sich nicht sicher. Die Szenerie ist die gleiche, doch die Akteure sind andere.

John bekommt das meiste ab. Nathan drückt ihn auf den Esstisch hinunter, der schon für das Abendessen eingedeckt ist. Während Nathan John mehrfach ins Gesicht schlägt, sieht Dani, wie der nach einem Messer greift. Sie japst nach Luft, als John seine Finger um den Messergriff legt, es kurz an seine Seite presst, dann unvermittelt hochreißt und Nathan in den Bauch jagt.

Sekundenlang herrscht Stille, dann beginnt jemand zu schreien. Tiff, denkt sie. Oder vielleicht Celine. John ist auf seinen Knien. Nathan liegt stöhnend und mit verdrehten Augen auf dem Tisch inmitten der Scherben.

Und da ist Blut. Viel Blut. So viel Blut. Blut sickert in die Tischdecke, verbreitet sich über Nathans weißem Polohemd.

John krümmt sich zusammen, versucht sich so klein wie möglich zu machen. Tiff ist hysterisch. Beth ist auf ihre Knie gefallen und drückt auf Nathans Wunde. Celine hat sich ihr Handy geschnappt und alarmiert den Notruf. Sie tritt zu Dani und schüttelt sie. »Dani? Dani! Sitz nicht einfach so da, du musst mit ihnen reden.«

Aber Dani kann nur mit rasendem Puls und Ohrensausen in der Ecke kauern. Alles um sie herum verblasst. Sie ist am selben Ort, doch etwas zieht sie rückwärts in eine andere Zeit.

KAPITEL VIERUNDVIERZIG: DAMALS

– DANI –

»Es ist aus«, sagte Aoife zu Nathan. »Das mit uns.«

Dani bekam mit, wie er am anderen Ende der Leitung brüllte, aber sie konnte nicht verstehen, was er sagte.

»Weil ich genug habe, deswegen«, antwortete Aoife. »Weil du alles an dich reißt. Du nimmst mir die Luft zum Atmen ... Doch, das tust du! Du überwachst mich die ganze Zeit. Bei allem! Jetzt habe ich mit Celine Stress wegen des Jobs ... ja, natürlich will ich ihn, aber ich verdiene ihn nicht ... doch, genau darum geht es. Ich werde ihn nicht annehmen. Ich kann es nicht ... ja, sie ist sauer auf mich, und zu Recht! ... Nein, ich bin dir nicht dankbar, ich habe die Nase voll. Tut mir leid, Nathan, ich kann das nicht, ich kann dich nicht heiraten, kann überhaupt nicht mit dir ... Ja, ich meine es ernst ... Ich weiß ... die Hochzeit ... so viel Geld ...«

Dani saß auf dem Stuhl und krümmte sich. Alles in ihrem Kopf schwirrte und sie hielt das blutende Bein ausgestreckt. Aoife hatte lange ins Telefon geschrien, doch jetzt hörte sie zu. Sie schnappte nach Luft. »Was?«, rief sie schließlich. »Tiff? Du und *Tiff*? Ich glaube es nicht ... Wann? Wann hast du mit ihr geschlafen? Oh ... mein Gott. Gut, dann sind wir quitt. Super. Viel Glück! Heirate sie stattdessen, du Arschloch.« Sie beendete den Anruf und schleuderte das Handy zu Boden, wo es zerbrach.

»Was ist passiert? Aoife, wa ...?« Dani versuchte zu sprechen, aber Aoife schien sie nicht zu hören. Umhüllt von einer Gewitterwolke, griff sie wahllos nach irgendwelchen Gegenständen und schleuderte sie gegen die Wand. Lampen, Vasen, Keramikschüsseln und Bücher flogen durch die Luft. Sie riss Gemälde von ihren Haken und zertrümmerte sie auf den Fliesen, warf Möbelstücke um, fegte mit einer Hand ein Dutzend Gläser vom Sideboard. Sie schien nicht mitzubekommen, dass Dani, die den Kopf im Schoß vergraben hatte, mitten im Geschehen war und von Fluggeschossen getroffen wurde.

Sie musste Aoife beruhigen und dazu bringen, aufzuhören. Vorsichtig hob Dani den Kopf. Sie versuchte sich von ihrem Stuhl abzustoßen und auf die Beine zu kommen, aber ihr verletztes Knie knickte ein, und sie konnte nicht die Balance halten. Vorwärts stolpernd streckte sie die Hand nach Aoife aus, verfehlte sie aber. Sie drehte sich auf einem Bein herum. Schwankend und orientierungslos gelang es ihr, sich an ein Möbelstück zu klammern, ein Sideboard vielleicht. Die Lehne eines Stuhls? Sie konnte nicht mehr scharf sehen. Alles war verschwommen, eingetrübt an den Seiten. Sie hatte keine periphere Sicht mehr. Sie hörte immer noch ein Krachen und das Zerbrechen von Glas, aber Aoife schien verschwunden zu sein. War sie vielleicht fortgegangen, um Tiff zu suchen? Dani rief ihren Namen, es kam aber nur ein Krächzen heraus.

Sie unternahm einen weiteren Versuch einige Schritte zu gehen, doch der Boden war mit Scherben von Glas und Porzellan übersät. Sie versuchte sich durchzukämpfen, aber alles drehte sich so schnell, dass sie nicht wusste, in welche Richtung sie ging, ob sie auf dem Boden stand oder auf der Decke oder die Wand hochkletterte …

In der Nähe des Sofas entdeckte sie einen dunklen Umriss. Jemand stand dort. Wer war das? Sie kniff die Augen zusammen, konnte aber nichts erkennen. War es Aoife, oder war es …? Nein, das konnte doch nicht *er* sein. Eine schreckliche Erinnerung überkam sie wie ein Blitz. Sie spürte seinen schwarzen, seidigen Morgenmantel, roch das Babyöl auf seiner Haut, spürte, wie seine Hände über ihren Körper krochen. Was tat er hier? War er zurückgekommen, um zu Ende zu bringen, was er begonnen hatte? Plötzlich stieg Wut in ihr auf. Ihr Herz begann so heftig zu schlagen, dass sie fürchtete, es könne in ihrer Brust explodieren.

Mit ausgebreiteten Armen kam er auf sie zu. Sie wich zurück, als er versuchte, sie zu umarmen. Sie würde nicht zulassen, dass er sie vergewaltigte, unter keinen Umständen! Vor Anstrengung laut stöhnend stieß sie ihn fort, stieß ihn mit aller Kraft fort. Er taumelte rückwärts.

Alles geschah nun in Zeitlupe. Dani beobachtete, wie Francisco durch die Luft flog. Er landete hart auf dem Couchtisch. Der zerbrach dadurch und sandte in einem sekundenlangen

Feuerwerk Tausende glitzernde Bruchstücke in die Luft, bevor sie wieder nach unten fielen und ihn unter Glas begruben.

Sie stolperte rückwärts, verlor die Balance und brach einige Meter entfernt zusammen. Einige Sekunden blieb sie auf dem Boden liegen, unfähig zu begreifen, was gerade geschehen war. Dann drehte sie den Kopf, um genauer hinzusehen.

Aber es war nicht Francisco, der dort lag, es war Aoife.

Sie lag mit dem Gesicht nach oben, ihre Beine seltsam angewinkelt. Sie bewegte sich nicht, stöhnte nur leise. Eine große Scherbe steckte in ihrem Schenkel gleich unter dem Saum ihres engen blauen Kleides. Blut sprudelte hervor wie eine Fontäne, die alles in Rot tauchte.

In Danis Kopf gab es einen Kurzschluss. Sie verstand den Anblick nicht, der sich ihr bot, konnte ihn nicht verarbeiten. Wie kam es, dass Francisco verschwunden war und Aoife seinen Platz eingenommen hatte? Es war eine Illusion, ein Trick. Es konnte nicht Aoife sein. Das konnte nicht sein. Aber es war Aoife. Und Dani musste sie retten.

Mit letzter Anstrengung rollte sie sich auf den Bauch und kroch Zentimeter für Zentimeter auf Aoife zu, ächzend vor Schmerzen, als ihr Knie über die Fliesen schrammte. Sie versuchte Aoifes Namen zu rufen, aber ihre Stimme versagte. Das Dunkel in ihrem Kopf drohte sie zu verschlingen. Erschöpft und von Schmerzen überwältigt hielt sie inne.

Dann hörte sie einen Schrei. Celine war vom Garten aus hereingekommen. Mit vor Entsetzen offenem Mund starrte sie Aoife an. Sie lief auf sie zu, blieb aber plötzlich stehen. Dani wartete darauf, dass sie etwas tat, aber sie wirkte wie gelähmt. Aoife war verletzt. Warum reagierte Celine nicht? Auf ihrem Gesicht erschien ein nachdenklicher Ausdruck, als würde sie etwas abwägen. Sie sah unnatürlich ruhig aus. Dani überkam ein Schauder.

Anstatt sich um Aoife zu kümmern, ging Celine zu Dani und stieß sie mit dem Fuß an. Im Glauben, sie wäre bewusstlos, ging Celine davon. Es wurde langsam dunkel, als Dani sie beim Telefonieren beobachtete. Celine begann auf eine Weise zu atmen, die Panik suggerierte und sprach in den Hörer, als sei sie äußerst erregt.

»Es hat einen Einbruch gegeben«, rief sie. »Meine Freundin wurde angegriffen. Sie verblutet, bitte, kann jemand kommen? Sofort! Sonst wird sie sterben!« Sie gab vor, die Person am anderen Ende nicht zu verstehen und entschuldigte sich dafür, kein Spanisch zu sprechen. »Es ist die Villa Flora«, sagte sie. »Ich kenne die volle Adresse nicht. Villa Flora, können Sie das nachschlagen?«

Villa Floriana, dachte Dani. *Du weißt doch genau, dass es die Villa Floriana ist.*

Als sie den Anruf getätigt hatte, ging Celine zu Aoife hinüber und kniete sich in ihr Blut. Sie murmelte etwas vor sich hin. Dani konnte nicht verstehen, was sie sagte, aber sie hörte sich zornig an. Auf ihrem Gesicht lag ein seltsamer Ausdruck. Sie kniff die Augen zusammen und um ihren Mund spielte etwas Grausames. Sie riss die große Scherbe aus Aoifes Schenkel. Aoife ließ einen Schmerzensschrei hören. Die Wunde öffnete sich und es ergoss sich noch mehr Blut als zuvor.

Du tötest sie, dachte Dani. *Du tötest sie.*

Verzweifelt wollte sie an das andere Ende des Zimmers

gelangen, Celine beiseite stoßen und sich schützend auf ihre Freundin werfen, um die Wunde mit aller Kraft zu verschließen, aber ihr Körper ließ keine Bewegung zu. Sie musste bleiben, wo sie war und zusehen, wie Celine nichts unternahm, um Aoife zu retten. Celine saß inmitten der Trümmer, ihre blutigen Hände gefaltet wie zum Gebet. Sie presste die Lippen aufeinander. Ihr Gesicht zeigte keinerlei Emotion. Ihre Kleidung war mit Blut beschmutzt, aber sie schien es nicht zu bemerken.

Sekunden vergingen, Minuten vielleicht. Dann erhob Celine sich. Jetzt sah auch sie mitgenommen aus. Sie rannte aus der Villa und rief nach Tiff und Beth. Wenige Augenblicke später stürzten alle wieder herein.

»Ich habe schon den Notarzt gerufen«, sagte Celine atemlos. »Sie müssten bald hier sein.«

»Warum hast du uns nicht sofort geholt?«, jammerte Tiff.

»Ich wollte Aoife helfen. Ich habe geschrien, aber niemand hat mich gehört, wahrscheinlich wegen der Musik.«

Tiff blickte auf Danis liegende Gestalt. »Konnte sie nicht helfen?«

»Sie ist bewusstlos.«

»Zu nichts zu gebrauchen«, konstatierte Tiff. Sie kniete sich in das Glas neben Aoife, ohne darauf zu achten, ob sie sich verletzte. »O Gott. Das sieht schlimm aus.« Sie schaute hoch. »Wir müssen die Blutung stoppen. Beth, du holst Handtücher aus dem Schlafzimmer oder aus der Küche. Alles, was du finden kannst, es muss nur sauber sein.«

Beth presste die Hände gegen ihre Brust. »Wie ... wie ... ist das passiert?«

»So habe ich sie gefunden«, sagte Celine. »Jemand muss sie angegriffen haben.«

»Wer? Was ist hier nur geschehen?«

»Vielleicht ein Einbrecher?«

»Handtücher!«, schrie Tiff. »Sofort!«

Beth rannte los. Tiff legte ihren Mund an Aoifes Ohr »Aoife! Aoife! Na los, öffne die Augen! Ich bin es, Tiff. Bleib bei mir, bitte. Der Notarzt ist unterwegs, sie werden jede Minute hier sein. Alles wird gut, aber du musst wach bleiben. Bleib bei mir ...«

Beth kam zurück mit einem Stapel Handtücher, die sie neben Aoife zu Boden warf, doch bevor Tiff sie nehmen konnte, schob Celine sie zur Seite.

»Lass mich das machen. Ich bin viel stärker als du. Geh lieber dem Notarzt entgegen und kümmere dich darum, dass sie nicht die Abfahrt zu uns übersehen.« Sie schnappte sich ein Handtuch und presste es kraftvoll auf die Wunde. Das weiße Gewebe nahm unverzüglich eine rote Färbung an.

Tiff zitterte. »Aber ich will bei ihr bleiben.«

»Draußen bist du nützlicher. Beth, du gehst mit Tiff«, bellte Celine. »Benutzt eure Handytaschenlampen.«

Sobald sie sicher war, dass sie fort waren, legte Celine das Handtuch beiseite. Dann saß sie einfach da und verfolgte, wie das Blut mit alarmierender Geschwindigkeit aus Aoifes Körper gepumpt wurde. Inzwischen war es überall, an den Wänden, auf den Sofas, dem Teppich, den Stühlen, und es verbreitete sich auf den Steinplatten ... Celine schien von dem Horror unberührt zu sein. Nicht einmal ihr Atem ging schneller. Sie wusste nicht, dass Dani sie aus den Augenwinkeln beobachtete und innerlich flehte, Beth und Tiff mögen zurückkehren. Dani betete, dass jeden Moment der Notarzt zur Tür hereinkäme, obwohl sie wusste, dass er zu spät kommen würde. Celine hatte sie zur falschen Adresse geschickt.

Plötzlich wurde kein Blut mehr herausgepumpt. Celine ließ einen kleinen Aufschrei hören und schlug sich eine Hand vor den Mund. Die Zeit schien stillzustehen. Dani spürte ein starkes inneres Ziehen, als würde ihr das Herz herausgerissen. In diesem Moment wusste sie, dass Aoife tot war.

Sie wollte den anderen erzählen, was passiert war, aber sämtliche Einzelheiten begannen schon zu verschwinden. Zersplittert in winzige Fragmente, trudelten sie in den unendlichen Raum. Sie konnte sie nicht einfangen, konnte sie nicht dingfest machen. Sie würden wohl für immer verloren sein. Schließlich gewann die Dunkelheit die Oberhand, und Dani glitt ins Vergessen.

KAPITEL FÜNFUNDVIERZIG: HEUTE

– DANI –

Die Brautjungfern sitzen eng beieinander im Garten und halten sich von dem geschäftigen Treiben um sie herum fern. Ein uniformierter Polizist mit Waffe in der Hand bewacht ein schwarzgelbes Tape, das quer über die Terrassentür geklebt wurde. *Escena del crimen. No cruzar* lautet die Aufschrift. Tatort. Kein Zutritt.

Lichter blinken. Mehrere Einsatzfahrzeuge parken im Hof. Ein schwarzes Motorrad steht an der Mauer, zwei Helme liegen daneben. Nathan muss sich Matts Motorrad geborgt haben, denkt sie.

Ein zweiter Krankenwagen steht in der Nähe, obwohl sie alle beteuert haben, dass es ihnen gut geht, physisch zumindest.

John wurde festgenommen und sitzt in Handschellen in

einem der Polizeifahrzeuge. Nathan wurde in Windeseile mit Blaulicht abtransportiert. Falls er überlebt, was momentan fraglich scheint, wird er sich – welche Ironie – bei Celine bedanken müssen. Sie war diejenige, die Küchenpapier auf die Wunde gepresst und dabei eine ganze Rolle verbraucht hat. Alle anderen waren nutzlos. John stand unter Schock. Tiff und Beth waren kopflos, wussten nicht wohin mit sich. Dani kann ihre Reaktionen verstehen. Wie sie hatten sie sich erinnert ...

Die Vergangenheit hat sich Dani endlich gezeigt. Nun hat sie das Gefühl, vor Empfindungen jeden Moment auseinanderzubrechen. Da sind Wörter, Geräusche winzige Details, große Emotionen. Vor allem Wut. Sehr viel Wut. Drei Jahre lang hat sie versucht, diese wichtigen fehlenden Stunden einzufangen, und nun, wo es ihr gelungen ist, weiß sie nicht mehr weiter. Es gibt so viel zu verarbeiten, so viel zu verstehen.

Momentan aber sitzen sie auf der Mauer. Beth und Tiff links neben ihr, Celine zu ihrer Rechten. Alle vier beobachten sie Insekten, die um ein Gartenlicht surren. So muss es auch beim letzten Mal gewesen sein. Sie saßen in der Dunkelheit herum und froren selbst in der nächtlichen Hitze. Nur drei von ihnen damals. Dani hatte im Krankenwagen gelegen. Der Sanitäter versorgte ihr Knie, befand aber, dass sie nicht ins Krankenhaus müsse. Sie brauche einfach nur Schlaf, um wieder nüchtern zu werden. Hätten sie sie mitgenommen, wäre ihnen vielleicht die Droge in ihrem Blut aufgefallen.

Dani streckt die Beine aus. Nähen wäre nicht nötig, hatte es geheißen, aber sogar in diesem geisterhaften Licht kann man eine Narbe sehen. Sie fährt mit dem Finger über die gezackte, leicht erhabene Linie. Sie hat sich immer wie ein Beweis ihrer Schuld angefühlt. Jetzt wirkt sie eher wie ein Orden für das Überleben.

Tiff schlägt die Hände vors Gesicht. »Meint ihr, er kommt durch?«

»Ist dir das wirklich wichtig?«, kontert Beth.

»Natürlich! Wir haben uns fast drei Jahre lang getroffen.«

»Warum hast du mir das nicht erzählt?«

»Weil mir klar war, dass du mich dafür verurteilen würdest.«

»Wusstest du, dass er ein Krimin ...«

»Nein, natürlich nicht!« Tiff ringt die Hände. »Ich hätte mit ihm ins Krankenhaus fahren sollen. Warum bin ich nicht mitgekommen? Das war falsch von mir. Der Arme, so ganz allein.« Sie springt auf. »Ich rufe mir ein Taxi. Denkt ihr, man wird mir erlauben, bei ihm zu bleiben? Das kann man mir nicht verwehren, oder?«

Beth legt eine Hand auf Tiffs Arm. »Lieber nicht«, sagt sie leise. »Du möchtest doch nicht, dass die Polizei dich für seine Freundin hält, oder? Sie könnten falsche Schlüsse ziehen.«

»Ja, gutes Argument.« Sie nimmt wieder Platz. »Hab' ich gar nicht dran gedacht.«

»Verständlich, du bist durcheinander.« Beth tätschelt ihr Bein. »Du kannst dich auf uns verlassen. Wir halten dicht, nicht wahr, Mädels?«

»Ich werde die Polizei nicht anlügen«, gibt Celine zurück. »Sollten sie fragen, werde ich die Wahrheit sagen.«

»Und wenn sie nicht fragen?«

»Sie werden fragen.«

»Dani?« Beth wendet sich zu ihr hin. »Du erzählst doch nichts über Tiff und Nathan, oder? Tiff hatte keine Ahnung, dass er in solche Dinge verwickelt ist, sie ist total unschuldig. Genau wie Aoife, da bin ich mir sicher. Wir wollen einfach keine Probleme heraufbeschwören.« Dani antwortet nicht. Sie ist immer noch ein wenig in der Vergangenheit gefangen. »Dani? Hörst du mir zu? Ich versuche dir etwas Wichtiges zu sagen. Wegen Nathan und Tiff ...«

»Ich erinnere mich an alles«, antwortet sie.

»Okay, aber du wirst nicht freiwillig Informationen preisgeben, wenn niemand ...«

»Nein, ich meine, ich erinnere mich an alles, was mit Aoife zu tun hat. Wie sie gestorben ist.«

»Fang nicht wieder damit an«, sagt Tiff. »In meinem Kopf dreht sich alles. Haben wir nicht schon genug Probleme?«

»Tiff hat recht«, sagt Beth. »Wir alle stehen unter Schock.«

Dani weiß, dass sie es ihnen erzählen muss. Wenn sie es jetzt nicht tut, wird sie es nie tun. Es für sich zu behalten, würde sie auffressen. »Ihr müsst mir zuhören, es ist wichtig.« Sie atmet tief ein. »Man hat mir damals etwas ins Getränk getan. Ich wurde unter Drogen gesetzt.«

»Drogen?«, wiederholt Tiff. »Wie?«

»Das Aktmodell, Francisco. Er hat etwas in meinen Cocktail getan, mich dann zum Olivenhain gebracht und versucht, mich zu vergewaltigen. Deswegen konnte ich mich nicht erinnern. Tief in mir haben diese Bilder all die Zeit geschlummert, und es gelang mir nicht, sie wieder heraufzubeschwören. Es war das Trauma, Zeugin vom Mord an Aoife geworden zu sein, das alles überlagert hat.«

»Du kannst aber nichts bezeugen«, sagte Celine spitz. »Du warst bewusstlos.«

»Nicht ganz. Stellenweise war ich benommen, aber trotzdem bei Bewusstsein. Ich habe gehört, wie Aoife sich am Telefon mit Nathan gestritten hat. Sie hat ihm gesagt, dass sie die Hochzeit absagen will, und er ist durchgedreht. Er sagte irgendetwas über dich, Tiff.«

Sie schnappt nach Luft. »Nein ... bitte nein!«

»Aoife war so wütend, dass sie komplett ausgerastet ist. Sie hat alle möglichen Gegenstände durch die Gegend gepfeffert, das ganze Wohnzimmer verwüstet. Ich konnte sie nicht aufhalten – ich war zu benommen. Ich versank in eine Art ... Schummerzustand – ich kann es nicht erklären, aber ich war verwirrt. Dann verlor ich das Bewusstsein, begann zu halluzinieren. Plötzlich dachte ich, Francisco wäre bei mir im Zimmer. Ich hatte Angst vor einem erneuten Angriff und stieß ihn beiseite. Er fiel in den Glastisch. Aber es war gar nicht Francisco.« Sie hält inne, weil sie es nicht aussprechen kann.

»Es war Aoife?«, flüstert Beth.

Dani nickt. »Mir ist es im letzten Moment klargeworden, aber da war es schon zu spät. Dann kam Celine herein.«

»Ja, sie hat Aoife als Erste gefunden«, sagt Tiff.

Dani wendet sich Celine zu. »Ich habe gesehen, was du getan hast.«

Celine atmet hörbar ein. »Wie Tiff schon gesagt hat, es ist jetzt nicht die Zeit, alles noch einmal durchzukauen. Nathan ist gerade niedergestochen worden, wir alle stehen unter Schock. Es ist alles zu viel. Lass es gut sein, Dani.«

Aber Dani kann es nicht gut sein lassen. Drei Jahre hat sie darauf gewartet. »Warum hast du sie sterben lassen?«, fährt sie fort. »War es, weil sie deinen Job bekommen hat?«

Celine erstarrt. »Wovon redest du?«

»Sie hatte sich entschlossen, das Angebot nicht anzunehmen, weißt du? Ich habe gehört, wie sie es Nathan gesagt hat. Du hast sie grundlos getötet.«

»Ich habe sie nicht getötet«, wehrt sie sich. »Das ist einfach absurd.«

»Du hast dem Krankenwagen eine falsche Adresse gegeben. Hast so getan, als würdest du ihr helfen, hast sie aber in Wahrheit verbluten lassen. Du hast sogar den großen Glassplitter aus ihrem Schenkel gezogen, damit sie schneller stirbt.«

Beth und Tiff schnappen beide nach Luft. »Stimmt das?«, fragt Tiff. »Celine, ist das wahr?«

»Natürlich ist das nicht wahr. Ich stand unter Schock wie wir alle.« Sie versucht aufzustehen, aber Dani drückt sie wieder hinunter. »Ich habe Aoife nicht getötet, das war Dani. Sie hat es doch gerade gestanden!« Celine reißt sich los, steht auf und geht mit schnellen Schritten davon, obwohl Dani sich nicht vorstellen kann, wohin sie gehen will. Überall in der Villa wimmelt es von Polizei, und man wird sie heute Abend nicht wieder hereinlassen. Die drei folgen ihr mit Blicken, als sie an den Fahrzeugen vorbeischreitet, den Pfad entlanggeht und in der Dunkelheit verschwindet.

»Hast du sie ganz sicher gesehen?«, fragt Tiff nach einer Pause. »Bist du dir komplett sicher?«

»Einhundert Prozent«, antwortet Dani. »Sie hat Aoife sterben lassen.«

»Das ist ja der absolute Horror«, murmelt Tiff.

»Ja, das stimmt«, sagt Beth. »Wir hätten sie retten können. Sie könnte heute noch leben.«

»Ich wollte sie nicht verletzen«, sagt Dani.

Tiff legt ihr eine Hand auf den Oberschenkel. »Das wissen wir«, sagt sie. »Du hast sie geliebt.«

»Ja, das habe ich.«

»Hast du eine Ahnung gehabt, dass du es warst, die sie gestoßen hat?«

Dani schüttelt den Kopf. »Ich wusste, dass es einen Grund geben muss, warum ich mich an diese letzten Stunden nicht erinnern konnte, aber ich hätte mir nie vorstellen können ... nein, das nicht.«

»Du bist unendlich tapfer gewesen«, sagt Beth. »Dich deinen Dämonen zu stellen.«

»Es musste sein«, antwortet Dani. »Ich hatte keine Wahl.«

»Ich trage ebenfalls Mitschuld«, sagt Beth. »Ich habe Nathan angerufen und ihm erzählt, was hier vor sich ging.«

»Oh ... das habe ich mich gefragt. Ich glaubte, gehört zu haben, wie Aoife darüber sprach.«

Tiff erhebt die Stimme. »Und ich bin auch schuld. Ein paar Wochen vor dem Junggesellinnenabschied hatte ich einen One-Night-Stand mit Nathan. Darüber haben er und Aoife sich gestritten.« Sie schluckt. »Nathan hat mir versichert, sie hätte es nie herausgefunden, aber er hat gelogen. Hört sich an, als hätte er es ihr kurz vor ihrem Tod erzählt.«

»Ja, ich fürchte schon.«

»Ich habe mir eingeredet, dass er und ich füreinander bestimmt wären. Ich war so dumm. Er hat mir die letzten drei Jahre etwas vorgemacht, kam nur in Manchester vorbei, wenn ihm nach Sex war. Jetzt geht es mir noch schlechter, wenn ich bedenke, dass sie mit dem Wissen gestorben ist, dass ich sie betrogen habe …«

»Keine von uns ist ganz unschuldig. Wir alle haben unseren Anteil daran«, sagt Dani, »und ich bin sicher, dass wir es für den Rest unseres Lebens bereuen werden. Aber es war Celine, die sie getötet hat. Wahrscheinlich kann man es nicht Mord nennen, aber wenn sie nicht so gehandelt hätte, gäbe es eine gute Chance, dass Aoife heute noch am Leben wäre. Vielleicht hätte sie uns vergeben, vielleicht hätte sie sich von uns abgewandt – aber das werden wir nie herausfinden.«

Alle drehen sich nach einem schwarzen BMW um, der mit voll aufgedrehten Scheinwerfern in den Hof fährt. Die Fahrertür öffnet sich, und Inspektor Mengual steigt aus. Er ist in Zivil und trägt Tennisschuhe. Danis Herz macht einen Satz. Natürlich hat man Mengual zur Villa beordert. Er geht direkt auf einen der uniformierten Polizeibeamten zu, und sie sprechen miteinander. Dani versucht etwas von ihrem Spanisch aufzuschnappen und bekommt mit, dass Nathan auf dem Weg zum Krankenhaus gestorben ist. Sie blickt Tiff an. Jemand wird ihr die Nachricht überbringen müssen.

Dani erhebt sich und geht auf den Inspektor zu. Ihr Herz ist voller Schmerz, aber ihr Schritt ist so leicht wie seit drei Jahren nicht. Mengual grüßt sie mit einem Nicken.

»*Buenas tardes*«, sagt sie. »Kann ich Sie einen Moment sprechen, Inspektor? *En privado, por favor.*«

»Natürlich, Daniela. Über das hier?« Er weist auf den Tatort.

»Über alles. Sie meinten, eines Tages würde ich mich erinnern. Nun ja, ich habe mich erinnert.«

EPILOG: SECHS MONATE SPÄTER

– DANI –

Es ist Anfang Januar, aber der Himmel ist klar, und es ist schon warm genug, um draußen zu sitzen. Dani sitzt an einem Tisch auf dem Bürgersteig. Sie zieht den Reißverschluss ihrer Jacke hoch, steckt ihre Hände in die Taschen und schließt die Augen. Die Sonne wärmt ihr Gesicht.

Als der Kaffee kommt, trinkt sie ihn sofort, bevor er abkühlen kann und bestellt gleich einen weiteren. Es war ein früher Flug gewesen, und sie braucht das Koffein, um wach zu bleiben. Diesmal hat sie kein Auto gemietet, weil das für eine Person zu teuer ist. Stattdessen hat sie vom Flughafen Marbella das Shuttle zum Busbahnhof genommen und dann ein Taxi direkt zum Friedhof. Er ist rund um die Uhr geöffnet, aber sie ist noch nicht bereit, hineinzugehen.

Dani denkt über die nächsten Tage nach. Sie hat sich ein

Airbnb gebucht, ein Apartment über einem Souvenirladen, das sich ein paar Straßen hinter der Strandpromenade befindet. Die Straße der Hölle gönnt sich eine Pause von ihren verruchten Aktivitäten – die Bars und Clubs sind entweder für die winterliche Renovierung geschlossen oder nur an den Wochenenden geöffnet. Junggesellen- und -gesellinnenabschiede haben keine Saison. Wenn sie mutig genug ist, wird sie vielleicht einen Spaziergang in die zweite Reihe zum Supernova machen. Die Gitter, beschmiert mit frischen Graffiti, werden zweifelsohne heruntergelassen sein. Laut Google ist die Bar vorübergehend geschlossen.

Was die Untersuchung betrifft, hat Mengual sie auf dem Laufenden gehalten. Das spanische System ist recht verzwickt, und es wird dauern, bis John vor Gericht gestellt wird. Sie wissen immer noch nicht, ob man ihn wegen Mordes oder fahrlässiger Tötung anklagen wird. Marta lebt immer noch in der Villa Floriana, aber das Haus wird nicht mehr vermietet. Dani hat ihr mehrfach geschrieben, um nach ihrem Befinden zu fragen, aber nur sehr kurze, unpersönliche Antworten erhalten.

Dani wird die Villa nie wieder betreten. Glücklicherweise braucht sie es auch nicht.

Mit Beth hält sie immer noch Kontakt, aber merkwürdigerweise steht sie bis heute mit Tiff in enger Verbindung. Es ging ihr sehr schlecht, wegen einer Depression konnte sie monatelang nicht zur Arbeit gehen. Dani weiß genau, was sie durchmacht und hat sich bemüht, ihr beizustehen. Aoife würde das gut finden, denkt sie – sie beide endlich nicht mehr auf Kriegsfuß. Sie stellt sich ein Foto von ihnen dreien vor, mit Aoife in der Mitte. So, wie es von Anfang an hätte sein sollen.

Während sie einen zweiten Kaffee trinkt, kommt ihr Nathans Tod vor sechs Monaten in den Sinn. Damals hatte sie Mengual um ein Gespräch unter vier Augen gebeten. Sie waren zum Aussichtspunkt am anderen Ende des Gartens gegangen und hatten am selben Mosaiktisch wie zuvor Platz genommen, nur dass diesmal die Sonne unterging und der Himmel dunkel wurde. Es fühlte sich intimer an, eher wie ein Gespräch zwischen Freunden als wie eine polizeiliche Befragung. Er hatte erwartet, sie würde ihm etwas über den Kampf zwischen John und Nathan erzählen, aber sie wollte nur darüber sprechen, was drei Jahre zuvor geschehen war.

Ohne sich Notizen zu machen, hörte er aufmerksam zu. Sie schluchzte und zitterte und schaffte es kaum, die Geschichte über die Lippen zu bringen.

»*Tranquilo*«, sagte er, als sie fertig war. »Alles in Ordnung, Daniela. Ich verstehe, was geschehen ist. Es war nicht Ihre Schuld.«

Dann erzählte sie ihm, was Celine getan hatte.

»Vielleicht hat es sich so zugetragen, vielleicht spielt Ihre Erinnerung Ihnen aber auch einen Streich. Sie standen unter dem Einfluss einer starken Droge. Ihre Zeugenaussage würde man als wenig vertrauenswürdig betrachten, und man könnte nichts beweisen«, antwortete er.

Sie seufzte. »Ich weiß, dass Sie recht haben. Und Celine wird nie gestehen.«

»Nein, warum sollte sie?«

»Ich kann nur die Vorstellung nicht ertragen, dass sie damit durchkommt.«

»Das kann ich nachvollziehen. Aber der Fall ist abgeschlossen«, sagte Mengual. »Was soll es bringen, ihn erneut aufzurollen? Sie haben genug gelitten, Dani. Sie waren ein Opfer dieses Francisco. Er ist derjenige, den wir finden und bestrafen müssen.«

»Aber auch das werden wir nie belegen können«, sagte sie. »Es gibt keinen Beweis dafür. Es ist genau wie bei Celine: Mein Wort gegen seines.«

Mengual blieb hartnäckig. Also gab Dani ihm Franciscos Kontaktdaten, die sie glücklicherweise noch hatte. Seine Website war nicht mehr online, er schien verschwunden zu sein. Der Inspektor fand heraus, dass er schon im Gefängnis saß, nachdem er einige Monate zuvor nach einem Junggesellinnenabschied wegen ähnlicher Vergehen verhaftet wurde. Er hatte eine längere Haftstrafe wegen mehrfacher Vergewaltigung und versuchter Vergewaltigung vor sich. In allen Fällen spielten K.-o.-Tropfen eine Rolle. Dani war froh, dass er hinter Gittern saß und nicht noch mehr Frauen etwas antun konnte. Sie entschloss sich, nicht weiter gegen ihn vorzugehen. Nach ihrem Gefühl war die Gerechtigkeit bereits wiederhergestellt.

Sie schüttelt die Erinnerung ab und kehrt in die Gegenwart zurück. In einem letzten Zug trinkt sie ihren Kaffee aus, legt etwas Kleingeld auf den Tisch und geht über die Straße. Es wird Zeit.

*

Dani spürt, wie Aoife nach ihr ruft und sie durch den marmornen Irrgarten führt. Auf Anhieb findet sie die Nische und bleibt vor der Plakette stehen. Wieder liest sie die Inschrift. Tränen stehen in ihren Augen. Es ist in Ordnung zu weinen, sagt sie sich. Nichts ist falsch an starken Gefühlen, inzwischen kann sie damit umgehen. Sie hat gelernt, sich kopfüber in die Wellen zu stürzen und auf ihnen zu surfen. Dreieinhalb Jahre hat sie dafür gebraucht, sehr viel Therapie und Selbsthilfe, um diesen Punkt zu erreichen, aber sie ist, relativ gesehen, heil davongekommen.

Sie beugt sich vor, wobei ihre Lippen den Stein fast berühren. »Ich bin es«, flüstert sie. »Wieder hier. Allein, diesmal ... Hey, weißt du was? Ich bin seit dreihundertdreißig Tagen trocken, das ist fast ein Jahr. Unglaublich, oder? Ohne Alkohol fühle ich mich so viel besser. Ich habe einen neuen Job bei einer gemeinnützigen Organisation – ist nicht anspruchsvoll, einfach nur dies und jenes erledigen, aber es ist gut. Und ... du wirst es nicht glauben ... da ist wieder jemand in meinem Leben.«

Vor ihrem geistigen Auge stellt sie sich Asher vor. Groß, bärtig, gutaussehend, auf eine unaufdringliche Weise freundlich, etwas verletzlich. Auch er ist trockener Alkoholiker – sie haben sich bei den Anonymen Alkoholikern kennengelernt. Er hatte sie auf diese Reise begleiten wollen, um sie zu unterstützen, aber sie hatte abgelehnt. Asher ist Teil ihres neuen Lebens, nicht des alten – sie möchte das klar auseinanderhalten.

Unter ihrer Berührung fühlt sich der Marmor kühl an. Sie fährt mit einem Finger über Aoifes Namen, ihr Geburts- und

Sterbedatum. »Ich wollte dich nicht wegstoßen, Aoife. Ich wusste nicht, was ich tat, und dachte, du wärst jemand anderes. Was Celine betrifft … ich werde nie verstehen, warum sie es getan hat. Vermutlich war sie so scharf auf die Position, dass sie bereit war, dafür zu töten. Sie hat den Job drei Jahre lang gemacht, weißt du, und sie war dabei unglaublich erfolgreich. Tiff hat mir erzählt, dass sie gekündigt hat. Sie ist jetzt zu Hause und kümmert sich um ihren Sohn. Ihre Karriere ist im Eimer, aber ist das Strafe genug? Hoffentlich wird sie lebenslang von Schuldgefühlen geplagt.«

Sie presst ihre Wange an den Namen ihrer Freundin. »Tut mir leid, Aoife. Ich hoffe, du kannst mir vergeben.«

Dani legt ein kleines Bouquet mit Rosen ab. Sie setzt einen Kuss auf ihre Hand und drückt sie anschließend auf die Inschrift. Dann trocknet sie ihre Tränen mit einem Taschentuch. Sie dreht sich um und macht sich auf den Weg zum Friedhofseingang. Im Geiste hört sie, wie Aoife dieses irische Lied singt, das sie so mochte. Sie sang es gerne spätabends, wenn sie im Gras lagen und zum Mond und den Sternen aufblickten. Oder in den Straßen, wenn sie nach einer Party nach Hause gingen, Arm in Arm, barfuß, während ihre High Heels an ihren Fingern schwangen.

But come ye back when summer's in the meadow,
Or when the valley's hushed and white with snow,
'Tis I'll be here in sunshine or in shadow,
Oh, Dani girl, oh, Dani girl, I love you so!

DANK

Zuallererst: Die Villa in diesem Buch gibt es nicht. Sie ist aus vielen verschiedenen Villen und aus meiner Vorstellungskraft zusammengesetzt. Ortskundigen werden die Landschaft und einige der Handlungsorte bekannt vorkommen, aber auch hier habe ich mit der Geografie ein wenig gespielt, damit sie in meine Geschichte passt, und einige Orte dazuerfunden.

Da ich selbst nie einen Junggesellinnenabschied hatte – und noch bei keinem zu Gast war –, benötigte ich zwingend Hilfe beim Schreiben dieses Romans. Für die Unterstützung in der Recherche möchte ich Breda Page danken, die sich jeder Aufgabe stellt, ganz gleich wie schwierig oder obskur sie erscheint. Auch möchte ich meinem Bruder Neville und meiner Schwägerin Cherie danken, die zufällig in der Nähe von Marbella leben und mir einen wertvollen Einblick in die Lebensrealität der dort wohnenden Auswanderer gaben. Besonders Cherie danke ich, dass sie mich geduldig überall herumgefahren hat, während ich versuchte, die richtigen Handlungsorte zu finden. Dank auch an Max Leach – DJ, Sänger und ehemaliger Barkeeper –, der mir viele unterhaltsame Geschichten über Junggesellinnenabschiede erzählt hat. Und ich danke dem Immobilienmakler Jason Payne, der mir einige fabelhafte Villen gezeigt hat und eine nicht enden wollende Quelle von Informationen über Marbella war.

Muchas gracias y un abrazo enorme gehen an meine Spanischlehrerin und Freundin Amaya Moral Garcia, die mir mit der spanischen Sprache geholfen hat – falls irgendein Fehler durchs Netz geschlüpft sein sollte, dann kann er nur von mir kommen.

Riesigen Dank schulde ich auch dem Team von Penguin Random House, besonders der Lektorin Emily Griffin und ihrer Assistentin Rachel Imrie. Es war eine Freude, mit ihnen zu arbeiten, denn sie haben das Buch von der Konzeption bis zur Fertigstellung begleitet. Katya Browne, Lynn Curtis und Sarah-Jane Forder verdienen ebenfalls eine Erwähnung für ihr wachsames Auge bei jedem Detail.

Ich habe großes Glück, von Rowan Lawton von The Soho Agency und Christine Glover bei Casarotto Ramsay & Associates vertreten zu werden. Sollte jemand Ihnen erzählen, dass Agenten und Agentinnen keine schwere Arbeit für ihre Klienten leisten, ist das Unsinn. Beide sind unglaubliche Frauen, und ich bin sehr dankbar für alle ihre Bemühungen, wie für ihre moralische Unterstützung und Freundlichkeit.

Wie immer geht mein Dank an meinen Mann David, weil er mir bei meinen langatmigen Erörterungen meiner Plot-Probleme geduldig zuhörte – und manchmal eine Lösung dafür fand! Er tut natürlich noch viel mehr als das. Ich könnte niemals ohne ihn sein.

Zuletzt, aber vor allem, danke ich allen meinen Lesern und Leserinnen. Wenn Ihnen meine Bücher gefallen, ist es die ganze Mühe wert.

LESEPROBE

Prolog

Die Linderung setzte langsam ein. So viele Tabletten auf einmal hatte sie noch nie genommen. Und sie war einiges gewohnt.

Der Wasserdampf legte sich auf den Badezimmerspiegel, während das Rauschen dumpfer wurde. Sanft fuhr sie mit dem Finger über die glatte Oberfläche, hoch und wieder runter und von rechts nach links. Schon als Kind hatte sie geheime Botschaften an den beschlagenen Spiegel geschrieben. Immer in der Hoffnung, jemand würde sie entdecken. Doch niemand hatte sie je entdeckt. Niemand hatte sich darum oder überhaupt um sie geschert. Am allerwenigsten ihre Eltern.

Ihre Kleine aber, die hatte es geliebt. Es war ein Geheimnis, ein unsichtbares Band, das nur sie beide miteinander verknüpfte. Es war ihr Spiel gewesen. Doch nun war sie fort. Und auch wenn ihr jeder einreden wollte, dass sie nur weggelaufen sei, sie wusste, dass ihr Kind für immer fort war. Eine Mutter spürte das. Eine letzte Botschaft wollte sie ihr dennoch hinterlassen.

Meine kleine Große. Ich habe dich im Stich gelassen. Ich habe versagt.

Eines Tages hatte sie es einfach nicht mehr aus der Schattenwelt hinausgeschafft, jener Welt, die der einzige Ort war, an den er ihr nicht folgen konnte. Ein Ort, an dem alles gedämpft war: Geräusche, Gerüche, Gefühle. Der sie nichts spüren ließ. Wie angenehm es dort war. Als stünde sie nur als ein Beobachter daneben, wenn es wieder passierte. Irgendwann hatte sie sich darin verloren und nicht wieder herausgefunden. Nun wollte sie für immer bleiben.

Keine Schmerzen mehr. Keine Angst. Nie mehr.

Sie ließ den Bademantel auf den Boden fallen, griff das Messer vom Waschbecken und stieg in die vollgelaufene Badewanne.

Ihr Blick fiel zuerst auf ihre Brüste, dann auf den Bauch und die Beine. Überall waren die Narben ihres Lebens zu sehen. Die aufgeplatzte Haut, die nach den Schlägen schlecht verheilt war. Die kreisrunden Abdrücke der Zigarettenglut. Die mutwilligen Schnitte mit der Rasierklinge.

Während sie begann, mit dem Messer die alten Wunden von Neuem zu öffnen, blickte sie zum Spiegel. Noch konnte sie die Botschaft darauf lesen: *In der Dunkelheit warst du mein Mond.*

»Vielleicht sehen wir uns gleich wieder«, murmelte sie und setzte das Messer an. Das Wasser war angenehm warm und mittlerweile hellrot. Sie schloss ihre Augen und umfasste den Messergriff fester. Sie atmete tief ein und dachte ein letztes Mal an jene glücklichen Momente, die sie hatte erleben dürfen. Wie ihre Kleine zum ersten Mal »Mama« gesagt hatte. Wie sie mit ihren kleinen Fingern ihr Gesicht ertastet hatte. Wie sie voller Zuneigung und Vertrauen auf ihrem Schoß eingeschlafen war. Und auch später, als sie immer dagewesen war, selbst in den dunkelsten Stunden.

Keine Angst. Gleich bist du frei.

Ein letzter tiefer Atemzug.

Benommen hörte sie sich selbst röcheln, während das Blut im Takt ihres Herzschlags dem Körper entwich. Da war kein Schmerz. Im Gegenteil, alles war warm und wohlig, und sie fühlte nichts als Erleichterung. Endlich hatte sie selbst wieder eine Entscheidung getroffen. Nach all den Jahren.

Die Müdigkeit wurde stärker, ihr Atem ging flacher. Nur eines nahm sie noch wahr: die entsetzten Augen des Jungen, der in der Tür stand.

1

14 Jahre später. 2017.

»Denk dran, die Schnürsenkel *in* den Schuh zu stecken«, erklärte Matthias mit einem Zwinkern. Sein Fahrschüler Silas nickte und befolgte die Anweisung, während er die Montur anzog. Als er komplett in Motorradbekleidung vor ihm stand, kontrollierte Matthias, ob Silas auch die Fahrschulweste richtig angelegt hatte.

»Überlandfahrt. Wetter passt. Wie sieht es mit deinen theoretischen Kenntnissen aus?« Matthias klopfte einmal gegen Silas' Rückenprotektor, bevor er, ohne eine Antwort abzuwarten, weitersprach. »Heute üben wir das Einfahren auf Landstraßen und das Abstandhalten zu vorausfahrenden Fahrzeugen. Wie viel Abstand musst du außerhalb geschlossener Ortschaften halten?«

Matthias blickte in Silas' dunkle Augen und sah, wie der Junge überlegte.

»Halber Tacho?«

Matthias grinste.

»Ja, genau. Die halbe gefahrene Geschwindigkeit in Metern. Also wenn du hundert Kilometer in der Stunde fährst, muss dein Abstand zum vorausfahrenden Fahrzeug wie viele Meter betragen?«

»Fünfzig«, sagte Silas.

»Genau. Und wie kannst du das einschätzen? Woher weißt du, wie viel fünfzig Meter sind?«

»Weiß nicht … hat man vielleicht im Gefühl?«

»Im Moment hast du vielleicht im Gefühl, ob du auf die Toilette musst oder nicht. Aber Spaß beiseite. Später hast du das sicherlich im Gefühl, bis dahin orientierst du dich am besten an den weißen Leitpfosten am Fahrbahnrand. Die stehen nämlich auf geraden Strecken etwa fünfzig Meter auseinander. Wenn dein Vordermann an dem Pfosten vorbeifährt, darfst du bei hundert Kilometer in der Stunde höchstens bis zum Pfosten dahinter auffahren.«

Silas nickte.

»Außerdem werden wir einige kurvenreiche Strecken fahren und auch ein paar schöne Kehren üben. Das ist genau das, was Motorradfahrer lieben – und das haben wir in unserer Gegend zur Genüge. Deswegen bin ich auch lieber Fahrlehrer auf der Schwäbischen Alb als in Norddeutschland.«

Matthias klopfte Silas auf die Schulter und bewegte sich Richtung Ausgang. Delf, ein junger Fahrlehrerkollege, kam herein und begrüßte beide.

»Ach, du machst Motorrad heute? Da habt ihr euch perfektes Wetter ausgesucht. Wo geht's denn hin?«, fragte er interessiert.

»Die übliche Strecke. Metzinger Weinberg, Dettingen, Hülben. Bisschen Steigen rauf und runter. Und du? Heute ist Samstag, hast du nichts Besseres vor?«, fragte Matthias.

»Ich will nur schnell ein paar Fahrstunden ausmachen. Euch viel Spaß«, wünschte Delf, ehe er im Büro der Fahrschule verschwand.

Die Motorräder befanden sich im Garagenanbau nebenan. Hier checkte Matthias abschließend den Funk.

»Hörst du mich?«

»Ja.«

»Ist es laut genug, oder ist es zu leise, wenn ich rede?«

»Passt so.«

Wenig später waren sie unterwegs, Silas auf einer Kawasaki Z650 und Matthias auf seiner 1200er BMW Adventure. Es war ein schöner Tag zum Motorradfahren, nicht zu heiß und nicht zu kalt, die Straßen waren trocken, und der Frühling lag in der Luft. Oft wenn Matthias mit seinen Fahrschülern unterwegs war, nahm er sich vor, abends oder am Wochenende allein oder mit Kollegen eine Ausfahrt zu machen, aber wenn es dann so weit war, hatte er entweder zu viel zu tun oder ihm fehlte die Energie. Und dann war da auch noch Ronja. Seit seine älteste Tochter Lisa vor einem Jahr zusammen mit ihrem Mann verunglückt war, kümmerte er sich um seine pubertierende Enkelin. Und das war für einen verbitterten Workaholic, wie ihn seine jüngere Tochter Katha mitunter nannte, gar nicht so leicht, zumal Katha seit Jahren in Berlin lebte. Bei dem Gedanken an seine beiden Töchter wurde ihm das Herz schwer. Er vermisste sie. Jeden Tag.

Er würde heute noch einen wichtigen Anruf machen, sobald die Fahrstunde vorüber war.

Seine Enkelin Ronja hatte er als ein fröhliches, lebhaftes Mädchen kennengelernt, doch seit dem Tod ihrer Eltern verschloss sie sich, vor allem vor ihm. Matthias wusste oft nicht, wie er mit ihr ins Gespräch kommen sollte.

»Wie schnell darf man außerhalb von Ortschaften fahren?«, kontrollierte Matthias über Funk das Wissen seines Fahrschülers.

»Achtzig?«, antwortete Silas knapp.

»Nein. Ortsende heißt automatisch beschleunigen auf maximal hundert in der Stunde. Außer es steht ein Schild mit einer anderen Geschwindigkeit da. Also, gib mal Gas.«

Vielleicht würde er heute Abend eine Pizza holen und Ronja überraschen. Netflix-Abende mit Pizza und Spezi schienen für sie akzeptabel zu sein, und auch Matthias hatte nichts gegen diese Kombination.

»Also pass auf, ich überhole dich jetzt, und dann werde ich einige Kehren vorausfahren und dir die richtige Kurvenlinie zeigen. Anschließend tauschen wir wieder, und dann fährst du sie«, erklärte Matthias, als sie sich kurz vor dem Metzinger Weinberg befanden.

Er passte einen günstigen Moment ab und zog an Silas vorbei. Als er dabei in den Rückspiegel sah, fiel ihm ein schwarzer SUV auf, der so verdreckt war, dass man nicht einmal mehr das Nummernschild lesen konnte.

Nach der Steige und den geplanten Kehren fuhren sie in Richtung Kohlberg weiter und dann durch Kappishäusern. Von dort führte eine Straße mit starkem Gefälle in den nächsten Ort.

»Nutz die Motorbremse«, erinnerte Matthias seinen Schüler über Funk. »Danach geht's wieder Richtung Metzingen und dann noch einmal die Steige hoch.«

Matthias hatte sich wieder hinter seinen Fahrschüler fallen lassen. Irritiert bemerkte er, dass sich der schwarze SUV immer noch hinter ihren beiden Motorrädern befand, obwohl sie aus Sicherheitsgründen recht langsam fuhren.

Wieso überholt der denn nicht?

Normalerweise waren andere Verkehrsteilnehmer froh, wenn sie die Möglichkeit hatten, Fahrschüler hinter sich zu lassen. Als sie die Steige erreichten, fuhr Silas wie verabredet voraus und versuchte, Matthias' Kurvenlinie nachzuahmen.

»Du musst ein bisschen lockerer in den Hüften sein, du kannst noch viel weiter in die Schräglage. Das ist Physik, das funktioniert«, scherzte Matthias über Funk. Wieder und wieder blickte er in den Rückspiegel, da sich der schwarze, verdreckte SUV immer noch hinter ihnen befand.

Verfolgst du uns?

»Jetzt nehmen wir in Dettingen die Straße hoch nach Hülben. Das ist eine echt schmale Steige, die macht nicht ganz so viel Spaß. Wir fahren da direkt an einer Felswand hoch, das heißt, du musst auch mit Steinschlag rechnen, vor allem, wenn es kurz vorher geregnet hat. Die Brocken können einfach auf der Straße liegen oder plötzlich hinter einer Kurve auftauchen. Kurven daher etwas langsamer anfahren und immer nur maximal so schnell, dass du in der einsehbaren Strecke auch mühelos ausweichen kannst.«

Sie erreichten die schmale Straße der Steige. Auf der linken Seite ragte die steile Felswand rund zwanzig Meter in die Höhe, am rechten Fahrbahnrand ging es hingegen steil bergab, an manchen Stellen über hundert Meter. Teilweise war die Strecke ungesichert. Es gab keine Leitplanken, die einen Absturz verhinderten.

Der SUV schloss auf und fuhr jetzt dicht hinter Matthias.

Du hättest die ganze Zeit überholen können, du Idiot! Anzuschieben brauchst du mich jetzt auch nicht. Matthias schüttelte den Kopf, in der Hoffnung, dass der Fahrer des Wagens es sah und den Abstand wieder vergrößerte. Silas verschwand vor ihm hinter der nächsten Kurve.

»Und denk dran, wenn ich von Steinschlag spreche, meine ich große Steine. Kleinen Steinen, maximal faustgroß, muss man nicht ausweichen«, erwähnte Matthias noch, als der SUV plötzlich Gas gab und den Abstand verringerte.

Zu nah.

»Geht's noch?«, entfuhr es Matthias.

»Was denn?«, fragte Silas über Funk zurück.

Doch Matthias kam nicht dazu, ihm zu antworten. Denn der schwarze SUV, eine Mercedes M-Klasse, befand sich plötzlich unmittelbar hinter ihm, tauchte dann an seiner linken Seite auf. Um eine Kollision zu verhindern, wich Matthias scharf nach rechts aus. Vom Abgrund trennten ihn nur noch wenige Zentimeter. Von Angst gepackt, drehte Matthias den Kopf. Blut rauschte in seinen Ohren. Für den Bruchteil einer Sekunde starrte er dem jungen Mann, der den Wagen fuhr, ins Gesicht. Es waren dessen Augen, die ihm Gewissheit gaben: Hier hatte es jemand auf ihn abgesehen.

Genau in dem Moment, als Matthias den Bremshebel ziehen wollte, um sich zurückfallen zu lassen, rammte ihn der SUV und drückte ihn mit voller Wucht Richtung Abgrund. Matthias fühlte plötzlich nichts mehr, sah nur die Tiefe unter sich. Dumpf hörte er noch, wie das Motorrad die Baumkrone neben ihm zerschlug, während ihn etwas streifte. Er hörte seine Knochen brechen, erst in der Schulter, dann in der Wirbelsäule. Als er gegen einen Ast prallte, wurde er herumgewirbelt. Die Welt um ihn drehte sich schneller und schneller. Dann blickte er nur noch in den blauen Frühlingshimmel. Helle Wolkenbänder wirkten wie eine Zugabe zu dem Film, der vor seinem inneren Auge ablief, während sein Körper einen Ast nach dem anderen zerschmetterte und er eine Schneise in den dicht bewachsenen Hang schlug.

Wie in Zeitlupe sah er sich selbst fliegen, blickte ein letztes Mal in Gedanken in die Gesichter seiner beiden Töchter und seiner Frau. Beim Aufprall spürte er nichts. Eher fühlte es sich an, als würde ihm mit einem sanften Schub der Lebensatem aus der Lunge gepresst. Dann verschluckte ihn schließlich die alles umschließende Finsternis.

2

Wie selbstverständlich steckte sie den Schlüssel ins Schloss, öffnete die Tür und trat ein. Kein Wunder, schließlich hatte Katha bis zu ihrem 21. Lebensjahr in diesem Bauernhaus gelebt. Obwohl sie ihren Schlüssel nie abgegeben hatte, hatte sie ihn seit ihrem Auszug nicht mehr benutzt, sondern stattdessen immer geklingelt. Freudig war ihr Vater jedes Mal zur Tür gestürmt und ihr um den Hals gefallen. Sie bereute, dass sie seit der Beerdigung ihrer Schwester und ihres Schwagers im vergangenen Jahr nicht mehr nach Süddeutschland gekommen war. Doch jeder einzelne Besuch in Reutlingen war für sie eine Qual gewesen. Alles erinnerte sie an jene Zeit, die sie nur noch hatte hinter sich lassen wollen. Wie gern hätte sie noch einmal erlebt, wie ihr Vater sie auf diese Weise in die Arme schloss. Sie konnte einfach nicht fassen, dass er tot war.

Mit Wucht hievte sie ihren Koffer den Absatz hoch und trat in den Flur.

Es riecht nach dir, Papa. Katha wurde das Herz schwer.

Sie musste sich zusammenreißen. Stark sein. Sie wurde gebraucht. Jetzt war es an ihr, sich um alles zu kümmern. Um die Beerdigung, die Fahrschule – und um Ronja. Das Telefonat am Vorabend war kurz und kühl gewesen. Katha hatte gespürt, dass Ronja enttäuscht von ihr war. Vermutlich zu Recht. Sie hätte mehr für ihre Nichte da sein sollen, stattdessen hatte sie sich nur auf sich selbst konzentriert. Und Ronja konnte schließlich nicht wissen, dass Katha es kaum ertrug, hier zu sein. Alles erinnerte sie an das, was damals passiert war.

Sie ließ den Koffer im Flur stehen und ging in die Küche. Ronja hatte entweder aufgeräumt oder aber heute noch nichts gegessen. Zumindest stand kein Geschirr herum. Ihr Vater hatte das Haus kaum verändert. In der Mitte des Raumes war noch immer der große Holztisch, der die Spuren ihres gemeinsamen Lebens trug. Tiefe Furchen im weichen Holz und ausgeblichene Stellen dort, wo die Sonne regelmäßig die Tischplatte traf. Sanft strich Katha darüber und dachte an die Zeiten, als die ganze Familie noch hier gesessen hatte. Wenn es sonntagnachmittags statt Torte oder Gebäck Pfannkuchen mit Apfelmus gab und sie alle nicht genug davon kriegen konnten. Der Letzte wurde immer durch vier geteilt.

Erschöpft ging Katha zur Kaffeemaschine und befüllte sie. Um so schnell wie möglich hier zu sein, war sie bereits in der Nacht losgefahren. Nach der erschütternden Nachricht über den tödlichen Unfall ihres Vaters hatte sie zunächst stundenlang in Schockstarre verharrt. Es hatte einen ganzen Tag gedauert, bis sie es zumindest geschafft hatte, ihrem Arbeitgeber Bescheid zu geben. Aber sie hatte nicht die geringste Ahnung, wie ihr Leben jetzt weitergehen sollte. Nur eines war klar: Sie musste die Verantwortung für Ronja übernehmen.

Katha blickte auf die Fotos, die neben der Küchentür hingen. Eines zeigte sie mit etwa sieben Jahren, auf dem Schoß ihrer Mutter. Ganze vierzehn Jahre war es mittlerweile her, dass ihre Mutter gestorben war. Der Schock war groß, als ihre Schwester und sie damals nach den Herbstferien, die sie bei ihren Großeltern an der Nordsee verbracht hatten, zurückkehrten und ihr Vater ihnen mitteilte, dass ihre Mutter bei einem Unfall ums Leben gekommen war. Genickbruch lautete die simple Diagnose.

Wärst du doch nie auf dieses Pferd gestiegen.

Ihr Vater hatte sich alle Mühe gegeben, sie und ihre Schwester Lisa so behütet wie möglich großzuziehen. Doch ersetzen konnte er ihnen die Mutter nicht. Katha hatte nicht mal ein Grab gehabt, an das sie hätte gehen können. Es war der Wunsch ihrer Mutter gewesen, im Mittelmeer beigesetzt zu werden. Als auch ihre Oma zwei Jahre später verstarb – ihr an Demenz erkrankter Opa lebte zu diesem Zeitpunkt bereits im Altersheim –, war ihr einzig die Nachbarin Ursel als weibliche Bezugsperson geblieben. Die langjährige Freundin der Familie hatte sich nach dem Tod der Mutter häufig um sie und Lisa gekümmert und ihren Vater unterstützt, wo sie nur konnte. Die mittlerweile dreiundachtzigjährige Frau hatte Katha auch jetzt aus der Not geholfen und Ronja bis zu ihrer Ankunft betreut.

Surrend lief der Kaffee durch die Maschine. Nie würde Katha die »Mensch-ärgere-dich-nicht«-Nachmittage bei Ursel mit Butterbrezel und Limo vergessen. Doch die alte Frau konnte nicht schon wieder in die Bresche springen. Es war Kathas Aufgabe, sich um Ronja zu kümmern. Und sie hatte sich fest vorgenommen, nicht noch einmal davonzulaufen.

Keine Panik, eins nach dem anderen, dachte Katha, während sie an dem zu heißen Kaffee nippte und einen Stapel Post durchsah. Das meiste war an die Fahrschule adressiert, vermutlich Rechnungen. Neben ihrer Nichte und der Beerdigung ihres Vaters wäre das die nächste Aufgabe, der sie sich würde stellen müssen.

Sie war die Alleinerbin, und es lag an ihr, wie es mit dem Lebenswerk ihres Vaters weitergehen sollte.

Die Türklingel riss sie aus ihren Gedanken, vor Schreck schüttete sie etwas von dem heißen Kaffee über ihre Hand. Als sie die Tür öffnete, blickte sie in ein vertrautes, aber besorgtes Gesicht.

»Ursel.« Spontan schlang Katha die Arme um die alte Frau. Die Nachbarin, die deutlich jünger aussah, als sie war, drückte sie fest an sich.

»Es tut mir so leid, mein Mädchen. Was dir und deiner Familie alles widerfahren muss, ist nicht gerecht.«

Die Worte und die Nähe lösten in ihr etwas aus, was sie bisher noch nicht zugelassen hatte: Trauer. Kathas Augen füllten sich mit Tränen, und ja, Ursel hatte recht. Es war nicht fair. Erst hatte sie ihre Mutter verloren. Da war sie gerade zwölf Jahre alt gewesen. Und dann innerhalb kürzester Zeit ihre Schwester, ihren Schwager und jetzt auch noch ihren Vater, den sie abgöttisch geliebt hatte.

»Du musst dich um die Kleine kümmern. Sie ist so zerbrechlich. Auch wenn sie es nicht zeigt und so tut, als wäre sie furchtbar stark, leidet Ronja immer noch sehr unter dem Verlust ihrer Eltern.«

Ursel schien keine Zeit damit zu verlieren, das, was ihr wichtig war, loszuwerden.

»Komm erst mal rein«, bat Katha und wischte sich mit dem Handrücken ihre Tränen von der Wange. Sie wies in Richtung Küche, und Ursel folgte ihr.

Nach einem Moment der Stille stellte Ursel die Frage, auf die Katha selbst noch keine befriedigenden Antworten erhalten hatte.

»Wie ist der Unfall genau passiert?«

»Laut der Polizei ist mein Vater von der Fahrbahn abgekommen und in die Tiefe gestürzt. Bei einer Überlandfahrt.«

Ursel schüttelte entsetzt den Kopf. »Das kann nicht sein. Matthias war doch so ein guter, besonnener Motorradfahrer.«

Katha nickte. Auch für sie war der Gedanke absurd, und dennoch war genau das geschehen. Es war undenkbar.

»Die Polizei meint, dass er vielleicht von einem Auto überholt und geschnitten oder sogar gestreift wurde.«

»Was ist denn mit dem Fahrschüler? Hat der nichts gesehen?«

»Der ist vorausgefahren und hat nur mitbekommen, dass Papa wohl noch geflucht hat. Gesehen hat er aber nichts, weil er schon eine Kurve voraus war und auch vorher nicht so oft in den Rückspiegel geschaut hat. Fahrschüler eben.«

Tiefe Furchen gruben sich in Ursels Stirn. »Was für ein furchtbarer Tod!« Sie hielt sich die Hand vors Gesicht und wiegte den Kopf hin und her. »Und wie geht es jetzt weiter?«, fragte sie schließlich.

»Keine Ahnung. Sie fahnden nach Unbekannt. Hoffen auf Zeugenhinweise und untersuchen die Reste des Motorrads auf Spuren.«

Plötzlich hörte Katha einen Schlüssel im Schloss. Das flaue Gefühl in ihrem Magen verstärkte sich.

»Hey«, sagte Ronja und trat in die Küche. Es war kein nettes oder gar freundliches *Hey*, sondern klang eher gelangweilt oder genervt. Fast hätte Katha ihre dreizehnjährige Nichte nicht wiedererkannt. Ihre dunkelblonden Haare hatte sie schwarz gefärbt, und auch ihre Kleidung wies, abgesehen von den weißen Sneakern, keine andere Farbe als Schwarz auf. Ihr Gesicht war blass, und unter ihren schwarz umrandeten Augen hatten sich dunkle

Ringe gebildet. Katha wusste nicht recht, wie sie sich verhalten sollte, hielt eine Umarmung aber für angemessen. Als sie auf ihre Nichte zuging, versuchte sie es mit einem »Schön, dich zu sehen«, doch bevor sie Ronja in die Arme schließen konnte, hob das Mädchen abwehrend die Hände.

»Ich steh nicht so auf Gekuschel, sorry.«

»Okay. Kein Problem.« Katha setzte sich wieder an den Tisch.

Ursel presste die Lippen aufeinander und zog die Augenbrauen hoch, was Ronja nicht sehen konnte, weil sie sich bereits abgewandt hatte.

»Ich geh dann mal in mein Zimmer.«

»Wollen wir uns nicht … etwas unterhalten?«, fragte Katha, bevor ihre Nichte die Küche verließ.

»Worüber denn?«, fragte Ronja lauter. »Oder willst du etwa darüber sprechen, warum du hier nur auftauchst, wenn es eine Beerdigung gibt?«

Katha schluckte. Das hatte gesessen.

»Ronja, sei nicht so hart zu deiner Tante«, mischte sich Ursel ein. »Es ist für euch beide nicht einfach. Setz dich doch bitte zu uns.«

Katha kannte diesen Tonfall. Ursel hatte ihn in der Vergangenheit schon bei Streitigkeiten zwischen Katha und ihrer sechs Jahre älteren Schwester Lisa – Ronjas Mutter – eingesetzt, und meist hatte sie Erfolg damit gehabt.

»Nein, danke«, sagte Ronja, ehe sie aus der Küche stampfte, lautstark die Treppe hochstieg und die Tür zu ihrem Zimmer zuknallte.

»Das war deutlich!« Katha stützte ihren Kopf, der sich mit einem Mal zentnerschwer anfühlte, in die Hände.

»Gib ihr Zeit. Und dir auch«, riet Ursel. »Ich werde euch jetzt allein lassen. Wenn du etwas brauchst, zögere nicht, dich bei mir zu melden.«

»Danke. Ich muss wahrscheinlich tatsächlich darauf zurückkommen«, sagte Katha, während sie zur Haustür gingen.

Ursel drückte sie noch einmal fest, und Katha spürte, wie ihre Zweifel größer wurden. Wie sollte sie das alles nur überstehen? Am liebsten hätte sie sich ihren Koffer genommen und wäre wieder nach Berlin gefahren. Zurück in ihr altes Leben.

Doch dieses Leben gab es nun nicht mehr.

Flynn Berry
Frightened – Zwei Schwestern und ein Mord
Thriller
Aus dem Amerikanischen von Wolfgang Thon
313 Seiten. Broschur
ISBN 978-3-7466-4097-6
Auch als E-Book lieferbar

»Außerordentlich spannend und intensiv!« Washington Post

Nora will ihre Schwester Rachel besuchen, die aufs Land gezogen ist. Doch dann findet sie Rachel ermordet in ihrem Haus vor. Zwar ist sofort die Polizei zur Stelle, doch die Schwestern konnten schon vor vielen Jahren nicht auf sie vertrauen. Damals gab es einen Vorfall, der das Leben beider für immer verändert hat. Also macht Nora sich selbst auf eine fieberhafte Suche nach dem Täter und stößt auf ein Netz aus Geheimnissen, das sie daran zweifeln lässt, wem sie vertrauen kann.

Ein hochspannender psychologischer Thriller über die Frage, wie gut wir unsere eigene Familie kennen

Regelmäßige Informationen erhalten Sie über unseren Newsletter.
Jetzt anmelden unter: www.aufbau-verlage.de/newsletter

atb aufbau taschenbuch